# AUFRUHR AM RYCK

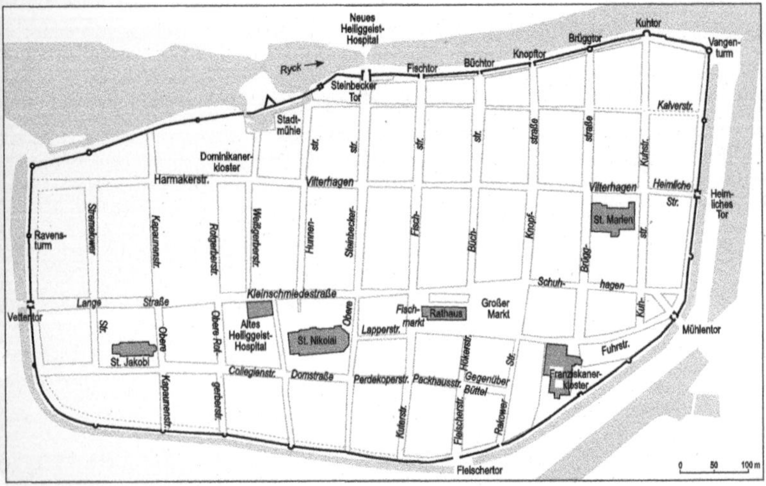


Die Hunnenstraße ist im Buch als Hundestraße bezeichnet.

*Emma Wittenstein*

# AUFRUHR am Ryck

HINSTORFF

## WEITERE OSTSEE-KRIMIS BEI HINSTORFF:

Frank Goyke | Mörder im Zug | 352 S. | 9,95 € | ISBN 978-3-357-01422-8
Frank Goyke | Mörder im Gespensterwald | 400 S. | 9,99 € | ISBN 978-3-356-01483-9
Frank Goyke | Mörder im Chat | 336 S. | 12,99 € | ISBN 978-3-356-01574-4
M. Joseph, M. Schümann | Herrentier | 304 S. | 12,99 € | ISBN 978-3-356-01519-5
Kim Lansky | Tödliches Fahrwasser | 248 S. | 12,99 € | ISBN 978-3-356-01520-1
Birgit Lohmeyer | Sokops Rache | 224 S. | 9,99 € | ISBN 978-3-356-01484-6
Birgit Lohmeyer | Wellers Zorn | 224 S. | 12,99 € | ISBN 978-3-356-01559-1
Emma Wittenstein | Der Teufel vom Ryck | 376 S. | 9,95 € | ISBN 978-3-356-01400-6
Elke Pupke | Die Toten von Bansin | 304 S. | 12,99 € | ISBN 978-3-356-01603-1
Elke Pupke | Das Mordhaus am Wald | 288 S. | 12,99 € | ISBN 978-3-356-01826-4
Pola Kayser | Der Mond ist kalt und dunkel | 256 S. | 12,99 € | ISBN 978-3-356-01604-8

Liebe Leserin, lieber Leser, wir freuen uns über Ihre Bewertung im Internet!

Die Deutsche Nationalbibliothek verzeichnet diese Publikation in der Deutschen Nationalbibliografie; detaillierte bibliografische Daten sind im Internet über http://dnb.ddb.de abrufbar.



1. Auflage 2014
Herstellung: Hinstorff Verlag GmbH
Lektorat: Dr. Florian Ostrop
Titelbild: mauritius images / David & Micha Sheldon
Karte: Dr. Karsten Igel, Zwischen Bürgerhaus und Frauenhaus. Stadtgestalt, Grundbesitz und Sozialstruktur im spätmittelalterlichen Greifswald (Städteforschung. Reihe A: Darstellung 71), Böhlau Verlag 2010
Druck: GGP Media GmbH, Pößneck
Printed in Germany
ISBN 978-3-356-01827-1

MIX
Papier aus verantwortungsvollen Quellen
FSC® C014496

# Kapitel 1

10. Juli 1491 – Wolgast

Die dunkle Ecke bot ihm Schutz, Schutz vor den Menschen, Schutz vor dem ungerechten Leben. Seit nunmehr fünf Wochen war sie sein Zuhause, wenn er sein Tagwerk in der herzoglichen Bibliothek beendet hatte. Hier ließ man ihn allein, allein mit seinem Hass, seiner Wut und seiner Trauer. Niemand stellte Fragen, niemand erwartete Antworten, niemand nahm ihn wahr: nicht die Fuhrleute, nicht die Tagelöhner, nicht die Huren.

Seine Aufmerksamkeit galt allein dem irdenen Becher vor sich, gefüllt mit Wein, dessen Geschmack ihn nicht interessierte, solange er den Schmerz in seiner Brust betäubte. Den Schmerz, der ihn seit über fünf Wochen quälte, seit jener Nacht, in der er alles verloren hatte, was ihm lieb und teuer gewesen war. Nie würde er Sarahs Schreie vergessen, nie das Blut, nie seine Hilflosigkeit. Noch immer brannte die Wut in ihm, die Wut, weil niemand ihr hatte helfen können. Noch immer zerfraß ihn der Hass, der Hass auf sich selbst, weil auch er ihrem Leid hilflos gegenübergestanden hatte. Der Wein betäubte den Schmerz, aber er löschte ihn nicht aus. Alles, alles würde er dafür geben, wenn er die Nacht seines Unglückes ungeschehen machen, wenn er morgens wieder neben Sarah erwachen, wenn er wieder das Leuchten in ihren Augen sehen könnte, während sie sich stolz über den Bauch strich, in dem ihr Kind heranwuchs. Wie unerbittlich hatte das Schicksal zugeschlagen! Warum nur, warum war ihm kein Glück im Leben vergönnt? Verzweifelt raufte er sich die Haare.

Eine Hand legte sich schwer auf seine Schulter, als er erneut nach dem Becher griff.

»Du hast genug für heute, Martin.«

Er schaute nur einen kurzen Augenblick zur Seite, zu gut kannte er die dunkle Stimme des Hauptmannes in der groben Uniform der herzoglichen Wache. Seit Martin im Dienste des Herzogs stand, begegneten sie sich nahezu täglich und mittlerweile verband sie eine Freundschaft.



»Hab ich was ausgefressen oder warum erscheinst du in diesem Aufzug? Und wieso hat man dich überhaupt hereingelassen?«

»Das liegt vermutlich an meinen beiden bewaffneten Begleitern, die neben der Tür warten.« Ohne Aufforderung setzte sich der andere an den Tisch. Mit einer abwertenden Geste deutete er auf den Wein. »Das Gesöff schmeckt doch gar nicht.«

»Darum geht es auch nicht, Marko«, erwiderte Martin mit schwerer Zunge und blickte seinem Gegenüber dabei fest in die Augen. »Aber du bist sicherlich nicht hergekommen, um mit mir über den Wein zu reden.«

»Ganz recht, deswegen bin ich nicht hier. Dein Lebenswandel erregt Aufmerksamkeit. Der Nachtwächter hat dich vor zwei Tagen aufgegriffen. Vielleicht erinnerst du dich noch daran? Es hat dem herzoglichen Sekretär große Freude bereitet, Bogislaw davon in Kenntnis zu setzen. Bei allem Verständnis, das der Herzog für deine Schicksalsschläge aufbringt, sieht er es dennoch nicht gern, wenn sich sein Bibliothekar nachts in üblen Schänken herumtreibt!«

»Es ist meine Sache, wo ich mich nachts herumtreibe! Mein Leben geht niemanden etwas an! Niemanden!« Nichts hasste Martin mehr, als wenn man sich in sein Leben einmischte.

Missbilligend runzelte Marko die Stirn. »Wahrscheinlich kannst du es dir nicht vorstellen, aber es gibt Menschen, die sich um dich sorgen. Der Herzog hält wirklich große Stücke auf dich und sieht nicht zu, wie du dich selbst zerstörst. Und ich werde das ebenfalls nicht.« Beruhigend legte er seine Hand auf Martins. »Ich weiß, wie sehr du Sarah vermisst. Doch der Wein macht weder sie noch euer Kind wieder lebendig. Eher befördert er dich bald auf den Friedhof. Und wenn du dich demnächst nicht totsäufst, wird dir irgendein Halunke auf dem Heimweg den Schädel für ein paar läppische Schillinge einschlagen. Sarah würde das nicht wollen. Nein, sie würde sich schämen, wenn sie dich so sähe!«



Zornig riss Martin seine Hand los. »Hör auf, mich zu belehren!«

»Ich belehre dich nicht, ich passe auf, so, wie ich es Sarah versprochen habe! Also steh auf. Ich begleite dich nach Hause«, forderte Marko in scharfem Ton.

»Ich will aber nicht. Lass mich in Frieden und verschwinde! Lasst mich alle in Frieden«, warf Martin ihm lauter entgegen, als er eigentlich beabsichtigt hatte.

Im Schankraum herrschte mit einem Mal gespenstische Stille. Die Augen der Anwesenden waren auf die beiden Männer gerichtet. Kraftlos sank Martin in sich zusammen und legte die Stirn auf den Tisch. Leise fügte er hinzu: »Ich will meine Ruhe, nur meine Ruhe. Verstehst du das nicht?«

Der Bewaffnete seufzte schwer. »Darauf kann ich leider keine Rücksicht nehmen. Der Herzog erwartet dich morgen früh. Er hat einen besonderen Auftrag für dich. Betrunken kannst du nicht vor ihm erscheinen.«

Gequält lächelte Martin. »Soll ich etwa wieder ein Buch kopieren? Das ist ja das Einzige, wozu ich fähig bin!«

Aufgebracht herrschte Marko ihn an: »Hör auf, hör auf damit, dich selbst zu bemitleiden! Das ist widerlich und deiner nicht würdig!« Er machte eine kurze Pause, bis er in ruhigerem Ton fortfuhr: »Nein, es ist kein Buch. Du wirst in der Frühe nach Greifswald fahren. Dort gab es gestern Nacht einen Toten.«



»Das wäre nicht der Erste und wird auch nicht der Letzte sein! Was geht's den Herzog an? Die Greifswalder werden sich schön bedanken, wenn er sich in ihre Angelegenheiten einmischt.«

»Der Herzog mischt sich nicht ein. Von der Universität kam ein Brief. Darin wurde er um Hilfe gebeten. Du weißt, wie stolz Bogislaw auf die Schule ist. Deshalb wird er der Bitte nachkommen.«

Jäh hob Martin den Kopf vom Tisch. Die Worte verhießen nichts Gutes. Misstrauisch fragte er nach: »Der Brief stammt vom Rektor?«

»Was weiß ich! Der Brief trug das Siegel der Universität. Ich habe ihn persönlich zum Herzog gebracht.«

»Und was soll ich in Greifswald?«

»Den Mörder finden.«

Die drei Worte hallten in Martins Kopf nach. Mit einem Mal war der Weinnebel verschwunden. Einen Mörder finden – genau damit hatte sein Unglück begonnen. Und er hatte sich geschworen, nie wieder seine Nase in Angelegenheiten zu stecken, die ihn nichts angingen. Sollte ihm der herzogliche Auftrag nun einen Strich durch die Rechnung machen? Ausgerechnet jetzt, wo er keine Lust verspürte, Wolgast zu verlassen? Ein leiser Verdacht keimte in ihm auf.

»Wie kommt Bogislaw ausgerechnet auf mich?«

Obwohl Marko es redlich zu verbergen suchte, bemerkte Martin dessen Unbehagen. »Vermutlich hat sein Sekretär die Gunst der Stunde genutzt und dich vorgeschlagen, schließlich will er dich schon lange loswerden. Und bei Lichte betrachtet, finde ich die Idee gar nicht schlecht. Der Auftrag wird dich ablenken.«



Nach all dem, was im vergangenen Jahr geschehen war, verspürte Martin keine Lust, in seine Heimatstadt zurückzukehren. »Fragt mich jemand, ob ich das überhaupt möchte? Ich bin Kopist. Ich übertrage Bücher. Was schert mich ein Mörder? Soviel ich weiß, gibt es in Greifswald noch immer einen Vogt. Soll der sich darum kümmern!«

Wenn Martin geglaubt hatte, sein Freund würde sich geschlagen geben, hatte er sich getäuscht. »Das kannst du dem Herzog morgen früh selbst sagen. Ich bin für dein pünktliches Erscheinen verantwortlich. Deswegen schaffe ich dich jetzt nach Hause, wo du – so gut es geht – deinen Rausch ausschläfst. Morgen früh hole ich dich ab und kontrolliere deinen Zustand.«

Der Hauptmann erhob sich. Unwillig schüttelte Martin den Kopf. Dabei fiel sein Blick auf Markos Begleiter, die mit grimmiger Miene und der Hand am Schwert neben der Tür warteten. Ihm blieb wohl keine Wahl. Resigniert legte er zwei Vierpfennigstücke auf den Tisch, stand auf und folgte seinem

Freund aus der Schänke. Mit ausladenden Schritten schlug er den Weg nach Hause ein, dicht gefolgt von den herzoglichen Wachen.

* * *

Als Martin am nächsten Morgen mit brummendem Schädel unsanft von Marko aus dem Schlaf gerissen wurde, war er diesem in gewisser Weise dankbar. Wer weiß, wie er sich fühlen würde, hätte er noch ein paar Stunden weitergetrunken. In diesem Zustand hätte er dem Herzog wahrlich nicht unter die Augen treten dürfen. Denn selbst wenn es ihm gelingen sollte, Bogislaw davon zu überzeugen, ihn nicht nach Greifswald zu schicken, kam er um die Audienz nicht herum. Während sich Martin wusch, die Haare richtete und ankleidete, suchte Marko ein paar von den auf dem Boden verstreut liegenden Hemden zusammen und stopfte sie in einen Beutel. Gemeinsam schlugen sie den Weg zur Wolgaster Residenz ein, in der der Herzog gerade einige Monate verbrachte, bevor er im Herbst nach Stettin zurückkehren wollte.

Trotz der recht frühen Stunde saß Bogislaw bei Martins Eintreten an einem großen Eichentisch und siegelte einen Brief, den er anschließend auf einem kleinen Stapel ablegte. Die Schlichtheit des Audienzzimmers überraschte Martin wieder einmal aufs Neue. Der Herzog nutzte den Raum für die Tagesgeschäfte und empfing hier seine Dienstboten. Er war sich der Achtung seiner Untertanen gewiss, es bedurfte keines Prunks, um sie zu beeindrucken.

Martin schätzte den ruhigen Mann, der etwa vier Jahre älter als er selbst war. Seine gute Meinung gründete nicht allein in dem großen Interesse, das der Herzog Büchern entgegenbrachte und das sich in einer ansehnlichen Bibliothek niederschlug, die Martin um Kopien kostbare Exemplare bereicherte. Darüber hinaus zeichnete sich Bogislaw durch eine starke Neugier gegenüber allem Neuen aus. Martins Bewunderung trübte lediglich dessen Verbindung mit Anna von Polen und das kaum zwei Jahre nach dem Tod seiner ersten Frau Margarethe. Gut, die Ehe war kinderlos geblieben und der Herzog tat gut daran, sich um einen Stammhalter zu bemühen. Doch musste es so schnell sein?



»Ah, da ist Er endlich.« Bogislaw bedeutete ihm mit einer Geste, näher zu treten. »Wir haben Ihn schon ungeduldig erwartet. Hat Unser treuer Hauptmann Ihm schon berichtet, welch wichtigen Auftrag Er übernehmen soll?«

Demütig schaute Martin zu Boden und antwortete leise: »Er erwähnte einen Mord in Greifswald, Euer Gnaden.«

»Ja, so ist es. Ein Ratsdiener soll auf äußerst grausame Weise zu Tode gekommen sein. Und als wäre das nicht schon schlimm genug, bezichtigt man zu allem Übel einen Studenten der schrecklichen Tat. Der Rektor der Universität ist von dessen Unschuld überzeugt und bat Uns inständig, ihm einen klugen Kopf zu schicken, der eben das beweist.«

Martin schwante Böses. »Verzeiht, Euer Gnaden. Lautet der Name des Studenten womöglich Gernot von Eisenfels?«

Sein Gegenüber sah ihn überrascht an. »Nun, der Rektor nannte keinen Namen. Doch geht es bei dieser Angelegenheit nicht nur um einen Studenten. Der Vorwurf gefährdet den guten Ruf, den die Universität über die Landesgrenzen hinaus genießt und der Uns mit besonderem Stolz erfüllt. Die herzogliche Familie ist – wie Er sicherlich weiß – nicht allein den

Greifswaldern, sondern auch ihrer Alma Mater eng verbunden. Unser Großvater unterstützte Bürgermeister Rubenow bei der Errichtung der Schule und ersuchte Papst Calixtus III. um die Stiftungsurkunde, ohne die ein studium generale nicht möglich ist. Seit ihrer Gründung steht die Universität unter dem Schutz Unserer Familie. Und sie hat es Uns mit ihren fähigen Juristen bereits des Öfteren bei schwierigen Verhandlungen gedankt.«

Betreten betrachtete Martin seine Schuhspitzen. In Greifswald würde er unweigerlich wieder auf Menschen treffen, von denen er gehofft hatte, sie nie im Leben wiederzusehen. Er fühlte die Augen des Herzogs auf sich ruhen und merkte, wie ihm die Röte ins Gesicht schoss.



Wieder einmal zeigte sich das feinsinnige Gespür des Landesvaters. »Zweifelt Unser Bibliothekarius etwa an Seinen Fähigkeiten? Das muss Er nicht! Wir haben Uns bereits mehrfach von Seiner Klugheit überzeugt und soviel Wir wissen, hat Er schon einmal einen Mörder entlarvt. Kurzum: Er ist der Richtige für diese Aufgabe.«

Marko! Natürlich, von wem sollte der Herzog es sonst wissen? Außer dem Hauptmann hatte Martin niemandem von den Geschehnissen des Vorjahres erzählt. Also hatte der Mistkerl ihm gestern lediglich die halbe Wahrheit gesagt. Bestimmt hatte er den Herzog auf diesen unsäglichen Gedanken gebracht und nicht dessen Sekretär. Das sah ihm ähnlich!

»Es ist nur so«, wandte Martin demütig ein. »Ich möchte die Stadt derzeit ungern verlassen, Euer Gnaden.«

Der Herzog erhob sich und trat auf ihn zu. Tröstend legte er Martin seine Hand auf die Schulter. »Wir wissen, wie sehr Ihm der Schmerz zusetzt und wie unendlich groß Seine Trauer ist. Wie Er weiß, haben Wir vor kaum zwei Jahren ebenfalls Unsere geliebte Frau verloren. Aber Wir brauchen Ihn! Die Universität braucht Ihn! Der unschuldige Student braucht Ihn! Er würde ohne Seine Hilfe gerichtet. Und in Greifswald gibt es eine Witwe, die ein Recht zu erfahren hat, wessen Hand ihr den Gatten nahm. Will Er allen Seine Hilfe versagen? Wir würden Ihn wirklich von dem Auftrag entbinden, gäbe es einen ebenso fähigen Mann.«

»Mit Verlaub, Euer Gnaden, Greifswald besitzt einen Vogt, der das Verbrechen aufklären kann.«



Der Herzog kehrte an seinen Tisch zurück. Nachdenklich fuhr er sich mit der Hand übers Kinn.

»Eben jener ist der Grund, weshalb Uns der Rektor so inständig um Hilfe bat. Der Vogt ist von der Schuld des Studenten überzeugt und lässt sich nicht davon abbringen.« Seufzend ließ sich Bogislaw auf seinen Sitz nieder. »Leider sind die Greifswalder auch in dieser Hinsicht sehr selbständig geworden. Hat früher Unser Vogt einen Vertreter nach Greifswald gesandt, so entscheidet der Rat nun selbst, wer dieses verantwortungsvolle Amt übernehmen soll. Und hat man zunächst ein erfahrenes Ratsmitglied gewählt, so betrauen die Ratsherren heute einen Fremden damit. Soviel Wir wissen, genießt der Amtsinhaber keinen guten Ruf. Womöglich ist Unser Bibliothekarius ihm bereits begegnet?«

Ungern erinnerte sich Martin an den Vogt, mit dem er im vergangenen Jahr unfreiwillig Bekanntschaft gemacht hatte. Zögerlich nickte er.

»Gleichwohl werden die Ratsherren und der Vogt kaum erfreut sein, wenn ich in Eurem Auftrag Nachforschungen anstelle, Euer Gnaden.«

»Das braucht Ihn nicht zu sorgen. Der Rektor hat alles Notwendige mit den Bürgermeistern geklärt. Die Männer besitzen ebenfalls ein großes Interesse, jeglichen Schaden von der Universität fernzuhalten.« Der Herzog griff nach dem Stapel vor sich. »Unser Bibliothekarius erhält diese drei Briefe. Dieser hier ist für den Rektor. Besuche Er ihn zuerst. Er wird Ihn über die Ereignisse in Kenntnis setzen, für Seine Unterkunft und Sein leibliches Wohlergehen sorgen. Dieser Brief«, er zeigte ihm das nächste Schreiben, »ist für die Bürgermeister. Unsere Wahl fiel auch deswegen auf Ihn, weil Er Greifswalder ist. Er kennt den Stolz der Kaufleute und Bürger und verfügt über das erforderliche Fingerspitzengefühl im Umgang mit ihnen. Er wird alles vermeiden, was als Einmischen des Herzogs in städtische Angelegenheiten gedeutet werden könnte. Der dritte Brief ist für Ihn. Er legitimiert Ihn gegenüber jedermann als Unseren Vertreter und stellt Ihn unter Unseren persönlichen Schutz. Trete Er näher!« Ungeduldig winkte Bogislaw ihn heran.



Martin tat, wie ihm geheißen.

»Obwohl Er Gast der Universität ist, wird ein wenig Geld nützlich sein, um die ein oder andere Zunge zu lockern. Der Inhalt dieses Beutels sollte ausreichen. Was Er übrig behält, ist Sein Lohn.«

Schon während seiner letzten Worte überreichte ihm der Herzog die Briefe und ein ledernes Geldsäckchen.

»Und wenn der Student tatsächlich der Mörder sein sollte, Euer Gnaden?«

»Dann muss er selbstverständlich seiner gerechten Strafe zugeführt werden. Das braucht Unser Bibliothekarius allerdings nicht zu fürchten. Der Rektor verfügt über eine gute Menschenkenntnis.«

Trotz der Gefahr, in der Achtung des Herzogs zu sinken, unternahm Martin einen letzten zaghaften Versuch.

»Euer Gnaden, kann nicht vielleicht doch Jemand …, Euer Sekretär …«, weiter kam er nicht. Der Herzog lächelte ihn milde an und schüttelte den Kopf.

»Niemand wäre besser geeignet als Er und Wir setzen große Hoffnung in Ihn. Findet Er den Mörder, soll es Sein Schaden nicht sein. Und nun spute Er sich. Man erwartet Ihn in Greifswald. Mein Hauptmann hat für alles gesorgt, damit Er sich so schnell wie möglich auf den Weg begibt.«



Martin war entlassen. Er verbeugte sich kurz und verließ mit den Briefen und dem Geldbeutel den Raum. Draußen atmete er tief ein. Was blieb ihm weiter übrig, als den Auftrag zu erfüllen? Mit Marko hatte er vor seiner Abreise aus Wolgast allerdings noch ein Hühnchen zu rupfen.

* * *

Zu seiner Erleichterung zeichnete sich der alte Fuhrmann durch die für Menschen dieses Landstrichs charakteristische Schweigsamkeit aus. So konnte Martin ungestört seinen Gedanken nachhängen, während der Wagen schneller als er es den beiden rotbraunen Pferden zugetraut hätte, zwischen gelben Kornfeldern Greifswald zustrebte. Mit etwas Glück erreichten sie die Stadt nahe der Dänischen Wieck vor Einbruch der Dunkelheit.

Offensichtlich war sein Schicksal untrennbar mit Greifswald verbunden, gerade erst letzten Sommer hatte er die Stadt verlassen und niemals zurückkehren wollen. Anlass für den Wunsch waren die Ereignisse des vergangenen Jahres gewesen.

Im März war er bei einem Kopierauftrag ungewollt in einen Mordfall verwickelt worden. Dank seines harten Schädels hatte er zwar einen Anschlag überlebt, bald darauf jedoch seine Arbeit in einer Kopierstube verloren. Fast war er schon am Verzweifeln gewesen, weil niemand einen Krüppel wie ihn in Dienst nehmen wollte. Da hatte sich sein Leben zum Guten gewendet, als Philipp Lazar, ein Universitätslehrer und Arzt, ihm eine Anstellung anbot und in sein Haus aufnahm. Der angesehene Bürger hatte Martins Neugier an der Medizin befriedigt und ihm überdies geholfen, seinen eigenen Wert zu erkennen. Vor allem hatte er ihn ebenbürtig behandelt. Zum ersten Mal seit seiner Kindheit hatte Martin einen Freund gefunden. Außerdem verdankte er ihm sein Glück mit Sarah.



Nie würde er den Moment vergessen, in dem er das zierliche Mädchen mit dem kastanienfarbenen Haar auf der Treppe zu Lazars Bibliothek zum ersten Mal erblickt hatte; nie die Nacht, in der sie ihn zum ersten Mal in seiner kleinen Kammer besucht hatte; nie den Streit, den er ihretwegen mit Lazars Diener Klaus geführt hatte. Ja, selbst diesem einohrigen Halunken hatte der gutherzige Lehrer ein Dach über dem Kopf gewährt und sogar versucht, ihn zum Guten zu bekehren. Vergebens, wie Martin von Beginn an vermutet hatte.

Warum hatte er ob dieses Glückes nicht einfach den Mordanschlag vergessen? Was hatte ihn getrieben, nach dem Täter zu suchen? Und welchen Preis hatte er dafür gezahlt?

Philipp Lazar hatte ihm jede Unterstützung gewährt, die Martin sich hatte wünschen können. Als sie schließlich über den Mörder und dessen Motiv in Streit geraten waren, war Martin nicht nur undankbar gewesen. Nein, viel schlimmer!

Er, Martin Haffer, hatte sich zweier Todsünden schuldig gemacht. Seine im Zorn gesprochenen Worte hatten Philipp verletzt, als dieser Hilfe brauchte. Hilfe, die Martin ihm hätte geben können, wenn er auf Sarah gehört hätte. Immer wieder hatte sie ihn in jenen Tagen zu überzeugen versucht, sich wieder mit Philipp zu versöhnen. Sein Stolz hatte es jedoch nicht zugelassen.

Es schmerzte, wenn er an die Fürsorge dachte, mit der ihn der Freund trotz Martins abweisendem Verhalten bedacht hatte. Philipp hatte auf seine und Sarahs Heirat bestanden und alles dafür Notwendige in die Wege geleitet. Statt dankbar zu sein, hatte Martin alles wortlos über sich ergehen lassen. Als er sich auf Sarahs Drängen doch noch von Philipp hatte verabschieden wollen, war es zu spät gewesen. Nie würde er den Augenblick vergessen, als er den Freund reglos auf dem Boden der Bibliothek gefunden hatte, einen Becher vergifteten Weins neben sich. In diesem Moment war Martin schlagartig bewusst geworden, wie stark das Band ihrer Freundschaft trotz seines Zorns und Stolzes wirklich gewesen war.

Die Erinnerung an die nachfolgenden Ereignisse bereitete Martin nach wie vor Unbehagen. Jemand hatte eilig den Chirurgen Severo herbeigeholt, der lediglich Philipps Tod hatte feststellen können. Der Italiener hatte laut ausgesprochen, was Martin beim Anblick des Toten selbst bewusst geworden war: Er trug Schuld am Tod seines Freundes. Severo, der ebenfalls mit dem Arzt befreundet gewesen war, hatte sich wutentbrannt auf Martin gestürzt, und wäre Philipps Hausvorsteherin ihm nicht in den Arm gefallen, wer weiß, was der Chirurg ihm angetan hätte. Irgendwann im Laufe des Unglückstages hatte Martin mit dem Prior des Dominikanerklosters, Philipps Beichtvater, gesprochen. Der hatte, gegen eine großzügige Spende, die Erteilung der Sterbesakramente bestätigt und so die Bestattung des Freundes auf dem Kirchhof gesichert. Dunkel erinnerte sich Martin an das Begräbnis und Severos noch immer wutentbranntes Gesicht, über das der strömende Regen floss. Tags darauf hatte er mit Sarah die Stadt verlassen. Zunächst waren sie nach Wolgast gewandert, wo sie eigentlich bloß ein paar Tage hatten bleiben wollen. Doch anscheinend war ihnen etwas anderes vorbestimmt.



Auf dem Wolgaster Markt hatte ein junger Hauptmann der herzoglichen Wache mit Sarah gescherzt. Die Enttäuschung war ihm ins Gesicht geschrieben, als ihn die junge Frau zu Martin führte. Dennoch hatte er bereitwillig von der herzoglichen Bibliothek erzählt und ihn am folgenden Tag in die Residenz mitgenommen. Seitdem stand Martin in den Diensten von Herzog Bogislaw. Alles war gut und zum ersten Mal in seinem Leben war er, trotz aller Schuldgefühle, glücklich gewesen. Wie sehr hatte er sich auf das Kind gefreut, das Sarah unter ihrem Herzen trug. Und dann hatte ihm eine einzige Nacht alles genommen, was ihm lieb gewesen war.

Zorn und Stolz – zwei Todsünden. Hatte er sie mit dem Leben von Sarah und ihres Sohnes bezahlt? Würden beide noch leben, wenn er seinen Zorn bezähmt, seinen Stolz vergessen und Philipp die Hand zur Versöhnung gereicht hätte? Philipp war ein guter Arzt gewesen. Sicher hätte er Frau und Kind gerettet. Wie er es auch drehte und wendete: Er, Martin Haffer, er allein trug die Verantwortung für den Tod dreier Menschen, die ihm so viel bedeutet hatten.

Er wischte sich den Schweiß von der Stirn. Nun ja, vielleicht würde ihn sein Auftrag nicht nur ein wenig ablenken, sondern ihm die Möglichkeit geben, etwas Gutes zu tun. Hoffentlich ließ sich wenigstens eine Begegnung mit Severo vermeiden.

* * *

Der Weg nach Greifswald führte an St. Georg, dem Leprosenhaus, vorbei. Im letzten Sommer hatte er Philipp bei einer Sitzung des Greifswalder Leprosenrates, dem außerdem Severo und Medikus Pfeifer angehörten, bei der Untersuchung der Kranken assistiert. Stellte der Rat den Ausbruch der schrecklichen Krankheit fest, verstieß man die Menschen aus der Gemeinschaft der Gesunden. Man las ihnen die Totenmesse und gab ihnen Glöckchen, die ihr Näherkommen schon von Weitem verrieten. Martin hatte den Auszug der Kranken aus der Stadt am Tag nach dem Leprosenrat erlebt. Es war ein trauriger Anblick gewesen.

Ob jene drei Kinder, um die damals ein Streit zwischen Philipp und dem Medikus entbrannt war, mittlerweile die schreckliche Krankheit ausgebrochen war? Der Leprosenrat hatte bei den Kindern, im Gegensatz zu den Eltern, keine Zeichen des Aussatzes entdeckt. Deswegen hatte Philipp sie in einem Kloster oder seinem Haus unterbringen wollen. Martin hatte den Eifer seines Freundes nicht verstanden, was vielleicht an seinen heimlichen Treffen mit Sarah gelegen haben mochte. Immerhin galt Lepra als Strafe Gottes für Unzüchtigkeit.

Zu seiner Erleichterung hatte sich der Medikus mithilfe von Severo durchgesetzt und die Kinder waren mit ihren Eltern ins Leprosenhaus gebracht worden. Nun, immerhin litten sie dort dank der Fürsorge des St.-Georg-Ordens keinen Hunger.

Sie erreichten Greifswald tatsächlich noch bei Tageslicht. Langsam ruckelte der Wagen über die Holzbrücke, die über den Wassergraben vor dem Mühlentor in der östlichen Stadtmauer führte, bis zum vorgelagerten Holztor. Ein müder Wachmann mit einer Hellebarde in der Hand hielt sie an und fragte nach dem Grund ihres Besuches. Als der Fuhrmann ihm mitteilte, für welchen Ratsherrn die Säcke hinter ihm bestimmt waren, trat der Bewaffnete zur Seite und ließ sie passieren. Das Gleiche wiederholte sich am Haupttor, dessen Wache auf Martin einen nicht minder müden Eindruck machte. Wahrscheinlich setzte die Hitze den Männern mit ihren dicken Wamsen erheblich zu.

Gemächlichen Schritts zogen die Rotbraunen den Wagen durch den Schuhhagen, vorbei an einem der Häuser der angesehenen Familie Rubenow an der Ecke der Brüggstraße, bis zum Markt. Dort kam das Fuhrwerk in Höhe der Fischstraße zum Stehen.

Umständlich kletterte Martin herunter und bedankte sich mit schmerzendem Kopf beim Fuhrmann. Der holprige Weg hatte den Wagen und ihn ordentlich durchgeschüttelt und gemeinsam mit der stechenden Sommersonne die Nachwehen seines nächtlichen Trunkes verstärkt. Sorgfältig klopfte er den Staub, den die Wagenräder aufgewirbelt hatten, von seiner Hose und den Stiefeln. Anschließend nahm er einen Schluck Wasser aus der Flasche, die Marko ihm zum Abschied gereicht hatte, und sah sich aufmerksam um. Nichts schien sich verändert zu haben.

Martin überlegte. Bogislaw hatte ihm aufgetragen, er möge zunächst den Rektor aufsuchen. Der sollte ihn über die Geschehnisse unterrichten und mitteilen, wo Martin eine Unterkunft finden würde. In der Artistischen Fakultät war der Gelehrte wohl am ehesten anzutreffen oder man konnte ihm wenigstens sagen, wo er zu finden sei.

Welchen Weg sollte er wählen? Durch die Kleinschmiedestraße musste er unweigerlich an Philipp Lazars Haus vorbei. Dort bestand die Gefahr, Agnes zu begegnen. Noch fehlte ihm der Mut, ihr, die sich Sarahs wie eine Mutter angenommen hatte, von seinem schmerzlichen Verlust zu erzählen. Nach längerem Abwägen entschied sich Martin für den Weg am Rathaus vorbei, über Bader- und Lappstraße, nördlich von St. Nikolai entlang bis zur Domstraße. So vermied er auch, an Philipps Grab auf dem Kirchhof vorüberzugehen.



Kurze Zeit später langte er am Haus in der Collegienstraße an, das die Große Artistische Fakultät beherbergte. Dem weißhaarigen Diener, der auf sein lautes Klopfen hin öffnete, erklärte er, wer er sei. Den herzoglichen Brief samt Siegel wollte der Bedienstete gar nicht sehen. Stattdessen bedeutete er Martin ungeduldig, einzutreten. Der rasche Blick, den der Alte auf die Straße warf, ehe er die Tür schloss, blieb Martin nicht verborgen. Wortlos folgte er dem Diener durch die Gänge zu einem großen Raum, wo er warten sollte. Er kannte das Zimmer. Bei seinem ersten Besuch hatten die Herren Professoren an der langen Tafel in einer Weise lautstark gestritten, die Martin ihrer für unwürdig empfunden hatte. Nun stand der dunkle Tisch verlassen. An der weißgetünchten Wand hing ein Bild, dem Martin in Ermangelung einer anderen Beschäftigung seine Aufmerksamkeit widmete.

Die abgebildeten sieben Gelehrten waren in zwei Gruppen angeordnet. Auf den Pergamentstreifen, die sich um die Männer wandten, las Martin ihre Namen: Heinrich Rubenow,

Nikolaus Amsterdam, Bernhard Bodeker, Tiedemann Johannis, Wilken Bolen, Berthold Segeberg und Johannes Lamside. Letzterer und Amsterdam trugen schwarze, Bodeker ein rotes, Johannis ein blaues, Bolen ein weißes und Segeberg ein grünes hermelinbesetztes Gewand. Mit Ausnahme von Amsterdam und Lamside, deren Festkleid eine Kapuze besaß, zierten Barette die Köpfe. Zwischen Johannis und Bolen war die Jungfrau Maria mit ihrem Kind abgebildet, umgeben von einem goldenen Kranz.



Am eindrucksvollsten wirkte der links stehende Heinrich Rubenow, dessen Namen man in Greifswald noch immer ehrfurchtsvoll nannte. Sein ebenfalls mit Hermelin besetztes Gewand besaß am Hals einen breiten Ausschnitt, durch den das weiße Vorderhemd sichtbar war. Darüber trug er den mit Goldstickerei verzierten roten Rektorenmantel. Auf seinem Haupt saß ein rotes Barett.

»Er bewundert den Gründer der Universität«, ertönte eine Stimme hinter ihm. Trotz der sommerlichen Hitze trug der Eintretende den gleichen Mantel wie Rubenow. Der Fakultätsdiener folgte ihm mit einem Krug und zwei Bechern, die er auf dem Tisch abstellte, bevor er den Raum wieder verließ.

»Ich sah es bereits in St. Nikolai«, fühlte sich Martin zu einer Erwiderung verpflichtet.

»Dies ist ein Abbild, das wir für diesen wundervollen Raum anfertigen ließen, in dem gelegentlich das consilium universitatis zusammentritt. Es verleiht ihm eine ganz besondere Würde.«

»In der Tat«, stimmte Martin zu. »Zweifelsohne gibt es kein besser geeignetes Bild.«

»Er ist also der herzogliche Ermittler«, lenkte der Rektor das Gespräch auf den Grund von Martins Besuch.

Martin bejahte und überreichte den Brief mit dem herzoglichen Siegel. Aufmerksam las der Rektor das Schreiben. Nachdem er seinen Besucher daraufhin eingehend gemustert hatte, meinte er: »Er kommt mir bekannt vor?«

Verlegen räusperte sich Martin. »Ich war Professor Lazars Sekretär …«

»Ja, ich erinnere mich. Der geschätzte Kollege wollte Seine Anstellung als Kopist an der Universität erreichen.« Der Rektor machte eine kurze Pause. »Wie es scheint, meint es das Schicksal nicht gut mit unserer Alma Mater. Wieder und wieder sucht das Unglück sie heim. Erst der Mord an Professor Heiden, der Tod von Professor Lazar und jetzt dieser schreckliche Vorwurf …« Der Blick des Rektors verlor sich im Raum. Nach einem kurzen Moment fing er sich wieder. »Der Herzog vertraut Ihm?«



Stumm nickte Martin.

»Hat Seine Gnaden Ihn bereits über die schlimmen Ereignisse in Kenntnis gesetzt?«

»Ein Mord, das sagte er. Mehr nicht.«

»Ein Meuchelmord, ja«, murmelte der Rektor gedankenverloren. »Grausam, äußerst grausam zugerichtet fand man den Hafenmeister des Stadthafens in der Nacht zum Sonntag auf dem Hof einer Schänke zweifelhaften Rufs. Der Vogt verdächtigt einen Studenten und wollte ihn sofort in den Kerker werfen. Glücklicherweise gelang jenem die Flucht in den Schutz der Universität. Seitdem fordert der Vogt vehement dessen Auslieferung. Er besitzt keine Vorstellung, welche Mühe es mir bereitet hat, bei den Bürgermeistern eine Frist bis Samstag 12 Uhr auszuhandeln. Dann werde ich mich – um des Friedens Willen – dem Auslieferungswunsch des

Vogtes beugen. Dem herzoglichen Ermittler bleibt also nicht viel Zeit, den Schatten, der auf unserer Alma Mater lastet, zu beseitigen. Und wäre der Verdacht gegen einen unserer Studenten nicht schon schlimm genug, beschuldigt der Vogt ausgerechnet denjenigen, dessen Name schon mehrfach im Zusammenhang mit äußerst unangenehmen Vorfällen fiel.«

Resigniert ließ Martin den Kopf sinken. Er hatte richtig gelegen. Bei dem Studenten handelte es sich unweigerlich um Gernot von Eisenfels. Wie konnte es anders sein! Der Bursche war handgreiflichen Auseinandersetzungen nicht abgeneigt und mit seiner spitzen Zunge hatte er früher oder später in ernste Schwierigkeiten geraten müssen. Damit schwand jegliche Hoffnung, Severo aus dem Weg gehen zu können. Zaghaft äußerte er seine Vermutung.



Erstaunt sah der Rektor ihn an. »Er kennt den Studenten?«

»Gernot von Eisenfels half mir auf Professor Lazars ausdrücklichen Wunsch im vergangenen Jahr bei der Katalogisierung von Professor Heidens Bibliothek. Ich habe bereits mehrfach Bekanntschaft mit seiner recht ungewöhnlichen Art gemacht.«

»Tatsächlich? Nun, dann kennt Er wohl auch dessen Hang, üble Schänken zu besuchen? Allerdings irrt der Vogt: Wie Gernot von Eisenfels mir eindringlich versicherte, hat der Hafenmeister ihn angegriffen und er sich lediglich auf seine Verteidigung beschränkt. Als er den Hafenmeister verließ, hat dieser noch gelebt. Ich glaube es ihm, denn ich wüsste nicht, was ein Student mit einem einfachen Menschen aus dem Volke zu kriegen hätte. Wahrscheinlich sind solche Angriffe nichts Ungewöhnliches in derartigen Wirtshäusern. Ist Ihm die Schänke bekannt?«

Martins Nicken rief ein missbilligendes Stirnrunzeln des Rektors hervor. »Unsere Studenten haben in den Wirtschaften nichts zu suchen. Ein Besuch ist ihnen bei Strafe verboten. Das allein gibt Grund genug, den ungehorsamen Kerl von der Universität zu weisen, das ist im Moment jedoch unser geringstes Problem. Gernot von Eisenfels leugnet die Tat. Mehr noch: Er hat seine Unschuld bei Gott geschworen. Der herzogliche Ermittler muss den wahren Mörder finden. Etwas anderes wird den Vogt nicht überzeugen. Außerdem steht nicht nur das Leben des jungen Mannes auf dem Spiel, sondern das Fortbestehen der Universität. Nach den unerfreulichen Ereignissen des vergangenen Jahres liefert dieser Vorfall neuerlichen Anlass zu Vorwürfen, unserer Schule gelänge es nicht, ihren Studenten Sittlichkeit, Anstand und Moral zu vermitteln. Einige Bürger sind uns nicht wohlgesonnen. Für sie ist der Mord ein willkommener Anlass, erneut beim Rat gegen uns zu hetzen. Versteht Er die Bedeutung Seiner Aufgabe?«



Der eindringliche Ton gestattete nichts anderes als ein Kopfnicken.

»Er wird Unterstützung brauchen. Deswegen habe ich unseren Prosektor gebeten, Ihm zur Seite zu stehen. Er kennt viele Menschen und wird von allen respektiert.«

Ein flaues Gefühl bemächtigte sich Martins Magen. Er schickte ein Stoßgebet zum Himmel, Severo möge nicht mehr als Prosektor arbeiten. Leider blieb es ungehört.

»Will Er zunächst den Toten sehen? Ich habe darauf bestanden, ihn in die Medizinische Fakultät bringen zu lassen, wo Severo ihn ungestört untersuchen konnte. Oh, Er ist mit einem Male so blass. Ist Ihm unwohl?«

Martin hielt sich an der Stuhllehne fest und schüttelte den Kopf. »Es liegt wohl an der anstrengenden Reise und der Hitze. Beunruhigt Euch nicht, das hält mich nicht von meinen Nachforschungen ab.«

»Vielleicht nimmt Er erst einmal einen kräftigen Schluck Wein?«

Der Rektor füllte die Becher. Dankbar nahm Martin einen davon entgegen und einen großen Schluck daraus, während der andere fortfuhr.



»Beim Prosektor findet Er außerdem Seine Unterkunft. Der Chirurg ist verwitwet und hat Platz für einen Gast. In den Bursen kann Er nicht unterkommen, denn dort müsste Er sich den strengen Regeln unterwerfen und mit Sonnenuntergang zurückkehren, was seinen Untersuchungen sicher abträglich wäre.«

Mit einem weiteren Schluck aus dem Becher spülte Martin seinen aufsteigenden Ärger herunter.

»Ich werde Seine Ankunft den Bürgermeistern und dem Vogt melden.«

»Habt keine Eile damit«, bremste Martin den Eifer des Rektors. »Der Tag ist bald zu Ende. Ich werde mich morgen früh bei den Herren vorstellen.«

Obwohl dem Gelehrten diese Entscheidung ganz offensichtlich missfiel, widersprach er nicht. »Ich lasse es ausrichten. Was will Er nun unternehmen? Womit Seine Suche beginnen?«

Um das Aufeinandertreffen mit dem Chirurgen hinauszuzögern, entschied sich Martin für Gernot. Trotz der Unfähigkeit des Vogtes, die Martin im Vorjahr am eigenen Leib zu spüren bekommen hatte, musste irgendetwas diesen Schwachkopf auf Gernots Spur gebracht haben. Entgegen der

Einschätzung Bogislaws besaß der Rektor nämlich keine gute Menschenkenntnis, vielmehr schien er ihm ein wenig unbedarft. Im Gegensatz zu ihm schenkte Martin Gernots Behauptung einer bloßen Verteidigung keinen Glauben. Dafür kannte er den Studenten samt seiner Streitlust zu gut. Es galt also zunächst, Gernots Rolle bei den Ereignissen herauszufinden.

Der Rektor schritt zur Tür und öffnete sie. Auf sein Zeichen trat der alte Diener wieder ein. »Führe Er den herzoglichen Ermittler zu Gernot von Eisenfels. Anschließend melde Er Severo dessen Ankunft. Der Prosektor möge in der Medizinischen Fakultät auf ihn warten.«



Damit war alles gesagt. Martin hielt es für angemessen, sich vor dem Verlassen des Raumes zu verbeugen, und folgte dem Diener.

* * *

Vor einer schmalen Tür blieben sie schließlich stehen. Der Alte löste einen Ring mit mehreren Schlüsseln von seinem Hosenbund. Beim dritten Versuch sprang das Schloss auf. Neugierig öffnete Martin die Tür und betrat das karg eingerichtete Zimmer. An der Wand gegenüber dem Eingang stand ein Bett, daneben Tisch und Stuhl. Durch ein kleines vergittertes Fenster fiel ein wenig Licht herein. Neben der Tür hockte Gernot von Eisenfels an der Wand, die Beine eng an den Körper gezogen, den Kopf auf die Knie gelegt, die Augen geschlossen. Der Fakultätsdiener reichte Martin den Schlüsselbund und verließ sie.

Leise schloss Martin die Tür hinter dem Alten. Erst jetzt hob Gernot den Kopf. Die vernarbte rechte Gesichtshälfte zog Martins Aufmerksamkeit auf sich. Sie war das Resultat eines Experiments im Keller von Professor Heiden. Beim Bersten eines Glasbehälters waren nicht nur Scherben in das Gesicht des Studenten gebohrt worden, es hatte sich auch eine ätzende Flüssigkeit in die Haut gefressen. Tagelang hatte hohes Fieber das Leben des jungen Mannes bedroht. Nur Dank Severos unablässiger Pflege hatte er das Unglück überstanden. Gleichwohl hatte sich sein Leben mit einem Schlag verändert. War er vorher der Liebling der Greifswalder Mädchen gewesen, mieden sie ihn nun, sobald sie die in Mitleidenschaft gezogene Gesichtshälfte bemerkten. Der Verlust seiner Beliebtheit hatte Gernot schwer zu schaffen gemacht und rasch war ein rechter Zyniker aus ihm geworden, wie Martin selbst bei mehreren Gelegenheiten zu spüren bekommen hatte. Und offenkundig hatte er sich nicht verändert.



»Hinkebein! Was für eine Überraschung. Ich dachte, du hättest Greifswald verlassen. Bist du etwa meinetwegen zurückgekehrt?«

Martins Herz verkrampfte sich. Hatte er wirklich einen freundlicheren Empfang erwartet? Mit verschränkten Armen lehnte er sich an eine Wand.

»Das kommt auf die Sichtweise an. Der Ärger, in dem du steckst, hat sich bis zum Herzog herumgesprochen. Der Rektor hat sich für dich verwandt und ihn um Hilfe gebeten. Wie du siehst, fiel Bogislaws Wahl auf mich. Aber bevor du dich zu wichtig nimmst: Es geht den beiden Männern anscheinend weniger um dein Leben als den Ruf der Universität.«

Der Student zog ein säuerliches Gesicht. »Ist dem Herzog dein Hang, deine Nase in fremder Leute Angelegenheiten zu stecken, also nicht verborgen geblieben? Es war ja eine wahre Glanzleistung, die du da letztes Jahr vollbracht hast. Deinetwegen liegt die Medizinische Fakultät brach, nachdem auch noch Professor Habicht im Winter das Zeitliche gesegnet hat. Weiß seine Durchlaucht überhaupt, was du seiner geliebten Universität angetan hast?«

»Der Herzog schätzt meine Fähigkeiten als sein Bibliothekarius«, erwiderte Martin bestimmt.

»Ein Mann der Bücher ist genau der Richtige, um meine Unschuld zu beweisen.«



Martin biss sich auf die Zunge. Er durfte sich nicht provozieren lassen, wenn er die Angelegenheit schnell hinter sich bringen wollte. »Spar dir deine bissigen Bemerkungen. Ich bin gekommen, um dir zu helfen. Wenn du allerdings keinen Wert darauf legst, hier herauszukommen, gehe ich wieder. Mich hält nichts in dieser Stadt.«

Der Student zog die Beine enger an seinen Körper heran. Martin betrachtete das als gutes Zeichen. »Erzähl mir, was geschehen ist!«

Mit einer theatralischen Geste strich sich Gernot eine Strähne aus dem Gesicht.

»Vorgestern war ich in der *Hafenklause*. Kaum hatte ich einen Becher Wein bestellt, sprach mich so ein schmieriger Kerl an. Ich kannte ihn nicht, ich mochte ihn nicht. Ein Wort gab das andere, bis es mir irgendwann reichte. Wir gingen auf den Hof, weil ich ihm eine Abreibung verpassen wollte. Beim ersten Kinnhaken sank er zu Boden und ich haute sofort ab. Noch in derselben Nacht erschien die Stadtwache und wollte mich abführen. Mir gelang es gerade noch, aus dem Fenster zu springen und zur Artistischen Fakultät zu laufen. Nach einer Weile erschien der Vogt dort und wollte mich mitnehmen. Freundlicherweise hat der Rektor ihn aus der Fakultät geworfen und mich in dieses Loch gesteckt. Das ist alles.«

Nach einer längeren Pause schüttelte Martin verständnislos den Kopf. Der Bursche besaß die Unverschämtheit, ihm dieselbe Geschichte aufzutischen wie dem Rektor. Für wen hielt er ihn eigentlich?

»Hörst du mir zu, Gernot? Ist dir nicht bewusst, in welcher Lage du dich befindest? Wie soll ich deine Unschuld beweisen und den Mörder finden, wenn du mir nicht die Wahrheit sagst?«

Der Student sah ihn treuherzig an.

Martin schwante Schlimmes. »Es geht um eine Frau.«

Ein zustimmendes Brummen erklang.

Seufzend stellte Martin fest: »Du hast der Frau des Toten nachgestellt!«

»Nachgestellt!« Gernot verzog das Gesicht. »Wie schlimm sich das anhört! Ich habe einer unglücklichen Frau zur Seite gestanden. Liegt das außerhalb deiner Vorstellungskraft?«

»Zur Seite stehen, indem du ihren Gatten tötest?«

»Meine Schläge glichen nicht im Mindesten dem, was dieser Hurensohn ihr alles angetan hat. Im Übrigen habe ich dieses Schwein nicht umgebracht«, schrie Gernot.

»Du hast also mit der Frau des Toten ein Verhältnis«, wiederholte Martin, nachdem er sich zur Ruhe gezwungen hatte.

Lapidar meinte Gernot nur: »Wenn du es sagst, wird es wohl so sein.«

Die Gleichgültigkeit machte Martin wütend. Begriff dieser Narr denn nicht, in welchen Schwierigkeiten er steckte? Sein Leben stand auf dem Spiel! Fürchtete er den Richtblock gar nicht? Erneut atmete Martin ein paar Mal tief ein. Es half niemandem, wenn sie in Streit gerieten.

»Wer weiß davon?«

Der Student blies die Wangen auf. »Woher soll ich das wissen? Wir haben uns um Vorsicht bemüht.«

Martin musste sich regelrecht beherrschen. Am liebsten hätte er den missratenen Adelsspross am Kragen genommen und ordentlich geschüttelt. Nach einem Moment hatte er sich wieder im Griff.

»Also: Du bist in die Schänke, weil du wusstest, wo du den Hafenmeister finden konntest. Warum? Und warum wolltest du dich überhaupt mit ihm schlagen? Und hör endlich auf, mir Lügengeschichten zu erzählen!«



Ehe Gernot trotzig antwortete, nahm er eine bequemere Haltung ein. »Ich bin Barbara im März zum ersten Mal begegnet. Da hatte ihr dieses miese Schwein in einem seiner unvorhersehbaren Wutanfälle eine Rippe angebrochen. Ich half Severo bei ihrer Behandlung. Seither trafen wir uns heimlich, wenn der Alte abends wegging. Erfreulicherweise verließ er das Haus seit Ende März nahezu täglich. Am Samstag fand ich sie grün und blau geschlagen vor. Zunächst dachte ich, er hätte von unseren Stelldicheins erfahren. Aber nein, er hatte wieder einmal schlicht seine Wut an ihr ausgelassen. Hilflos ließ er sie einfach auf dem Boden liegen! Verstehst du? Zuerst habe ich Severo geholt, damit er Barbara untersucht und ihre Verletzungen versorgt. Schon auf dem Weg zu ihm beschloss ich, dem Widerling von Ehemann zu zeigen, wie sich eine Tracht Prügel anfühlt. Ich vermutete ihn in der *Hafenklause*. Dort trifft sich neuerdings die ganze Welt. Tatsächlich lehnte er im Schankraum neben einem großen Kerl am Tresen.

Ich bin an ihnen vorbei, durch die Hintertür und suchte mir im Hof ein Versteck hinter einem Holzstapel. Ich dachte, wer säuft, geht irgendwann pissen. Und ich hatte Glück. Bald darauf trat er nach draußen. Ehe er beim Abtritt anlangte, war ich schon bei ihm. Nach ein paar Faustschlägen lag er bewusstlos am Boden. Als ich mich über ihn beugte, atmete er noch. Das schwöre ich bei Barbaras Leben. Auf dem Weg zurück durch den Schankraum stieß ich gegen den Hünen, der mit dem Schwein am Tresen gestanden hatte. Vielleicht ist der ja danach raus und hat dem Drecksack den Rest gegeben. Ich bin jedenfalls gleich nach Hause.«



»Hat jemand den Kampf beobachtet?«

»Woher soll ich das wissen?« Nervös nagte Gernot an seinen Fingernägeln. Die Sache bedrückte ihn offensichtlich stärker, als er nach außen zeigen mochte. »Na ja, ganz sicher bin ich mir nicht. Als ich mit dem Mistkerl fertig war und durch die Tür zurück in den Schankraum wollte, habe ich mich noch einmal umgedreht. Da war mir, als bewege sich etwas in dem Spalt zwischen den Ställen der Schänke und des Nachbarhauses.«

»Hast du nachgesehen?«

Gernot schüttelte den Kopf. »Für wie dumm hältst du mich? Ich wollte nicht erwischt werden. Das hätte mir eine saftige Strafe an der Universität eingebracht. Also verschwand ich so schnell wie möglich. Sollte wirklich jemand dort gewesen sein, muss er sich vor mir hinter dem Schweinstall versteckt haben.«

»Warum bist du durch den Schankraum auf den Hof und anschließend wieder zurück?«

»Man kommt vom Hof nicht in die Gasse, lediglich zu einem Brunnen und in die Gärten.«

»Was weißt du über den Toten?«

»Er hat für den Rat im Stadthafen die Schiffe auf Schmuggelware kontrolliert.«

Das erschien Martin merkwürdig. »Als Ratsdiener verkehrt er in der Schänke, in der sich die Schmuggler treffen?«

»Wird schon gewusst haben, was er dort wollte. Wie gesagt, die *Hafenklause* erfreut sich seit Kurzem großer Beliebtheit. Im Schankraum habe ich viele Männer gesehen, die ich dort nicht erwartet hätte. Es schien, als würden sie auf etwas oder jemanden warten.«



»Auf wen?«

»Auf den Heiland vielleicht? Was weiß ich. Es hat mich nicht im Geringsten interessiert!«

»Und du weißt nicht, weshalb der Tote seine Frau geschlagen hat?«

»Hätte ich gewusst, was mit dem Schwein passiert, hätte ich ihn natürlich zu seinen Beweggründen befragt.«

Martin musste an sich halten, um nicht auf den Zyniker loszugehen. »Ein einfaches ›Nein‹ hätte ausgereicht! Wo finde ich die Frau?«

Mit lammfrommer Stimme beschrieb ihm Gernot das Haus.

»Gut, das war es fürs Erste.«

Gerade legte Martin die Hand auf den Türgriff, als der Student nachhakte.

»Warum hast du mir die erste Geschichte nicht geglaubt?«

Zufrieden schmunzelte Martin. »Wenn ich mich recht erinnere, bevorzugst du Wein. In der *Hafenklause* gibt es keinen, jedenfalls keinen, der deinem verwöhnten Gaumen genügen dürfte. Du hast die Schänke also zielgerichtet aufgesucht. Zudem hätte ein Streit für Aufmerksamkeit gesorgt. Ihr wärt nicht allein nach draußen gegangen. Die Gäste der *Hafenklause* lassen sich wohl kaum einen Kampf entgehen. In diesem Fall würde es genügend Zeugen geben. So muss ich mir jetzt leider den Kopf zerbrechen, wie ich den Vogt von deiner Unschuld überzeuge.«



Gernots anerkennende Miene bereitete Martin große Genugtuung. »Du bist klüger als ich dachte.« Als werde er sich im selben Moment der Worte bewusst, fiel er sofort in seine gewohnte Rolle zurück. »Gib dir gefälligst Mühe. Ich habe keine Lust, auf dem Richtblock zu landen! Außerdem ist es hier äußerst unbequem, es gibt keinen Wein und das Essen schmeckt nicht, von Damenbesuch ganz zu schweigen.« Kaum vernehmlich fügte er noch hinzu: »Und Barbara braucht mich jetzt.«

* * *

Severo erwarte ihn in der Medizinischen Fakultät, hatte der Diener gesagt, als Martin ihm den Schlüssel zurückgegeben hatte. Der Weg von der Collegienstraße entlang des wüsten Platzes in die Domstraße war nicht weit. Je näher Martin dem Haus gegenüber St. Nikolai kam, das die Medizinische Fakultät beherbergte, desto mehr verließ ihn der Mut. Wie würde der Chirurg reagieren? Hatte sich dessen Groll mittlerweile gelegt? Oder würde er sich erneut auf ihn stürzen? In gewissem Maße hätte Martin das sogar verstanden. Severo war vor vielen Jahren aus Italien nach Greifswald gekommen und der Liebe wegen geblieben. Als Severos Sohn vor etwas mehr als zwei Jahren an den Pocken gestorben war, hatte ihm Philipp Lazar tröstend zur Seite gestanden, ebenso ein halbes

Jahr später beim Tod seiner Frau. Die beiden Männer hatte eine Freundschaft verbunden – Severos einzige, wie Martin vermutete. Nach Philipps Tod war dem Italiener nur noch Gernot geblieben, der seit dem schrecklichen Unfall, der sein Gesicht entstellt hatte, heimlich bei ihm in die Lehre ging. Und sollte er Gernots Unschuld nicht innerhalb der nächsten viereinhalb Tage beweisen, würde der Chirurg auch noch ihn verlieren. Martin schluckte. Weshalb stellte ihm das Schicksal solch eine schwere Aufgabe? Wieso musste er erneut den Weg dieses Mannes kreuzen?



Beim Betreten des Gebäudes kehrte das flaue Gefühl in seinen Magen zurück. Langsam stieg Martin in den Keller hinab. Unten erhellten einige Fackeln den Raum. Mittendrin stand der Seziertisch, der einst Professor Heiden zur Unterrichtung in der menschlichen Anatomie gedient hatte. Den Rücken zur Kellertreppe gewandt, beugte sich der schwarzhaarige Prosektor gerade über einen nackten Leichnam auf dem Tisch. Auf Martins Räuspern drehte sich der Chirurg um. Es dauerte einen Moment, bis der andere ihn erkannte. Zunächst nahm dessen Gesicht einen ungläubigen Ausdruck an, dann stoben Funken aus seinen Augen. Wütend stürzte Severo auf Martin zu und blieb dicht vor ihm stehen.

»Ihr? Ihr wagt es, nach Greifswald zurückzukehren? Habt Ihr nicht schon genügend Unheil angerichtet?«

»Ich gehorche lediglich dem Befehl des Herzogs«, erwiderte Martin steif.

»Das ist eine Hansestadt. Der Herzog hat nicht das Recht, Befehle zu erteilen, die das Wohlergehen der Stadt betreffen«, herrschte der Mann ihn aufgebracht an.

»Rektor und Rat baten ihn ausdrücklich um Hilfe!«

»Schöne Hilfe, die er da schickt. Daran sieht man, wie viel ihm wirklich an Stadt und Universität liegt. Hätte Bogislaw seine Hilfe ernst gemeint, wäre seine Wahl wohl kaum auf Euch gefallen. Da kann ich Gernot gleich einen Giftbecher reichen, denn anders als mit seinem Tod wird Eure Ermittlung ja nicht enden. Es wäre nicht der erste Mensch, den Ihr auf dem Gewissen habt.«

Martin schluckte. Leise widersprach er: »Ich habe Philipp nicht getötet! Er schied aus freien Stücken aus dem Leben! Warum begreift Ihr das nicht endlich?«



»Weil es nicht stimmt! Es ist allein Eure Schuld, hört Ihr! Eure Schuld!« Der Chirurg spie ihm jedes Wort einzeln entgegen. »Alles war gut, bis Philipp die unsägliche Idee hatte, Euch als Sekretär einzustellen. Wieso konntet Ihr Eure verdammte Neugier nicht einfach im Zaum halten?«

»Falls Ihr es vergessen habt: Man hat mich damals fast umgebracht. Ihr habt selbst gesehen, wie schlimm es um mich stand und wie knapp ich dem Tode entronnen bin. Was hättet Ihr denn an meiner Stelle getan?« Mittlerweile hatte Martin ebenfalls die Stimme gehoben.

»Ich wäre sehr glücklich gewesen, für Philipp arbeiten zu dürfen und hätte mich an meinem Schicksal erfreut, anstatt in alten Geschichten zu wühlen.«

Martin konnte sich eine Spitze nicht verkneifen. »Stimmt. Ich hatte es schon vergessen. Neugier und eine gesunde Skepsis sind nun einmal nicht Eure Sache. Ohne Euch zu fragen, ob die Dinge richtig oder falsch sind, nehmt Ihr sie hin, weil man es schon seit Jahrhunderten tut. Wozu habt Ihr einen eigenen Kopf, wenn Ihr ihn nicht benutzt?«

Severos Zeigefinger drückte sich in Martins Brustkorb. Knurrend drohte er ihm: »Passt auf, was Ihr sagt!«

»Falls es Euch interessiert – wobei ich mir das nicht vorstellen kann – auch ich habe einen Freund verloren, auch ich vermisse Philipp schmerzlich. Sein Tod tut mir unendlich leid. Aber Philipp hat jede seiner Entscheidungen selbst getroffen. Er allein ist für sie verantwortlich. Ihr solltet das endlich akzeptieren.«

»Er hat von Euch Hilfe benötigt, die Ihr ihm verweigert habt. Und deswegen tragt Ihr Schuld an seinem Tod!«, beharrte der Prosektor.

Martin wollte seinen Aufenthalt im Keller verkürzen und die Zeit bis zum Einbruch der Dunkelheit für die Suche nach einer Herberge nutzen, denn er verspürte überhaupt keine Lust, bei diesem Streithahn zu übernachten und sich dessen Vorwürfe weiter anzuhören. 

»Severo, der Herzog hat mich nicht hergeschickt, damit wir bis zum Jüngsten Tag streiten, wer Schuld an Philipps Tod trägt. Ungeachtet dessen hat Euer Lehrling den Wunsch geäußert, möglichst schnell sein Gefängnis verlassen zu können, und was mich betrifft, ich möchte nicht länger als nötig in Greifswald bleiben. Ihr tätet also gut daran, mir zu helfen, umso schneller bin ich wieder weg. Wie wollt Ihr es also halten?«

Der Chirurg blieb ihm eine Antwort schuldig. Stattdessen drehte er sich um und kehrte zum Seziertisch zurück.

»Ich warne Euch, es ist kein schöner Anblick.«

»Seid versichert, es ist nicht mein erster Toter.«

Severo wandte sich kurz um und lächelte ihm sardonisch zu. Als er den Blick auf den Leichnam freigab, wusste Martin, weshalb. Mit Mühe unterdrückte er die aufsteigende Übelkeit. Der nackte Oberköper des Toten war mit unzähligen blauen

Flecken, roten Streifen und Kratzern übersät, der Kopf zertrümmert, das Gesicht unkenntlich.

»Wie gesagt, es ist kein schöner Anblick!«

Martin zwang sich, näher zu treten. Nachdem der Würgereiz abgeklungen war, erkundigte er sich mit brüchiger Stimme: »Erschlagen?«

»Das seht Ihr ja selbst!«

»Warum macht jemand so etwas Barbarisches? Wäre es nicht einfacher gewesen, ihm ein Messer zwischen die Rippen zu rammen?«



»Natürlich wäre es das. Ich glaube jedoch, der Mörder wollte Conrad Schwerdts Antlitz von der Erde tilgen.«

»Wie kommt Ihr darauf?« Sofort biss sich Martin auf die Zunge. Leider war es zu spät, der Italiener sprang sofort darauf an.

»Falls es Eurer geschätzten Aufmerksamkeit entgangen ist, unterstütze ich den Rat und den Vogt seit langem bei der Aufklärung von Verbrechen. Ich habe schon viele Erschlagene seziert, von denen sah allerdings keiner so schlimm aus. Die Striemen und Flecken werden von Gernots Schlägen herrühren. Eine Rippe ist gebrochen, das dürfte ebenfalls sein Werk sein. Da der Rumpf also keiner weiteren Gewalt ausgesetzt war, hatte der Mörder es ausschließlich auf den Kopf abgesehen. Fällt Euch da ein anderer Grund ein?«

Das hörte sich nachvollziehbar an. »Womit wurde er so zugerichtet und vor allem: warum gerade auf diese Weise?«

Wortlos ging der Chirurg zu einem Regal und brachte mit leichtem Ächzen einen viereckigen, armlangen Holzklotz zu Martin. »Dieses Holz haben wir neben dem Toten gefunden. Es weist Blutspuren auf. Warum man so etwas macht? Es ist Eure Aufgabe, das herauszufinden.«

»Gernot erzählte mir, was der Frau des Toten zugestoßen ist. Könnte sie nicht ihren Hass an ihrem Gatten ausgelassen haben?«

Vehement schüttelte Severo den Kopf. »Ausgeschlossen! Hier.«

Der Schwarzhaarige reichte ihm das schwere Holz. Martins Hände schafften es gerade so, es vollständig zu umspannen. Aufmerksam untersuchte er den Klotz im Licht der Fackeln, während Severo fortfuhr.

»Es ist zu schwer. Die zierliche Witwe verfügt kaum über die erforderliche Kraft, das Holz zu heben.«



»Hass verleiht ungeahnte Kräfte«, widersprach Martin und setzte das Holz auf dem Boden ab.

Severo schnaubte verärgert. »Warum müsst Ihr meine Worte eigentlich ständig in Zweifel ziehen? Könnt Ihr mir nicht einmal ohne Widerspruch glauben? In ihrem Zustand kann Barbara Schwerdt ein solches Holz nicht einmal anheben. Sie hat einen gebrochenen Arm, dazu drei angebrochene Rippen. Das ist das Ergebnis der Behandlung, die dieses Schwein ihr angedeihen ließ. Mir tut's nicht leid um ihn.«

Dieses Mal konnte Martin nicht anders. »Mir scheint, Ihr teilt Eure Meinung gern ungefragt mit.«

Wenn Martin gehofft hatte, der Chirurg würde klein bei geben, hatte er sich getäuscht. »Mir scheint, da bin ich nicht der Einzige hier im Raum.« Und als wolle er nochmals seine Überlegenheit demonstrieren, fuhr Severo ungerührt fort: »Da Ihr ja alles genau wissen wollt: Das Graue an dem Holzklotz stammt übrigens vom Hirn des Toten, jedenfalls was von dem übrig blieb.«

Die Worte reichten, um Martins Magen endgültig rebellieren zu lassen. Severo betrachtete ihn zufrieden. »Nur zu, dort hinten steht ein Eimer! … Und ich dachte, Ihr hättet schon viele Tote gesehen.«

Hastig eilte Martin zu dem Kübel. Nachdem sein Magen nichts mehr hergab, schlich er zurück an den Seziertisch. »Ihr seid ein Mistkerl, Severo.«

»Jedenfalls kein Größerer als Ihr.«

»Wolltet Ihr Euch nicht zurückhalten, bis ich den Mörder gefunden habe?«

»Selbst wenn ich Euch um Gernots Willen bei der Suche helfe, hält mich das nicht davon ab, meine Meinung kundzutun.«



Martin schluckte seinen Ärger hinunter. »Sei's drum. Spricht noch etwas gegen die Witwe?«

»Ja. Die Versorgung ihrer Verletzungen nahm eine ganze Weile in Anspruch. Ich war gerade erst nach Hause zurückgekehrt, als der Vogt schon nach mir rief. Außerdem wird sie nach dem Tod ihres Mannes bald auf der Straße stehen. Das Haus, in dem sie lebt, bildete einen Teil des Verdienstes, den der Hafenmeister vom Rat erhielt. So schlimm ihre Lage auch war, immerhin hatte sie ein Dach über dem Kopf. Warum sollte sie ihn also töten?«

»Weil sie das Leben mit ihm nicht mehr ertrug? Weil sie Angst vor dem nächsten Wutausbruch hatte? Ich weiß es nicht. Was meint Ihr, wie lange der Mörder für sein Werk benötigt hat?«

Anscheinend hatte sich Severo darüber schon Gedanken gemacht. »Nach Gernots Beschreibung war der Hafenmeister bewusstlos, als er ihn verließ. Wer immer ihn so vorfand, hatte leichtes Spiel. Er musste das schwere Holz lediglich auf den Kopf fallen lassen: zwei, drei Mal. Somit sollte es recht schnell gegangen sein.«

»Wer hat ihn in diesem Zustand eigentlich erkannt?«

»Soviel ich weiß, war es jemand aus dem Hafen. Barbara Schwerdt berichtete mir außerdem von einem Muttermal auf dem Rücken, das ich tatsächlich auf der Haut des Leichnams fand. Hier, das könnte Euch vielleicht interessieren.«

Der Italiener griff hinter sich in eine Schublade und warf Martin ein Geldstück zu. Es war ein Schilling, allerdings kleiner und, wie ihm schien, ein wenig leichter als die üblichen Münzen.

»Eine Falschmünze?« 

»Sieht so aus. Ich fand sie in der Mundhöhle des Toten. Vermutlich hat der Mörder sie nach seiner Tat dort hineingelegt. Ansonsten hätte Conrad Schwerdt sie verschluckt oder sie wäre bei dem brutalen Angriff herausgefallen.«

»Wusstet Ihr von Gernots Umgang mit der Frau des Toten?«

»Mit Barbara? Natürlich weiß ich, mit wem mein Lehrling Umgang pflegt!«

»Und Ihr habt ihn nicht beiseite genommen und auf die Unschicklichkeit seines Verhaltens hingewiesen?«

Ein zynisches Lächeln erschien auf Severos Gesicht. »Unschicklichkeit? Das sagt der Richtige. Mir scheint, Ihr hättet mit Sarah schon das Bett geteilt, bevor Philipp Euch in den Stand der Ehe drängte.«

Martin spürte, wie er errötete. »Das ist überhaupt nicht vergleichbar! Sarah war nicht verheiratet.«

»Na, wenn Ihr es so sehen wollt? Um Eure Frage noch zu beantworten: Nein, ich habe nicht mit ihm darüber gesprochen. Wie Ihr wisst, lässt Gernot sich von niemandem etwas sagen. Und um ehrlich zu sein, habe ich mich für ihn sogar gefreut. Die meisten Menschen fühlen sich von seinem Äußeren abgestoßen. Auch sein Wesen macht es nicht gerade einfach, ihn zu mögen. Barbara Schwerdt hat sich davon nicht abschrecken lassen. Offensichtlich hat sie in Gernots Herz geschaut. Ihr werdet mich kaum einen schlechten Menschen heißen, weil ich mich nicht gegen das Glück meines Lehrlings stelle. Habt Ihr sonst noch Fragen?«

»Nein!«

Nickend zog der Chirurg ein Tuch über den Leichnam. »Der Rektor hat mich gebeten, Euch Unterkunft zu gewähren. Ich muss nicht sagen, wie wenig mir das gefällt. Da ich in seiner Schuld stehe, werde ich seiner Bitte trotzdem nachkommen. Die Bank in meinem Behandlungszimmer muss Euch vorerst genügen. Morgen sucht Ihr Euch jedoch gefälligst eine andere Bleibe. Wo ich wohne, wisst Ihr ja.«



»Bemüht Euch nicht um Gastfreundlichkeit, ich kümmere mich gleich darum.«

»Viel Glück bei der Suche«, hörte er den Chirurgen hinter sich, als er sich der Treppe zuwandte. Die ehrlichen Worte verletzten ihn mehr, als es ein Schlag vermocht hätte.

* * *

Als Martin die Medizinische Fakultät verließ, atmete er zunächst tief ein. Die Dämmerung war weiter fortgeschritten und bald würde es dunkel werden. Er verspürte keine Lust, dem Nachtwächter in die Arme zu laufen. Also sollte er sich sputen, eine Unterkunft zu finden. Viele Möglichkeiten fielen ihm nicht ein. Sein altes Zimmer in der Nähe der östlichen Stadtmauer hatte er im März des vergangenen Jahres verlassen. Bestimmt diente es schon einem anderen als Bleibe. Schon gar nicht wollte er sich die Blöße geben und den Rektor fragen, ob er wenigstens eine Nacht in einer Burse verbringen dürfte. Also musste er Agnes um Hilfe bitten. Philipp Lazars Hausvorsteherin hatte Martin vor über einem Jahr die Tür geöffnet und in seinem neuen Heim willkommen geheißen. Nie würde er vergessen, wie sehr sie ihn bei seinem ersten Bad traktiert, ihm seine abgetragenen Sachen weggenommen und ihn mit den Kleidern des Hausherrn ausgestattet hatte. Lieber wollte er der Frau von Sarahs Tod erzählen, als eine Nacht bei Severo zu verbringen.



Schweren Herzens bog er in die kleine Straße westlich St. Nikolais ein, über die er hinter die Kirche und zur Hundestraße gelangte. An der Kleinschmiedestraße hielt er sich östlich. In Höhe von Philipp Lazars Haus verharrte er kurz. Sein Herz schlug bis zum Hals, es fühlte sich an, als schnüre ihm eine Hand die Luft ab. Entmutigt lief er zunächst weiter bis zum Markt, wo er stehen blieb. Nachdem er tief durchgeatmet hatte, kehrte er um. Vor der Haustür wartete er eine Weile. Schließlich nahm er all seinen Mut zusammen, ergriff den eisernen Ring und schlug ihn auf das Holz. Es dauerte nicht lange, bis eine unbekannte Frau öffnete. Verwundert erkundigte er sich nach Agnes, Franz, Stefan und Michel – Philipp Lazars Dienstboten. Die Fremde schüttelte den Kopf, sie kenne die Namen nicht. Seit geraumer Zeit lebe hier ein Kaufmann mit seiner Familie. Was aus den alten Hausbewohnern geworden war, wusste sie nicht. Martin entschuldigte sich für die Störung. Resigniert ließ er die Schultern hängen. Was blieb ihm jetzt weiter übrig, als mit dem Chirurgen vorliebzunehmen? Auf der Straße konnte er schlecht schlafen!

Die Ungerechtigkeit des Schicksals verfluchend schlich er in Richtung Schuhhagen, wo er in die Brüggstraße einbog, den Vilterhagen querte und mit einigem Unbehagen vor einem kleinen Fachwerkhaus stehen blieb. Auf sein Klopfen öffnete ihm der Chirurg mit einem sarkastischen Lächeln.

»Habt Ihr Euer Glück etwa bei Agnes versucht? Sie hat die Stadt mit den Männern im vergangenen Herbst verlassen. Ohne ihren Hausherrn fühlten sie sich in der Fremde nicht mehr wohl, vor allem da die Nachbarn Philipps Regelung seines Nachlasses nicht verstanden und sich deswegen die Mäuler zerrissen haben. Soviel ich weiß, wollten sie nach Köln zurückkehren. Ich hätte es Euch gesagt, hättet Ihr mich gefragt.«



Die Worte verrieten Martin, wie sehr Severo seinen Fehlschlag genoss. Gereizt erwiderte er: »Ich habe Euch aber nicht gefragt! Was ist nun? Darf ich wenigstens eine Nacht hier bleiben?« Er wollte einfach seine Ruhe und niemanden sehen oder hören.

»Wie gesagt, Ihr könnt im Behandlungsraum schlafen.« Der Hausherr deutete auf eine Tür. »Vielleicht bleibt es heute Nacht ruhig und ich brauche keinen Patienten zu versorgen. Ansonsten muss ich Euren Schlaf unterbrechen.«

Das Behandlungszimmer! Hier würde er sicher gut schlafen, dachte Martin, während er den Raum betrat. Er erinnerte sich noch an seinen ersten Besuch hier, von dem der Italiener allerdings nichts wusste. Auf dem kleinen Regal an der Wand neben der Tür standen noch immer die vier Bücher, aus denen Severo seine Anregungen zur Wundbehandlung nahm und deren Titel Martin schon im letzten Jahr gelesen hatte. Auch der große Stuhl mit den Riemen an den Armlehnen befand sich an seinem gewohnten Platz vor dem Fenster. Fast nichts hatte sich hier verändert. Lediglich die Pritsche war heute mit zahlreichen Blutflecken übersät. Wahrscheinlich hatte der Chirurg die Zeit bis zu seiner Ankunft damit verbracht, sein Bett so ungemütlich wie möglich zu gestalten. Martin würde es vorziehen, auf dem Boden zu schlafen.

»Gehabt Euch wohl. In der Küche findet Ihr einen Krug Wein und etwas Brot. Das sollte genügen«, rief Severo ihm hinterher.

Ohne zu antworten, schloss Martin die Tür hinter sich. Sein Appetit war ihm gehörig vergangen. Als er sich erschöpft gegen die Tür lehnte, hörte er den Chirurgen etwas in einer fremden Sprache unzufrieden knurren.



›Wahrscheinlich verwünscht er mich auf Italienisch. Was hat sich der Herzog dabei gedacht, ausgerechnet mir diesen Auftrag zu erteilen?‹ Martin schüttelte den Kopf. Er musste den Mörder so schnell wie möglich finden, andernfalls würde es zu einem handfesten Streit mit dem Chirurgen kommen, bei dem er den Kürzeren zöge. Hoffentlich verließ der Kerl das Haus wenigstens zeitig, damit nicht gleich der Morgen verdorben wäre. Müde griff er nach einer Decke, die Severo wohl für ihn auf einen Stuhl gelegt hatte, und sank zu Boden, wo er versuchte, in den Schlaf zu finden.

# Kapitel 2

12. Juli 1491 – morgens



Das Bellen von Severos Hund riss Martin aus seinem traumlosen Schlaf. Als er sich mühsam vom Boden erhob, schmerzte jeder Knochen von der unbequemen Bettstatt. Lustlos richtete er Hemd und Hose. Er hatte sich am Vorabend nicht erst die Mühe gemacht, sich zu entkleiden.

Im Haus klapperte jemand mit Geschirr. Bei dem Gedanken an den Italiener sank Martins Laune weiter. Die Diskussion um Philipps Tod war für ihn noch nicht abgeschlossen. Früher oder später würde er sie wieder eröffnen, das hatte Martin im Keller der Medizinischen Fakultät deutlich gespürt.

Da Severo wohl in der Küche beschäftigt war, bot sich Martin eine günstige Gelegenheit, unbemerkt Behandlungszimmer und Haus zu verlassen. Auf Zehenspitzen schlich er sich aus dem Raum, schaffte es jedoch nur bis zur Haustür. Gerade wollte er seine Hand auf die Klinke legen, als er den Chirurgen hinter sich fragen hörte, wo er denn hinwolle.

»Zu den Bürgermeistern«, erwiderte Martin knapp. Bemüht, seine Enttäuschung zu verbergen, drehte er sich zu Severo um.

»Ohne vorher etwas zu essen? Die Herren sind ganz sicher noch nicht im Rathaus. Setzt Euch also ruhig hin und nehmt von der Grütze, die ich gekocht habe.« Mit einer Geste, die keinen Widerspruch duldete, wies der Schwarzhaarige auf den Küchentisch. »Wahrscheinlich seid Ihr Besseres gewohnt, aber solange ich Euch beherberge, müsst Ihr damit vorliebnehmen.«

Wortlos machte Martin kehrt. »Solange ich nicht vergiftet werde, soll es mir recht sein«, murmelte er beim Betreten der Küche.

»Was habt Ihr gesagt? Ich habe Euch nicht recht verstanden?«

»Es war nichts weiter«, wiegelte Martin ab und setzte sich mit säuerlicher Miene an den Tisch. Mit dem Holzlöffel nahm er aus der irdenen Schüssel von der dunklen Grütze. Sie schmeckte widerlich. Trotzdem schluckte er die Masse tapfer hinunter. Ganz sicher hatte der Mistkerl sie absichtlich anbrennen lassen.



»Wo wollt Ihr Eure Suche beginnen?«, erkundigte sich Severo, der an der Wand lehnte und ihn nicht aus den Augen ließ.

Martins Hand mit dem Löffel verharrte kurz vor dem Mund. Was ging es den Chirurgen an, wie er seine Ermittlungen gestaltete? Meinte er etwa, Martin würde alles mit ihm abstimmen, ja sogar um Rat fragen?

»Das werdet Ihr nachher schon sehen!« Er stockte einen Moment. »Oder wollt Ihr mich etwa nicht begleiten?«

»Meine Zeit ist zu kostbar, um Euch hinterherzulaufen. Ich muss mich um meine Patienten kümmern. Außerdem braucht Ihr mich wohl kaum, immerhin seid Ihr der so sehr herbeigesehnte herzogliche Ermittler.«

Obwohl ihn Severos Spitze unangenehm berührte, kam Martin nicht umhin, innerlich zu frohlocken. So konnte er ihm wenigstens tagsüber aus dem Weg gehen.

»Wie Ihr meint, es ist Eure Entscheidung.« Um des Friedens willen erzählte er von seinen Absichten. »Bogislaws Wunsch folgend mache ich zunächst den Bürgermeistern meine Aufwartung. Danach ist ein Besuch beim Vogt wohl unausweichlich, bevor ich mich in der Schänke umsehe und im Hafen Erkundigungen über den Toten einziehe. Von dort begebe ich mich zur Witwe. Ich halte es für wichtig, herauszufinden, weshalb sich der Tote in der Schänke aufhielt. Das Haus ist kein Ort für Männer des Rates. Und Conrad Schwerdt scheint nicht der einzige ungewöhnliche Besucher gewesen zu sein. Wisst Ihr mehr über die plötzliche Beliebtheit des Wirtshauses?«

Der Chirurg zuckte mit den Schultern. »Nur das, was man so aufschnappt. Gelegentlich soll dort jemand erscheinen, der gegen den Rat hetzt. Ich habe diesen Mann aber bis heute weder gesehen noch gehört.«

»Und der Rat unternimmt nichts dagegen?«

»Angeblich versucht der Vogt, ihn dingfest zu machen – bisher erfolglos.«

»Handelt es sich um einen Wanderprediger?«

»Nein, dieser Mann stachelt einfach die Unzufriedenheit der Menschen an.«

»Ich dachte, Ihr hättet ihn nicht gehört?«

Schnippisch erwiderte Severo: »Habe ich auch nicht. Vielmehr gehe ich mit offenen Augen und Ohren durch die Stadt. Das solltet Ihr ebenfalls tun, wenn Ihr den Mörder finden wollt.«

»Habt Dank, ich werde Euren Rat beherzigen. Wollt Ihr mich heute Abend nicht in die *Hafenklause* begleiten, vielleicht sehen wir diesen Redner?«

Martin hatte die Frage lediglich gestellt, weil er die Antwort bereits wusste. Die Geste des Chirurgen zeigte, was er von dem Vorschlag hielt.

* * *

Kurz darauf verließ Martin das Haus und machte sich über den Vilterhagen und die Knopfstraße auf den Weg zum Rathaus. Nach wenigen Schritten bildeten sich Schweißperlen auf seiner Stirn, so unerbittlich brannte die Sonne schon am frühen Vormittag. Außerdem lag ihm die Grütze wie ein Stein im Magen.



Je näher er dem Markt mit den eindrucksvollen Häusern der reichsten Greifswalder Familien kam, desto mehr fühlte er eine unerklärliche Spannung in der Luft. Der Eindruck verstärkte sich, als er den Markt überquerte und eine Hand voll Männer in zerrissenen Hosen seine Aufmerksamkeit erregte. An einem der Brunnen steckten sie verschwörerisch ihre Köpfe zusammen. Immer wieder deutete einer von ihnen mit den Fingern auf das Rathaus, als wolle er seine Kameraden von etwas überzeugen. Severos Worte über die Unzufriedenheit der Menschen kamen Martin in den Sinn. Als er die Stadt verlassen hatte, war nichts dergleichen zu spüren gewesen. Was war seither geschehen?

In diesem Moment drehte der Gestikulierende den Kopf und bemerkte Martins Interesse, das er mit einer finsteren Miene bedachte. Ertappt schaute Martin weg und setzte seinen Weg fort. Es war nicht seine Aufgabe, sich um die Ordnung in der Stadt zu kümmern. Er musste einen Mörder finden. Da er um den Auftrag nicht herumgekommen war, wollte er die leidige Sache wenigstens schnell hinter sich bringen, um bald zu den Gräbern seiner Lieben zurückzukehren. Unnötiger Ärger würde ihn nur aufhalten. Vor der schweren Eingangstür des Rathauses drehte er sich noch einmal neugierig um, sah die Männer jedoch nicht mehr. Kraftvoll stieß er die Tür auf.

Im Inneren traf er auf einen Ratsschreiber. Offenbar hatte der Rektor Wort gehalten und Martins Erscheinen angekündigt. Als er seinen Namen nannte, führte der Schreiber ihn in den oberen Stock, wo er ihn vor einer breiten Tür warten hieß.

Anschließend verschwand der Schreiber durch eben diese. Missmutig setzte sich Martin auf die Holzbank an der Wand gegenüber. Natürlich wusste er, wie wichtig es war, den Bürgermeistern seine Aufwartung zu machen. Herzog und Rektor hätten es nicht ausdrücklich zu erwähnen brauchen. Fast sein ganzes Leben hatte er in Greifswald verbracht und kannte den Argwohn der Patrizier gegenüber allem, was den Hauch eines Einmischens in städtische Angelegenheiten in sich barg. Seit Greifswald das Lübische Recht verliehen bekommen hatte und wehrhaft gemacht worden war, bestimmte allein der Rat über das Wohl und Wehe – im Einklang mit den Interessen des Hansebundes, dem die Stadt seit langer Zeit angehörte. Es nützte also nichts, innerlich über die verlorene Zeit zu fluchen. Wollte er sich ungehindert in der Stadt bewegen, musste er sich mit dem Warten abfinden. Wenigstens war es im Rathaus angenehm kühl. Er streckte die Beine aus und machte es sich halbwegs bequem.

Endlich öffnete sich die Tür wieder und der Ratsschreiber bedeutete ihm mit einer einladenden Geste, einzutreten. Bilder ernst blickender Männer in Festkleidern zierten die getäfelten Wände. An einem langen Tisch saßen die drei Bürgermeister, die Martin schon auf verschiedenen festlichen Anlässen in der Stadt gesehen hatte. Trotz der sommerlichen Hitze trugen Johann Erich II., Burchardt Bertkow und Wedego Lotze der Würde ihres Amtes entsprechend reich verzierte Röcke über ihren weißen Hemden und dem schwarzen Beinkleid.

Burchardt Bertkow nickte seinen beiden Amtskollegen zu, bevor er freundlich begann. »Er ist also der Mann, den der Herzog auf Bitten der Universität geschickt hat, um den Tod von Conrad Schwerdt zu untersuchen?«



»Ja, meine Herren«, antwortete Martin bemüht demütig und überreichte Bogislaws Schreiben. Bürgermeister Bertkow erbrach das Siegel und entfaltete das Pergament. Nacheinander lasen die Männer den Brief.

»Der Herzog empfiehlt Ihn auf das Wärmste. Nun, wir werden sehen, ob Er etwas anderes herausfindet als der Vogt. Kennt Er sich in Greifswald aus?«, wollte Bürgermeister Johann Erich II. wissen.

»Ja, meine Herren. Ich wurde in Greifswald geboren. Lange Zeit habe ich in der Schreibstube des alten Klaas gearbeitet, bevor mich Professor Lazar als Sekretär in seine Dienste nahm.«

Wedego Lotze schaute ihn erstaunt an. »Wie kommt der Herzog dann auf Ihn?«

Unangenehm berührt schaute Martin zu Boden. »Nach dem Tod Professor Lazars habe ich die Stadt verlassen und Anstellung bei Herzog Bogislaw gefunden.«

Bürgermeister Lotze kam nicht dazu, weitere unbequeme Fragen zu stellen, denn Burchardt Bertkow richtete das Wort wieder an Martin. »Natürlich werden wir dem Wunsch des

Herzogs folgen und Ihm jede erdenkliche Unterstützung gewähren. Was kann der Rat für Ihn tun?«

Martin überlegte einen Augenblick. Um eine neue Bleibe konnte er die Bürgermeister schlecht bitten. Das würde er schon allein klären müssen.

»Der Rektor hat sich bereits um meine Unterkunft und die Hilfe von Severo, dem Chirurgen, gekümmert. Womöglich benötige ich in den nächsten Tagen die Unterstützung der Stadtwache. Für den Moment genügt es mir, mehr über den Toten zu erfahren. Soviel ich weiß, war er im Hafen für den Rat tätig. Was genau war seine Aufgabe?«



Bürgermeister Lotze befriedigte Martins Neugier ein wenig. »Das stimmt. Gemeinsam mit seinem Helfer Markward trug der Tote Sorge für den städtischen Hafen und alle damit verbundenen Geschäfte. Dazu gehörte unter anderem die Suche nach Schmugglerware.«

»Eine verantwortungsvolle Tätigkeit«, stellte Martin fest, wobei sich ein unbeabsichtigter Unterton einschlich, den Bürgermeister Lotze spitz kommentierte.

»Conrad hatte stets unser Vertrauen. Seit mehr als zwanzig Jahren hat er für den Rat gearbeitet, davon fast fünfzehn Jahre im städtischen Hafen. Nie zweifelten wir an seiner Zuverlässigkeit.«

»Verzeiht, so habe ich es nicht gemeint«, bemühte sich Martin, den Fehler wettzumachen. »Allerdings muss die Frage gestattet sein, warum man den Toten ausgerechnet auf dem Hof der *Hafenklause* fand. Die Schänke gilt als Treffpunkt der Schmuggler, Diebe und Halunken. Sie scheint mir kein geeigneter Platz für einen Diener des Rates zu sein.«

Ihm entging der betretene Blick nicht, den die Bürgermeister miteinander tauschten. Brüsk stellte Wedego Lotze fest:

»Mir scheint die *Hafenklause* ebenso wenig ein geeigneter Ort für den herzoglichen Ermittler zu sein! Woher will er sonst die Besucher kennen? Hat der Herzog Kenntnis davon?«

Was hatte er diesem unfreundlichen Menschen getan? Lotze kannte ihn gar nicht. Weshalb war er trotzdem so schroff, ja rüde zu ihm? Martin hatte sich den Auftrag nicht ausgesucht. Ganz im Gegenteil hätte er nichts dagegen gehabt, sofort nach Wolgast zurückzukehren. Wenn die Bürgermeister seine Hilfe nicht wollten, sollten sie es mit dem Herzog klären.



Da Martin nichts zu verlieren hatte, drückte er die Schultern durch, sah Lotze fest in die Augen und erwiderte harsch: »Ich genieße das Vertrauen des Herzogs. Das sollte Euch Reputation genug sein! Wie ich Euren Worten entnehme, habt Ihr Euch die Frage offensichtlich nicht gestellt!«

»Unser Hafenmeister ist tot. Eine Geldbuße für den unerlaubten Besuch in der Schänke wird er nicht mehr erhalten. Wozu sollten wir uns die Frage also stellen?«, polterte Wedego Lotze erneut los.

»Mit Verlaub, meine Herren. Womöglich ergibt sich daraus ein Hinweis auf den Mörder«, hielt Martin dagegen. Warum versuchte jeder, ihm mit Lügen oder dem Vorenthalten von Wissen Steine in den Weg zu legen? Ihren Gesichtern nach zu urteilen, wollten die Bürgermeister jedoch nicht mit ihm über Conrad Schwerdts Anwesenheit in der Schänke sprechen. Also lenkte er ein.

»Ich möchte genau wissen, was der Tote in den Tagen und Wochen vor seinem gewaltsamen Ableben getan hat.«

»Das kann Ihm Conrads Helfer, Markward, erzählen. Er findet ihn im Stadthafen, wo er bis auf weiteres die Aufgaben des Toten erfüllt. Außerdem hatte Conrad gelegentlich mit dem Münzpräger zu tun. Er findet Tilmann hier im Rathaus, bedauerlicherweise ist er gerade unterwegs«, antwortete Johann Erich II., der ihm wesentlich freundlicher gesinnt schien als dieser Lotze.

»Der Münzpräger?«, entfuhr es Martin, dem unwillkürlich der Schilling aus dem Mund des Toten eingefallen war.

Johann Erich II. klärte ihn auf. »Tilmann trägt Sorge für den Keller, in dem das beschlagnahmte Schmuggelgut verwahrt wird. Es muss ja alles seine Ordnung haben.«



»Dann werde ich dem Münzpräger am Nachmittag einen Besuch abstatten.«

Johann Erich II. nickte. »Wir lassen es ausrichten. Finde Er sich zur dritten Stunde wieder hier ein! Können wir sonst noch etwas für Ihn tun?«

Martin verneinte. Zu seinem Leidwesen ergriff Lotze erneut das Wort.

»Wo das geklärt ist, sollte Er endlich mit der Suche beginnen. Sei Er bitte so gut und stelle sich zuvor unserem Vogt vor. Der war von dem Vorstoß des Rektors, sich an den Herzog zu wenden, nicht sonderlich angetan. Es muss Ihn somit nicht verwundern, wenn der Vogt es an der gebotenen Höflichkeit fehlen lässt. Im Übrigen erwarten wir morgen früh Seinen Bericht über das Ergebnis Seiner Nachforschungen.«

Martin verabschiedete sich und verließ den Raum. Vor der Tür verdrehte er die Augen. Wie viel Zeit sollte er noch verschwenden? Er hatte Besseres zu tun, als den Bürgermeistern jeden Morgen Bericht zu erstatten. Und auf ein Wiedersehen mit dem Vogt legte er nun wirklich keinen Wert.

* * *

Der Mann mit dem runden Gesicht hatte sich in dem Jahr seit ihrem ersten Aufeinandertreffen in keiner Weise verändert. Die hellbraunen Haare trug er kurz. Das blütenweiße, langärmlige Hemd mit dem breiten Kragen, die fleckenlose schwarze Hose und die blankgeputzten Stiefel verrieten, wie viel Wert ihr Träger auf ein gepflegtes Äußeres legte. Während der Vogt in der rechten Hand den Schutzbrief des Herzogs hielt, spielte die linke nachdenklich mit dem Ende seines spitzen Bartes. Mit hinterhältigen kleinen Augen und verkniffenem Mund starrte er Martin seit geraumer Zeit an. Nun schüttelte er verständnislos den Kopf.



»Wie hat Er es geschafft, das Vertrauen des Herzogs zu erschleichen?«

Mit einem Räuspern entschuldigte Martin sich. »Ich verstehe nicht?«

»Wenn ich mich recht erinnere, hatte ich Professor Lazar vor Ihm gewarnt. Sein widerspenstiges und aufrührerisches Wesen war mir sofort aufgefallen. Das Schicksal des armen Professors hat mehr als deutlich gezeigt, wohin es führt, wenn man nicht auf meine Ratschläge hört.«

Der Herausgeputzte war dazu übergangen, ihn langsam zu umrunden und einer weiteren eingehenden Begutachtung zu unterziehen. Martin starrte aus einem Fenster, bemüht, den aufsteigenden Zorn zu bezähmen.

»Professor Lazar starb nicht durch meine Hand.«

»Sagt Er.«

Ganz dicht blieb er vor Martins Gesicht stehen. Der aufdringliche Geruch nach Rosenwasser, das jener offenbar in rauen Mengen verwendete, bereitete Martin Übelkeit. Immerhin bot die Nähe ihm Gelegenheit, den anderen ebenfalls eingehend zu betrachten. Wie er überrascht feststellte, war der Vertreter des Rates etwa fünf, sechs Jahre älter und gute zwei Finger kleiner als er selbst.

»Warum hätte ich Professor Lazar etwas antun sollen? Mit dessen Tod verlor ich meine Anstellung und musste mit meiner Frau auf der Suche nach Arbeit die Stadt verlassen.«

»Ach, hat Er die jüdische Teufelin etwa geheiratet?«

Es bedurfte Martins ganzer Beherrschung, die Faust, die sich bei dem die Worte begleitenden bösen Lächeln geformt hatte, wieder zu öffnen. Es nützte ihm nichts, wenn der Vogt ihn in den Kerker werfen ließ, von dem herzoglichen Schutzbrief ließ der sich ganz sicher nicht abhalten. Bei diesem bornierten Dummkopf galt es auf der Hut zu sein.



»Die Kirche hat uns Gottes Segen erteilt«, presste Martin zwischen zusammengebissenen Zähnen hervor.

Grob drückte ihm der Vogt das herzogliche Schreiben in die Hand, legte die Handflächen hinter dem Rücken ineinander und stolzierte zum Fenster. »Nun denn, was veranlasst den Herzog zu dem Glauben, der Student sei nicht der Mörder des armen Conrad Schwerdt und ausgerechnet Er sei der Richtige, dies zu beweisen?«

»Der Herzog vertraut der Menschenkenntnis des Rektors, der von der Unschuld Gernot von Eisenfels' überzeugt ist. Meine Herkunft aus Greifswald und die Anstellung bei Professor Lazar weckten bei Bogislaw wohl die Hoffnung meiner Akzeptanz bei den Ratsherren und den Lehrern der Universität. Vielleicht hielt er zudem meine Kenntnisse von der Stadt für hilfreich?«

Der Vertreter des Rates löste sich vom Fenster, trat erneut nah an Martin heran und zischte aufgebracht: »Es ist meine

Aufgabe, hört Er? Allein meine Aufgabe, den Mörder zur Strecke zu bringen. Und Er wird mir diese Aufgabe nicht streitig machen! Der Student ist und bleibt der Mörder und die Universität verpflichtet, ihn auszuliefern. Das weiß der Rektor ganz genau. Er will diesem Subjekt lediglich zur Flucht verhelfen. Doch das wird ihm nicht gelingen. Ich habe die Wachen zu strengsten Kontrollen an den Stadttoren angewiesen. Und wenn der Rektor mir den Studenten nicht am Samstag um 12 Uhr übergibt, werde ich mir notfalls mit Gewalt Zutritt zur Artistischen Fakultät verschaffen und ihn mir persönlich holen.« Damit drehte er ihm den Rücken zu und schritt wieder zum Fenster.



»Mit Verlaub, aber auch ich bezweifle Gernot von Eisenfels' Schuld. Seht«, Martin zog die Münze hervor, »das fand der Prosektor bei dem Toten. Warum sollte der Student dem Hafenmeister einen Schilling, einen falschen noch dazu, in den Mund legen?«

»Meine Meinung hierüber habe ich Severo bereits mitgeteilt. Der Student stammt nicht aus Greifswald. Vielleicht pflegt man in seiner Heimat diesen Brauch? Es beweist nicht seine Unschuld! Gernot von Eisenfels ist der Einzige, den man zur fraglichen Zeit durch die Hoftür in den Schankraum eintreten sah. Außerdem bemerkte ich Blut auf seinem Hemd, als ich den Burschen beim Rektor antraf. Und sein unsteter Lebenswandel ist stadtbekannt. Da nützt ihm der Chirurg als Leumund nichts, wobei ich ohnehin nicht verstehe, weshalb sich Severo für einen dahergelaufenen Studenten verwendet.«

Martin stutzte. Severo hatte also schon versucht, beim Vogt für Gernot zu sprechen. Wieso hatte er es nicht erwähnt?

»Das Blut stammt von einem Kampf mit dem Toten, den der Student gar nicht leugnet. Der Hafenmeister soll jedoch gelebt haben, als Gernot ihn verließ. Es muss sich jemand auf dem Hof versteckt und Conrad getötet haben, nachdem Gernot wieder in die Schänke zurückgekehrt war.«

»Das ist purer Unsinn! Der Student hat sich einen Rausch angetrunken, den Streit provoziert und, weil er sich dem Schlagabtausch nicht gewachsen fühlte, nach dem Holz gegriffen, das der Chirurg für die Waffe hält. Es war niemand anderes auf dem Hof«, ereiferte sich der Vogt.

»Der Mörder kann sich unter die Schaulustigen gesellt haben. Das wäre die beste Gelegenheit gewesen, unerkannt zu verschwinden.«



»Was für eine hanebüchene Geschichte! Möge Er sie innerhalb der Frist, die ich dem Rektor eingeräumt habe, beweisen und mir den Mörder übergeben. Andernfalls hole ich mir diesen Gernot von Eisenfels. Da kann ihm auch der herzogliche Ermittler nicht helfen! Und damit eines klar ist: Ich gewähre diese Frist allein deshalb, weil die Bürgermeister ausdrücklich darum baten.«

Hier war jedes weitere Wort fehl am Platz. Der Kerl würde ihm ohnehin nicht zuhören. Martin nickte und wandte sich zum Gehen. Als er die Klinke nach unten drückte, rief der Vogt: »Ich erwarte Ihn morgen früh zum Bericht! Und passe Er auf sich auf! Ich behalte Ihn im Auge.«

Erleichtert, dem Dummkopf entkommen zu sein, schloss Martin die Tür hinter sich. Es galt sich zu sputen.

* * *

Bei seinem Versuch, auf dem harten Boden von Severos Behandlungszimmer in den Schlaf zu finden, hatte er überlegt, wer – nach allem, was er bisher gehört hatte – grundsätzlich als Mörder in Betracht kam. Da war zum einen der junge Student, der sich in die Gattin des Toten verliebt hatte. Die Sache schien keine vorübergehende Liebelei zu sein, noch nie hatte er Gernot dermaßen ernst erlebt. Selbst wenn die schöne Witwe als Täterin ausschied, hatte sie den Studenten am Ende benutzt oder hatten sie gemeinsam einen gedungenen Mörder beauftragt? Hegte sonst noch jemand Groll gegen den Toten?

Auch dessen Amt bot einen guten Grund für den Mord. Vom Tod des Hafenmeisters profitierten vor allem die Schmuggler. Außerdem bedurfte es eines Nachfolgers. Hatte jemand nachgeholfen, vielleicht dieser Markward?



Am Ende hatte Martin beschlossen, seine Suche auf dem Hof des Wirtshauses zu beginnen. Dort wollte er sich zunächst einen Eindruck davon verschaffen, wie die schreckliche Tat vonstattengegangen sein könnte und was geschehen war, nachdem man den Hafenmeister gefunden hatte.

Sein Weg führte ihn vom Markt durch die Büchstraße in Richtung nördlicher Stadtmauer bis zu der Straße, die nördlich des Vilterhagens verlief. Hier bog Martin nach Osten ab. Die dicht gegenüberstehenden Häuser ließen nicht viel Tageslicht in die Gasse fallen. Nicht ein Luftzug verflüchtigte den Gestank, den die Reste menschlicher Ausscheidungen auf dem unebenen Boden verbreiteten. Alles in allem war dies keine Gegend, die Martin ohne Anlass aufgesucht hätte. Was also hatte der tote Ratsdiener hier gesucht?

Trotz der frühen Stunde fand er den Wirt der *Hafenklause* nicht allein in dem dunklen Gastraum. Zwei Besucher in zerlumpter Kleidung lehnten am Schanktisch. Neugierig starrten ihn alle drei an, als er, ihren Gruß leise erwidernd, geradewegs an ihnen vorbeiging und die Hintertür öffnete. Geblendet verharrte Martin einen Moment im Türrahmen. Erst nach mehrmaligem Blinzeln sah er wieder klar. Gernots Beschreibung stimmte. Unmittelbar an der Hauswand lagerten Scheite. Vor dem Zaun rechter Hand waren Holzklötze gestapelt. Sie entsprachen der Größe nach dem, den Severo ihm am Vorabend gezeigt hatte. Am Ende des Grundstücks standen links und rechts des Zaunes zwei Holzverschläge. In den Spalt zwischen ihnen passte ohne weiteres ein schlanker Mensch. Längs des Verschlags sah er einen mit Wasser gefüllten Trog. Zu Martins linker Seite gab es entlang der Grundstücksgrenze zwei weitere Verschläge. Aus dem hinteren erklang aufgeregtes Gackern. Daneben befanden sich der Abtritt und eine Pforte, durch die man zum Brunnen auf dem Innenhof gelangte.

»Kann ich Euch helfen?«, brummte eine tiefe Stimme.

Erschrocken fuhr Martin herum. Hinter ihm hatte sich der Wirt aufgebaut, die Fäuste in die Seiten gestemmt. Der dicke Bauch wölbte sich unter einem mit Flecken übersäten Hemd, das der dreckigen Schürze in nichts nachstand.

Abwehrend hob Martin die Hände. »Keine Sorge, ich will Euch nichts Böses. Ich bin wegen des Vorfalls vom Samstag hier.«

Der Wirt wischte sich eine fettige Haarsträhne aus dem Gesicht. »Hat der Vogt den Mörder nicht dingfest gemacht? Soll das nicht ein Student gewesen sein?«

Bildete Martin es sich ein oder klang in den Worten Sorge vor einer neuerlichen Störung des Geschäfts mit? »Es haben sich Fragen ergeben, die vor dem Prozess geklärt werden müssen. Habt Ihr den Toten gefunden?«

»Nee, das war Dietrich.« Der Dicke deutete mit dem Daumen hinter sich. »Ich hab den erst gesehen, als wir auf die Wachen warteten.« Misstrauisch hakte er nach: »Wieso kommt der Vogt nicht selbst?«

Einer inneren Stimme folgend antwortete Martin: »Ich schaue mir die Sache im Auftrag der Universität an.«

Zwar atmete sein Gegenüber erleichtert aus, trotzdem verschwand die Sorgenfalte auf dessen Stirn nicht.

»Wo hat denn der Tote gelegen?«, begann Martin vorsichtig.

»Dort, genau vor dem Trog.« Mit dem Zeigefinger wies der andere auf die Stelle.



»Ist Euch an dem Abend etwas aufgefallen?«

»Ich weiß nicht, was Ihr meint? Es gab genug zu tun, um die durstigen Kehlen zu füllen.«

»Habt Ihr den Studenten gesehen, den man der Tat bezichtigt?«

Der Wirt schüttelte den Kopf. »Ich hab keine Zeit, meine Kundschaft zu überwachen – jedenfalls nicht, solange sie mit barer Münze zahlt.«

Martin versuchte es auf andere Weise. »Er ist eigentlich nicht zu übersehen. Eine Gesichtshälfte ist mit Narben überzogen.«

Unverschämt grinste ihn sein Gegenüber an. »Ihr habt keine Vorstellung davon, wie viele meiner Gäste Narben im Gesicht tragen! Außerdem ist hier abends der Teufel los. Ich bin froh, wenn ich mit dem Fässerholen nachkomme.«

»Und der Tote – Conrad Schwerdt – kanntet Ihr ihn?«

Der Dicke kratzte sich im Nacken. »Wie soll ich das wissen? Von dem Gesicht war ja nichts mehr auszumachen. Und was den Namen betrifft: Ich kenne nur die Namen meiner Stammgäste. Conrad … sagt mir nichts. Und überhaupt: Hier sind so viele Männer, wie soll ich mir deren Namen alle merken?«

Die Worte vermittelten Martin nicht den Eindruck, als habe die schreckliche Tat den Wirt sonderlich erschüttert. »Woher kommt eigentlich die Beliebtheit Eures Hauses?«

»Muss wohl am guten Bier liegen«, erwiderte der Wirt kurz angebunden.

»Wenn es Euch nicht stört, sehe ich mich auf dem Hof ein wenig um. Seid bitte so freundlich und haltet diesen Dietrich auf. Ich muss unbedingt mit ihm reden.«



Mit einem Schulterzucken drehte sich der Speckige um und kehrte in den Schankraum zurück. Martin ging zum Trog hinüber und kauerte sich hin. An der rechten Ecke erkannte er etwas Rotbraunes. Vorsichtig fuhr er mit dem Finger darüber. Möglicherweise getrocknetes Blut. War Conrad Schwerdt im Kampf mit Gernot gegen den Trog gefallen oder stammte es von der Tortur mit dem Holzklotz? Martin richtete sich auf und schaute weiter über den Hof. In Wolgast hatte es am Samstag seit dem Nachmittag bis in die Nacht hinein geregnet. Viel anders würde es in Greifswald nicht gewesen sein. Er lief zu dem Holzstapel vor dem rechten Zaun. Das bisschen Platz zwischen Zaun und Holz hätte als Versteck für den Studenten genügt. Die Stiefelabdrücke auf dem Boden passten nach ihrer Form und Größe zu denen, die Gernot in seinem Gefängnis getragen hatte. Martin hockte sich hinter den Stapel. Tatsächlich blickte man von hier wunderbar auf die Tür zum Schankraum. An dem Pfosten davor sowie an dem Hühnerstall baumelten zwei kleine Laternen, die der Wirt vermutlich bei Einbruch der Dunkelheit anzündete, um den Weg zum Abtritt zu beleuchten.

Martin drehte sich zu den Ställen. Geruch und Geräuschen zufolge hielt der Wirt Schweine. Aus dem Verschlag auf dem Nachbargrundstück vernahm er hingegen keinen Laut. Martin erhob sich und ging zu dem Zwischenraum hinüber. Schon auf halben Weg bemerkte er Fußabdrücke. Sie führten zu dem Stapel, hinter dem sich Gernot versteckt hatte, und von dort weiter in Richtung des Troges. Gespannt folgte er der Fährte. An der Pforte zum Innenhof überlagerte sie die Spuren, die der Verursacher wohl bei seiner Ankunft hinterlassen hatte. Die Abdrücke zeigten eine breite Schramme in der rechten Sohle. Außerdem fehlte eine kleine Ecke an einem Absatz. Martin kehrte hinter den Schweinestall zurück und betrachtete eingehend den Boden, auf dem er ebenfalls deutlich die Spuren erkannte. Prüfend schaute er zu der Schänke hinüber. Auch von hier sah man gut, wer auf den Abtritt ging. Ein kalter Schauer überlief seinen Rücken. Der Mörder war vor Gernot angelangt und hatte von diesem komfortablen Versteck aus dessen dummen Racheakt beobachtet. Nicht auszudenken, was mit dem Studenten geschehen wäre, hätte dieser dasselbe Versteck gewählt.



Schließlich schaute Martin über den Holzzaun. Der Nachbargarten verfügte ebenfalls über ein Tor zum Brunnen. Deutlich zeichnete sich eine Spur niedergetretenen Grases von der Pforte bis zur Hintertür ab. Neugierig verließ er den Hof des Wirtshauses und folgte der Fährte durch den Nachbargarten zu der Tür, an der er vergeblich rüttelte. Sie war von innen verriegelt. Enttäuscht drehte er um.

An der Pforte zum Innenhof hörte er den Wirt rufen: »Habt Ihr etwas gefunden?«

»Was lagert Ihr hinter dem Stall?«, wollte er beim Näherkommen wissen.

»Holz, was sonst? Meine Frau hat für hungrige Gäste immer eine Suppe auf dem Feuer.«

»Auf den Hof gelangt man allein durch den Schankraum?«

»Ja, vom Innenhof gibt es keinen Zugang zu den Gassen.« Auch in dieser Hinsicht stimmte Gernots Aussage.

»Das Nachbarhaus ist verlassen?«

»Da wohnt schon seit Jahren keiner mehr. Die Tür ist verschlossen – soviel ich weiß.«

»Ist dieser Dietrich noch da?«

»Der geht nicht so schnell, eigentlich nur zum Schlafen und Betteln.«

Martin folgte dem Wirt in den Schankraum und stellte sich neben den als Dietrich Bezeichneten. Der zweite Gast hatte die Schänke schon verlassen.

»Gott zum Gruße!«

»Hm.« Eine üble Bierfahne begleitete das Brummen.

»Der Wirt sagt, Ihr hättet am Samstag den Toten gefunden.«

Der Angesprochene nickte.

»Könnt Ihr mir mehr dazu sagen?«

Wieder nickte die abgerissene Gestalt und sah ihn erwartungsvoll an. Es dauerte ein paar Augenblicke, bis Martin verstand.

»Wirt, schenkt dem guten Dietrich einen Krug Bier ein.«

Mit einem gierigen Lächeln sah der Schmächtige zu, wie der Inhaber der Schänke einen Krug füllte und vor ihm abstellte.

»Der Herr vergelt's Euch.« Hastig trank der Alte, ohne einmal abzusetzen. Zum Schluss fuhr er sich mit der Hand über den Mund. Mit einem Kopfnicken ermunterte Martin sein Gegenüber zum Reden.

»Ich wollte pissen gehen. Von der Tür aus hab ich den schon gesehen. Ich dachte erst, der pennt da, schön blöd bei dem Regen. Dann bin ich zu dem rüber. Und da war der mausetot.« Dietrich rülpste.

»Habt Ihr noch jemanden auf dem Hof gesehen?«

»Nee, da war keiner.«

»Was geschah als Nächstes?« Martin versuchte, seine Ungeduld zu zähmen.

»Dann bin ich wieder rein. Da liegt einer auf dem Hof, hab ich gesagt. Dann ist irgendwer losgelaufen und hat die Wachen geholt und den Vogt. Und dann gab's hier erst mal kein Bier mehr. So wie gerade.«



Martin bedeutete dem Wirt nachzuschenken. Dietrich nahm den zweiten Krug entgegen und leerte ihn erneut in einem Zug.

»Und er war ganz sicher tot?«

»Mausetot, ich schwör's.«

Aufmerksam musterte Martin den Säufer. Der mochte zwar den gefüllten Bierkrug ohne weiteres hochheben, aber für den Holzklotz, der das Leben des Hafenmeisters beendet hatte, reichten dessen Kräfte wohl kaum aus.

»Habt Ihr den Studenten gesehen, den man für den Mörder hält? Er hat eine vernarbte Gesichtshälfte?«

»Nee, den hab ich nicht gesehen.«

»Aber wer hat dann behauptet, der Student habe Conrad Schwerdt getötet?«

Der Betrunkene wechselte einen hilflosen Blick mit dem Wirt, der schließlich meinte: »Ich glaube, einer der Hafenleute hätte ihn erwähnt.«

»Würdet Ihr beide bitte Eure Füße heben, damit ich Eure Sohlen betrachten kann?«, bat Martin.

Grummelnd hielt sich der Dicke am Schanktisch fest und tat, wie ihm geheißen. Dann griff er nach dem Arm des Säufers und stützte ihn, als der Martins Bitte nachkam. Kein Schuh passte zu den Spuren vom Hof.

»Als Ihr auf die Wachen gewartet habt, gesellte sich da noch jemand zu Euch? Jemand, den Ihr vorher noch nicht auf dem Hof gesehen hattet?«

Beide schüttelten die Köpfe.

Einen kurzen Moment überlegte Martin. Er hatte hier alles erfahren. Blieb noch der Grund für Conrads Anwesenheit. Spontan unternahm er einen gewagten Vorstoß.



»Was ist das eigentlich für ein Mensch, von dem man in der Stadt hört, der gegen den Rat hetzt? Ist er der Grund für Eure vielen Gäste?«

Es misslang. Der Wirt spielte den Unwissenden. »Ich weiß nicht, wovon Ihr sprecht!«

Bei den Worten setzte der Dicke eine Unschuldsmiene auf, griff nach Dietrichs Krug und schenkte dem Alten ein weiteres Bier ein. Der drohende Blick, den er dabei dem Säufer zuwarf, blieb Martin nicht verborgen. Anschließend nahm der Mann ein Tuch und wischte eifrig über den Schanktisch. Das Gespräch war für ihn beendet.

Wortlos legte Martin ein Sechspfennigstück für Dietrichs Bier auf den Tisch und verließ die Schänke. Draußen ging er zum Nachbarhaus und rüttelte an der Tür. Sie war fest verschlossen. Nun, vielleicht fand er später im Rathaus etwas zu diesem Grundstück heraus.

* * *

Von der Schänke war es ein Katzensprung zum Stadthafen. Martin brauchte lediglich zur Büchstraße zurückzukehren, um von dort durch das Tor auf die andere Seite der Stadtmauer zu gelangen. Der dortige Hafen diente vornehmlich zur Lagerung von Waren, die von der Reede oder aus dem Wiecker Hafen herangebracht wurden. Selten legte noch ein Schiff mit wenig Tiefgang direkt im Stadthafen an.

Am Wasser wehte ein leichtes Lüftchen, dem es gleichwohl nicht gelang, die Mittagshitze erträglicher zu gestalten. Trotzdem herrschte emsiges Treiben. Hier wich Martin einem schwer beladenen Fuhrwerk aus, dort ein paar Tagelöhnern, die auf ihren nackten, sonnengebräunten Schultern pralle Säcke von einer Schnigge schleppten. Ein Reepschläger nahm Anweisungen für neue Taue entgegen, ein Segelmacher betrachtete mit einem Seemann ein zerfetztes Segel. In all dem Drunter und Drüber fiel Martin erst nach längerem Umsehen ein großgewachsener, kräftiger Mann auf, der sich bemühte, alles im Auge zu behalten und dabei einen heillos überforderten Eindruck vermittelte. Gelegentlich fluchte und schimpfte er. Martin erinnerte sich an ihn. Der Hüne hatte ihn im vergangenen Jahr weggeschickt, als er nach dem Verlust seiner Anstellung in der Kopierstube eine Arbeit und sein Glück im Stadthafen gesucht hatte. Bedächtigen Schrittes lief Martin zu ihm hinüber.



»Entschuldigt …«, begann er höflich.

»Was wollt Ihr? Ihr steht im Weg, seht Ihr das nicht?«, herrschte der Angesprochene ihn an, während er Martin grob zur Seite riss, weil ein Tagelöhner ein Fass unmittelbar an ihm vorbeirollte.

»Mein Name ist Martin Haffer. Ihr seid Markward, nehme ich an? Ich habe ein paar Fragen zum Tod von Conrad Schwerdt«, schrie er über das Rumpeln des Fasses hinweg.

»Was für Fragen?«

Der Ratsdiener drehte sich zur Seite und bedeutete einem Tagelöhner mit Handzeichen, was auf ein Fuhrwerk geladen werden sollte, das gerade hinter ihnen zum Halten kam.

»Es gibt Zweifel an der Schuld des Studenten«, versuchte Martin dessen Aufmerksamkeit wieder auf sich zu lenken.

»Und wieso erscheint der Vogt nicht selbst? Ist er sich jetzt dafür schon zu schade?«, knurrte der Blonde missmutig.

Immer dieselbe Frage! Warum nahmen die Menschen seine Anwesenheit nicht einfach hin?

»Um ehrlich zu sein, bin ich im Auftrag der Universität unterwegs. Gibt es hier einen Ort um ungestört zu reden?«

Das Klopfen und Hämmern von der gegenüberliegenden Flussseite, wo ein Schiff ausgebessert wurde, die ständigen lauten Rufe und das Rumpeln der Fässer verursachten einen gewaltigen Lärm.

Der Blonde rümpfte die Nase. »Ist das wirklich notwendig? Es gibt hier viel zu tun. Jetzt, wo Conrad tot ist, muss ich mich um alles kümmern.«

Eindringlich beharrte Martin auf seinem Wunsch.

»Also gut, kommt mit.«

Martin folgte ihm zu einer Hütte in der Nähe des Büchtores. Drinnen griff der Hüne nach zwei Bechern und schenkte aus einem braunen Krug dünnen Wein ein. Einen Becher reichte er Martin, den zweiten nahm er selbst und stellte sich in die Türöffnung, so dass er das Geschehen im Hafen weiterhin im Auge behielt.

»Fasst Euch kurz«, wies er Martin unfreundlich an.

»Ihr wart mit Conrad in der *Hafenklause*?«

»Ja«, grummelte Markward. »Die Bürgermeister haben mir deswegen schon ein Bußgeld auferlegt und mir zu verstehen gegeben, wie glücklich ich mich schätzen darf, weiter für den Rat zu arbeiten. Wisst Ihr, sie sehen es nicht gern, wenn sich ihre Männer die Zeit in Schänken vertreiben.«

»In Anbetracht der *Hafenklause* und ihrer Besucher verstehe ich das sehr gut. Was wolltet Ihr dort?«

Obwohl der Hafenmeister es redlich zu verbergen suchte, fiel Martin dessen plötzliche Nervosität auf. »Wir wollten nur ein Bierchen trinken.« 

»Dafür gibt es in dieser Stadt weniger verfängliche Wirtshäuser.« Die betretene Miene bestätigte seinen Verdacht. Irgendwie musste es ihm gelingen, Markwards Vertrauen zu gewinnen. »Wie ich bereits erwähnte, untersuche ich den Mord für die Universität. Wenn Ihr diesen Aufrührer sehen wolltet, der in der *Hafenklause* gelegentlich gegen den Rat hetzt, werden weder Vogt noch Bürgermeister etwas von mir erfahren.«

Offensichtlich meinte sein Gegenüber in Martin einen Befürworter des geheimnisvollen Redners zu erkennen. Die Augen des großen Kerls leuchteten auf. »Ihr habt von ihm gehört? Habt Ihr ihn auch erlebt?«

Verneinend schüttelte Martin den Kopf. »Gehört ja, gesehen nein. Kommen wir auf meine Frage zurück.«

»Und Ihr sagt dem Vogt und den Bürgermeistern wirklich nichts?«

»Versprochen«, versicherte Martin.

»Also gut. Im Februar hörten Conrad und ich die Tagelöhner zum ersten Mal über den geheimnisvollen Redner tuscheln. Egal wo Ihr in der Stadt unterwegs seid, hinter vorgehaltener Hand spricht jeder von ihm: Knechte, Gesellen, Tagelöhner. Ende März beschlossen wir, ihn uns anzusehen. Der Aufwiegler prangert die Alleinherrschaft der alten Geschlechter an. Und ehrlich gesagt hat er nicht Unrecht. Die Pfeffersäcke entscheiden seit Jahr und Tag allein über die Geschicke der Stadt. Dabei häufen sie ihren Reichtum auf dem Rücken der einfachen Leute an. Könnt Ihr Euch den Handel ohne die Böttcher, Reepschläger, Tuchmacher, Goldschmiede oder Kürschner vorstellen? Ich nicht. Im Rat sitzen jedoch allein Patrizier! Das ist eine zum Himmel schreiende Ungerechtigkeit. Nach dem ersten Mal haben Conrad und ich die *Hafenklause* regelmäßig besucht, wenn der Vogt nicht gerade seine Wachen davor postiert hatte. Von Zeit zu Zeit erscheint der Redner wieder. Allerdings weiß man nie, wann, denn er muss auf der Hut sein. Der Rat ist ganz versessen darauf, seiner habhaft zu werden.«

»Und was ist am Samstag geschehen?«

»Am Nachmittag hatte ich Conrad gefragt, ob wir uns wieder in der *Hafenklause* treffen wollten. Zwar hatte ich zunächst den Eindruck, es sei ihm nicht recht, gleichwohl hat er schließlich zugestimmt. Wir trafen uns gegen acht, tranken unser Bier und warteten. Nach einer Weile musste Conrad auf den Abtritt. Kurz darauf rief jemand, auf dem Hof läge ein Toter. Man konnte gar nicht so schnell schauen, wie sich die Wirtschaft plötzlich leerte. Alle, die nichts mit den Wachen zu tun haben wollten, verschwanden von einem Augenblick zum nächsten, als hätte der Erdboden sie verschluckt. Mir schwante Schlimmes, deswegen bin ich auf den Hof. Mein Gott, Conrad sah so schrecklich aus.«

»Wie habt Ihr ihn überhaupt erkannt?«

»An seinen Sachen.« Bei der Schilderung der Ereignisse war jegliche Farbe aus dem grobschlächtigen Gesicht gewichen. Noch immer schien ihn der Gedanke an das Gesehene zu grausen. Als wolle er ihn verscheuchen, nahm Markward einen tiefen Zug aus dem Becher.

»Und warum ist der Vogt auf die Idee gekommen, Gernot von Eisenfels habe den Hafenmeister getötet?«

»Ist das der Student mit dem vernarbten Gesicht?« Zustimmend nickte Martin. »Den habe ich erwähnt. Während ich im Schankraum auf Conrad wartete, kehrte er vom Hof zurück. Auf seinem Weg zur Ausgangstür hat er mich angerempelt.«



»Ist das etwas Ungewöhnliches?«

»Er hatte es sehr eilig. Das erschien mir merkwürdig. Vor allem erinnerte ich mich nicht, wann der auf den Hof gegangen war.«

»Warum habt Ihr eigentlich nicht nach Eurem Kollegen gesehen?«

Der Hüne kratzte sich verschämt am Hinterkopf. »Ihr sagt den Bürgermeistern wirklich nichts?«

»Nein, das habe ich Euch versprochen!«

»Also gut«, gab Markward zögerlich nach. »Nachdem mir wegen des Burschen Zweifel gekommen waren, wollte ich nachsehen, ob mit Conrad alles in Ordnung ist. Unmittelbar vor der Tür sprach mich eine Hure an, die schon die ganze Zeit zu mir rübergeschaut hatte. Sie wollte mich überreden, mit ihr zu verschwinden. Die hat sich richtig ins Zeug gelegt und mich ziemlich scharf gemacht. Darüber habe ich Conrad ganz vergessen. Mir wird jetzt noch ganz anders, wenn ich daran denke, wo die ihre Finger überall hatte. Gerade wollte ich nachgeben, als sich ein Betrunkener an uns vorbei zur Tür drängelte. Da hat die Hure richtig losgezetert. Er könne nicht da nicht lang, wir stünden hier und er solle verschwinden. Wenn ich es jetzt recht bedenke, wollte sie ihn regelrecht davon abhalten, hinauszugehen. Bei ihrem Geschimpfe hat sie ständig so merkwürdig zur Hoftür geschielt. Aber der alte Säufer hat sich von dem Gezetere nicht abhalten lassen und sich letzten Endes an uns vorbeigezwängt. Als er zurückkehrte und von seinem Fund erzählte, konnte ich gar nicht so schnell gucken, wie die Dirne das Weite gesucht hat. Jedenfalls ist nach dem Studenten mit dem Narbengesicht und vor dem Betrunkenen niemand auf den Hof hinaus. Ich stand ja genau vor der Tür. Und wenn es Severo zehnmal nicht passt, es muss der Student gewesen sein.«



»Wieso Severo?«

»Der hat mich gestern besucht und dieselben Fragen wie Ihr gestellt.«

Zornig stöhnte Martin auf. Offensichtlich hatte der Italiener sein Glück zunächst beim Vogt versucht und sich anschließend selbst auf die Suche nach dem Mörder begeben. Wieso hatte er ihm nichts davon erzählt?

»Könnt Ihr Euch erinnern, wie viel Zeit zwischen dem Erscheinen des Studenten und dem Hinausgehen des Alten verstrich?«

Angestrengt überlegte der Blonde. Dabei wischte er sich mit seinem kräftigen Unterarm den Schweiß von der Stirn. »Eine kleine Weile wird es schon gewesen sein. Genau kann ich es nicht sagen, wegen der neugierigen Finger dieser Marie habe ich die Zeit ganz vergessen.«

»Wie lange war der Betrunkene auf dem Hof?«, hakte Martin nach.

»Nur ein paar Augenblicke. Der kehrte gleich wieder zurück.«

»Erinnert Ihr Euch an Marie? Könnt Ihr sie beschreiben?«

»Natürlich.« Der Gedanke an das Weib belebte den Hünen. »Sie war so Mitte zwanzig, schlank und etwa so groß.« Der Hafenmeister hielt die Hand in Höhe seines Brustkorbs. »Eine Schönheit war sie nicht, aber sie verstand ihr Handwerk, wenn Ihr wisst, was ich meine.« Vertrauensselig zwinkerte er Martin zu. »Die blauen Augen und blonden Haare haben mir schon gefallen. Und sie hatte so einen Busen.« Mit einer Geste unterstrich Markward seine Worte.



»Wisst Ihr, wo ich sie finden kann?«

»Kurz vor dem Steinbecker Tor zweigt eine Straße nach Westen zur Wassermühle ab. Soviel ich weiß, bieten ein paar Huren ihre Dienste in den Buden an. Womöglich findet Ihr sie dort. Andernfalls fragt den Wirt der *Hafenklause*. Ich glaube, der kennt sie alle, schließlich gehen die Weiber in der Schänke ein und aus.«

»Nachdem der Betrunkene Conrads Tod gemeldet hat, seid Ihr auf den Hof. War dort schon jemand?«

»Nein, ich war der Erste.«

»Ist Euch irgendetwas aufgefallen?«

»Nein, Conrads Anblick hat mich so erschüttert, da hatte ich keinen Sinn für andere Dinge.«

»Wer trat nach Euch dazu?«

Nachdenklich runzelte der Hüne die Stirn. »Der Wirt kam gleich darauf, hinter ihm vier, fünf Männer. So ein junger Kerl mit Pockennarben hat sich noch niedergekniet und Conrad mit der Hand angestoßen, als solle er aufstehen. Dabei war es doch offensichtlich …«

Es tat Martin leid, ihn wieder und wieder an den schrecklichen Anblick erinnern zu müssen. Vorerst genügten ihm die Auskünfte. Also wechselte er das Thema.

»Erzählt mir mehr über Conrad und seine Arbeit.«

Sein Gegenüber blies die Wangen auf. »Ich weiß nicht, was Ihr hören wollt? Wir haben fast zwölf Jahre lang zusammengearbeitet. Conrad war der Hafenmeister, ich half ihm. Die meisten Schiffe legen in Wieck an, die Prähme bringen ihre Waren hierher. Wir nahmen sie in Empfang, untersuchten sie auf Schmuggelware und sorgten für den sicheren Transport in die Kontore. Zudem hat sich Conrad um die Verhandlungen mit den Reepschlägern und die Abrechnung mit dem Ratsnotar gekümmert.«



»Ist es nicht Aufgabe des Wiecker Hafenvogtes, auf Schmuggelgut zu achten?«

»So einfach ist es nicht. Ihr könnt nicht den ganzen Lauf des Rycks von Wieck bis hierher kontrollieren. So schnell könnt Ihr gar nicht schauen, wie die Sachen auf den Kähnen landen. Conrad war ein ziemlich scharfer Hund. Ich habe immer wieder gestaunt, wie sicher er Verstecke aufgespürt hat. Allein am Klang, den sein Klopfen auf den Holzfässern erzeugte, hat er einen doppelten Boden erkannt. Mit seinem scharfen Auge hat er gesehen, ob die Säcke wirklich vollständig mit Getreide gefüllt waren.« Mutlos schaute der Ratsdiener zu Martin. »Ich weiß beim besten Willen nicht, wie ich das schaffen soll!«

Die Worte brachten eine Verzweiflung zum Ausdruck, die Martin gut verstand. Auch in ihn setzte man Hoffnungen, von denen er nicht glaubte, sie erfüllen zu können.

»Demzufolge besaß Conrad Feinde?«

»Ihr meint jemanden, der ihn gehasst hat?« Martin nickte und Markward fuhr fort: »Die Schmuggler mochten ihn bestimmt nicht. Erst Anfang März hat er in Heringsfässern versteckte Pelze entdeckt und ihnen ein schönes Geschäft verdorben. Von Hass würde ich jedoch nicht sprechen.«

»In den letzten Tagen vor seinem Tod – hat er da etwas gefunden?«

»Nicht, dass ich wüsste.«

»Wurde er bedroht?«

»Davon hat er zumindest nichts erzählt. Nur war er auch niemand, der sich einschüchtern ließ, eher im Gegenteil.«



Ruckartig drehte Markward den Kopf, als ein Poltern ertönte. Erbost rief er etwas in die Richtung, aus der das Geräusch gekommen war.

»Wie meint Ihr das?«

»Wenn Conrad schlechte Laune hatte, ließ er sie an den Tagelöhnern aus. Er konnte richtig gehässig sein. Handgreiflich wurde er hingegen nur, wenn man ihn angriff.«

Martin horchte auf. »Könnte ein Tagelöhner hinter der grausamen Tat stecken?«

Betreten blickte ihm der Hafenmeister ins Gesicht. »Conrad hat sie beschimpft und beleidigt. Bringt man deswegen jemanden um? Und schaut Euch die armen Teufel einmal richtig an. Nie im Leben könnten die den schweren Holzklotz schleppen, den ich hinter Severo in die Fakultät getragen habe.«

Nein, diese Ansicht teilte Martin nicht. Wer in der Lage war, prall gefüllte Säcke zu tragen und Fässer zu rollen, der war kräftig genug, das Holz anzuheben.

»Und außer den Schmugglern fällt Euch niemand ein, dem Euer Meister im Weg gestanden haben könnte?«

»Nein, da gibt es niemanden.«

Markwards Tonfall weckte Martins Argwohn. Aufmerksam betrachtete er den Blonden. Wenn der etwas mit dem Tod seines Vorgängers zu tun haben sollte, warum war er nicht einfach aus der *Hafenklause* verschwunden, statt bis zum Eintreffen des Vogtes neben dem Toten auszuharren? Ihm musste die Gefahr für seine Anstellung bewusst gewesen sein. Martins unablässiger Blick verstärkte die Nervosität des Hünen.

»Wirklich nicht?«



»Nein.« Die entschiedene Stimme verriet die Aussichtslosigkeit, weiter nachzufragen.

»Hatte Conrad außer Euch Freunde?«

Der Ratsdiener schüttelte den Kopf. »Wir haben gelegentlich Bier zusammen getrunken. Freunde waren wir nicht. Conrad hatte keine Freunde – außer Ihr wollt Tobias als solchen bezeichnen.«

»Wer ist das und wo finde ich ihn?«

So, wie sich der Kerl bei der Antwort anstellte, hatte Martin einen weiteren wunden Punkt berührt. »Keine Ahnung. Er hat für den Rat gearbeitet und verschwand Mitte März urplötzlich. Wohin er ging, weiß ich nicht. Vielleicht kann Euch Barbara, Conrads Frau, weiterhelfen.«

* * *

Um die unerträgliche Hitze in der Stadt noch ein wenig zu meiden, beschloss er, den Ryck entlangzugehen. Zwar musste er gelegentlich einem Fuhrwerk ausweichen, doch spürte er so zumindest länger das laue Lüftchen auf der Haut. Den drei Wachen am Steinbecker Tor machte die Wärme ebenfalls zu schaffen. Statt ihn nach seinem Begehr zu fragen, dösten sie im Schatten der dicken Steine. Die Worte des Vogtes fielen ihm ein: von wegen strenge Kontrollen!

Schon nach wenigen Schritten verließ er die Steinbecker Straße. Westlich davon befanden sich die Buden, von denen Markward gesprochen hatte. Da er schon einmal hier war, versuchte er sein Glück. Auf sein Pochen an eine der Türen öffnete eine Frau mittleren Alters. Freundlich erkundigte er sich nach Marie, die er mit Markwards Worten beschrieb. Nach der abweisenden Haltung zu urteilen, hätte die Frau selbst dann mit dem Kopf geschüttelt, wenn diese Marie neben ihr gestanden hätte. Wahrscheinlich hielt sie ihn für einen Helfer des Vogtes, denn selbst ein finanzieller Anreiz brachte kein Ergebnis. Daher ließ er die Suche nach dieser Marie vorerst ruhen und eilte weiter zu dem kleinen Platz vor der städtischen Wassermühle. Dort bog er nach Süden in die Hundestraße ein.



Dank Gernots Beschreibung suchte er nicht lange nach Conrad Schwerdts Haus. Laut schlug er den Klopfer. Als nichts geschah, klopfte er nochmals. Kurz darauf fragte eine zaghafte Stimme, was er wolle. Nachdem er seinen Namen und Auftrag erwähnt hatte, wurde der Riegel zurückgeschoben und zögernd die Tür geöffnet. Beim Anblick der zierlichen Frau erschrak Martin zutiefst. Severo und Gernot hatten nicht übertrieben. Auf dem geschwollenen Gesicht schimmerten blaue und grüne Flecken. Gleichwohl erkannte er darunter ihre Schönheit. Den rechten Arm trug sie in einer Schlinge. Widerstrebend musste Martin dem Chirurgen beipflichten. Nie im Leben hätte diese arme Frau die Kraft besessen, den schweren Holzklotz anzuheben.

Freundlich bat Barbara Schwerdt ihn, einzutreten und ihr in die Küche zu folgen. Langsamen Schrittes ging sie voran. Das kleine Haus bestand aus einem Flur und zwei Räumen. In der Küche erwartete Martin eine unangenehme Überraschung, denn am robusten Holztisch kramte Severo gerade in seiner ledernen Tasche.

Mit leichenbitterer Miene stellte der Italiener fest: »Ich hatte nicht erwartet, Euch vor dem Abend wiederzusehen.« Und zu der Witwe gewandt, fuhr der Chirurg fort: »Der Herzog hat Herrn Haffer auserkoren, Gernots Unschuld zu beweisen. Er soll der Fähigste für diese Aufgabe sein. An Eurer Stelle würde ich aber nicht allzu große Erwartungen in ihn setzen.«



Wenn der Chirurg beabsichtigt hatte, ihn zu reizen, war es ihm gelungen. »Immerhin habe ich festgestellt, wie viel Glück Gernot hatte.«

»Mein Lehrling wird eines Mordes beschuldigt. Das nennt Ihr Glück?«

»Das nicht. Ich meinte die Wahl des Verstecks für seinen törichten Überfall. Hätte Gernot den Platz hinter dem Schweinestall gewählt, wäre er wohl dem Mörder in die Quere gekommen und wir hätten einen weiteren Toten zu beklagen.«

Barbara Schwerdt stieß einen Schreckenslaut aus und fiel in Ohnmacht. Geschickt fing Martin sie auf und legte sie behutsam auf die Holzbank.

Severo schüttelte den Kopf. »Ihr habt so viel Feingefühl wie ein Schmiedehammer. Wie konntet Ihr bloß eine Frau finden?«

Der Satz brachte das Fass zum Überlaufen. All der Kummer um Sarahs Tod, all die Wut auf sich und die Welt bahnten sich ihren Weg. Zornig stürzte sich Martin auf den Chirurgen, packte ihn am Kragen und schrie ihn an: »Das ist allein Eure Schuld. Hört auf mit den ewigen Anfeindungen und lasst mich einfach in Ruhe meinen Auftrag erledigen! Je weniger Ihr mir im Weg steht, desto eher finde ich den Mörder und kann Greifswald wieder verlassen! Dazu wäre es äußerst hilfreich, wenn Ihr mir nicht die Ergebnisse Eurer Nachforschungen vorenthalten würdet.«

Wütend stieß er den Schwarzhaarigen weg. Einen Moment schien es, als wolle der sich auf ihn stürzen, aber dann griff Severo nach einem Krug mit Wasser, füllte einen Becher und beugte sich zu der Witwe hinab. Währenddessen schlich Martin zum Fenster und lehnte die Stirn dagegen. Die Kühle des Glases tat ihm gut.



Betreten murmelte er: »Entschuldigt, die vergangenen Wochen haben Spuren hinterlassen.«

Er spürte Severos Blick auf seinem Rücken ruhen. Als er sich umdrehte, nickte der Chirurg und kümmerte sich sogleich wieder um die noch immer bewusstlose Hausherrin, die nach einer Weile wieder die Augen aufschlug. Dankbar nahm sie einen Schluck aus dem Becher und richtete sich mit Severos Hilfe allmählich auf. Als sie nicht mehr ganz so blass war, erkundigte sich Martin behutsam, ob sie ihm ein paar Fragen beantworten könne. Da sich Unsicherheit auf ihrem Gesicht abzeichnete, erzählte Martin von seinem Gespräch mit Gernot vom Vortag. So einfühlsam wie möglich bat er sie um eine Schilderung der Ereignisse des Mordtages.

Zaghaft begann die Frau: »Es war ein Tag wie jeder andere. Seit mehreren Wochen hatte mein Gatte die Angewohnheit, das Haus abends noch einmal zu verlassen. Als er an diesem Tag von der Arbeit zurückkehrte, begab er sich gleich ins

Schlafzimmer. Vor der Tür hörte ich, wie er Schubladen aufzog, kramte und vor sich hin schimpfte. Mir schien, als suche er etwas. Deswegen fragte ich, ob ich ihm helfen könne. Da riss er die Tür auf und schlug auf mich ein. Er schrie mich an, ich solle mich nicht in seine Angelegenheiten einmischen. Erst als ich am Boden lag, hörte er auf und verschwand wieder im Zimmer. Später verließ er das Haus, ohne sich um mich zu kümmern. Bald darauf erschien Gernot, der sofort Severo herbeirief. Noch während der Chirurg mich versorgte, rannte Gernot davon. Nicht lange nachdem Severo mich verlassen hatte, klopfte es an der Tür. Ich dachte zunächst, Gernot käme zurück, Conrad hätte ja nicht geklopft. Vor der Tür stand jedoch Markward in Begleitung einer Stadtwache. Von ihm erfuhr ich, was geschehen war. Die Nachricht hat mir zuerst einen gehörigen Schrecken eingejagt, weil ich ahnte, was Gernot vorhatte. Gleich darauf ich habe mich wieder beruhigt, denn er ist kein Mörder!«

»Warum habt Ihr den Jungen nicht aufgehalten?«, fragte Martin Severo.

Ruhig erwiderte dieser: »Wie denn? Ihr habt ihn nicht gesehen! Er war ja wie von Sinnen.«

»Seit wann trefft Ihr Euch mit Gernot?«, richtete er das Wort wieder an Barbara.

»Ich hatte mich um den 20. März verletzt und suchte Severo auf. Gernot assistierte bei der Behandlung. Er kümmerte sich auch danach weiter um mich.«

»Verzeiht, wenn ich es frage, hat Euer Mann womöglich von Gernot erfahren und Euch deswegen so zugerichtet?«

Traurig schüttelte sie den Kopf. »Nein, ich glaube nicht. Conrad brauchte keinen Grund, um mich zu schlagen.«

»Wisst Ihr, was er im Schlafzimmer suchte?«

»Nein, er hat es mir nicht gesagt. Einmal fluchte er lauter und es hörte sich an wie: Wo ist das verdammte Ding?«

»Wisst Ihr, was er damit meinte?«

»Nein, ich habe keine Idee.«

»Markward erzählte mir, Euer Mann habe einen Freund namens Tobias gehabt?«

»Tobias ist sein Vetter. Und er war der Anlass für meine Begegnung mit Gernot. Mitte März blieben Tobias' Besuche aus. Das hatte mich gewundert, weil mir von einem Streit nichts bekannt war. Als ich fragte, ob zwischen Tobias und ihm etwas vorgefallen sei, meinte Conrad nur, das gehe mich nichts an, und schlug mich. In der Stadt hörte ich später, Tobias wäre mit einem Male verschwunden. Mehr weiß ich leider nicht.«



»Fühlte sich Euer Gatte bedroht? Hatte er Feinde? Gab es Ärger mit den Schmugglern?«

Sie lachte bitter auf. »Ihr kanntet Conrad nicht. Der hat sich vor niemandem gefürchtet. Er hat sogar in der Nachbarschaft geprahlt, wenn er wieder Schmuggelgut gefunden hatte. Wahrscheinlich hassten die Schmuggler ihn für diese Prahlerei mehr als für seine Funde.«

Martin bedankte sich bei der Witwe. »Wenn Euch noch etwas einfällt, findet Ihr mich bei Severo. Würde es Euch stören, wenn ich die Nachbarn befrage? Möglicherweise hat jemand etwas gesehen. Könnten die Nachbarn etwas von Gernots Besuchen wissen?«

»Ich glaube nicht. Wir haben uns sehr bemüht, die Treffen geheim zu halten. Versucht Euer Glück, wenn es nützt, den Mörder zu finden. Ich möchte Gernot nur bald wieder in meine Arme schließen.«

Martin verabschiedete sich und verließ mit Severo das Haus.

»Und? Habt Ihr etwas herausgefunden?«, erkundigte sich der Chirurg in einem für seine Verhältnisse angenehmen Tonfall. Es schien, als habe ihm Martins Wutausbruch Respekt eingeflößt.

»Das könnte gut sein. Hat es hier am Samstag geregnet?«

»Ja, seit dem frühen Nachmittag.«

»Hinter dem Schweinestall der *Hafenklause* habe ich auffällige Fußabdrücke entdeckt. Sie dürften von Conrads Mörder stammen. Am rechten Absatz fehlt eine Ecke und auf der Sohle befindet sich eine Schramme.«

»Was wollt Ihr jetzt machen? Sollen sich alle Einwohner auf dem Marktplatz versammeln und Ihr überprüft die Schuhsohlen?«

Diesmal ließ Martin sich nicht provozieren. »Der Hof besitzt keinen Zugang zu den Straßen. Conrads Begleiter stand direkt vor der Tür und sah bloß einen alten Säufer den Schankraum verlassen und zwar eine ganze Zeit, nachdem Gernot zurückgekehrt war. Dieser Säufer hat Conrad gefunden und will niemanden auf dem Hof gesehen haben. Er selbst wäre nicht in der Lage gewesen, den Holzklotz anzuheben. Auf dem verlassenen Nachbargrundstück ist das Gras niedergetreten. Der Mörder hat sich also darüber Zugang zum Hof des Wirtshauses verschafft. Aber das habt Ihr bei Euren Nachforschungen sicherlich schon selbst herausgefunden. Gibt es sonst etwas, was ich wissen sollte?«

»Nein, Ihr habt schon mehr entdeckt als ich. Da ich nicht hinter dem Schweinestall nachgesehen habe, sind mir die Fußabdrücke verborgen geblieben. Das niedergetretene Gras im Nachbargarten habe ich ebenfalls bemerkt und gedacht, der Mörder habe dort nach seiner Tat ausgeharrt, bis wieder Ruhe eingekehrt war.«

»Das glaube ich nicht«, widersprach Martin. »Das Haus liegt seit längerer Zeit verlassen. Es scheint mir gut geeignet für ein Versteck. Darüber lasst uns später weiterreden. Jetzt müsst Ihr mich entschuldigen, der Münzpräger erwartet meinen Besuch.«

»Wegen des Geldstücks in Conrads Mund?«

»Nein. Der Münzpräger soll mir mehr über den Toten erzählen. Mit etwas Glück finde ich zudem heraus, wer den Schlüssel für das verlassene Haus aufbewahrt. Nachdem ich das erledigt habe, statte ich der *Hafenklause* heute Abend einen Besuch ab. Vielleicht sehe ich diesen Aufrührer, wegen dem Conrad Schwerdt am Abend seines Todes dort war. Und jetzt frage ich noch schnell die Nachbarin, ob ihr etwas aufgefallen ist.«



»Nun, womöglich begleite ich Euch. Bis dahin, gehabt Euch wohl.«

Mit einem Kopfnicken trennten sich die beiden Männer.

* * *

In wenigen Schritten überquerte Martin die Hundestraße und langte beim gegenüberliegenden Haus an. Während seines Gesprächs mit dem Chirurgen hatte er eine Frau hinter dem Fenster entdeckt. Forsch klopfte er an die Tür und musste nicht lange warten, bis ihm eine Grauhaarige öffnete.

»Gott zum Gruße!«

»Gott zum Gruße. Ihr wünscht?«

Martin hatte sich schon auf dem Weg für eine kleine Lüge entschieden. »Ich bin im Auftrag des Vogtes hier. Ihr wisst sicherlich, was Eurem armen Nachbarn zugestoßen ist?«

Die Alte nickte eifrig. »Schrecklich ist das, die arme Witwe. Es soll ja einer von diesen Taugenichtsen gewesen sein, einer von dieser Schule.«

»Ja, so heißt es. Es gibt allerdings jemanden, der das bestreitet. Euer Nachbar war ein fleißiger Mensch und hat für den Rat gearbeitet. Wie dem Vogt zugetragen wurde, soll er den Schmugglern ein Dorn im Auge gewesen sein. Ist Euch in der vergangenen Zeit etwas Ungewöhnliches aufgefallen?«



»Ach, dann war es wohl dieser Halunke, der hier vor ein paar Tagen herumlungerte?« Die Alte griff nach Martins Arm und zog ihn dichter heran. »Das war am Freitag. Mir schien, als habe er den armen Conrad abgepasst. Wütend hat der Spießgeselle auf ihn eingeredet, ihm sogar mit der Faust gedroht. Trotzdem hat Conrad laut gelacht und ihn einfach stehen lassen.«

»Warum habt Ihr das dem Vogt nicht erzählt?«

»Wieso dem Vogt?«, pikiert schaute sie Martin an. »Der hat mich noch gar nicht befragt!«

›Hat er nicht?‹, dachte Martin ungläubig. Laut sagte er: »Wärt Ihr so freundlich, mir den Halunken zu beschreiben?«

»Natürlich!« Der Frau gefiel es offensichtlich, in Martin einen interessierten Zuhörer gefunden zu haben. »Er hatte einen verschlagenen Blick. Wisst Ihr, das war so ein Blick, bei dem einem der kalte Schauer über den Rücken läuft. Freiwillig möchte man dem Kerl nicht begegnen. Und er hatte nur ein Bein.«

»Trug er lange strähnige Haare und war ungefähr so groß?«, Martin deutete bis zu seiner Nasenspitze. »Die Arme mit zahlreichen Narben übersät?«

»Genau so sah er aus. Kennt Ihr ihn?«

»Ja. Er ist ein sehr gefährlicher Mensch.«

Erschrocken fuhr die Frau zusammen.

»Ist Euch sonst etwas aufgefallen?«

»Nein. Sagt, wie geht es der Witwe? Kann man ihr helfen?«

Martin schaute zu dem Haus hinüber und überlegte. »Ich glaube, das fragt Ihr sie besser selbst. Gott zum Gruße und habt Dank für Eure Hilfe.«



In diesem Moment schlug es von St. Nikolai dreimal. Es war an der Zeit, ins Rathaus zurückzukehren. Wahrscheinlich erwartete ihn der Münzpräger schon. Mit schnellen Schritten begab sich Martin auf den Weg zum Rathaus.

# Kapitel 3

12. Juli 1491 – nachmittags

Kreuz und quer durch die Stadt zu laufen machte ihm mehr zu schaffen, als er gedacht hatte. So viel Bewegung war Martin nicht gewohnt, schließlich saß er sonst an seinem Tisch und kopierte Bücher. Nun ja, wenn er es recht bedachte, musste er sich nicht über die Schmerzen wundern. Nach einem Unfall in seiner Kindheit war ein Bruch nicht richtig zusammengewachsen und sein rechtes Bein seither kürzer als das linke. Philipp Lazar hatte eine Idee gehabt, wie man die unterschiedliche Länge ausgleichen und die Ursache der Schmerzen beseitigen könne. Warum war er zu stolz gewesen, Philipps Erfindung zu nutzen? Seine Sturheit bereitete ihm wieder einmal nichts als Ärger! Leider kam seine Einsicht jetzt zu spät – das schmale Holzstück lag in Wolgast. Was blieb ihm also übrig, als mit zusammengebissenen Zähnen durch den Vilterhagen und die Fischstraße über den Fischmarkt zum Rathaus zu humpeln?

Um zu dem Münzpräger zu gelangen, musste Martin in den Rathauskeller hinabsteigen, wie ein Schreiber ihm erklärt hatte. Wenigstens entschädigte ihn die dort herrschende Kühle für seine Mühen. In einem mit hohen Regalen, einem Tisch und Stühlen ausgestatteten Raum fand er zwei Männer in eine lebhafte Diskussion vertieft. Die beiden waren ihm auf Anhieb sympathisch. Ihnen fehlte das Aufgesetzte, das Martin bei den Bürgermeistern und dem Vogt missfallen hatte.

Mit einem Lächeln auf dem faltigen Gesicht erhob sich der jüngere der beiden von seinem Stuhl, trat auf Martin zu und reichte ihm freundlich die Hand. »Ich bin Tilmann Schröder. Bürgermeister Lotze hat mir Euren Besuch bereits angekündigt. Das ist mein Bruder Albert, sein Kontormeister. Ich hoffe, es stört Euch nicht, wenn er uns Gesellschaft leistet?«

Der Vorgestellte erhob sich und reichte Martin ebenfalls die Hand.



»Bürgermeister Lotze sagte, Ihr würdet nach Conrad Schwerdts Mörder suchen? Hat denn der Vogt den Täter nicht schon gefunden?«

Tilmann bedeutete Martin, Platz zu nehmen. Gern folgte er der Einladung. Die beiden setzten sich ebenfalls.

»Er verdächtigt wohl den Falschen«, antwortete Martin zurückhaltend.

»Und wie kommt Ihr darauf?« Albert bemühte sich nicht, seine Neugier zu verbergen.

»Gernot von Eisenfels leugnet nicht, sich mit Conrad Schwerdt geprügelt zu haben. Den Mord weist er allerdings vehement von sich. Als Gernot ihn verließ, lebte der Hafenmeister angeblich noch. Unabhängig davon, ob ich dieser Beteuerung Glauben schenken will, frage ich mich, was der Student für einen Grund hätte, einen Ratsdiener nicht bloß zu töten, sondern darüber hinaus so grausam zuzurichten?«

Mit einem wissenden Lächeln merkte Tilmann an: »Nun, Ihr sagtet doch eben selbst, er hätte sich mit dem Hafenmeister geprügelt. Hat er dies etwa grundlos getan? Wenn nicht, könnte darin das Motiv für den Mord liegen.«

»Was wollt Ihr damit sagen?«, hakte Martin vorsichtig nach. Es lag ihm fern, die Witwe in Schwierigkeiten zu bringen.

Der Münzpräger sah ihn treuherzig an. »Ich mag zwar alt sein, aber nicht blind. Barbara ist eine sehr schöne Frau und ich weiß, was Conrad ihr angetan hat. Mehrfach habe ich erfolglos versucht, ihm ins Gewissen zu reden. Wahrscheinlich ist der Student in Barbara verliebt. Wer könnte es ihm verdenken? Ist Euch das nicht Motiv genug?«

»Woher wisst Ihr von den Misshandlungen?«, wich Martin aus.



»Jemand, der wohl die Hoffnung hegte, die Worte eines alten Mannes würden Conrad zur Vernunft bringen, bat mich um Hilfe. Was spricht denn nun wirklich gegen die Schuld des Studenten?«

Bei der Offenheit, mit der ihm der Weißhaarige begegnet war, sah Martin keinen Grund, seine bisherigen Erkenntnisse zu verheimlichen. »Auf dem Hof der *Hafenklause* habe ich Abdrücke entdeckt, die nicht von Gernots Stiefeln stammen. Jemand muss sich hinter dem Schweinestall versteckt haben. Von dort führt eine Fußspur zu dem Holzstapel, der Gernot als Versteck diente, zum Trog, vor dem man den Toten fand, und weiter zum Nachbargrundstück. Entweder hat ein wichtiger Zeuge die Spur hinterlassen oder der wahre Mörder, was ich vermute, denn was sollte derjenige an dem Holzstapel gewollt haben, als sich den Klotz zu greifen, mit dem das grausame Werk vollbracht wurde?«

»Könnten die Spuren nicht von jemandem stammen, der den Hof erst nach der schrecklichen Tat betrat?«

»Nein. Besonders deutlich zeichnen sich die Abdrücke lediglich hinter dem Schweinestall, an dem Holzhaufen und dann erst wieder vor dem Gartentor ab. Vor dem Trog überlagern andere die Spur. Sie müssen von dem Begleiter des Toten, dem Wirt, den Schaulustigen, den Wachen und dem Vogt herrühren.«

Tilmann warf seinem Bruder einen vielsagenden Blick zu. Martin verstand. Die beiden Männer teilten seine Ansicht zu den Fähigkeiten des Vogtes, dem die Fußspur bei näherem Hinsehen hätte auffallen müssen. Wie er diesen blasierten Dummkopf kannte, hatte der sich wahrscheinlich gar nicht die Mühe gemacht, den Hof richtig in Augenschein zu nehmen, nachdem Markward ihm den Studenten beschrieben hatte.



Nun wandte sich Tilmann an Martin: »Und wie kann ich Euch behilflich sein?«

»Ich suche ein Motiv für die Tat, vor allem für die Grausamkeit, mit der sie begangen wurde. Außer den Misshandlungen seiner Frau könnte Conrads Tätigkeit ein solches bieten. Ich hoffte, von Euch Hinweise zu erhalten.«

Nachdenklich fuhr sich der Alte mit der Hand durch das schlohweiße Haar.

»Conrad arbeitete seit über zwanzig Jahren für den Rat. Zunächst hat er den damaligen Hafenmeister unterstützt. Mit der Zeit übernahm er immer mehr von dessen Aufgaben, bevor er selbst in das Amt trat. Es ist ein sehr wichtiges Amt, denn sein Inhaber trägt Sorge für den Stadthafen. Das Beladen und Löschen der Prähme und Schniggen ist ein kleiner Teil davon und schon schwierig genug. Der Hafenmeister muss den Überblick behalten, welche Ware wohin gebracht werden soll. Er entscheidet, wie viele Tagelöhner und Fuhrwerke gebraucht werden, um alles schnell in die Kontore zu bringen.

Zudem zählte das Auffinden von Schmuggelgut zu Conrads Aufgaben. Niemand hat so viele Verstecke aufgespürt wie er. Freunde hat er sich damit sicherlich nicht gemacht.«

Martin erinnerte sich an die Schilderung von Conrads Nachbarin. »Erwähnte er jemals irgendwelche Vorfälle mit den Schmugglern? Fühlte er sich bedroht?«

»Natürlich hatten die Schmuggler allen Grund, ihn nicht zu mögen. Oft genug hat er ihnen das Geschäft kaputt gemacht und sich dessen zu allem Überfluss auch noch lautstark gerühmt. Nur – wenn Ihr mir zwei Fragen gestattet: Warum sollten ihn die Schmuggler auf solch grausame Weise töten? Es sind Menschen, die im Verborgenen handeln und jegliche Aufmerksamkeit meiden. Ein gezielter Stich ins Herz ist unauffälliger und die Tat schneller vollbracht. Außerdem versuchte Conrad ihnen seit Jahren das Handwerk zu legen. Warum sollten sie ihn ausgerechnet jetzt töten?«

»Immerhin hat einer der Schmuggler ihn am Tag vor dem Mord aufgesucht. Das Gespräch schien nicht zur Zufriedenheit des Halunken verlaufen zu sein, denn er drohte dem Hafenmeister mit der Faust«, berichtete Martin.

»Davon weiß ich nichts, ich habe Conrad zuletzt am Mittwoch gesehen.«

Martin überlegte. Warum hatte sich der Tote trotz der offenen Drohung des Einbeinigen Hannes sicher gefühlt und das Wirtshaus besucht? In ihm reifte eine Idee: »Könnte Conrad mit den Schmugglern gemeinsame Sache gemacht haben? Wie ich hörte, suchte er etwas, bevor er am Abend des Mordes sein Haus verließ. Womöglich hat er den Gegenstand mitgenommen und der Mörder nahm ihn nach der Tat an sich.«

Diese Theorie wäre in gleichem Maße schlüssig für die Unzufriedenheit des Einbeinigen, wie die Grausamkeit Nachahmern zur Warnung gereicht hätte.

»Ausgeschlossen!« Entrüstet wies Tilmann die Frage zurück. »Conrad war gewissenhaft und rechtschaffen. Nie hat er sich bei seiner Arbeit etwas zu Schulden kommen lassen.«

Verständnislos schüttelte Martin den Kopf. »Das höre ich von jedem! Bloß stelle ich mir die Frage, was er dann ausgerechnet in der *Hafenklause* wollte, wo sich die Schmuggler treffen.«



Albert ergriff das Wort: »Seit Februar hetzt ein Aufrührer gegen den Rat und die Patrizier. Selbst in meinem Kontor höre ich die Leute über ihn reden, obwohl sie weder Hunger leiden noch sonst Anlass zur Klage haben. Wenn man dem Nachtwächter Glauben schenken darf, suchen immer mehr Menschen die Nähe dieses Hetzers. Mittlerweile sollen selbst brave Handwerksmeister den aufwieglerischen Worten lauschen. Wahrscheinlich war auch Conrad Schwerdt der Faszination dieses Redners erlegen.«

»Habt Ihr den Mann schon einmal gesehen?«

»Nein«, erwiderte Tilmann. »Warum sollte ich meine Zeit damit verschwenden? Dieser unsägliche Mensch bereitet nichts als Ärger. Seit er sein Unwesen treibt, kommt es immer wieder zu Übergriffen auf die Ratsherren und ihre Kontore. Ich fürchte, es wird nicht mehr lange dauern, bis Unruhen ausbrechen.«

Nach allem, was Martin bisher über den Toten zu hören bekommen hatte, hielt er das nicht für eine plausible Erklärung. Gleichwohl würde er der Sache auf den Grund gehen. Er wechselte das Thema.

»Was ist mit Conrads Helfer? Könnte Markward es auf das Amt abgesehen haben?«

»Nein, ganz gewiss nicht. Dieser Aufgabe ist Markward nicht gewachsen und das weiß er auch. Erst gestern war der arme Tropf hier und flehte, ich möge beim Ratsnotar ein Wort für ihn einlegen, damit man schnell Ersatz für Conrad finde. Außerdem: Hätte er es tatsächlich auf das Amt des Hafenmeisters abgesehen, hätte er nicht neben dem Toten bis zum Eintreffen der Wachen ausgeharrt. Der Besuch von Schänken ist allen Ratsdienern strengstens untersagt. Schon deswegen wird man ihn nicht zum Hafenmeister ernennen. Er darf es vielmehr als glückliche Fügung betrachten, wenn er mit einem Bußgeld davonkommt und weiter für den Rat arbeiten darf.«



»Wie ich von Markward hörte, ließ Conrad seine schlechte Laune häufig an den Tagelöhnern aus. Könnte einer von ihnen dahinterstecken?«

Tilmann schien nach den richtigen Worten zu suchen. »Trotz oder vielleicht gerade wegen seiner Art war Conrad ein guter Hafenmeister. Im Hafen herrscht ein rauer Ton. Man kann dort nur bestehen, wenn man ihn beherrscht. Und Conrad pflegte deutliche Worte. Wenn er etwas sagte, musste es so gemacht werden. Diskussionen ließ er gar nicht erst aufkommen. Notfalls klärte er das mit seinen Fäusten. Gerade das scheint ihm Respekt verschafft zu haben.«

Wie Martin es drehte und wendete: Offensichtlich wollte niemand einen Grund für die schreckliche Tat erkennen. Er musste Menschen finden, die ihm mehr über den Toten erzählen konnten.

»Hatte der Hafenmeister Freunde?«

Als sei die Frage mehr als abwegig, verzog Tilmann den Mund. »Nein, meines Wissens pflegte er keine Freundschaften. Da war nur sein Vetter Tobias, der Mitte März plötzlich verschwand.«

»Hat er Euch auf Conrads Wutanfälle hingewiesen?«

»Ja, und nicht als Einziger.«

Der feine Unterton ließ Martin stutzen. »War Markward der Zweite?«

»So ist es. Mehr als einmal hat er mich um Hilfe gebeten.«

»Könnte er den Hafenmeister nicht deswegen …« 

»Wie soll er das angestellt haben?«, schnitt ihm Tilmann das Wort ab. »Soviel ich weiß, hat er im Schankraum auf Conrads Rückkehr vom Abtritt gewartet. Eine Frau soll ihm die Zeit versüßt haben.«

Überrascht riss Martin die Augen auf.

Beruhigend erklärte der Alte: »Er hat es mir gestern erzählt.«

»Außerdem hätte es im Hafen unauffälligere Gelegenheiten gegeben«, schaltete Albert sich ein.

»Das mag sein«, gab Martin vorerst klein bei. »Kehren wir zu diesem Tobias zurück. Wisst Ihr, wo ich ihn finden kann?«

»Nein, es ist, als hätte ihn der Erdboden verschluckt.«

Wie schon bei seinem Treffen mit Markward hatte Martin das Gefühl, man wolle mit ihm nicht über den Schreiber sprechen. Deswegen probierte er es mit einer List: »Ich hörte etwas von Unregelmäßigkeiten.«

»Habt Ihr das?«, erwiderte Tilmann. »Dazu kann und darf ich Euch nichts sagen.«

Ein Gedanke schoss Martin durch den Kopf: »Seit Mitte März ist er verschwunden, sagtet Ihr? Kurz darauf beginnt

Conrad regelmäßig die *Hafenklause* aufzusuchen. Haltet Ihr das für einen Zufall? Beschreibt mir diesen Tobias bitte näher.«

Es dauerte einen Moment, bis die beiden Männer verstanden, worauf er hinauswollte. Erstaunt rief Tilmann: »Ihr meint wohl nicht etwa … Nein, nie im Leben ist Tobias der Hetzer! Der Schreiber war ein schmächtiger Mensch, mit blonden Haaren, geröteter Haut und einem pickligen Gesicht. Er reichte Euch ungefähr bis zur Nase. Der war viel zu schüchtern, um große Worte zu schwingen.«



»Das stimmt, beim kleinsten Anlass zuckte er zusammen und beim Reden schaute er niemandem in die Augen. Wie sollte so jemand die Menschen mit seinen Reden in den Bann ziehen?«, bekräftigte Albert.

»Und Conrad? Was meinte der zu dem plötzlichen Verschwinden? Immerhin war der Schreiber sein Vetter.«

»Nichts – und offen gesagt, hat mich das verwundert«, gestand Tilmann.

Einige Schillinge auf dem Tisch erregten Martins Aufmerksamkeit. Er zog die bei Conrad gefundene Münze hervor und legte sie daneben. Neugierig griff Tilmann danach. Mit einem Vergrößerungsglas untersuchte der Münzpräger die Vorder- und Rückseite, anschließend legte er sie auf eine kleine Waage.

»Wo habt Ihr sie her?«, fragte er und reichte das Geldstück an Albert weiter, der es ebenfalls eingehend untersuchte.

»Was ist damit?«, wollte Martin wissen.

»Das ist eine Falschmünze. Wo habt Ihr sie gefunden?«

Angewidert verzogen die beiden die Gesichter, als Martin es erwähnte.

Der Jüngere fasste sich als Erster. »Was soll das für einen Sinn ergeben?«

»Genau das frage ich mich auch«, seufzte Martin und wies auf den Tisch. »Sind das alles falsche Schillinge?«

Der Münzpräger nickte. »Ja, Halbschillinge, Schillinge und einige Großpfennige. Seit ein paar Wochen häufen sich die Funde. Eure Münze scheint derselben Quelle zu entstammen. Seht, der Flügel des Greifs wird durch drei aufrechte Federn dargestellt. Die letzte Feder ist nicht zu erkennen. Und hier an der Seite sieht man deutlich Reste eines Grates, den der Falschmünzer abschleifen musste.«



Er reichte Martin das Vergrößerungsglas. Es stimmte. Wusste der Mörder um die Fälschung und wollte seine Geringschätzung zum Ausdruck bringen? Warum hatte er dem Toten das Geld dann ausgerechnet in den Mund gelegt? Jede andere Stelle wäre genauso geeignet gewesen.

»Auf dem Grundstück neben der *Hafenklause* steht ein verlassenes Haus«, unterbrach Martin das eingetretene Schweigen. »Wer kann mir sagen, wem es gehört?«

»Der Ratsnotar führt Buch über alle Grundstücke und verwahrt die Schlüssel«, antwortete Tilmann. »Die Schreiberei befindet sich gegenüber den Fleischerscharren in der Packhausstraße. Als oberster Ratsdiener sitzt der Notar aber hier im Rathaus. Wenn Eure Fragen beantwortet sind, führe ich Euch gern zu ihm.«

Auf sein Nicken erhob sich der Münzpräger und begleitete Martin, der sich rasch von Albert verabschiedete, zur Tür. Gemeinsam stiegen sie aus dem Keller in den ersten Stock, wo Tilmann ihm die Ratskanzlei zeigte. Nachdem sich der Weißhaarige verabschiedet hatte, klopfte Martin. Auf ein forsches ›Herein‹ betrat er den Raum.

In den Regalen stapelten sich zahlreiche Pergamentrollen und einige Folianten. An einem großen Tisch davor saß ein Mann, dessen dunkle Haare an den Schläfen bereits zu ergrauen begannen. Ungehalten über die Störung sah er über das Tintenfass vor sich auf.

»Wie kann ich Euch helfen?«

Sein Auftrag hatte sich schon herumgesprochen, denn der Ratsnotar erhob sich sofort, als Martin seinen Namen und sein Anliegen nannte.



»Tilmann hat Recht. Ich führe ein Verzeichnis über die vom Rat verwalteten Grundstücke. Wenn Ihr Euch einen Moment geduldet, sehe ich schnell nach.«

Der Schwarzgekleidete begab sich zu einem Regal, zog einen Folianten heraus, schlug ihn auf und begann emsig darin zu blättern. Endlich schien er das Richtige gefunden zu haben. Mit dem Zeigefinger fuhr er auf und ab. »Da ist es. Der letzte Eigentümer starb vor fünf Jahren.«

»Hat sich jemand nach dem Grundstück erkundigt?«

»Nein, nicht dass ich wüsste.«

»Dürfte ich mir das Haus ansehen?«

»Gewiss doch, nur gebt mir den Schlüssel bitte morgen zurück.«

Der Ratsnotar öffnete eine Schublade und kramte ein wenig darin. Endlich zog er einen schweren Schlüssel hervor und reichte ihn Martin, der sich bedankte und verabschiedete.

* * *

In Gedanken versunken stieg Martin die Treppe zum Erdgeschoss hinab. Von Markward glaubte er gerne, er wäre der Faszination des ominösen Redners erlegen. Was versprach jener Mensch seinen Zuhörern, wenn sogar dem Rat treu ergebene Männer seine Nähe suchten? Solche Hetzer zogen gelegentlich durch die Lande. Eher früher als später endeten sie am Galgen oder in einem Kerker. Weshalb war es dem Greifswalder Vogt bisher nicht gelungen, den Aufrührer zu ergreifen? War das denn so schwierig?

Unten angekommen sah Martin, wie sich vier Wachen an der Rathaustür zu schaffen machten. Offensichtlich versuchten sie mit vereinten Kräften einer anstürmenden Menge Herr zu werden. Eine Hand voll Bewaffneter stand angespannt hinter ihnen. Unsanft wurde Martin von weiteren Wachen, die die Kellertreppe hochkamen, zur Seite geschoben. In diesem Moment flog ein Stein durch eine Fensterscheibe und traf einen Schreiber, der neugierig hinausgespäht hatte, am Kopf. Sofort stürmten drei aus dem Keller gekommene Männer zum Eingang und hielten die Eindringlinge mit Hellebarden fern. Da sich keiner um den Verletzten kümmerte, lief Martin zu ihm und zog ihn aus der Gefahrenzone.



»Was zum Teufel ist hier los?«, hörte er den Vogt hinter sich. »Ihr vier sichert den Haupteingang, ihr drei bleibt am Fenster. Er da, holt weitere Wachen von unten und geht mit ihnen zum Hintereingang«, bellte er seine Befehle.

»Wollt Ihr den Wachen nicht zur Hintertür folgen?«, erkundigte sich Martin bei dem Schreiber. »Ein Chirurg sollte Euren Kopf untersuchen.«

Der untersetzte Mann sah ihn mit schreckgeweiteten Augen an. »Es ist nicht so schlimm. Ich warte, bis sich draußen alles wieder beruhigt hat. Es dauert bestimmt nicht lange.«

»Wie Ihr meint.« Martin schaute sich um. »Habt Ihr wenigstens ein Tuch oder dergleichen, um es auf die Wunde zu drücken?«

»Nein, nein, das ist nicht nötig. Es hört gleich wieder zu bluten auf.« Der arme Kerl seufzte: »Herrje, seht es Euch an. Erst gestern wurde das neue Glas eingesetzt und jetzt ist es schon wieder entzwei.«

Die Worte weckten Martins Neugier. »Das Rathaus wird nicht zum ersten Mal angegriffen?«



Nervös schielte der Verletzte zum Vogt, der weiteren Bewaffneten Anweisungen zurief. Flüsternd antwortete er: »Nein. Erst vergangene Woche ging das Fenster bei einem Aufruhr zu Bruch. Warum musste der Aufrührer gestern bloß schon wieder gegen den Rat hetzen?«

Erschrocken schlug der Ratsdiener die Hände vor den Mund.

»Ihr habt ihn gestern gesehen?«, fragte Martin leise. »Keine Angst, der Vogt erfährt nichts von mir!«

Ertappt schaute der Schreiber zu Boden. »Na ja, ich dachte, es könne nicht schaden, wenn ich ihn mir einmal anhöre. Er erzählt den Armen, wie die Kaufleute wohnen und wie gut es ihnen gehe. Er redet von Umbruch und meint, die Patrizier hätten kein Recht, allein über das Wohl und Wehe der Stadt zu entscheiden.«

Martin sah den Vogt in einem Gang verschwinden, vor ihm mehr als zwei Dutzend mit Hellebarden bewaffnete Männer.

»Ist dort der Hinterausgang?«

Der Verletzte bejahte. »Seid Ihr der herzogliche Ermittler?«

Abwesend nickte Martin. Das Klirren von Waffen, wütende Stimmen und Schreie von draußen lenkten ihn ab. Es dauerte wirklich nicht lange, bis wieder Ruhe herrschte – gespenstische Ruhe.

»Ich muss los. Wie gesagt, lasst einen Chirurgen auf Euren Kopf sehen. Wie ich aus eigener Erfahrung weiß, sollte man solche Verletzungen nicht auf die leichte Schulter nehmen.«

Mit diesen Worten erhob sich Martin und folgte dem Gang, in dem der Vogt verschwunden war. Durch eine schwere Eichenholztür gelangte er auf den menschenleeren Fischmarkt. Dicht an die Mauer gedrückt schlich er um die Ecke zur Südseite des Rathauses, wo sich die Buden der Tuchscherer befanden. Die Händler hatten sich in deren Schutz zurückgezogen, Käufer waren weit und breit nicht zu sehen. Daher huschte Martin, so schnell es sein Bein zuließ, weiter zum östlich gelegenen Markt, wo er an der Hausecke verharrte. Auf dem Boden sah er vier leblose Männer, denen niemand Aufmerksamkeit schenkte. Zwei zerlumpte Gestalten wandten sich im festen Griff der Stadtwachen. Die aufgebrachte Menge, die Martin durch das zerstörte Fenster gesehen hatte, war verschwunden. Gerade beugte sich der Vogt zu einem der in Gewahrsam Genommenen hinunter. Offensichtlich erhielt er von diesem nicht die gewünschte Antwort. Bis zu seinem Platz hörte Martin das Knallen der Ohrfeige. Der Vogt richtete sich wieder auf, stemmte die Hände in die Hüften und schaute sich zufrieden um. Dabei entdeckte er Martin, der aufstöhnte. Das Gespräch vom Vormittag hatte ihm völlig genügt.

Mit der behandschuhten Hand winkte ihn der Vogt heran. »Komme Er her und sehe sich an, was der Pöbel angerichtet hat. Wie Er sieht, habe ich den Frieden im Handumdrehen wiederhergestellt.«

Langsam schritt Martin zu ihm hinüber. »Was ist mit den Männern dort drüben? Warum kümmert Ihr Euch nicht um sie?«

Gleichgültig zuckte der Vogt mit den Schultern. »Gesindel, das den Spießen der Wachen nicht ausgewichen ist. Es ist nicht schade darum! Was greifen diese Nichtsnutze das Rathaus an.«

»Ein Arzt oder Chirurg sollte nach ihnen sehen«, beharrte Martin.

»Weder werde ich diese Halunken anfassen, noch Geld für sie verschwenden. Die sind eh hinüber. Ein gezielter Schlag mit der Hellebarde und der Chirurg kann Ihm nicht mehr helfen. Was geht es Ihn überhaupt an? Hat Er etwa schon den Mörder des Hafenmeisters gefunden?«



»Nein.«

Mit einem triumphierenden Aufblitzen in den Augen herrschte der Vogt ihn an: »Dann sollte Er sich weniger um das Pack scheren. Ihm läuft die Zeit davon!«

Ein Aufschrei ließ Martin herumfahren. Eine hagere Frau rannte zu einem der reglosen Männer. Tränen liefen über ihr Gesicht, als sie sich schluchzend neben ihn kniete und seinen Kopf in ihren Schoss bettete.

Der Vogt machte den Wachen ein Zeichen. »Bringt diese beiden in den Kerker. Vielleicht bekommen wir etwas aus ihnen heraus. Wer sich den übrigen Spießgesellen nähert, wird verhaftet. Fangt gleich mit diesem Weib an.«

Vier Bewaffnete brachten die beiden Gefangenen in das Rathaus. Die verbliebenen Wachen senkten betreten den Blick. Zorn schoss in Martin hoch.

»Egal was diese Menschen taten. Sie haben das Recht auf eine anständige Beerdigung. Ihr könnt ihre Angehörigen nicht einfach in den Kerker werfen!«

Verächtlich spuckte der Vogt auf den Boden. »Sollen sich die Krähen darum kümmern. Was schert es mich? Will Er mir etwa Befehle erteilen? Ich zeige Ihm gleich, wie schnell man im Kerker landet.«

Martin schluckte. Das war keine leere Drohung. Der Vogt würde keinen Moment zögern, ihn zu verhaften. Also versuchte er es auf andere Weise.

»Ich appelliere an Euer christliches Herz. Lasst Milde walten. Gewährt den Verwandten die Gnade, die Toten anständig unter die Erde zu bringen – tut es aus Barmherzigkeit.«



Ein lautes Lachen bildete die Antwort. »Barmherzigkeit? Glaubt Er etwa, diese Gauner hätten Barmherzigkeit walten lassen, wären sie in das Rathaus eingedrungen?«

Er wollte an Martin vorbei, doch der stellte sich ihm in den Weg. »Man soll nicht Gleiches mit Gleichem vergelten.«

Die Augen seines Gegenübers irrten über den Platz, von den Wachen zu den reglosen Gestalten. »Er hätte Pfaffe werden sollen! Also gut. Meinetwegen sollen die Toten weggebracht werden. Wer noch lebt, kommt in den Kerker! Und nun gehe Er mir endlich aus dem Weg und kümmere sich um Seine Angelegenheiten!«

Rüde schob ihn der Vogt zur Seite. Als Martin sich zu den Wachen wandte, sah er, wie diese erleichtert aufatmeten. Der Hauptmann nickte ihm dankbar zu.

Wortlos ging Martin zu der Frau und kniete sich neben sie. Ihr verzweifelter Gesichtsausdruck schnitt ihm ins Herz.

»Bitte helft meinem Mann«, flehte sie.

Traurig schüttelte er den Kopf. Am Hals klaffte eine große Wunde, aus der Blut schoss. Die ausdruckslosen Augen starrten zum Himmel. Sanft strich er mit seiner Hand darüber und schloss sie.

»Es tut mir leid. Ihm kann niemand mehr helfen. Er ist tot.«

Ihr Aufschrei drang ihm bis ins Mark. Schluchzend warf sie sich über den Toten. Eine Zeit lang strich Martin der Frau beruhigend über den Rücken, aber sie hörte nicht zu weinen auf. Er wusste genau, wie schmerzhaft der Moment war, in dem alle Hoffnung so plötzlich schwand. In diesem Augenblick gab es keinen Trost, nur unsägliche Leere, die keine noch so gut gemeinten Worte oder Gesten füllen konnten.

Langsam erhob er sich und sah nach den übrigen reglosen Männern auf dem Platz. Überall kam jede Hilfe zu spät. Hinter den Marktbuden an der Nordseite des Rathauses bemerkte er ein paar verängstigte Menschen in zerrissenen Kleidern. Mit einem schalen Geschmack im Mund schaute er noch einmal zum Rathaus zurück. Musste der Vogt so brutal gegen die Angreifer vorgehen? Immerhin hatten sie nichts außer ihren bloßen Fäusten und ein paar Steinen besessen.



* * *

Betrübt schlug er den Weg in die Knopfstraße ein. Schon beim Frühstück hatte er beschlossen, Gernots Schilderung vom Vorabend zu überprüfen. Zwar hatte Martin den Eindruck, der Student habe ihm letztlich die Wahrheit gesagt. Dennoch wollte er ganz sichergehen. Im vergangenen Jahr hatte Martin den Burschen einmal sturzbetrunken nach Hause bringen wollen und von einem Wirt Gernots Unterkunft in Erfahrung gebracht. Umso überraschter reagierte Martin, als ihm die Frau des Hauses mitteilte, der Student bewohne das Zimmer seit ein paar Monaten nicht mehr. Bedauerlicherweise wusste sie nicht, wohin es ihn verschlagen hatte. Das erleichterte die

Sache nicht. Jetzt musste er den Chirurgen um die Auskunft bitten, auch wenn er damit einen handfesten Streit wegen seines Misstrauens riskierte.

Da es für seinen Besuch in der *Hafenklause* ohnehin zu früh war, entschied er, zunächst bei Severo einzukehren. Mit ein wenig Glück war der Chirurg noch nicht zurück und er fand vielleicht Schmackhafteres zu essen als die verbrannte Grütze.

Seine Hoffnung zerschlug sich beim Einbiegen in die Brüggstraße. Schon von weitem sah er die Wartenden vor dem Haus des Chirurgen. Einige lehnten an der Hauswand, andere saßen auf der Straße. Angst vor dem Auftauchen des Vogtes oder einer Verhaftung schienen sie nicht zu haben. Als Martin sie passierte, nickten sie ihm bewundernd zu. Sein Auftritt auf dem Markt war beobachtet worden. Er lächelte betreten. Die Anerkennung dieser Menschen tat nach all der ihm bisher entgegengebrachten Zweifel und Ablehnung gut.

Die Haustür stand sperrangelweit offen. Bei seinem Eintreten in die Küche beugte sich Severo gerade über einen Kessel auf dem Feuer. Erstaunt drehte sich der Italiener um.

»So schnell zurück? Na immerhin habt Ihr Talent, im richtigen Augenblick zu erscheinen. Wie Ihr seht, haben die Wachen ganze Arbeit geleistet! Da Gernot nicht hier ist, müsst Ihr mir wohl oder übel assistieren.«

»Ich wüsste nicht, wie«, entfuhr es Martin unwillkürlich.

»Indem Ihr ohne weitere Bemerkungen meine Anweisungen befolgt! Was Ihr bei Philipp gesehen habt, vergesst einfach«, knurrte der Chirurg.

Martin schluckte, als er an die Menschen vor der Tür dachte. Schon einmal war er mit dem Schwarzhaarigen wegen dessen Wundbehandlung aneinandergeraten. Damals hatte er sich durchsetzen können, weil sein eigener Arm verletzt gewesen war und der Italiener sich Philipp Lazars Bitte, Martins Willen zu respektieren, unterworfen hatte.

»Ihr riskiert eine erneute Auseinandersetzung über die richtige Wundbehandlung«, fühlte sich Martin zu einer Warnung verpflichtet.

»Eure Auffassung interessiert mich keinen Deut. Wenn Ihr weiter kluge Reden schwingen wollt, verlasst mein Haus und findet Conrad Schwerdts Mörder, damit mein Lehrling freikommt. Wenn Ihr hingegen den Wartenden da draußen helfen wollt, macht einfach, was ich sage. Der Rest muss Euch nicht scheren. Für die richtige Wundbehandlung bin allein ich verantwortlich.« Severo warf ihm eine mit Blutspritzern übersäte Schürze zu, die über der Bank gelegen hatte. »Setzt neues Wasser auf, der Brunnen ist im Garten. Dann zieht die Schürze an und folgt mir in das Behandlungszimmer.«



Der Chirurg nahm den Kessel vom Feuer und goss das dampfende Wasser in einen Zuber. Anschließend drückte er Martin den leeren Kessel in die Hand und verließ mit dem Bottich die Küche. Sprachlos sah Martin ihm hinterher. Einmal mehr stellte das Schicksal ihn auf eine harte Probe. Hoffentlich besaß er ausreichend Geduld. Ein Streit mit dem Chirurgen half den Patienten ebenso wenig wie eine falsche oder gar keine Behandlung.

Er riss sich zusammen und begab sich mit dem Kessel in den Garten. Nachdem er Wasser geholt und aufgesetzt hatte, band er sich widerwillig die Schürze um und folgte dem Chirurgen in den Raum, in dem er in der letzten Nacht geschlafen hatte. Dort saß ein Verletzter auf dem Stuhl mit den Riemen.

Aus einer Stirnwunde lief ihm Blut über die linke Wange herab, das er notdürftig mit den Händen aufzuhalten versuchte. Ein weiterer Patient lag bäuchlings auf der Pritsche, ein großer Blutfleck zeichnete sich auf dessen Hemd in Höhe der linken Schulter ab. Ein besorgter Begleiter stand daneben.

Ungehalten winkte der Chirurg Martin heran. »Warum dauert das so lange? Ihr kümmert Euch um die Kopfverletzung. Nehmt den Schwamm, taucht ihn in das Wasser, das ist Eure Schüssel.« Severo zeigte auf das Gefäß neben dem Stuhl. »Reinigt die Wunde sorgfältig. Dabei seht nach, wie tief sie ist und ob der Knochen darunter ganz erscheint. Das wird hoffentlich der Fall sein. Zuerst streicht aber ein wenig von der Salbe auf eine der Kompressen, die neben den Binden liegen. Nehmt nicht zu viel davon. Kompresse und Binde legt neben Euch auf das Regal. Nach der Reinigung drückt Ihr die Wundränder zusammen, ohne dass Haare hineingelangen, legt die Kompresse darauf und verbindet die Wunde. Und jetzt beeilt Euch, wahrscheinlich müsst Ihr mir nachher helfen.«



Mit schweißnassem Rücken nahm Martin ein Tuch von einem Stapel und strich mit einem Holzspatel eine fettige Masse aus einem Töpfchen darauf. Neugierig hob er die Kompresse an die Nase. Erstaunlicherweise roch die Salbe nicht.

Ärgerlich raunzte Severo ihn an: »Hatte ich nicht gebeten, einfach meine Anweisungen auszuführen?«

Nur der Hilfe suchende Blick des Verletzten auf dem Stuhl hinderte Martin daran, das Tuch auf den Boden zu werfen und den Raum zu verlassen. Statt einer Antwort tauchte er den Schwamm ins Wasser und wusch die Wunde aus.

»Wenn Ihr den Grund nicht richtig sehen könnt, findet Ihr dort drüben Spreizer verschiedener Größen.«

»Die brauche ich nicht! Die Wunde ist sauber, es sind weder Haare noch Schmutz darin und der Knochen sieht ganz aus! Ich habe Eure Anweisungen verstanden! Kümmert Euch also um Euren Patienten, ohne mich ständig zu kontrollieren!« Gereizt griff Martin mit einer Hand nach der Kompresse, während er mit der anderen die Wundränder zusammendrückte. Es gelang ihm, beides mit der Linken festzuhalten. Mit rechts nahm er die Binde und begann, sie um den Kopf des Verletzten zu wickeln, der sich redlich bemühte, ihm zu helfen. Nachdem Martin die Binde befestigt hatte, verließ der Mann mit schwankendem Gang das Zimmer.



Interessiert schaute Martin über Severos Schulter. Der Chirurg hatte seinem Patienten mit Hilfe des Begleiters das Hemd ausgezogen. Eine große Fleischwunde verlief vom Schlüsselbein etwa zwei Handbreit über das Schulterblatt. Der Knochen schimmerte hervor.

»Seid Ihr fertig?«, fragte Severo ohne aufzusehen.

»Ja.«

»Gut, nehmt in der Küche das Wasser vom Feuer. Anschließend seht Ihr draußen nach, ob noch jemand eine ähnlich schwere Verletzung oder eine Kopfverletzung aufweist. Die schafft Ihr sofort her, alle Übrigen müssen warten.«

Martin tat, wie ihm geheißen. Aufmerksam betrachtete er die Wunden der Wartenden. Keine war so groß wie bei dem armen Teufel auf der Pritsche. Als er zurückkehrte, war Severo gerade dabei, das Hemd seines Patienten zu waschen. Vorsichtig legte er es ab, ein winziges Stück fehlte.

»Hatte das Hemd schon vorher ein Loch an der Stelle?«, wollte Severo von dem Verletzten wissen. Der schüttelte mehr schlecht als recht den Kopf. Der Chirurg seufzte. »Dann muss wohl ein wenig Stoff in der Wunde stecken.« Zu Martin und dem Begleiter meinte er: »Ich muss das Stück finden. Es wird ihm sehr unangenehm sein. Deswegen müsst Ihr ihn gut festhalten.«

Severo suchte im Regal nach einem Spreizer. Martin kannte das Gerät aus eigener Erfahrung und wusste, welche Schmerzen den Verletzten erwarteten. Endlich schien der Chirurg das richtige Instrument gefunden zu haben. Noch einmal atmete Martin tief ein. Severo wies sie an, wo sie sich hinzustellen hatten. Auf ein Zeichen drückten sie den Patienten auf den Tisch. Er schrie laut auf, als Severo ungerührt von dessen Qualen in der Wunde suchte. Nach einer für Martins Empfinden unendlich langen Zeit zog der Chirurg etwas mit einer Pinzette heraus. Er schien darüber erleichtert.



»Ihr könnt ihn loslassen.« Severo prüfte, ob das Stück passte. Anschließend nahm er aus dem Schränkchen Binden und kehrte mit vollen Armen zurück.

»Euer Schlüsselbein und die Schulter sind gebrochen. Ihr dürft den Arm die nächsten Wochen nicht gebrauchen. Am besten lasst Ihr ihn in der Schlinge, die ich Euch nachher anlege.« Zu Martin gewandt, fuhr er fort: »Ihr werdet die Wundränder aneinanderdrücken, während ich den Verband anlege.«

Martin folgte der Anweisung. Anscheinend entsprach es der Vorstellung des Chirurgen, denn er korrigierte ihn nicht. Der Mann auf der Pritsche ließ alles mit zusammengebissenen Zähnen über sich ergehen. Endlich war Severo fertig und hieß den Patienten sich aufrichten. Sorgsam bildete der Italiener aus Binden eine Schlinge, in die er vorsichtig den Arm bettete.

»Steht langsam auf. Der Blutverlust und die Behandlung werden Euch tüchtig geschwächt haben. Am besten begleitet Euch Euer Freund nach Hause, wo Ihr die nächsten Tage im Bett verbringt. Eine kräftige Suppe unterstützt die Wundheilung.«

Der Begleiter zog ein Geldstück aus seiner zerlumpten Hose und reichte es dem Chirurgen. Mit gesenktem Kopf entschuldigte er sich: »Mehr haben wir leider nicht.«

Severo schob die Hand zurück. »Kauft davon Fleisch für eine Suppe. Wenn der Arm geheilt ist und Euer Freund wieder arbeiten kann, könnt Ihr mir etwas geben. Und jetzt schickt den Nächsten herein.«



Der Unverletzte legt sich den gesunden Arm seines Freundes über die Schulter und verließ mit ihm das Haus. Es dauerte nicht lange, da stand der nächste Patient im Raum. Die Hellebarde einer Stadtwache hatte ihm den Arm aufgerissen. Die Wunde ließ sich leicht auswaschen und der Chirurg versorgte sie mit flinken Fingern. Martin reichte ihm jeweils die notwendigen Instrumente. Schon beim darauffolgenden Patienten mit einer Verletzung am Oberschenkel ahnte Martin im Voraus, wonach Severo verlangen würde. Nicht dass er großen Wert darauf gelegt hätte, gleichwohl erfüllte ihn dessen anerkennende Miene mit einiger Genugtuung. Mit jedem weiteren Patienten fühlte sich Martin sicherer, nahmen die Anweisungen des Italieners ab.

* * *

Nachdem sie die Wunden und Knochenbrüche aller Patienten versorgt und sie nach Hause geschickt hatten, machte sich der Hausherr daran, das Behandlungszimmer aufzuräumen. Das Wasser aus den Schüsseln schüttete er auf die Straße, wo sich ein roter Fleck bildete. Anschließend goss er in der Küche frisches Wasser aus dem abgekühlten Kessel in den großen Bottich und nahm aus einem Regal ein Stück graue Seife. Tief tauchte Severo die Hände in das Wasser, zog sie wieder heraus und ließ die Seife ordentlich darin schäumen. Dann warf er das Stück zu Martin hinüber, der es ihm gleichtat. Nachdenklich beobachtete Martin, wie sich der Chirurg gründlich die Arme einseifte. Natürlich blieb dem das nicht verborgen. Säuerlich erkundigte er sich, ob etwas nicht stimme.



Martin runzelte die Stirn. Gerade war er Severo bei dessen Arbeit zur Hand gegangen, obwohl es nicht seine Aufgabe war. Wollte er ihn schon wieder herausfordern? Konnte er ihn nicht in Frieden und die Dinge auf sich beruhen lassen?

Auf die Gefahr hin, den Hausherrn zu verärgern, gestand er: »Ich habe mich daran erinnert, wie Ihr vor einem Jahr meinen Arm behandeln wolltet. Damals hielt ich Euch mit Mühe davon ab, Öl in die Wunde zu geben, um den ›guten Eiter‹ hervorzurufen. Heute habt Ihr die Wunden mit Wasser ausgespült, so, wie ich es damals verlangt hatte.«

Seine Befürchtung, sein Gastgeber werde beleidigt reagieren, bewahrheitete sich nicht. »Ihr seid in der Tat ein aufmerksamer Beobachter. Vielleicht hat der Herzog mit Euch keine so schlechte Wahl getroffen, wie ich zunächst befürchtete. Und vielleicht habe ich heute Nachmittag verstanden, was Philipp damals bewegt hat, Euch in sein Haus aufzunehmen, denn wie ich auf dem Markt sah, sitzt Euer Herz am rechten Fleck. Außer Euch hat es niemand gewagt, beim Vogt für die Toten zu sprechen.«

Verwundert schaute Martin den Schwarzhaarigen an. An die Häme des Kerls hatte er sich mittlerweile gewöhnt. Was war jetzt in ihn gefahren? Meinte er die Worte etwa ernst? Severo griff nach einem Tuch und trocknete sich Hände und Arme ab, bevor er es Martin zuwarf.

»Ihr haltet mich wirklich für den arroganten und starrsinnigen Menschen, den Heiden in seinen Aufzeichnungen geschildert hat, nicht wahr?«, fuhr der Italiener unvermittelt fort.

Martin überlegte, ob es besser war, darauf nichts zu erwidern. Andererseits: Wenn der Chirurg schon fragte, musste er mit seiner Antwort leben.



»Bisher hatte ich jedenfalls keine Gelegenheit, mich vom Gegenteil zu überzeugen.« Plötzlich stutzte er. »Woher kennt Ihr die Aufzeichnungen?«

»Philipp hat mir Teile davon herausgesucht. Ich habe sie aufmerksam gelesen und im Anschluss Heidens Behandlungsmethoden erprobt. Die Wundsäuberung mit abgekochtem Wasser führt wirklich zu besseren Ergebnissen als die Verwendung von Ölen. Schaut mich nicht so an! Ich bin nicht so engstirnig, wie Heiden behauptet hat. Mir liegt das Wohl der Menschen am Herzen. Nicht mehr und nicht weniger. Ich kann es nur nicht leiden, wenn mir jemand vorschreibt, wie ich meine Arbeit zu erledigen habe. Und darin unterscheiden wir beide uns wohl kaum. Setzt Euch, Ihr habt eine Stärkung verdient.«

Nachdem er sich die Hände abgetrocknet hatte, folgte Martin der Einladung. Der Chirurg drehte sich um, nahm aus einem Fach einen Krug und zwei Becher und setzte sich ihm gegenüber an den Tisch. Mit ruhiger Hand schenkte der Hausherr Wein ein.

»Philipps gute Meinung von Euch scheint ebenfalls nicht unberechtigt gewesen zu sein«, merkte Martin an.

»Hatte er eine gute Meinung von mir?« Mit leeren Augen starrte der Chirurg auf den Tisch. Nach einer Weile räusperte er sich. »Er war der einzige Freund, der mir in der Fremde geblieben war. Und nun weilt auch er nicht mehr unter uns.«

Bei dem Gedanken, wie viel ihn mit dem Italiener verband, verkrampfte sich Martins Herz. Sie teilten den gleichen Schmerz, hatten beide einen Freund sowie Frau und Sohn verloren. Während Severo wenigstens ein paar Jahre der Freude vergönnt gewesen waren, hatte das Schicksal ihm alles bei der Geburt des Kindes entrissen. Beneidete er den Chirurgen um jene Zeit mit seiner Familie? In diesem Moment wurde Martin sich des auf ihm ruhenden Blicks bewusst.



»Wann ist Sarah gestorben?«

»Woher …?«, Martins Stimme versagte.

»Ein glücklicher Mensch sieht anders aus. Ich hatte den Verdacht schon gestern im Keller und Eure Reaktion bei Barbara hat ihn bestätigt.«

Müde fuhr sich Martin mit der Hand übers Gesicht. »Sie starb vor fünf Wochen bei der Geburt unseres Sohnes.«

»Das tut mir leid. Ich mochte Sarah wirklich sehr. Und ich weiß, welch unermesslichen Schmerz dieser Verlust bereitet. Es fühlt sich an, als würde einem das Herz bei lebendigem Leib herausgerissen. Der Tod meiner Frau schmerzt mich heute noch genauso wie an dem Tag, als Gernot und ich sie fanden und ich befürchte, es wird mein ganzes Leben lang so bleiben.« Sein Gesprächspartner nahm einen langen Zug aus dem Becher. Martin nickte nur. Bisher war es ihm nicht gelungen den Schmerz in Worte zu fassen. Severos Beschreibung brachte es auf den Punkt. Genau so fühlte sich der unendliche Schmerz in seiner Brust an.

Eine Weile saßen sich die beiden Männer stumm gegenüber. Währenddessen fasste Martin Mut, den Hausherrn nach Gernots neuer Unterkunft zu fragen.

»Er lebt hier und schläft im Behandlungszimmer. Im Gegensatz zu Euch scheut sich Gernot nicht, auf der Pritsche zu liegen. Es ist zwar weniger bequem als sein altes Bett, aber wenigstens er hat ein Dach über dem Kopf.«



Erstaunt riss Martin die Augen auf. Soviel er wusste, gehörte die Familie des Studenten dem Adel an. An Geld hatte bisher kein Mangel geherrscht und der Bursche hatte es vorzugsweise bei den Bademägden und in Schänken ausgegeben. Der Chirurg wartete Martins Nachfrage gar nicht erst ab.

»Ende vergangenen Jahres besaß jemand die Freundlichkeit, Gernots Vater über dessen Lehre bei mir in Kenntnis zu setzen. Daraufhin stellte der seinen Sohn vor die Wahl: Entweder er ließe es mit der Chirurgie bleiben oder er werde ihn enterben. Ich muss Euch wohl kaum sagen, wie er sich entschied.«

»Sein Studium führt er dennoch fort?«

»So, wie Professor Heiden es ihm eingeredet hat.« Der bittere Ton blieb Martin nicht verborgen. »Ihr besitzt keine Vorstellung davon, mit welchen Engelszungen ich auf den Jungen eingewirkt habe, nicht mit seiner Familie zu brechen – obwohl es mir schwerfiel. Ihr kennt seinen Sturkopf: Unter keinen Umständen wollte er meinen Rat annehmen.«

»Unterstützt Ihr ihn jetzt?«

»Ja, Philipp hat mir mit seinem Testament Geld für ihn anvertraut.« Verständnislos schüttelte Severo den Kopf. »Bis heute ist mir Philipps Glaube an das Gute im Menschen unverständlich. Aber ich will mich nicht beklagen, für den Jungen ist es ein Segen. Das Geld wird ihm den Abschluss seines Studiums ermöglichen und für die Aufnahme in der Chirurgenzunft ausreichen. Gernot weiß davon nichts. Er geht davon aus, ich würde ihm alles leihen. Ist Eure Frage damit beantwortet?«

»Welche Frage?«, meinte Martin irritiert.

»Ob er oder Barbara einen gedungen Mörder angeheuert haben? Für Gernot kann ich das mit einem ›Nein‹ beantworten. Er bekommt von mir Essen und Trinken und so viel Geld, wie er für die Universität benötigt. Außerdem wäre es Blödsinn, wenn Gernot den Hafenmeister erst bewusstlos geschlagen und ein in seinem Auftrag handelnder Mörder ihn anschließend aus dem Leben befördert hätte. In der Zwischenzeit hätte jemand den Bewusstlosen finden und den Plan vereiteln können.«

Verlegen schluckte Martin. »Würde es Euch sehr erzürnen, wenn ich mir trotzdem seine Sachen ansehe?«

»Nur zu!«

Der Hausherr machte eine Geste zu seinem Schlafzimmer, wo sich ein Schrank befand, wie Martin von seinem ersten Besuch in diesem Haus wusste. Langsam erhob er sich und humpelte in den Raum. Die Schmerzen in seiner Hüfte hatten weiter zugenommen.

Auch hier hatte sich nichts verändert. Inmitten des Zimmers stand neben dem großen Bett noch immer das kleine von Severos Sohn, daneben der Schrank, unter dem Fenster eine Kommode. Neben der Tür lag ein Haufen schmutziger Wäsche. Neugierig griff er hinein und zog eine braune Hose hervor. Auf den Beinen befanden sich wenige rote Flecken. Martin rief sich den Zustand des Toten vor Augen. Wäre Gernot dafür verantwortlich, müssten die Hosenbeine blutüberströmt sein. Zur Sicherheit untersuchte er noch die Sohlen der Stiefel, die neben dem Schrank standen. Keiner wies das Muster auf, das er hinter dem Schweinestall entdeckt hatte. Beruhigt kehrte er in die Küche zurück.

»Der Rektor gestattet das?«, hakte Martin nach, als er sich wieder setzte.

Der Italiener verzog den Mund zu einem schiefen Lächeln. »Wie Euch bekannt sein dürfte, war die Medizinische Fakultät in den vergangenen zwei Jahren nicht gerade vom Glück verfolgt. Um nicht noch seinen Prosektor zu verlieren, nimmt der Rektor es hin. Im Gegenzug muss ich Euch ein Dach über dem Kopf gewähren. – Was habt Ihr heute herausgefunden?«



Da es schon spät war, fasste Martin die Ergebnisse des Tages rasch zusammen. »Nach allem, was ich jetzt weiß, würde ich Gernot vorerst ausschließen. Markward hat ebenfalls ein Auge auf Barbara geworfen. Womöglich wollte er ihre Misshandlungen rächen. Allerdings soll eine Hure mit Namen Marie ihn am Verlassen des Schankraumes gehindert haben. Ich werde diese Marie aufsuchen, sobald ich ihre Unterkunft herausgefunden habe. Bliebe die Beauftragung eines gedungenen Mörders. Ein solcher könnte sowohl für die Schmuggler als auch in Barbaras Auftrag tätig gewesen sein.«

Der Verdacht gegen die Witwe schien Severo nicht zu gefallen. »Nach meinem Gefühl sollten wir die Frau ebenfalls ausschließen. Es scheint mir kein reicher Haushalt zu sein. Die Ratsdiener erhalten zwar einen ordentlichen Lohn, einen Teil davon zahlt der Rat jedoch mit Lebensmitteln und Wohnrechten. Und meint Ihr nicht, ein gedungener Mörder hätte Conrad mit einem schnellen gezielten Messerstich aus dem Leben befördert? Immerhin durfte der Täter keine Zeit verlieren. Jeden Augenblick hätte ein Besucher die Schänke verlassen können.«

Im Grunde stimmte Martin dem Italiener zu, gleichwohl sah er noch eine weitere Möglichkeit. »Es sei denn, er hätte Vorsorge getroffen.«

»Die Hure?« Anerkennend nickte der Schwarzhaarige. »Damit habt Ihr wirklich mehr als ich herausgefunden. Und gegen wen hegt Ihr nun den stärksten Verdacht?«

»Gegen Tobias, Conrads Vetter.«



»Der verschwand im März. Warum sollte er den Hafenmeister erst jetzt töten?«, gab Severo zu bedenken.

»Vielleicht hat Conrad so lange gebraucht, um herauszufinden, wer der Aufrührer ist? Als ein dem Rat ergebener Diener drohte er an, ihn zu verraten. Habt Ihr außer der Falschmünze noch etwas bei dem Toten gefunden?«

»Ihr meint, weil er vor seinem Weggehen etwas im Schlafzimmer gesucht hat? Nein, da war nichts. Außerdem wissen wir gar nicht, ob er das Gesuchte tatsächlich fand.«

»Wie dem auch sei«, schloss Martin. »Ich muss Euch jetzt verlassen. Der Aufruhr vor dem Rathaus bietet dem geheimnisvollen Redner eine gute Gelegenheit, erneut gegen den Rat aufzuwiegeln. Von den Stadtwachen scheint er sich ja nicht abschrecken zu lassen. Ich will feststellen, ob die Beschreibung von Tobias auf den Hetzer passt, und zuvor will ich mir noch das Nachbarhaus ansehen. Der Ratsnotar war so freundlich, mir den Schlüssel zu überlassen.«

Langsam erhob er sich und reckte die müden Glieder. Severo tat es ihm gleich. Im Flur drückte er Martin eine kleine Laterne in die Hand.

»Ihr müsst mich nicht begleiten«, meinte Martin, obschon ihm der Gedanke, allein in die Schänke zu gehen, nicht sonderlich zusagte.

»Nein, das muss ich wahrlich nicht. Ich folge vielmehr der Bitte des Rektors, Euch zu unterstützen. Zudem steckt mein Lehrling in Schwierigkeiten, wie Ihr heute Morgen so treffend anmerktet.«

»Warum kümmert Ihr Euch eigentlich um ihn? Er bereitet doch nichts als Ärger. Eure Zunftkollegen werden über ihn wohl nicht gerade erfreut sein. Und meint Ihr wirklich, er würde Umgang mit Euch pflegen, hätte es den Unfall nicht gegeben?«



Martin hatte nicht beabsichtigt, den Italiener zu verstimmen. Wenigstens blieb ein Gewitter aus. Stattdessen beschränkte sich der Chirurg darauf, mit finsterer Miene zu knurren: »Meine Zunftkollegen überlasst mir. Gernots Beweggründe gehen Euch nichts an und was mich betrifft, ist er der einzige Mensch, der mir geblieben ist. Später als Meister soll er mein Geschäft übernehmen. Ich will noch einmal nach Italien reisen und meine Heimat sehen, bevor ich den Rest meines Lebens hier am Grab meiner Frau und meines Kindes verbringe. Seine Lehre kann Gernot jedoch erst beenden, wenn Ihr endlich seine Unschuld beweist. Also bewegt Euch!«

* * *

Im Schutze der Dunkelheit schlichen sie, dicht an die Hauswände gedrückt, die Brüggstraße nordwärts und wählten die zur Wassermühle führende Straße in westliche Richtung. An der Knopfstraße lugte Martin misstrauisch um die Ecke. Seine Sorge galt dem Stadttor, das sie passieren mussten. Zu seiner Erleichterung nahmen die Wachen die Suche nach dem geheimnisvollen Hetzer nicht allzu ernst, denn während sie vorbeihuschten, hörte Martin ein paar Würfel über den Tisch kullern.

Überhaupt schien die Stadt zu dieser Stunde wie ausgestorben. Er hatte erwartet, Neugierigen zu begegnen. Stattdessen lagen die Straßen einsam und verlassen. Endlich langten sie an ihrem Ziel an. Einen Moment verharrten sie vor der Tür und lauschten, ob der Aufrührer in der benachbarten Schänke schon das Wort ergriffen hatte. Nach dem Stimmengewirr zu urteilen, war das nicht der Fall. 

Während Severo sich aufmerksam in der Gasse umschaute, öffnete Martin leise die Haustür. Der Schlüssel drehte sich ohne Schwierigkeiten im Schloss. Es war also in letzter Zeit geöffnet worden. Nacheinander betraten sie das Haus. Martins Neugier galt dem Garten, zu dem sie durch die Küche gelangten. Die Hintertür war mit einem Riegel verschlossen, den er flugs öffnete. Im Mondlicht erkannte Martin schemenhaft die Spur niedergetretenen Grases, die von der Gartenpforte hierher verlief.

„Der Mörder ist ganz sicher von hier auf den Nachbarhof gelangt, hat sich hinter dem Schweinestall versteckt und auf die günstige Gelegenheit gewartet. Nach der Tat kehrte er hierher zurück. Seht, von der Tür verläuft eine Spur aus Erdklumpen ins Haus."

Severo überlegte. »Also hat er Conrad auf dem Hof erwartet.«

»Und war sich sicher, nicht gestört zu werden«, ergänzte Martin.

»Wofür diese Marie sorgte. Da Conrad mit seinem guten Leumund wohl kaum Umgang mit ihr gepflegt haben wird, muss sie mit dem Mörder gemeinsame Sache gemacht haben. Wir fragen den Wirt nachher, wo wir die Hure finden.«

»Die Wahl des Verstecks spricht für Tobias. Als Ratsschreiber wusste er, welche Häuser leerstehen!«

»Aber der Ratsnotar war im Besitz des Schlüssels!«

»Er kann heimlich einen Ersatzschlüssel angefertigt haben.«

Zu Martins Leidwesen ließ sich Severo nicht so schnell überzeugen. »Eure Schlussfolgerung scheint naheliegend. Nur, wenn ich ehrlich bin, ruft Tilmanns Beschreibung die Erinnerung an einen Ratsschreiber in mir hervor, den ich tatsächlich seit langem nicht mehr sah. Ihr seid Philipp bei der Leprosenschau zur Hand gegangen. Erinnert Ihr Euch an den Schmächtigen, dem Ihr so vorwurfsvolle Blicke zugeworfen habt, sobald er die Feder aufsetzte und Philipps Befund notierte?«

Beim Gedanken an den Freund schluckte Martin. Wie sehr hatte Philipp damals trotz seiner Angst auf Martins Anwesenheit bei der Leprosenschau bestanden. Dunkel erinnerte er sich an den pickligen, schüchternen Ratsdiener, der sich verzweifelt bemüht hatte, niemandem in die Augen zu sehen. Derselbe hatte den Vogt bei seinem Besuch in Philipps Haus begleitet. Der Schreiber schien wirklich nicht besonders zum Redenschwingen geeignet. Gleichwohl war er nicht lange, nachdem der Hetzer zum ersten Mal in der *Hafenklause* erschienen war, spurlos verschwunden. Hatten sich alle in ihm getäuscht?

Mit einem Stirnrunzeln fuhr Severo fort. »Selbst wenn Tobias der Aufrührer wäre, könnte genauso gut ein anderer

Conrads Mörder sein. Beides hängt nicht zwangsläufig zusammen. Nach Euren Ausführungen hatten die Schmuggler allen Grund, den Hafenmeister zu hassen – seine Arbeit, sein Geprahle. Hinzu kommt die Auseinandersetzung mit Hannes.« Aufmerksam schaute Severo über den Hof. »Kommt, sehen wir uns im Haus um. Vielleicht finden wir noch ein paar Hinweise.«

Sie folgten den Fußspuren, die aus der Küche zu einem Kamin führten. Deutlich erkannten sie die Schramme in der Schuhsohle und die fehlende Ecke am Absatz. Der Schwarzhaarige kniete sich hin und leuchtete mit seiner Laterne den Boden aus, auf dem sich ein verwischter Blutfleck abzeichnete. Im Kamin fand Martin Reste verbrannten Tuchs. Vorsichtig zog er ein kleines Stück heraus und hielt es seinem Begleiter hin.



Martin sah seine Theorie bestätigt. »Seht Ihr, die Männer hatten sich verabredet. Der Mörder hat sogar Wechselkleidung mitgebracht, denn mit blutüberströmter Hose wäre er den Wachen auf der Straße aufgefallen.«

»Genauso gut könnte jemand dieses Haus regelmäßig aufgesucht und die Sachen hier versteckt haben«, widersprach sein Begleiter.

»Warum sollte jemand das tun?«

Der Chirurg zuckte mit den Schultern. »Weil er ein Spitzbube ist und häufiger sein Aussehen wechselt?«

»Also ein Dieb oder Schmuggler?«

Die beiden Männer richteten sich auf. Eine Weile sahen sie sich noch im Haus um, bis der Italiener meinte: »Ich schlage vor, wir versuchen unser Glück in der Schänke. Dort hält sich der Einbeinige Hannes meist auf. Vielleicht verrät er uns, worum es bei seinem Streit mit Conrad ging. Aber bitte lasst mich mit ihm reden, Hannes ist nicht zu Späßen aufgelegt.«

»Danke für die Warnung. Ich kenne den Einbeinigen bereits«, entgegnete Martin.

»Tatsächlich?« Da war wieder Severos gehässige Art. »Ich halte es dennoch für angebrachter, wenn ich ihn befrage. Hannes schuldet mir einen Gefallen.«

Martin sah den Chirurgen verwundert an.

»Ja was glaubt Ihr, wer sich um die Schmuggler kümmert? Sie geraten häufiger zwischen zwei Schiffe. Irgendjemand muss schließlich die Quetschungen, Brüche und Wunden behandeln.«



Damit drehte sich sein Begleiter um und ging zur Tür. Wortlos schloss sich Martin ihm an.

* * *

So leer die Straßen der Stadt waren, so gefüllt war die *Hafenklause*. In dem dunklen Schankraum drängten sich Männer jeden Alters. Die meisten trugen ärmliche Kleidung, hier und da verriet der Stoff einen Knecht aus einem bürgerlichen Haushalt. Der Schweiß der Anwesenden verschlimmerte den Geruch nach Gekochtem, Rauch und Bier, der ihm bereits bei seinem ersten Besuch am Vormittag unangenehm aufgefallen war. Die Stimmung ließ sich schwer beschreiben. Einerseits spürte Martin die Anspannung, die schon am Vormittag auf dem Marktplatz zu spüren gewesen war. Andererseits entdeckte er auf den braungebrannten Gesichtern der Tagelöhner so etwas wie freudige Erwartung. Unmittelbar neben der Tür hatten sich drei Musikanten platziert. Mit Fidel, Flöte und

Dudelsack übertönten sie das Stimmgewirr und vertrieben den Anwesenden die Zeit.

Was trieb die Menschen in die Arme des Aufrührers? Die Ämter der Zünfte sorgten mit den Spenden ihrer Angehörigen für das Überleben der Hungernden. Der Rat unterhielt mit dem Heilgeisthospital eine Einrichtung, in der die Ärmsten der Armen ein Dach über dem Kopf fanden. Zudem finanzierte er eine notdürftige ärztliche Versorgung, selbst wenn der Medikus sie nicht allzu ernst nahm, wie Martin wusste. Hinzu kamen die Klöster der Dominikaner und Franziskaner sowie der Reiche Convent in der Rakower Straße. Alles in allem schien Greifswalds Armenfürsorge recht ordentlich.



Unauffällig schaute er sich um, bis er einen leichten Stoß gegen die Schulter erhielt. Mit dem Kinn deutete Severo in eine Ecke. Dort saß der Mann, der die dunklen Geschäfte in Greifswald lenkte. Die drei Spießgesellen an seinem Tisch weckten alles andere als Vertrauen. Es hatte den Anschein, als brüteten sie über einer Gaunerei. Zwei kräftige Kerle standen seitlich des Tisches und behielten mit grimmiger Miene das Treiben im Schankraum wachsam im Auge.

Martin folgte dem Chirurgen zu dem Einbeinigen. Dabei passierte er einen jungen Burschen mit pockennarbigem Gesicht, der sich mit hochrotem Kopf den Annäherungsversuchen der Hure erwehrte, die Martin am Nachmittag nach Marie gefragt hatte. Seine Unbeholfenheit schien die Dirne regelrecht anzustacheln. Statt von dem Blonden abzulassen, verstärkte sie ihre Bemühungen. Das erinnerte Martin an Markwards Worte. Prüfend schaute er sich im Schankraum um. Zu seiner Enttäuschung entdeckte er keine Frau, auf die Maries Beschreibung gepasst hätte.

Hannes zerfurchtes Gesicht verfinsterte sich sofort, als er Martin auf sich zukommen sah. Nicht lange, denn kaum erkannte er den Chirurgen neben ihm, entspannte er sich wieder. Mit einem Kopfnicken bedeutete er den beiden Wächtern, sie durchzulassen. Sofort erhoben sich die drei anderen von seinem Tisch und zerstreuten sich in der Schänke.

»Seit wann seht Ihr nach Euren Kunden in ihren angestammten Gefilden, Severo?«

»Seitdem ein Student einer Tat beschuldigt wird, die ebenso gut einer Eurer Männer begangen haben kann, Hannes.« Ohne zu fragen, setzte sich der Italiener. Martin tat es ihm mit einem Kopfnicken gleich.



Neugierig fragte Hannes: »Was kümmert Euch ein dahergelaufener Student?«

»Wie Ihr aus eigener Erfahrung wisst, liegt mir das Wohlergehen meines Assistenten am Herzen. Außerdem mag ich es nicht, wenn Unschuldige hängen.«

»Habt Ihr deswegen den Sekretär des toten Professors mitgebracht? Steckt der schon wieder seine Nase in Dinge, die ihn nichts angehen?«

»Der Sekretär arbeitet jetzt für Herzog Bogislaw und sucht Conrad Schwerdts Mörder. Also seid vorsichtig mit Euren Äußerungen.« Mit einem Mal schlug der Chirurg einen sanfteren Ton an. »Ihr schuldet mir einen Gefallen, Hannes. Wir möchten wissen, wer den Hafenmeister auf dem Gewissen hat. Wenn es einer Eurer Leute war, gehört er für die Schweinerei auf den Richtblock.«

»Es sind diese klaren Worte, die ich so sehr an Euch schätze.« Hannes versuchte, ein unschuldiges Gesicht aufzusetzen.

Martins Begleiter schwieg erwartungsvoll.

»Severo, meine Leute mögen Spitzbuben sein, aber sie sind keine Mörder. Wie kommt Ihr auf diesen Gedanken?«

»Weil der Hafenmeister Euren Männern oft genug das Geschäft verdorben und das zu allem Übel noch laut herausposaunt hat«, schaltete sich Martin ein. »Ihr profitiert von seinem Tod. Außerdem hattet Ihr einen Tag vor der Tat eine Auseinandersetzung mit Conrad. Worum ging es dabei?«

»Ich wüsste nicht, worüber wir hätten streiten sollen? Im Übrigen wurde der Hafenmeister erschlagen. Der sah nicht schön aus. Bevor die Wachen auftauchten, habe ich ihn mir angesehen. Ein gezielter Messerstich ist schneller und unauffälliger. Wozu sollten wir uns den Aufwand machen?«



»Statt Fragen zu stellen, solltet Ihr lieber unsere beantworten. Jedenfalls wenn Ihr keinen Ärger mit dem Vogt wollt«, warf Severo harsch ein.

»Nein. Von meinen Leuten war das keiner!«

Martin wagte einen weiteren Vorstoß: »Was hat Euch der Hafenmeister an dem Abend eigentlich mitgebracht?«

Erstaunt riss Hannes die Augen auf. »Ich weiß nicht, wovon Ihr redet?«

»Hat Conrad Schwerdt denn nicht für Euch gearbeitet?«, probierte Martin es trotz der offensichtlichen Überraschung weiter.

»Wieso sollte er?«

Entweder war Hannes ein Meister der Verstellung oder Martin lag wirklich falsch. »Wo wart Ihr, als der Hafenmeister starb?«

»Ich bin hier meinen Geschäften nachgegangen. Meine Partner werden das ebenso bezeugen wie Manfred und Dieter.« Mit der Hand wies der Einbeinige auf die beiden Hünen, die ihn vor unliebsamen Störungen schützten. »Ich habe die ganze Zeit erfolglos auf den Aufrührer gewartet und den Hafenmeister erst gesehen, als der schon hinüber war.«

So schnell gab Martin nicht auf. »Wann hat Conrad das letzte Mal Schmuggelgut gefunden?«

Ein stolzes Grinsen machte sich auf Hannes Gesicht breit. »Das waren die Pelze Anfang März, seitdem sind wir vorsichtiger geworden.«

»War Conrad oft hier?«, fuhr Martin mit der Befragung fort.

Entspannt lehnte sich der Angesprochene zurück. »Warum sollte ein dem Rat ergebener Diener eine Schänke besuchen, wo sich das Gesindel befindet, dem er hartnäckig das Handwerk zu legen versucht?«



»Hannes, wir dachten, Ihr wüsstet vielleicht die Antwort.« Inständig betete Martin, Severos Spott möge sie nicht in Schwierigkeiten bringen.

Wider Erwarten blieb der Halunke ruhig. »Wahrscheinlich unterschied er sich weniger von uns, als sein Amt vermuten ließ. Womöglich teilte er sogar unsere Sehnsucht.«

Unwillkürlich hatte sich Martin nach vorn gebeugt. »Sehnsucht – wonach?«

»Nach einem besseren und gerechteren Leben!«

Lauthals lachte der Chirurg los, woraufhin Martin zusammenzuckte. Alle Augen richteten sich auf die Ecke. Abrupt brach Severo ab. Erst als die Gespräche wieder aufgenommen wurden, fuhr er fort.

»Und Ihr glaubt diesem Scharlatan? Einem Menschen, der unbewaffnete Männer das Rathaus stürmen lässt? Ihr glaubt einem Aufwiegler, der Euer Leben unnötig gefährdet?«

»Unnötig? Was wisst Ihr schon davon, Chirurg? Euch pfeift der eisige Wind im Winter nicht durchs Haus, wie in den Bretterverschlägen der Armen«, entgegnete Hannes verbittert.

»Ich sehe täglich das Leid im Armenviertel. Glaubt mir, es hilft nicht, sein Leben auf so törichte Weise aufs Spiel zu setzen. Das nützt niemandem! Was verspricht Euch dieser Aufrührer wirklich?«

»Da Ihr schon einmal hier seid, trinkt ein Bier und hört ihm zu. Es wird gemunkelt, er käme heute Abend wieder her.«

»Er wäre ziemlich dumm, ausgerechnet heute Abend zu erscheinen. Schließlich ist dies der einzige Ort, an dem er bisher aufgetreten ist. Der Vogt wird ihn erwarten«, rutschte es Martin heraus.

Jetzt war es Hannes, der verächtlich auflachte. »Der Vogt! Keiner weiß, wie dieser eitle Geck in sein Amt gekommen ist. Sein Verstand hat ihn jedenfalls nicht für die Stellung empfohlen. Vor ihm ist unser Freund sicher. Jeder der Anwesenden würde sein Leben für ihn geben. Das dürfte ausreichen, um ihm genügend Vorsprung für die Flucht zu verschaffen.«

Ehe der Chirurg etwas in der ihm eigenen Art erwidern konnte, erkundigte sich Martin rasch, ob Hannes einen Ratsschreiber namens Tobias kenne, was dieser verneinte.

Wie Martin schon befürchtet hatte, schloss Severo das Gespräch in süffisanter Weise. »Na, dann lassen wir uns mal überraschen, was der Aufwiegler heute so zu sagen hat.«

Sein Begleiter erhob sich, Martin folgte ihm in Richtung Tresen. Dabei kam er erneut an dem Blonden vorbei. Offensichtlich hatte die Hure die Lust verloren und sich auf die Suche nach einem erfolgversprechenderen Kunden gemacht.

»War es wirklich notwendig, Hannes gegenüber derart respektlos aufzutreten? Nicht nur weiß dadurch wirklich jeder von unserer Anwesenheit. Nein! Wenn schon einmal jemand mit uns spricht, stoßt Ihr ihn vor den Kopf. Das hilft uns nicht weiter.« Martin hielt seinen Ärger nicht zurück, als er am Schanktisch anlangte.

Der spöttische Blick, den er von Severo erntete, machte die Sache nicht besser. »Wieso hat der Herzog bloß ausgerechnet einen Mann der Bücher für diese Aufgabe ausgewählt? Ihr besitzt überhaupt keine Ahnung vom wahren Leben!« Verständnislos schüttelte der Schwarzhaarige den Kopf. »So geht man mit Menschen von Hannes' Schlag um! Mit freundlichem Getue erreicht Ihr rein gar nichts!«



Die Worte versetzten Martin einen Stich. Nicht wegen Severos laut geäußerter Zweifel an seinen Fähigkeiten. Nein, er hatte Recht. Martin war ein Mann der Bücher, er wusste nicht, wie man mit Halunken sprach. Und er wollte das ebenso wenig wissen, wie er in diesem Augenblick in der *Hafenklause* sein und einen Mord aufklären wollte.

»Und warum habt Ihr ihn nicht nach der Hure gefragt?« lenkte er ein, bemüht, seine Gedanken zu verbergen.

»Weil ich keine schlafenden Hunde wecken wollte. Wer weiß, ob der Einbeinige am Ende nicht mit der Sache zu tun hat. Der Wirt weiß bestimmt, wo Ihr die Frau morgen findet.«

Die Aussicht, das Gespräch mit der Hure allein zu führen, gefiel Martin überhaupt nicht. »Wieso ich?«

Severo verzog den Mund. »Weil ich mit den Verletzten des Vogtes genug zu tun habe und Ihr schon Manns genug sein werdet, von ihr die notwendigen Auskünfte einzuholen. Sie ist eine Frau. Was sollte sie Euch tun? Zwei Krüge Bier, Wirt.«

»Chirurg, Ihr hier«, grüßte der Wirt erfreut. Severo schien in der ganzen Stadt bekannt zu sein. Ein Umstand, von dem

Martin jetzt profitierte, denn der Wirt schlug einen freundlicheren Tonfall als am Vormittag an. »Ach, und Ihr schon wieder! Sind Eure Fragen zu dem Mord beantwortet?«

Hastig drehte Martin sich um. Zum Glück hatte niemand die Worte vernommen. »Tut mir einen Gefallen und erwähnt das nicht.«

Der Dicke griff nach zwei Tonkrügen und schenkte Bier ein. »Tut mir leid. Ich wollte Euch keine Schwierigkeiten bereiten.«

»Danke. Erinnert Ihr Euch an Conrads Begleiter?«

»Den blonden Riesen? Ja, der hat im Hof auf das Erscheinen der Wache gewartet. Statt wie die meisten Gäste zu verschwinden, hat er Ärger mit dem Rat und ein saftiges Bußgeld in Kauf genommen. Feine Geste, wenn Ihr mich fragt.«



»Kennt Ihr die Frau, die sich mit ihm an dem Abend unterhielt? Sie soll Marie heißen?«

»Ja, Marie kenne ich. Hab mich noch gewundert, warum die es bei ihm versucht hat. Bei den Leuten des Rates beißen sich die Huren die Zähne aus. Von denen gefährdet keiner seine Arbeit durch einen schlechten Leumund. Und dem Hünen sah man gleich an, bei wem er in Lohn und Brot steht.«

Severo schaltete sich ein. »Wo finden wir Marie? Bewohnt sie eine der Buden nahe der Wassermühle?«

Nachdenklich kratzte sich der Wirt an der Schläfe. »Nein, ich denke, Ihr findet sie in der Kalverstraße. Es ist das dritte Haus auf der nördlichen Seite. Der Rat vermietet dort Zimmer.«

»Danke.« Nachdem Martin einen Halbschilling auf den Tresen gelegt hatte, widmete er seine Aufmerksamkeit dem Schankraum und beobachtete still die Gäste.

* * *

Allmählich verließ Martin die Geduld. Seit über zwei Stunden warteten sie am Schanktisch. Gerade wollte er vorschlagen, es am nächsten Abend nochmals zu versuchen, als Bewegung in den Eingangsbereich kam. Ein schwarz Gekleideter bahnte sich den Weg zum Tresen. Wo er entlangschritt, machten ihm die Menschen ehrfurchtsvoll Platz. Martin betrachtete ihn eingehend. Der schwarze Mantel verhüllte eine schlanke Figur, ein gleichfarbiges Tuch verdeckte die obere Hälfte des Gesichts. Martins Blick kreuzte den von Hannes, der sich erhoben hatte und dem Schwarzgekleideten in die Mitte des Raumes gefolgt war.



Am Schanktisch blieb der neue Gast stehen und drehte sich langsam um. Stumm musterte er die Menschen vor sich. Endlich setzte er an: »Heute ist ein trauriger Tag. Wir haben Freunde verloren, gute Freunde. Männer, die den Kampf gegen die Ungerechtigkeit aufnahmen. Männer, die ihr Leben für Euch opferten. Männer, die ihre Kinder nicht mehr verhungern sehen wollten. Männer, die den Mut besaßen, sich gegen die Ratsherren aufzulehnen. Wir sollten dieser tapferen Männer einen Moment gedenken.«

Der Redner ließ den Kopf auf die Brust sinken. Augenblicklich verstummte jegliches Gemurmel. Nicht lange und er fuhr fort: »Folgt dem Beispiel Eurer Freunde. Sie gaben ihr Leben, um das Eure zu verändern. Sie wollten Euch wachrütteln, indem sie sich opferten. Sie sollen ihr Leben nicht umsonst gegeben haben. Bald ist an der Zeit, den Pfeffersäcken zu zeigen, wie viel Kraft und Mut in Euch steckt.«

Laute Zustimmung erhob sich.

»Ihr seid nicht weniger wert als die Kaufleute. Was sind sie denn ohne Euch? Wer baut ihre Schiffe? Wer macht die

Drecksarbeit an Bord? Wer löscht die Ladung? Wer trägt ihre Waren in die Kontore? Wer erntet ihr Korn? Wer kümmert sich um ihre Schweine, Hühner und Gänse? Wer trägt ihre Toten zu Grabe? Ihr, meine Freunde, Ihr seid es! Und wie danken sie es Euch? Sie lassen Euch und Eure Kinder verhungern! Sie verweigern Euch den gerechten Lohn! Sie versagen Euch die Bürgerrechte! Sie bestimmen über Euer Leben! Doch bald, meine Freude, ist die Zeit gekommen, das zu ändern, zu nehmen, was Euch zusteht! Vergesst Eure Kameraden nicht. Gedenkt Ihrer. Bald schon werdet Ihr Euch Ihres Mutes erinnern müssen. Bis dahin geduldet Euch. Ich werde wiederkehren, meine Freunde.«



Jubel brach in der Schänke aus. Martin drehte sich zu Severo um, der gelangweilt am Tresen lehnte. Als er sich wieder zu dem Schwarzgekleideten umwandte, war der bereits verschwunden.

»Ihr habt Recht. Er nutzt die Unzufriedenheit der Menschen aus. Wenn ich mich recht erinnere, herrschte vor etwa zehn Jahren dieselbe Verdrossenheit. Damals musste sogar ein Bürgermeister die Stadt verlassen«, merkte Martin an. Er erinnerte sich noch gut an die Unruhen, die wegen gestiegener Getreidepreise ausgebrochen waren. Bürgermeister Smiterlow war geflohen, jedoch bald darauf durch Herzog Wartislaw X. in seinem Amt bestätigt worden und zurückgekehrt. Verändert hatte sich ebenso wenig wie bei den Unruhen wegen Steuererhöhungen 1477, die Bürgermeister Bertkow am eigenen Leib zu spüren bekommen hatte.

»Außer unnötigem Blutvergießen wird dieser Mensch nichts bewirken. Ihr seht enttäuscht aus«, stellte der Chirurg fest.

Martin neigte den Kopf zur Seite. »Ja, ich hatte gehofft, Tobias wäre trotz seiner Schüchternheit der Aufrührer. Leider war der Redner eben nicht schmächtig und zudem deutlich größer als der Schreiber. Wieso hat der Hetzer eigentlich keine Angst vor dem Vogt?«

»Er ist sich seiner Sache ziemlich sicher. Vor allem scheint er den richtigen Zeitpunkt zu kennen, um die Szene zu verlassen.« Der Chirurg wies mit dem Kopf in Richtung Eingang, wo Männer der Stadtwache in die Schänke drängten. Ein paar Angetrunkene stellten sich ihnen in den Weg. Schnell entstand ein Handgemenge.



»Kommt Severo, es ist besser, wenn wir hier verschwinden. Man muss uns hier nicht zu sehen.«

Sie verließen das Haus durch den Hinterausgang und eilten durch den Hof zum Nachbargrundstück. Von dieser Seite des Zauns lugte Martin zur Hintertür der Schänke. Dort stand der Vogt im Türrahmen und stützte trotzig die Fäuste in die Seite. Er schien jemanden zu suchen. Nach einer Weile wandte er sich wieder dem Innenraum zu.

# Kapitel 4

13. Juli 1491 – frühe Morgenstunden

Weil er nicht im Garten des Nachbarhauses auf das Verschwinden des Vogtes hatte warten wollen, hatte der Italiener kurzerhand dessen Hintertür aufgebrochen. Einen kurzen Moment hatte Martin Widerstand geleistet, aber sich dann geschlagen gegeben. Der Mörder würde wohl kaum in das Haus zurückkehren.



Durch die Spalten der geschlossenen Fensterläden beobachteten sie schon seit einiger Zeit das Geschehen in der Gasse. Die Glocken der Marienkirche hatten sie vor einer ganzen Weile zwei Uhr schlagen hören. An ein Verlassen des Hauses war dennoch nicht zu denken. Vor der *Hafenklause* standen noch immer fünf Stadtwachen. Zwei beleuchteten mit Fackeln die Straße, die übrigen hielten die Handwerksgesellen und Knechte zurück, bis sie laut ihren Namen und den ihres Dienstherrn oder Meisters mitgeteilt hatten. Dem Vogt schien das Erfassen der Besucher ein besonderes Anliegen zu sein, denn er hatte nicht irgendeinen Schreiber mitgenommen, sondern den Ratsnotar persönlich.

Ein Teil der Ertappten schlich mit hängenden Schultern an Martins und Severos Versteck vorbei in Richtung Büchstraße. Diejenigen, die die Gasse über die Knopfstraße verließen, waren wohl ebenso niedergeschlagen. Wahrscheinlich würde der Vertreter des Rates in den nächsten Tagen eine Liste anfertigen und sie den Olderleuten der einzelnen Ämter und den Dienstherren übergeben, damit sie den Besuchern eine Geldbuße auferlegten. Was für die Gesellen sicherlich noch schwerer wog: Zum Meister wurde allein ernannt, wer einen untadeligen Lebenswandel nachwies. In der *Hafenklause* erwischt zu werden, das war genauso schlimm, wie der Umgang mit den Huren.

Endlich hörte Martin den Vogt zufrieden feststellen: »So, werter Ratsnotar. Es befindet sich nur noch Gesindel in der Schänke. Dessen Namen muss Er nicht notieren. Es steht Ihm frei, zu gehen.«



Erleichtert rollte der Angesprochene das Pergament ein. Durch die schmalen Ritzen sah Martin den Vogt näherkommen. Vor ihrem Fenster verharrte er und betrachtete eingehend das Haus. Nachdenklich fuhr er sich über das breite Kinn. Trotz der sommerlichen Wärme trug er schwarze, lederne Handschuhe. Hatte er etwa Angst, sich die Finger an den Gästen der *Hafenklause* schmutzig zu machen?

Zum Ratsnotar gewandt, sagte er: »Ich frage mich, wohin dieser Kerl stets verschwindet?« Langsam schritt der Vogt zur Tür hinüber und rüttelte daran. Zum Glück hatte Martin nach ihrem Besuch abgeschlossen.

»Das Haus untersteht der Aufsicht des Rates.« Der Notar trat ebenfalls näher und blieb genau vor dem Fenster stehen. »Der herzogliche Ermittler hat sich von mir den Schlüssel dazu geben lassen.«

»So?«, knurrte der Vogt erbost. »Hat er Ihm gesagt, weshalb er ihn wollte?«

»Nein.«

»Er hat dem herzoglichen Ermittler einen Schlüssel ausgehändigt, ohne sich nach dem Grund zu erkundigen?«, brüllte der Vogt laut. Instinktiv wichen Martin und Severo einen Schritt zurück.

Obwohl er im Rathaus ein herausgehobenes Amt bekleidete, schüchterten die Worte den Dunkelhaarigen ein. »Aber, aber die Bürgermeister haben angewiesen, ihm jegliche Unterstützung zu gewähren«, stotterte er.

Der Vogt war dicht an seinen Begleiter herangetreten. Zu ihm hinübergebeugt, fragte er in bedrohlichem Tonfall: »Glaubt Er wirklich, dieser unsägliche Mensch würde etwas anderes herausfinden als ich?«



Wortlos schüttelte der Angesprochene den Kopf.

»Eben. Was also will der herzogliche Ermittler wirklich?« Mit offenem Mund starrte der Notar den Vogt an, der, ohne eine Antwort abzuwarten, weitersprach. »Seit jeher versuchen die Landesherren Einfluss auf die städtischen Angelegenheiten zu nehmen. Er will den Herzog doch nicht etwa dabei unterstützen, oder? Er ist ein Diener des Rates und allein diesem verpflichtet! Also sei Er auf der Hut und frage den herzoglichen Ermittler stets nach den Gründen für dessen Tun.«

Neben sich hörte Martin ein leises Prusten.

»Pst, Ihr verratet uns noch«, flüsterte er, selbst bemüht, ein Lächeln zu unterdrücken.

Der Vogt war und blieb ein Kauz. Ohne ein weiteres Wort zu verlieren, ließ er den Ratsnotar stehen und verschwand aus ihrem Blickfeld. Nach einem kurzen Moment sprachlosen Verharrens machte sich der Ratsnotar in die entgegengesetzte Richtung auf. Nachdem auch die Wachen gegangen waren, erhellte nur noch fahles Mondlicht die Gasse.

»Es ist spät und ich würde mich gern noch ein paar Stündchen hinlegen«, schlug Severo vor.

»Das ist ein guter Gedanke«, stimmte Martin zu, dem die Lauferei des Tages in den Knochen steckte. Das lange Stehen hinter dem Fenster hatte nicht zur Besserung beigetragen.

Mit ausgestreckten Händen tastete sich Martin in Richtung Hauseingang. Hinter sich hörte er etwas über den Boden scharren, gefolgt von einem leisen Fluch. Offensichtlich war der Chirurg gegen eines der wenigen Möbelstücke gestoßen.



Vorsichtig sperrte Martin die Haustür auf. Gerade wollte er auf die Gasse treten, als sich nebenan die Tür des Wirtshauses öffnete. Hastig wich er ins Haus zurück und warnte den Chirurgen. Hannes hinkte mit seinem Holzbein an ihnen vorüber. Bevor Martin etwas sagen konnte, schob Severo ihn wieder nach draußen. Neugierig lugte er um die Hausecke und sah den Einbeinigen in die Büchstraße biegen. Während sein Begleiter dem Schmuggler dorthin nachsetzte, schloss Martin schnell die Tür und folgte ihm dann.

»Er geht in Richtung Markt«, raunte Severo. Dicht an die Häuser gedrückt schlichen sie bis zum Marktplatz. In weiter Entfernung zum Fettentor hin sah Martin einen Lichtschein, der vermutlich von der Lampe des Nachtwächters stammte. In der Zwischenzeit hatte Hannes den Markt an der Ostseite des Rathauses erstaunlich flink überquert und war schon in der Hökerstraße. Lautlos rannte Severo ihm hinterher. Martin war mit seinem Bein nicht ganz so schnell. Im Mondschein sah er, wie der Chirurg an der Ecke zur Packhausstraße einen vorsichtigen Blick in jene Straße warf, in der sich neben dem Fleischerscharren die Buden der Ratsdiener befanden.

»Was ist? Warum geht Ihr nicht weiter?«, wollte er von dem Schwarzhaarigen wissen.

»Still, ich verstehe nichts.«

Angestrengt lauschte Martin. Mehr als ein Murmeln war nicht zu vernehmen. Mit einem Mal fuhr der Chirurg zurück.

»Seht selbst«, drängte er und wich zur Seite.

»Das ist doch …!« Martin wusste nicht, ob er überrascht oder entrüstet sein sollte.

»Ich bin gespannt, wie Markward uns das erklärt«, meinte der Italiener.



»Vor allem wüsste ich gern, was Hannes ihm gerade gibt!«

»Wie sieht es denn aus?« Neugierig zog Severo ihn am Hemd zurück und lugte um die Ecke.

Verärgert runzelte Martin die Stirn. Da Streit in dieser Situation nicht hilfreich war, erwiderte er nur: »Wie ein kleines Säckchen.«

In diesem Moment hörte Martin eine Tür schließen.

»Hannes geht in die Perdekopperstraße.« Severo zog sich in die Hökerstraße zurück. Jetzt war es an Martin, der sich vordrängelte und den Spitzbuben entschwinden sah.

»Was macht Ihr da!«, rief ihm der Chirurg hinterher, als Martin kurzerhand um die Ecke bog und auf die Tür zusteuerte, vor der der Einbeinige eben noch gestanden hatte. Als Martin nach dem Klopfer griff, hielt Severo ihn zurück. Er hatte Recht, der Krach würde neugierige Nachbarn wecken. Dumpf schlug sein Begleiter mit der Faust an die Tür.

Nur mit einer Hose bekleidet, riss Markward sie auf. »Was zum T…?« Erstaunt hielt er mitten im Satz inne. »Ihr? Was wollt Ihr hier?« Nervös schaute der Hüne auf die Straße.

»Zufällig lief uns der Einbeinige Hannes über den Weg und jetzt wüssten wir gern, weshalb er Euch ausgerechnet zu dieser späten Stunde besucht hat«, erwiderte Martin, um Beherrschung bemüht.

»Und wenn es keine Umstände bereitet«, schickte Severo hinterher, »solltet Ihr es uns im Haus erklären. Die Nachbarn müssen nichts mitbekommen.«

Selbst im fahlen Mondlicht bemerkte Martin die Schweißperlen, die sich auf Markwards Stirn bildeten. Ohne Widerstand ließ er sie eintreten.



Die Bude entsprach mit ihrer kleinen Diele, Stube und Küche mit einer Feuerstelle dem Häuschen von Conrad Schwerdt. Während Martin sich an die Wand neben der Küchentür lehnte, sah er Severo zum Tisch schlendern, auf dem ein kleiner Beutel aus grauem Stoff lag. Unbemerkt vom Hausherrn nahm er ihn in die Hand und wog ihn sorgfältig darin, bevor er ihn wieder ablegte und Martin zunickte.

»Ich weiß nicht, wovon Ihr redet«, setzte Markward zu seiner Verteidigung an, nachdem er die Tür verschlossen hatte und zu ihnen herübergekommen war. »Hier war niemand.«

»Wollt Ihr behaupten, der herzogliche Ermittler und ich hätten uns geirrt?« Zornig runzelte Severo die Stirn.

Der Angesprochene zuckte wortlos mit den Schultern.

»Der Chirurg und ich haben gesehen, wie Hannes an Eure Tür geklopft, mit Euch gesprochen und Euch ein Säckchen gegeben hat. Der Größe nach entspricht es dem, das auf Eurem Tisch liegt.«

»Ich wüsste nicht, was der Schmuggler bei mir sollte.«

»Was wollte er denn bei Conrad, einen Tag vor dessen Tod?« Martin hatte die Stimme gehoben.

»Davon weiß ich nichts.« Markward setzte sich.

Allmählich verlor Martin die Geduld. »Sollte Hannes ihn bedrohen, damit Conrad aufhört, seine Frau zu misshandeln?«

Überrascht sah der Hüne auf. »Was wollt Ihr damit sagen?«

»Ihr seid in Barbara verliebt.«

»Das ist nicht verboten«, brauste der Ratdsdiener auf.

»Seinen Nebenbuhler zu töten, allerdings schon«, widersprach der Chirurg in gleichem Tonfall.

»Ich war die ganze Zeit in der *Hafenklause*. Fragt diese Hure!« 

Unablässig drängte Severo weiter auf den Hünen ein. »Bezahlt Ihr sie, damit sie Euch ein Alibi verschafft? Hat Hannes Euch geholfen, einen gedungenen Mörder zu finden?«

»Nein, nein, nein! Ich habe mit Conrads Tod nichts zu tun.« Hilflos schaute der Mann zu Martin.

Wahrscheinlich war es der Gedanke an seinen Lehrling, der Severo erbarmungslos antrieb: »Was wollte Hannes dann von Euch? Sprecht!«

»Er war nicht hier!«

Martin fiel ein nervöser Tick an Markwards Auge auf. »Von wem stammt dann das Säckchen?«.

»Das ist mein Lohn.«

Verständnislos schüttelte Martin den Kopf. Was Conrad betraf, schien Markward die Wahrheit zu sagen. Sobald der Name des Einbeinigen fiel, wurde er hingegen unruhig. Ganz sicher verbarg er etwas vor ihnen. Er gab seinem Begleiter ein Zeichen zu gehen. Widerwillig schloss sich der Chirurg ihm an.

Kaum waren sie in der Hökerstraße angelangt, beschwerte sich der Italiener: »Wieso lasst Ihr so schnell von ihm ab? Wir hätten ihn bloß härter anpacken müssen. Irgendwann hätte der Lügner sich verraten.«

»Ich weiß, wie sehr Ihr Euch um Gernot sorgt. Aber überlegt noch einmal: Markward hat Geld erhalten! Das spricht für einen Gefallen, den er dem Einbeinigen getan hat, nicht für den umgekehrten Fall.«

»Dann hat er Conrad eben für Hannes in eine Falle gelockt. Jedenfalls hat er etwas mit dem Tod zu tun!«



»Genauso gut könnte das Geldsäckchen gar nicht mit dem Tod des Hafenmeisters in Zusammenhang stehen. Womöglich bezahlen die Schmuggler Markward einfach, damit er ihre Verstecke übersieht. Nun, wir werden es herausfinden! Und jetzt kommt, ich bin hundemüde«, bat Martin, dem die Augen fast zufielen.

* * *

Die Nacht endete für Martin zunächst vor dem ersten Hahnenkrähen. Wieder einmal hatte er von Sarah geträumt und ihre Nähe, ihre Wärme, ihre Liebe vermisst. Schmerzlich drängte sich ihm Severos Feststellung vom Vortag in Erinnerung. Ja, es fühlte sich an, als habe man ihm das Herz bei lebendigem Leib herausgerissen, und Martin wusste, es würde ihm genauso ergehen. Der Schmerz würde ihn sein Leben lang begleiten, nie enden. Die Vorstellung nahm ihm mit einem Mal allen Mut. Voller Verzweiflung bohrten sich seine Finger in die Decke, als suchten sie nach Halt. Wie sollte er ohne Sarahs Liebe weiterleben? Schon jetzt vermisste er ihre roten Lippen, mit denen sie ihn so oft im Nacken geküsst hatte, ihre zarten Finger, mit denen sie ihm sanft über die Haut gefahren war. Nie mehr würde er sie im Arm halten, nie mehr würde sie an seiner Brust einschlafen, nie mehr würde er ihr nachts beruhigend über die Schultern streichen, wenn sie von den schlimmen Dingen träumte, die ihr widerfahren waren.

Über diese Gedanken war er erneut in unruhigen Schlaf gefallen, bis eine Hand ihn unsanft an der Schulter rüttelte.

»Steht auf! Der Rektor und die Bürgermeister erwarten Euch. Habt Ihr das etwa vergessen? Und wenn ich Euch erinnern darf, hat sich Eure Theorie von Tobias als Mörder in Wohlgefallen aufgelöst. Ihr müsst diese Marie besuchen und sie zum Reden bringen.«



»Lasst mich in Ruhe, Severo. Ich gehe zum Rektor, wann es mir passt.« Verärgert rollte sich Martin auf die andere Seite und zog die Decke über den Kopf. Er wollte mit seinem Schmerz allein sein.

Deutlich hörte er, wie der Chirurg scharf die Luft einsog. Wider Erwarten schwieg der einen Moment, bis er ansetzte: »Selbstmitleid ist kein guter Begleiter, es raubt Euch lediglich die Kraft zum Leben. So schrecklich Sarahs Tod ist: Ihr könnt ihn nicht ungeschehen machen. Anders ist es mit Gernot. Der Vogt wird ihn richten, wenn Ihr nicht den Mörder findet. Euch bleiben nur noch dreieinhalb Tage. Also steht jetzt verdammt noch mal auf und helft meinem Lehrling.«

Im Hinausgehen zog Severo die Decke weg. Martin schloss die Augen. Wie er sein Leben hasste! Missmutig richtete er sich auf. Sein ganzer Körper schmerzte von der Nacht auf der harten Pritsche, für die er sich diesmal entschieden hatte. Zwar war der Chirurg so freundlich gewesen, ihm eine weitere wollene Decke als Unterlage zu geben. Viel bequemer war die Schlafstatt dadurch leider nicht geworden. Martin rief sich die Ergebnisse des Vortages in Erinnerung. Es wäre zu schön gewesen, wenn Tobias der Täter gewesen wäre. Dann hätte er heute schon nach Wolgast zurückkehren können. Er holte tief Luft und erhob sich. Nach einem ausgedehnten Strecken schlich er in die Küche, wo Severo bereits am Tisch saß und eine Scheibe Graubrot abschnitt.



»Im Zuber ist Wasser. Es wäre respektlos, dem Rektor oder den Bürgermeistern in diesem Zustand unter die Augen zu treten. Außerdem riecht Ihr! Wenn ich Euch weiter ein Dach über dem Kopf gewähren soll, müsst Ihr Euren Teil dazu beitragen. Also wascht Euch!«

Während der Chirurg die Küche verließ, zog Martin sein Hemd aus, in dem er wieder einmal geschlafen hatte, und hielt es ins Licht. Einige unschöne dunkle Flecke verunstalteten das leinene Tuch. Die Hose hingegen sah noch ganz passabel aus. Er hielt die Luft an, steckte den Kopf in das kalte Wasser im Zuber und wusch sich Gesicht und Haare. Nach dem Auftauchen nahm er die Seife, die der Chirurg neben dem Bottich bereitgelegt hatte, und reinigte Oberkörper und Arme. Schließlich griff Martin nach seinem Hemd und trocknete sich langsam damit ab. Danach tauchte er es ins Wasser, seifte es ordentlich ein, spülte es kräftig und wrang es aus.

»Was ist das?«, wollte er von Severo wissen, der ihm bei seiner Rückkehr ein Leinen entgegenhielt.

»Philipp hat mir das Hemd überlassen. Zieht es an, es wird Euch schon passen.«

Er warf Martin das Kleidungsstück zu, der es geschickt mit einer Hand auffing. Er erinnerte sich nicht, es an dem toten Freund gesehen zu haben. Sein Zögern blieb dem Chirurgen nicht verborgen.

»Was ist? Ihr habt keine Wahl! Ich leihe Euch ganz sicher nichts von mir.«

Martin erkannte selbst die Notwendigkeit. Der Hauptmann der herzoglichen Wache hatte zwar ein Hemd in den Beutel gesteckt, den Martin aus Wolgast mitgebracht hatte. Doch dieses sah leider nicht besser als das Getragene aus, wie er am Vortag schon bemerkt hatte. Er konnte Severos Angebot also nicht ausschlagen. Gleichwohl empfand er es als unangenehm, die Sachen des toten Freundes zu tragen. Es erinnerte ihn an seine Schuld, die er sich zu vergessen bemühte. War das die Absicht des Italieners? Dessen ausdrucksloses Gesicht verriet nichts dergleichen. Widerspruchslos zog Martin endlich das Leinen an. Als er nach seinem gewaschenen Hemd griff, wies der Hausherr mit dem Daumen in den Garten, wo Martin einen Strick gespannt sah. Beim Hinausgehen lief Severos schwarzer Hund schwanzwedelnd auf ihn zu. Nachdem er das Tuch aufgehängt hatte, beugte Martin sich zu dem Tier herab und streichelte es hinterm Ohr. Wohlig grunzend warf es sich gegen seine Beine. ›Wenn ich schon nicht in der Lage bin, den Menschen Freude zu bringen, scheint mir das wenigstens bei diesem Hund zu gelingen‹, dachte Martin betrübt. Nicht lange und er hörte Severo zur Eile mahnen. Schweren Herzens kehrte in die Küche zurück.



* * *

Das Gespräch mit dem Rektor hatte schneller geendet als gedacht. Der Gelehrte hatte vor allem erfahren wollen, wie die Bürgermeister bei Martins Aufwartung reagiert hatten. Die Schilderung hatte einen zufriedenen Gesichtsausdruck hervorgerufen. Ob Martin den Mörder in der vom Vogt gesetzten Frist finden könne? Severo, der unbedingt hatte mitkommen wollen, war ihm mit einer Antwort zuvorgekommen, bei der Martins Herz stockte. Man habe eindeutige Hinweise auf den abscheulichen Menschen und werde ihn in kurzer Zeit ergreifen. Damit war der Rektor zufrieden gewesen und hatte sie entlassen.

Vor der Tür hielt Martin seinen Begleiter am Arm zurück und erkundigte sich, ob er noch ganz bei Trost sei, so etwas zu behaupten. Der Schwarzhaarige winkte ab. Statt zu diskutieren, wolle er lieber nach seinem Lehrling sehen. Damit war die Sache für ihn geklärt und er ließ ihn einfach stehen. Sprachlos folgte Martin dem Chirurgen. Gerade fragte er sich, wie Severo in Gernots Gefängnis gelangen wolle, als der einen Schlüssel aus seiner Tasche zog und amüsiert lächelte.



»Ich bin Prosektor, habt Ihr das vergessen? Der Rektor vertraut mir. Außerdem habe ich ihn davon überzeugt, wie wichtig es ist, mindestens einmal täglich nach Gernot zu sehen. Der Bursche ist es nicht gewohnt, eingesperrt zu sein. Deswegen hat der alte Ulrich mir den zweiten Schlüssel gegeben.«

Severo trat zur Seite und gewährte Martin den Vortritt. Der strenge Geruch aus einem Eimer neben der Tür, der dem Gefangenen für seine Notdurft diente, war nicht die einzige unangenehme Überraschung, die sich ihnen bot. Gernot saß noch immer auf dem Fußboden, die Hemdsärmel hochgekrempelt. Auf den Unterarmen bemerkte Martin blutige Kratzer. Das Essen auf dem Tisch stand unberührt. Mit rotumrandeten Augen starrte der Student auf die gegenüberliegende Wand. Severo drängte an Martin vorbei zu dem kleinen Fenster gegenüber der Tür und riss es auf. Anschließend kniete er sich mit besorgtem Gesicht neben den Gefangenen.

»Gernot, das geht nicht. Du musst etwas essen und trinken.«

Die glasigen Augen des Studenten ruhten auf dem Chirurgen. Mit kraftloser Stimme erwiderte Gernot: »Ich habe keinen Hunger. Ich will hier raus.«

Beruhigend legte Severo ihm die Hand auf die Schulter. »Wir haben schon etwas herausgefunden. Gleichwohl darfst du diesen Raum zu deinem eigenen Schutz nicht verlassen, bis wir den Mörder dingfest gemacht haben.« 

»Ich will hier aber nicht bleiben«, kreischte Gernot hysterisch. »Ich will hier raus! Raus! Raus! Raus! Ich bleibe hier nicht länger.« Er versuchte sich aufzurichten, aber Severo drückte ihn auf den Boden. Als das nichts half, verabreichte er seinem Lehrling eine schallende Ohrfeige. Verzweifelt schlug sich der Student die Hände vor das Gesicht.

Nur einen Moment ärgerte sich Martin über Severos Worte. Nicht ›wir‹ hatten etwas herausgefunden. Er war durch die Stadt gelaufen und hatte die Zeugen befragt, während der Chirurg seinem Tagwerk nachgegangen war. Schnell überwog jedoch das Mitleid mit Gernot. Er hockte sich neben die beiden.

»Dein Eindruck hat dich nicht getäuscht, es hatte sich jemand hinter dem Schweinestall versteckt. Versuch dich zu erinnern! War es ein Mann oder ein Frau? Wie groß war die Person? War sie dick oder dünn, kräftig oder eher schmächtig?«, versuchte Martin die Erinnerung wachzurütteln.

Gernot kratzte sich über den Arm. Die frisch aufgerissenen Wunden bluteten sofort. Severo griff nach den Händen und hielt sie fest.

»Da war nur ein Schatten, wie oft soll ich dir das noch sagen?«

»Versuch dich zu erinnern«, beschwor Martin ihn. »Jeder noch so kleine Hinweis hilft mir weiter. Als du in die Schänke zurückkehrtest, stand dort jemand vor der Tür?«

»Nein.«

»Was ist im Schankraum geschehen? Hast du eine Hure mit blonden Haaren und blauen Augen gesehen?«

»Nein, ich habe nur den Hünen angestoßen. Von der Schänke bin ich gleich zu Severo. Nach einer Weile erschien eine Wache und nahm ihn mit in die *Hafenklause*. Ich habe es vorgezogen, allein im Haus zu bleiben. Erst nach Severos Rückkehr erfuhr ich, was mit dem Drecksack von Ehemann passiert war. Kurz darauf wollte mich der Vogt abholen. Das habe ich dir jedoch schon vorgestern alles erzählt. Was stehst du hier noch herum? Statt Fragen zu stellen, deren Antworten du bereits kennst, solltest du lieber Ausschau nach dem Mörder halten und mich hier rausholen!«



Martin schluckte. Auch wenn sich Gernot selbst in diese missliche Situation gebracht hatte, verstand er dessen Verzweiflung. Deswegen versuchte er, ihn zu beruhigen. »Auf dem Hof der *Hafenklause* habe ich Fußspuren gefunden. Zeig mir bitte deine Stiefel.«

Resigniert hob Gernot einen Fuß nach dem anderen. Die Sohlen entsprachen den Spuren hinter dem Holzstapel.

»Kannst du mir etwas über Markward, Conrads Helfer im Hafen, berichten? Hat Barbara dir etwas von ihm erzählt?«

Schrill kreischte der Student: »Hat der dem Schwein den Rest gegeben? Warum stehst du hier noch herum? Verhafte ihn endlich!«

Der Italiener bedeutete ihm, mit Gernot allein reden zu wollen. Rasch verließ Martin den Raum. Es dauerte nicht lange, bis ihm Severo folgte und die Zelle hinter sich abschloss.

»Kommt«, forderte er Martin auf. »Wir sollten uns beeilen. Lange kann Gernot nicht mehr hier drin bleiben, ohne den Verstand zu verlieren.«

* * *

Obwohl er es sich fest vorgenommen hatte, gelang es Martin nicht, den Weg zum Rathaus zu bestimmen. So musste er den Kirchhof von St. Nikolai passieren, was er gern vermieden hätte. Er wusste nicht, ob Severo seine Mühe bemerkte, nicht zu den Gräbern hinüberzuschauen. Wenn es dem Italiener aufgefallen war, so kommentierte er es wenigstens nicht. Ein Fortschritt in ihrem Verhältnis, wie Martin wähnte.



Es blieb nicht viel Gelegenheit, darüber nachzudenken. Kaum waren sie durch die Lappstraße auf den Fischmarkt gelangt, humpelte ihnen ein aufgeregter Ratsschreiber entgegen. Sein kurzer Mantel hing schief auf den Schultern, in Hüfthöhe war der dunkle Stoff zerrissen. Auf seiner Wange zeichnete sich ein roter Fleck ab, als hätte er eine heftige Ohrfeige erhalten. Etwas Außergewöhnliches musste vorgefallen sein, wenn der Schreiber in diesem Aufzug durch die Stadt lief, zu sehr waren die Ratsdiener auf ihr Äußeres bedacht.

»Severo, endlich finde ich Euch, dem Himmel sei Dank. Wir suchen Euch schon eine ganze Weile. Ihr müsst kommen, schnell. Ein paar feige Mistkerle haben Bürgermeister Lotze bei den alten Krämerbuden aufgelauert. Zwar konnten die

Stadtwachen Schlimmeres verhindern, dennoch ist er verletzt und schreit vor Schmerzen.«

Jetzt vernahm Martin den vom Markt herüberdringenden Lärm. Die Worte des Aufrührers schienen auf fruchtbaren Boden gefallen zu sein. Doch hatte er die Menschen nicht gebeten, sich noch ein wenig zu gedulden?

»Wo ist der Bürgermeister verletzt?«, wollte Severo wissen.

»Es hat ihn schlimm am Arm erwischt. Die blutigen Kratzer im Gesicht sind dagegen nicht der Rede wert.«



Mit raschen Schritten folgten sie dem Schreiber durch die Hintertür ins Rathaus. Schon an der Treppe im Erdgeschoss hörten sie jemanden aus dem oberen Stock brüllen.

»Wo zum Teufel bleibt der Chirurg? Wie lange muss ich noch auf ihn warten?«

Martin fragte sich, ob Wedego Lotze weiter so ungeduldig nach Severo verlangen würde, wenn er wüsste, was ihn erwartete, denn wie ihn seine Beobachtungen gelehrt hatten, bereiteten die Behandlungen der Barbiere und Chirurgen immer erhebliche Schmerzen.

Der Schreiber stürzte vor ihnen die Treppe hinauf und in das Zimmer, aus dem die wütende Stimme erklang. Beim Eintreten erblickte Martin den Bürgermeister mit schmerzverzerrtem Gesicht auf einem Stuhl. Seine beiden Amtsbrüder lehnten an der Fensterbank, ihnen gegenüber neben der Tür verfolgte der Vogt mit säuerlichem Gesichtsausdruck das Geschehen.

»Wofür bezahlen wir Euch eigentlich, Vogt?«, knurrte der Verletzte. »Seit Wochen hetzt dieser unsägliche Mensch gegen den Rat. Anstatt Ihr ihn verhaftet, geht er Euch wieder und wieder durch die Lappen. Ich frage mich langsam, ob Ihr der

Richtige für diese Aufgabe seid?« Lotze bemerkte den Chirurgen hinter Martin. »Ah, da seid Ihr endlich, Severo. Seht, was mir diese unverschämten Kerle angetan haben.«

Wütend hob er den Arm und fluchte sogleich los. Die Bewegung verursachte offensichtlich ungeheure Qualen. Mit der gesunden linken Hand griff er nach einem Becher auf dem Tisch und trank einen Schluck. Severo trat an ihn heran und tastete behutsam den rechten Ellenbogen ab. An der schwindenden Gesichtsfarbe erkannte Martin, wie sehr dem Bürgermeister die Untersuchung zusetzte, auch wenn er keinen Laut von sich gab.



»Der Ellenbogen ist ausgerenkt«, stellte der Chirurg fest. »Könnt Ihr das Hemd ausziehen?«

Lotze nickte. Vorsichtig half Severo ihm aus dem schweißnassen Tuch. Währenddessen setzte der Vogt zu seiner Verteidigung an.

»Gestern Nachmittag haben wir zwei Umstürzler festgenommen. Was kann ich für deren Verstocktheit? Selbst auf der Streckbank weigern sie sich, etwas zu sagen. Selbstverständlich setze ich das Verhör nachher fort. Spätestens am Abend werden sie reden.«

»Das glaube ich nicht«, entfuhr es Martin. Die Erwähnung der Streckbank erregte seinen Zorn. Mit dieser Behandlung der Gefangenen spielte der Vogt dem Aufrührer in die Hände. Sah der Dummkopf das denn nicht?

Wütend zischte der Vogt: »Was kümmert es Ihn? Er soll Conrad Schwerdts Mörder finden! Nichts anderes!«

Die Wut ließ ihn ihren Besuch vom Vorabend verraten. »Der Aufrührer stammt nicht aus dem Armenviertel. Zwar wählt er einfache Worte, gleichwohl deutet sein Auftreten auf eine mindestens bürgerliche Herkunft hin. Er ist klug genug, keine Hilfe in Anspruch zu nehmen oder sich gar dem Risiko des Verrats auszusetzen. Mit der Folter der armen Teufel gebt Ihr ihm erneuten Anlass, gegen den Rat zu hetzen. Warum verkleidet Ihr nicht stattdessen einen Eurer Männer, der den maskierten Redner bei seiner Flucht vor den Wachen heimlich verfolgt?«

»Es ist meine Aufgabe, den Aufrührer zu finden und ich entscheide, wie ich das tue. Halte Er sich da raus!«, herrschte ihn der Vogt aufgebracht an.



In diesem Moment trat der Hauptmann der Wache ein und meldete die Wiederherstellung der öffentlichen Ordnung.

»Da hört Ihr es, ich habe alles unter Kontrolle.«

Martin musste an sich halten, den Schwachkopf nicht einen Esel zu nennen. Stattdessen begnügte er sich mit der bitteren Feststellung: »Der Preis, den Ihr dafür zahlt, ist es wohl kaum wert.«

Ehe der Vogt reagieren konnte, schaltete sich Bürgermeister Bertkow ein. »Bisher habt Ihr den Umstürzler jedenfalls nicht gefunden.«

Und Johann Erich II. fügte hinzu: »Und die Bedenken des herzoglichen Ermittlers sind berechtigt. Was glaubt Ihr, wie die Leute da draußen reagieren, wenn sie von der Streckbank hören? Wollt Ihr etwa noch mehr Blut vergießen?«

Lotzes Aufstöhnen unterbrach den Wortwechsel. Beim Anblick des unnatürlich abstehenden Unterarms wurde Martin leicht übel. Zu seinem Leidwesen rief Severo ihn, den Schreiber und den Hauptmann zu sich. Er befahl Martin, sich hinter die rechte Schulter zu stellen und den Bürgermeister am Oberarm zu fassen. Den Hauptmann stellte er in Lotzes Rücken. Er sollte den Oberkörper umfassen, der Schreiber hingegen die linke Schulter festhalten. Nachdem der Chirurg allen ihre Aufgaben erläutert hatte, griff er mit einer Hand nach dem Ellenbogen, mit der anderen nach dem Unterarm. Mit einer kurzen, heftigen Bewegung drehte er diesen. Der Verletzte schrie erneut laut auf. Auf Severos Zeichen ließen sie den Patienten los.

»Das Bein wäre schlimmer gewesen, Bürgermeister«, unternahm der Chirurg den Versuch eines Trostes.

Wedego Lotze misslang ein Lächeln. »Ihr müsst es wissen, Knochenrichter. Habt trotzdem Dank. Was würden wir ohne Euch tun? Sagt dem Schreiber, welchen Lohn Ihr bekommt.« 

Severo nickte und reichte Lotze seinen Becher. »Trinkt noch etwas. Falls der Arm in einer Woche immer noch schmerzt, zeigt ihn mir erneut.«

Martin hätte viel dafür gegeben, ebenfalls etwas von dem Wein zu bekommen. Leider bot ihm niemand etwas an.

Nach einem kräftigen Schluck wandte sich Bürgermeister Lotze mit noch immer schmerzverzerrtem Gesicht dem Vogt zu. »Der Vorschlag des herzoglichen Ermittlers klingt gar nicht so schlecht. Was habt Ihr dagegen?«

Hass stob aus den Augen des Vogtes. »Ich denke, Er sollte zunächst Seinen Auftrag erledigen, bevor Er weise Ratschläge erteilt. Was Conrads Mörder betrifft, sind wir keinen Deut klüger als gestern. Oder weiß Er mittlerweile, wer den Hafenmeister auf so barbarische Weise umgebracht hat?«

»Nein, den Mörder habe ich noch nicht gefunden. Wie ich allerdings herausfand, war neben Gernot von Eisenfels eine weitere Person auf dem Hof der *Hafenklause*.«

»Glaubt Er dem Studenten wirklich diese dreiste Lüge?«

»Nein, ich habe Fußspuren gefunden, die wohl Eurer geschätzten Aufmerksamkeit entgangen sind – und zwar hinter dem Schweinstall und vor dem Trog, vor dem Conrad lag. Von dort führten sie zur Gartenpforte.«

»Das entlastet diesen Studenten nicht!«

»Warum sollte Gernot von Eisenfels den Hafenmeister töten?«

Der Vogt lächelte Martin verächtlich an. »Da er offensichtlich keinen Grund brauchte, um sich mit unserem Hafenmeister zu schlagen, wird er wohl ebenso wenig einen Grund für den Mord gebraucht haben.«



Jetzt schaltete sich Severo ein. »Es gibt noch mehr, was gegen den Studenten spricht. Erstens: Warum sollte er dem Toten eine Falschmünze in den Mund legen? Zweitens: Da sich im Nachbarhaus auf dem Boden vor dem Kamin Blutflecke befinden, wurden dort blutverschmierte Sachen abgelegt und später verbrannt. Im Kamin befinden sich Reste einer Hose. Hingegen weist Gernots Hose noch immer Blutflecke auf, er hat sie also nicht verbrannt. Zum Dritten hat der Student den Hof durch den Schankraum verlassen, wie wir von Zeugen wissen. Wieso sollte er diesen Weg zum Nachbarhaus wählen, um seine Kleidung zu verbrennen, wenn er bei einer Flucht über den Hof niemandem begegnet wäre? Und viertens ist das Gras von der Hintertür des Nachbarhauses bis zur Gartenpforte niedergetreten. Da Gernot von Eisenfels diesen Weg nachweislich nicht gewählt hat, muss es wohl der Mörder gewesen sein.«

»Ihr seid in ein Haus eingedrungen? Untersteht es etwa der Verwaltung des Rates?« Mit keiner einzigen Regung ließ der Vogt sein Wissen darum erkennen.

»Jetzt regt Euch nicht so auf«, beruhigte ihn Bürgermeister Johann Erich II., der von dem nächtlichen Gespräch zwischen Vogt und Ratsnotar nichts wissen konnte. »Mir erscheint wichtiger, was die beiden herausgefunden haben.«

»Es beweist nicht die Unschuld des Studenten«, beharrte der Vogt.

»Habt Ihr uns nicht zugehört?«, ereiferte sich Severo. »Die Fußspuren stammen nicht von ihm!«

Der Einwand verhallte ungehört. »Der Bursche wird die Stiefel verbrannt haben«.



Beruhigend legte Martin dem Italiener die Hand auf die Schulter. »Hätte Gernot von Eisenfels sie verbrannt, hätten wir die Abdrücke nicht vor der Haustür entdeckt.«

»Meine Herren«, ging Johann Erich II. dazwischen. »Mit dem Streit verschwendet Ihr kostbare Zeit. Es bleibt wie bisher. Ihr, Herr herzoglicher Ermittler, kümmert Euch um die Suche nach Conrads Mörder. Ihr, verehrter Vogt, sorgt für Ruhe in der Stadt und präsentiert uns endlich diesen unsäglichen Menschen. Hört jedoch auf, die Gefangenen zu foltern.«

Eingeschnappt verließ der Vogt den Raum, während Martin noch über die Bedeutung des Wechsels seiner Anrede nachdachte. Es schien ihm ein gutes Zeichen. Zeugte es nicht von Vertrauen in ihn?

»Je länger ich über Euren Vorschlag nachdenke, desto besser gefällt mir die Idee mit einem Spitzel. Wollt Ihr das nicht ausprobieren?«, vernahm er die Stimme von Bürgermeister Bertkow.

Überrascht riss Martin die Augen auf. Wohl aus ganz eigennützigen Gründen sprang Severo ihm zur Seite.

»Die Suche nach dem Mörder beansprucht den herzoglichen Ermittler vollends. Außerdem kennt man uns im Armenviertel.«

Wedego Lotze griff den Gedanken seines Amtsbruders auf. »Ihr müsst das ja nicht selbst machen. Es genügt, wenn Ihr jemanden anleitet. Während Ihr nach Conrad Schwerdts Mörder sucht, schleicht sich der Spitzel ins Armenviertel und handelt nach Euren Anweisungen.«

Martin verfluchte seine Zunge. Warum hatte er seine Gedanken nicht einfach für sich behalten? Er hatte gesehen, wie die Menschen begeistert den Worten des Aufrührers gelauscht hatten. Was würden sie mit einem Verräter anstellen? Wie würden sie bei einer Verhaftung reagieren? Würde es einen offenen Aufstand geben? Er verspürte keine Lust, sich in solche Dinge hineinziehen zu lassen. Außerdem wollte er zum Grab seiner Frau und seines Sohnes zurückkehren. Die Suche nach dem Hetzer konnte hingegen Wochen dauern. Schließlich wusste niemand, wann er wieder auftauchte.

In diesem Augenblick hörte er Bürgermeister Bertkow in die Hände klatschen: »Gut, hiermit erhaltet Ihr alle notwendigen Vollmachten. Nur erweist uns bitte den Gefallen und lasst den Vogt in dem Glauben, er sei immer noch der Einzige, der nach dem Aufrührer sucht.«

Der Wache neben der Tür befahl der Bürgermeister: »Hauptmann, was immer Herr Haffer verlangt, Er und Seine Männer werden ihm folgen. Gehe Er in den Keller und lasse die armen Kreaturen frei, bevor der Vogt sie noch umbringt.«

»Haltet Ihr das für eine gute Idee?«, mischte sich Severo ein. »Sie werden bei ihrer Rückkehr in das Armenviertel von der Folter erzählen. Tätet Ihr nicht besser daran, sie zunächst hier zu behalten und dem Vogt lediglich ihr weiteres Verhör zu untersagen?«

Wedego Lotze gelang ein böses Lächeln. »Ihr sprecht ein wahres Wort, Chirurg. Die Gefahr eines erneuten Angriffs auf das Rathaus wird steigen, wenn sie berichten, was ihnen im Kerker widerfahren ist. Und eben das dürfte den Umstürzler aus seinem Versteck locken und Euer Spitzel kann ihm schon heute Abend folgen. Beeilt Euch also, den Mann auf seinen Einsatz vorzubereiten.«

Martin hatte das Gefühl, als erwarteten die Ratsmänner, er werde sich zurückziehen. Nun, so schnell ließ er sich nicht fortschicken! Wenn er schon nach dem Aufrührer suchen sollte, wollte er wenigstens wissen, weshalb ihm die Menschen bedingungslos zu folgen schienen. Er erinnerte sich an seinen Gedanken vom Vorabend zu den Unruhen von 1481.



»Gab es in letzter Zeit Steuerhöhungen oder einen anderen Anlass, weshalb das Volk dem Aufrührer so bereitwillig Gehör schenkt?«

Betreten sahen sich die Bürgermeister an. Schließlich ergriff Johann Erich II. das Wort. »Wie Ihr wisst, haben die Menschen im vorletzten Winter gelitten, die Armen wie die Bürger. Die Ernte des vergangenen Jahres reichte nicht, um die Vorräte wieder aufzufüllen. Bedauerlicherweise stand eine große Zahlung an den Hansebund an. Um sie zu sichern, musste die Armenversorgung des Rates im letzten Winter eingeschränkt werden. Ende Januar waren die Vorräte aufgebraucht, wir konnten keine Unterstützung mehr leisten. Danach haben allein die Klöster die Menschen versorgt – so gut es ging.«

»Das erscheint mir nicht Anlass genug, um gegen den Rat in der Art und Weise aufzubegehren, wie ich es gestern erlebt habe.

Zudem lauschen dem Aufwiegler auch Gesellen und Knechte. Wer weiß, wann die ersten Handwerksmeister dazu stoßen!« Misstrauisch hakte Martin nach. »Hat es womöglich mit dem Verschwinden dieses Schreibers, Conrad Schwerdts Vetter, zu tun?«

Die Bürgermeister warfen sich bedeutsame Blicke zu. Johann Erich II. seufzte.

»Bei der Zusammenstellung des Geldes für die Hanse bemerkte der Kämmerer das Fehlen eines erheblichen Betrages aus der Schatztruhe, die den Notgroschen enthält. Zur gleichen Zeit verschwand ein Schreiber namens Tobias. In der Tat handelt es sich bei ihm um den Vetter des Toten. Es liegt nahe, in ihm den Dieb zu sehen. Um die Zahlung an den Bund zu sichern, gewährten wir der Stadt aus unserem Vermögen ein Darlehen. Selbstverständlich ist es zurückzuzahlen.«



Der Patrizier bemerkte Martins empörtes Gesicht.

»Ihr braucht nicht so entrüstet zu schauen. Der Kredit ist in den Büchern vermerkt und an die üblichen Bedingungen geknüpft. Daran seht Ihr, wie richtig ist es, lediglich Vertreter der alteingesessenen Familien in den Rat zu wählen. Wir wohlhabenden Ratsherren sind in der Lage und vor allem dazu bereit, mit unserem eigenen Vermögen zum städtischen Wohl beizutragen. Das hatte Bürgermeister Rubenow schon bei der Überarbeitung der Ratsverfassung erkannt und entsprechend aufgenommen.«

Nach Martins Vorstellung wäre mindestens der Verzicht von Bedingungen, wenn nicht sogar ein Geschenk angebracht gewesen, um überhaupt von einem Beitrag zum städtischen Wohl zu sprechen. Wenn jeder der wohlhabenden Patrizier einen Anteil gestiftet hätte, hätte das keinem von ihnen wehgetan.

Severos Ellenbogen warnte ihn zu spät, die Worte rutschen bereits heraus. »Ihr tragt zum städtischen Wohl bei, indem Ihr der Stadt einen Kredit gewährt, der an Bedingungen geknüpft ist?«

Erschrocken hielt Martin inne. Hörte er sich schon wie der Aufrührer an? Wie die Entrüstung auf ihren Gesichtern zeigte, teilten die Bürgermeister seine Empörung nicht.

Natürlich war es Wedego Lotze, der die passenden Worte fand. »Wir haben Greifswald vor der Blamage bewahrt, seinen Beitrag zur Hanse nicht leisten zu können. Was glaubt Ihr, wer noch mit einem Greifswalder Kaufmann Geschäfte abschließt, wenn sich die Zahlungsunfähigkeit der Stadt herumspräche. Aber so viel Verständnis kann man nicht von jemandem erwarten, der aus einfachen Verhältnissen stammt! Um die Rückzahlung des Kredites zu sichern, mussten wir die Steuern anheben. Seitdem hetzt der Aufrührer besonders schlimm gegen den Rat und uns Bürgermeister.«



Martin hielt es für klüger, Severos Räuspern zu befolgen und nichts darauf zu erwidern. Der Italiener ergriff das Wort.

»Wer weiß von dem Verschwinden des Notgroschens? Wer hat die Steuererhöhung beschlossen?«

»Jeweils alle Ratsherren«, erwiderte Bertkow.

Ungläubig fragte Martin nach: »Die Steuererhöhung wurde von allen gemeinsam beschlossen?«

»Es herrschte Konsens.«

Der Chirurg hatte Martins Gedanken verstanden und brachte es auf den Punkt. »Also könnte kein Ratsherr oder jemand, der eine Wahl in den Rat anstrebt, hinter dem Aufrührer stecken, um Euch auf diese Weise aus dem Amt zu treiben?«

Bürgermeister Lotze seufzte tief. »Wie ich es vorhin schon sagte, versteht Ihr nicht viel von Politik. Alle Ratsherren entstammen angesehenen Geschlechtern. Schon unsere Vorfahren kümmerten sich um das Wohl Greifswalds. Meinungsverschiedenheiten klären wir, indem wir mit Argumenten überzeugen und die Mehrheit des Rates auf unsere Seite ziehen. Das einfache Volk lassen wir außen vor, man kann es nicht kontrollieren. Im Übrigen richten sich die Übergriffe gegen alle Ratsherren und Bewerber um das Amt. Seit April ist nacheinander jedes Geschlecht angegriffen worden, wobei wir und die Mitglieder des Rates natürlich besonders betroffen sind, wie Ihr heute selbst gesehen habt.«



Martin hatte eine lebhafte Vorstellung, welchen Klang die Argumente erzeugten, von denen Lotze gerade gesprochen hatte. Da er keinen Ärger wollte, sagte er dazu nichts und dachte angestrengt nach.

»Gibt es sonst jemanden, der eine Rechnung mit Euch offen hat?«

»Nein. Wahrscheinlich ist es lediglich eine Wiederkehr der Unruhen, wie wir sie vor ein paar Jahren schon einmal hatten, genauso wie damals in Stralsund, Anklam und Rostock.«

Der Hauptmann kehrte zurück und nickte den Bürgermeistern zu.

»Ich schlage vor, Ihr macht Euch auf den Weg«, schloss Bürgermeister Lotze das Gespräch. Offensichtlich wollte er nicht weiter über das Thema sprechen. Sie waren entlassen.

Wortlos folgte Martin dem Chirurgen auf den Flur, gefolgt von dem Schreiber, der die Tür leise hinter ihnen schloss.

»Warum könnt Ihr nicht einfach Euren Mund halten?«, fuhr Severo ihn unvermittelt an.

Aufgebracht erwiderte Martin: »Ich? Was hab ich denn getan?«

»Hättet Ihr den Vorschlag mit dem Spitzel nicht unterbreitet, müssten wir uns jetzt nicht darum kümmern. Außerdem bringt Ihr Euch in Teufels Küche, wenn Ihr die Bürgermeister beleidigt. Am Ende werfen sie Euch in den Kerker. Wer soll dann den Mörder überführen? Wir müssen Gernot so schnell wie möglich aus seinem Gefängnis befreien. Die Frist des Vogtes werdet Ihr sicherlich nicht vergessen haben. Da es fast Mittag ist, bleiben uns nur noch drei Tage!«



Obwohl er sich über die Worte ärgerte, musste Martin kurz lächeln, was seinen Begleiter zusätzlich erboste. »Ich wüsste nicht, was an meinen Worten lächerlich war?«

»Ihr habt gerade zugegeben, mich zu brauchen.«

»Ja, und zwar aus einem einzigen Grund«, knurrte sein Gegenüber. »Es ist dem herzoglichen Ermittler vorbehalten, den Beweis von Gernots Unschuld zu führen, nicht mir!«

Das Gefühl von Zufriedenheit verflog sofort. »Wegen meiner Worte hört der Vogt immerhin auf, unschuldige Menschen zu quälen. Im Gegensatz zu Euch verspüre ich nämlich Mitleid.«

Den Angriff auf seine Berufsehre nahm der Chirurg nicht widerspruchslos hin. »Ich kann es mir nicht leisten, meinen Patienten die Hand zu tätscheln. Ich helfe lieber, die Ursache ihrer Schmerzen zu beseitigen.«

»Das mag sein! Aber Ihr habt die Bürgermeister vernommen. Was sollte ich denn ihrer Anordnung entgegensetzen? Wenn Ihr eine bessere Idee als den Spitzel habt, greife ich sie gern auf. Ansonsten gehe ich jetzt zu den Wachmännern und suche einen Geeigneten aus, den wir in das Armenviertel schicken. Ihr könnt mir dabei helfen oder es lassen.« Da Martin ungern allein nach dem Aufrührer suchen wollte, rief er dem Chirurgen seinen Gefallen vom Vorabend ins Gedächtnis. »Womöglich erinnert Ihr Euch noch an die Hilfe, die ich Euch gestern zuteil werden ließ.«

Mit diesen Worten kehrte Martin dem Chirurgen den Rücken zu und bat den Schreiber, ihn zu den Wachen zu begleiten. Er war noch keine drei Schritte gegangen, als er hörte, wie sich Severo ihnen grummelnd anschloss.



* * *

Der Hauptmann hatte sie in einen kleinen, fensterlosen Raum im Keller des Rathauses geführt. Acht Männer der Stadtwache standen in Reih und Glied und sahen ihn erwartungsvoll an. Martin hatte keine Vorstellung, wie ein Spitzel aussehen könnte. Er sollte möglichst unauffällig sein. Damit schied die Wache vom Vettentor ebenso aus wie die mit den strahlend blauen Augen.

Während er auf und ab schritt, richtete Martin sich an die Aufgereihten. »Wie ich in den vergangenen Tagen erfahren habe, hetzt jemand die Greifswalder gegen den Rat auf. Der Aufrührer muss dingfest gemacht werden, bevor Schlimmeres geschieht. Vielleicht teilt Ihr dessen Ansichten. Jedoch dient Ihr dem Rat, der für das Wohl und Wehe der Stadt verantwortlich ist. Ich brauche absolut zuverlässige Männer, die ihre Aufgabe ohne Rücksicht auf Sympathien erfüllen. Es kann gefährlich werden, das will ich nicht verhehlen. Wer sich dieser Aufgabe also nicht gewachsen fühlt, sollte jetzt vortreten.«

Martin wartete einen Augenblick. Keiner scherte aus der Linie.

»Gut, Männer. Es spricht einiges für ein erneutes Erscheinen des Umstürzlers heute Abend. Der Chirurg und ich werden uns in der *Hafenklause* unter die Gäste mischen. Da man uns kennt, können wir nichts weiter tun als vorgeben, der Rede zu lauschen. Zwei von Euch warten im Nachbarhaus und werden auf ein Zeichen von uns die Wachen holen. Wenn sie die Schänke stürmen, wird der Aufrührer mit Hilfe seiner Anhänger türmen. Der Spitzel soll ihm möglichst ungesehen folgen und dessen Versteck herausfinden. Sollte er sehen, wer sich hinter der Maske verbirgt, umso besser. Das erleichtert die Suche. Wenn nicht, genügt uns vorerst zu wissen, wo sich der Zufluchtsort befindet. Bei einer günstigen Gelegenheit schnappen wir ihn uns dann. Gibt es einen Freiwilligen?«



Betreten schauten die Angesprochenen zu Boden.

»Was meint Ihr, Severo?«

Der Chirurg trat vor und betrachtete jeden eingehend. »Dieser junge Bursche scheint mir für die Aufgabe gut geeignet«, zeigte er auf eine nicht so kräftige Wache, die etwa einen halben Kopf kleiner als der Italiener war. Martin nickte zustimmend.

»Selbstverständlich ist über die List absolutes Stillschweigen zu wahren, meine Herren. Und damit meine ich nicht allein Eure Familien, Freunde und Stadtwachen, sondern vor allem den Vogt.«

Erstaunt schauten sich die Männer an, doch Martin ließ keinen Zweifel an seiner Anordnung.

* * *

Nachdem sie den Spitzel auf seinen Einsatz vorbereitet hatten, begab sich Martin mit dem Chirurgen nach oben. Vor der Rathaustür verharrte Severo.

»Ich habe noch einmal über den Aufrührer nachgedacht«, setzte er an. »Es sollte nicht schaden, wenn wir uns ein wenig in der Stadt umhören. Möglicherweise findet sich ein weiterer Anhaltspunkt, der uns Rückschlüsse auf ihn gestattet.«

»Die Menschen im Armenviertel werden uns kaum Auskunft geben, wenn sie überhaupt irgendetwas über diesen Mann wissen.«



»Ihr müsst mich schon ausreden lassen. Ich meine nicht das Armenviertel. Nein, nirgendwo wird so viel getratscht wie in den Bädern und bei den Barbieren. Dort sollten wir uns umhören. Da Ihr im vergangenen Jahr manch einem meiner Zunftkollegen auf die Füße getreten seid, übernehme ich die Barbiere. Ihr hört Euch währenddessen in den Badehäusern um. Wir treffen uns spätestens um zwei Uhr bei mir, dann verbleibt mir noch etwas Zeit, mich um meine Patienten zu kümmern, bevor wir die Schänke aufsuchen. Wir sollten nämlich nachsehen, wie es den unglücklichen Teufeln geht, die sie aus dem Kerker entlassen haben. Da ich Euch helfe, werdet Ihr mir wohl ebenfalls die Freundlichkeit erweisen, wieder zur Hand zu gehen.«

»Wie soll ich Conrads Mörder finden und Euren Lehrling aus seiner misslichen Lage befreien, wenn ich Euch ständig assistieren muss?«, beschwerte sich Martin.

Missmutig erklärte Severo: »Erstens nehme ich Euch einen Teil der Arbeit ab. Wenn Ihr hingegen Wert darauf legt, auch noch die Barbiere zu befragen, sagt es ruhig. Zweitens erkundige ich mich bei dieser Gelegenheit bei der Witwe, ob sie uns etwas zu Markward und dessen Verhältnis zu Hannes sagen kann. Drittens habt Ihr die Verzögerung und den zusätzlichen Auftrag selbst zu verantworten. Und viertens könntet Ihr Euch bereits auf dem Weg zu dieser Marie befinden.«

Martin kam nicht mehr dazu, zu einer Erwiderung anzusetzen, denn der Chirurg hatte sich bereits umgedreht und auf den Weg gemacht.

* * *



Die Gasse, in der sich das Hurenhaus befinden sollte, lag an der nordöstlichen Stadtmauer nahe des Fangenturms. Um dorthin zu gelangen, überquerte Martin zunächst den gespenstisch leeren Markt. Im Schuhhagen herrschte dagegen reger Betrieb, je mehr sich Martin dem östlichen Mühlentor näherte. Immer wieder wich er schwer beladenen Fuhrwerken aus und wäre dabei in Höhe der Brüggstraße fast in die Hinterlassenschaft eines Hundes getreten. Endlich erreichte er die ruhige Kuhstraße und folgte ihr. Unweit der nördlichen Stadtmauer bog er schließlich in eine kurze Gasse ein. Wie die kleinen Häuser verrieten, wohnten hier einfache Leute. Das Haus, das er suchte, unterschied sich in seiner Größe und Farbe von den anderen.

Bestimmt schlug Martin den Klopfer auf die Tür. Während er wartete, sah er sich aufmerksam um. Die Tätigkeit der hier wohnenden Frauen erweckte sicherlich Neugier. War den Nachbarn etwas aufgefallen? Er klopfte nochmals, lauter und fordernder. Endlich vernahm er im Haus das Tapsen von nackten Füßen auf dem Boden. Langsam öffnete sich die Tür.

Mit schläfriger Stimme fragte eine Dunkelhaarige, deren Gesicht mit Sommersprossen übersät war: »Was macht Ihr für einen Krach? Es ist gerade erst Mittag. Pressiert es Euch so sehr? Dann kommt rein, sonst wird die Alte von gegenüber aufmerksam.«

Sie machte einen Schritt zur Seite und ließ ihn herein. Mit einer eingespielten Geste strich sie sich eine Strähne des zerzausten Haars aus dem Gesicht. Markwards Beschreibung passte nicht auf die junge Frau.

Mit einem Räuspern versuchte Martin seine Verlegenheit zu überspielen. »Gott zum Gruße, ich suche Marie.«



Enttäuscht zog die Dunkelhaarige einen Schmollmund. »Schade. Da schickt der liebe Herrgott mal einen hübschen Kerl und zu wem will er? Natürlich zu dieser Zicke. Überlegt es Euch noch einmal. Bei mir bekommt Ihr alles, wonach es Euch gelüstet und zwar für einen guten Preis.«

Sie trat dicht an Martin heran, der an der Wand lehnte. Die linke Hand legte sie auf seine Brust, mit den Fingern der rechten fuhr sie zärtlich durch sein kurzes, braunes Haar und weiter über seine Wange zum Hals. Dabei näherte sich ihr Gesicht dem seinen. Plötzlich hatte er das Gefühl, als stünde er vor einem Herd, so heiß wurde ihm. Bevor sie ihn küssen konnte, griff er nach ihrem rechten Handgelenk, hielt es fest und wich seitlich aus.

Inständig hoffte er, seine Worte würden fest genug klingen. »Nein, ich möchte zu Marie.«

Das Mädchen lächelte amüsiert. »Na gut, kommt mit. Marie wohnt oben.« Mit betontem Hüftschwung stieg sie vor ihm die Treppe hinauf und wies rechts auf eine Tür.

»Warum schaut Ihr nachher nicht bei mir herein, ich würde mich freuen. Mein Zimmer ist unten links, am Ende des

Ganges. Ich heiße Sophia und wie gesagt, ich erfülle Euch jeden – und damit meine ich wirklich jeden – Wunsch.« Im Vorbeigehen hauchte sie ihm unvermittelt einen Kuss auf die Wange. Dann stolzierte sie die Treppe wieder hinab.

Zaghaft klopfte Martin an die Tür. Von unten hörte er Sophia leise kichern. »Was klopft Ihr? Geht einfach rein!«

Zögerlich drückte er die Klinke nach unten, öffnete die Tür und steckte vorsichtig den Kopf hinein. Auf einem schmalen Bett lag die Frau, die Markward ihm beschrieben hatte. Er hüstelte, um auf sich aufmerksam zu machen. Da das Weib nicht reagierte, ging Martin hinüber und schüttelte Marie sanft an der Schulter. Als sie die Augen aufschlug, schrie sie erschrocken auf.



»Beruhigt Euch. Ich tue Euch nichts«, bat Martin, der beschwichtigend die Hände gehoben hatte. »Sophia hat mich eingelassen.«

Marie schien den Schreck überwunden zu haben und musterte ihn jetzt mit unverhohlenem Interesse von Kopf bis Fuß. Martin nutzte die Zeit ebenfalls, um sie eingehend zu betrachten. Die langen blonden Haare waren zu einem dicken Zopf geflochten. Obwohl ihre Haut noch jugendlich aussah, sprach aus ihren blauen Augen, neben denen sich kleine Fältchen abzeichneten, die Erfahrung eines Alters, das sie wohl noch gar nicht hatte. Außerdem erregten die grünlichen und gelblichen Male auf ihrem Körper sein Mitleid. Das Leben dieser Frauen war nicht leicht und Martin fragte sich, wie sie es schafften, den Männern tagein, tagaus zur Verfügung zu stehen. Er selbst war noch nie hier gewesen. Bevor er Sarah kennengelernt hatte, hatte er gelegentlich die Dienste der Bademägde in Anspruch genommen.

Das schien ihm vertrauter. Warum, das vermochte er nicht zu erklären.

Mit einem verführerischen Augenaufschlag säuselte sie: »Konntet Ihr es nicht mehr erwarten, bis ich ausgeschlafen habe?« Sie richtete sich auf, wobei die Decke von ihrer Schulter rutschte und ihren prallen Busen entblößte. »Kommt her und setzt Euch zu mir.«

Vertraulich klopfte sie auf die Bettkante neben sich.

Martin fühlte sich unwohl. Noch bevor er die Sache richtigstellen konnte, stieg sie, vollkommen nackt, aus dem Bett. Rasch trat sie auf ihn zu, ergriff seine rechte Hand und legte sie auf ihren Busen. Als habe er sich bei der Berührung ihrer Haut verbrannt, zog Martin entsetzt die Hand zurück und versuchte auszuweichen.



»Es handelt sich um ein Missverständnis. Ich will Eure Dienste nicht in Anspruch nehmen. Ich untersuche den Mord an dem Hafenmeister.«

Erschrocken wich die Hure zurück zum Bett und griff nach der dünnen Decke, mit der sie ihren Körper verhüllte. Alle Schmeichelei und Freundlichkeit waren aus ihrer Stimme gewichen. »Was wollt Ihr von mir?«

»Ihr seid am Samstag in der *Hafenklause* gewesen!«

»Ist das verboten?«, fragte sie schroff.

»Nein, das ist es nicht. Der Hüne, um den Ihr Euch vor der Hintertür bemüht habt, war ein Bekannter des Toten. In wessen Auftrag habt Ihr ihn davon abgehalten, auf dem Hof nach Conrad Schwerdt zu sehen?«

»In niemandes Auftrag. Ich wollte ihn verführen!« Sie vermied es, Martin in die Augen zu sehen.

»Hat der blonde Hüne es selbst von Euch verlangt?«

»Nein, ich wollte bloß Geld verdienen. Immerhin verlangt der Rat eine unverschämt hohe Miete für dieses kleine Zimmer. Und dieser Mann schien zunächst für meine Verführung empfänglich.«

»Und warum habt Ihr mit Dietrich gestritten?«

»Wer ist das?«

»Der Säufer, der im Schankraum an Euch vorbei wollte, um auf den Abtritt zu gehen und den Ihr bei dieser Gelegenheit heftig beschimpft habt.«

Marie setzte ein süßes Lächeln auf. »Ach, den meint Ihr! Der hat es nicht anders verdient. Beleidigt hat mich der unverschämte Mistkerl!«



»Wieso habt Ihr dann so plötzlich die Schänke verlassen?«

»Weil sich dieser Markward, wie er sich nannte, nicht bewegen ließ, mit mir zu kommen. Irgendwann habe ich mir gesagt: Marie such dir einen anderen Kunden. Das hier ist verlorene Mühe.«

Sie versuchte erneut, Martin mit einem verführerischen Augenaufschlag abzulenken. Das Verhalten der Dirne stieß ihn ab. Glaubte sie wirklich, sie könne ihn um den Finger wickeln?

»Ihr seid erst verschwunden, als Dietrich vom Hof zurückkehrte und den Toten gefunden hatte.«

Mit einem theatralischen Seufzen meinte Marie: »Mein Gewerbe ist nicht einfach. Ich lege keinen Wert darauf, Schwierigkeiten mit der Obrigkeit zu bekommen und wollte nicht den Wachen begegnen, das ist alles. Und wenn ich mich recht erinnere, war ich nicht die Einzige. Ich musste mich ja regelrecht zur Tür hinauskämpfen.«

Sie erhob sich erneut und tänzelte mit wiegenden Hüften zu ihm herüber. Ehe er es sich versah, schlang sie ihre Arme um seinen Hals, wobei die Bettdecke zu Boden glitt. »Wollt Ihr nicht endlich die nervige Fragerei lassen? Legt doch das Hemd ab.«

Ihre Hand glitt zu seinem Hosenbund, an dem sie zu nesteln begann. Martin war des Spiels überdrüssig. Ruppig griff er nach ihren Armen und fuhr sie in scharfem Ton an.

»Nochmals: Wer hat Euch angewiesen, niemanden auf den Hof zu lassen?«

»Keiner! Wie kommt Ihr auf die absurde Idee?«, erwiderte sie mit schriller Stimme und riss ihre Hände los.



»Ihr lügt! Es war ein abgemachtes Spiel.«

»Ihr wagt es, mich eine Lügnerin zu nennen?«, keifte sie.

»Ja, weil Ihr eine seid! In wessen Auftrag habt Ihr gehandelt? Sprecht, Ihr kennt Conrad Schwerdts Mörder.«

Statt eine Antwort zu erhalten, musste Martin sich vor Maries Fingern retten. Wie eine Furie ging sie auf ihn los. Er schaffte es gerade noch ohne Blessuren zur Tür hinaus. Drinnen schlug die Frau gegen die Tür, die er zuhielt, und schrie wüste Beleidigungen. Er schalt sich einen Esel. Das Weib hatte gelogen. Bloß nützte ihm diese Gewissheit nichts. Warum hatte er sich nicht beherrschen können? Statt die Umwerbung gelassen hinzunehmen oder streng von sich zu weisen, hatte er dem Widerwillen, den er bei der Berührung der Hure empfunden hatte, nachgegeben. Egal wie er es anstellen würde, Marie würde ihm nichts mehr sagen. Also musste er Severo um Hilfe bitten. Eine Schmach, die er sich gern erspart hätte. Schon jetzt wurde ihm bei dem Gedanken an dessen Worte ganz flau im Magen.

Nachdem die Tritte und Schläge gegen die Tür aufgehört hatten, stampfte Martin, wütend auf sich selbst, die Treppe hinab. Unten lehnte Sophia an der Wand.

»Scheint, als wärt Ihr nicht erfolgreich gewesen. Ich stell mich nicht so zickig an.«

Hatte er bei Marie Abscheu und Ekel empfunden, so weckte Sophias Art sein Mitleid. Ihre Gestalt erinnerte ihn an Sarah. Was hatte die junge Frau vor ihm dazu gebracht, ihren Unterhalt auf diese Weise zu verdienen? Hätte Sarah das gleiche Schicksal gedroht, wenn Philipp Lazar sie nicht dabei erwischt hätte, wie sie seine Taschen hatte ausräumen wollen, und in sein Haus aufgenommen hätte?

»Sagt, hatte Marie in den vergangenen Tagen einen ungewöhnlichen Freier?« 

»Kommt mit in mein Zimmer und zeigt mir, was Ihr mit ungewöhnlich meint?« Als sie sah, wie Martin vor Verlegenheit die Röte ins Gesicht schoss, gluckste sie vor Entzücken. »Oh mein Gott, Ihr seid vielleicht schüchtern! Ich weiß da ein Mittel, wie man das ganz schnell verliert.« Sie griff nach seiner Hand und wollte ihn mit sich in den Flur ziehen, Martin hielt sie zurück.

»Ich meine einen Besucher, der nicht das Übliche von Marie wollte.«

Die Hure überlegte. »Was ist Euch die Auskunft wert?«

Martin kramte in seiner Tasche und zog ein Geldstück heraus. Er reichte es der jungen Frau, die ihn anlächelte.

»Von Euch hätte ich jeden Lohn genommen.« Mit dem Finger bedeutete sie ihm, sich zu ihr zu beugen. Sie stellte sich auf die Zehenspitzen. Ihre Haare kitzelten in seinem Ohr, als sie flüsterte: »Als Maries Stammkunde letzten Freitag hier war, verhielt sie sich anders als sonst.«

»Was meint Ihr damit?«

Sophia verdrehte die Augen. »Weswegen besuchen uns die Männer? Den meisten springt ihre Geilheit schon aus den Augen. Trotzdem verführen wir sie noch ein wenig, wenn wir sie zu unseren Zimmern leiten. Ein gekonnter Augenaufschlag, ein Zupfen am Ausschnitt des Kleides – ach stellt Euch nicht so an, Ihr werdet es Euch schon vorstellen können.«

»Und was war anders?«

»Eben das fehlte völlig, als er neben Marie die Treppe hinaufstieg. Stattdessen steckten sie verschwörerisch die Köpfe zusammen.«

»Haben die beiden Euch gesehen?«



Sie schüttelte den Kopf.

»Wie oft besucht er Marie?«

»Eigentlich kommt der dienstags und donnerstags hierher. Deswegen habe ich mich ja gewundert.«

Jetzt war Martins Neugier endgültig geweckt. »Könnt Ihr ihn beschreiben?«

»Der Mann geht Euch bis zum Kinn, die Haare waren schon recht grau. Ich mochte seine kalten Augen nicht. Kurz: Er ist bei Weitem nicht so hübsch wie Ihr! Außerdem hört man ihn gelegentlich bis hier runter schreien.«

Martin bemühte sich, die wiederholten Schmeicheleien zu ignorieren. Die Beschreibung passte nicht auf Markward. »Seinen Namen habt ihr nicht zufällig aufgeschnappt?«

»Nein, tut mir leid. Warum wollt Ihr das überhaupt wissen? Arbeitet Ihr für den Vogt? Hat Marie etwas ausgefressen?«

Der Gedanke schien der jungen Hure zu gefallen. Offenbar mochte sie ihre Konkurrentin nicht sonderlich.

Martin erinnerte sich an die Niederlage bei Marie. Sophia war ihm offensichtlich zugetan und konnte ihm vielleicht behilflich sein. Das durfte er nicht aufs Spiel setzen. Sanft legte er seinen rechten Zeigefinger auf ihre Lippen.

»Könnt Ihr ein Geheimnis für Euch behalten?«

Mit aufgerissenen Augen sah sie an und nickte stumm.

»Der Besucher, von dem Ihr erzählt habt, könnte ein Mörder sein. Leider wollte mir Marie nicht verraten, wo ich ihn finden kann. Wenn er wieder hier erscheint, gebt mir sofort Bescheid. Ihr findet mich bei Severo, dem Chirurgen. Eure Hilfe soll nicht zu Eurem Schaden sein.«

Anschließend beschrieb er Markward. Erfolglos, denn sie kannte ihn nicht. Mehr brachte er nicht in Erfahrung. Als er zur Tür hinausging, rief ihm die Dunkelhaarige hinterher: »Wenn Euch danach ist, schaut einfach bei mir vorbei. Ich werde Euch die Schüchternheit schon austreiben!«



Unwillkürlich zog Martin die Schultern hoch und schaute sich verstohlen um. Hoffentlich hatte das niemand gehört.

* * *

Die Baderstube in der Mühlenstraße lag dem Hurenhaus am nächsten. Obwohl Mittag bereits vergangen war, schien er der erste Besucher des Tages zu sein. Entsprechend enttäuscht reagierte der Bader auf Martins Erklärung, weshalb er gekommen sei. Um keine Zweifel an seiner Autorität aufkommen zu lassen, hielt er ihm das Schreiben des Herzogs unter die Nase. Es war verlorene Mühe, denn nach dessen Gesichtsausdruck zu urteilen, konnte der Mann nicht lesen. Leider blieb auch die Befragung ohne Erfolg. Entweder wollte der Bader ihm nichts sagen oder er wusste wirklich nicht mehr über den geheimnisvollen Aufrührer, als Martin am vorangegangenen Tag bereits selbst herausgefunden hatte. Ebenso wenig erfuhr er in der Kuterstraße.

Lustlos schlug er daher den Weg zur Badestube in der Rotgerberstraße ein, die er in den vergangenen Jahren gelegentlich aufgesucht hatte, wenn ihm der Sinn nach der Gesellschaft einer Bademagd gestanden hatte. Der feiste Bader stand gelangweilt im Eingang des Hauses und kaute auf einem Grashalm. Schweiß rann ihm vom kahlen Kopf die Schläfen herab.

Geschäftsbeflissen erkundigte er sich: »Wollen der Herr ein Bad nehmen? Dazu vielleicht ein Hähnchen oder Wein? Oder ein wenig Gesellschaft?«



Die Hitze setzte Martin ebenso zu wie seinem Gegenüber. Außerdem knurrte sein Magen schon eine ganze Weile und seine Kehle war trocken. Nach seinem Fehler bei der Hure war seine Laune ohnehin auf einem Tiefpunkt angelangt. Da die Badestuben der strengen Aufsicht des Rates unterstanden und der Kerl vor ihm den Eindruck erweckte, der Obrigkeit zu folgen, verzichtete er auch bei ihm auf eine Lüge.

»Nein, Bader. Weder das eine noch das andere. Ich bin im Auftrag des Rates unterwegs.«

Der Feiste zog ein enttäuschtes Gesicht. »Unsere Häuser werden von Severo kontrolliert. Der war erst vergangene Woche hier und hatte nichts zu beanstanden.«

Erstaunt hob Martin eine Augenbraue. Der Chirurg hatte anscheinend überall seine Finger im Spiel. Für einen Zugezogenen übertrugen ihm seine Zunft und der Rat ungewöhnlich viele Aufgaben. Schon seine Position als Vorsteher des Amtes war eine ganz besondere Ehre. Martin lehnte sich erschöpft an die Hauswand.

»Ich will nichts kontrollieren.« Da ihm die Redseligkeit der Bader bei einem entsprechenden finanziellen Anreiz bekannt war, holte er einen Großpfennig aus der Tasche, warf ihn provokativ in die Luft und fing ihn wieder auf.

»Sagt, guter Mann: In einem Bad wird über so einiges gesprochen. Ihr bedient die Gäste, kümmert Euch um ihr Wohlergehen und sorgt für jegliche Annehmlichkeiten. Da schnappt man bestimmt einiges auf.«

»Kann schon sein«, erwiderte der Kahlkopf, dessen Augen dem Weg des Geldstückes folgten.

›Es ist immer wieder dasselbe‹, dachte Martin bei sich. Geld lockerte die Zungen.



»Die Münze gehört Euch, wenn Ihr mir die richtigen Antworten gebt.«

Der Bader spuckte den Grashalm aus und wischte mit dem Handrücken über den Mund. »Was wollt Ihr wissen?«

»Was erzählt man sich über denjenigen, der in den Schänken gegen den Rat hetzt?«

Dem Feisten wurde sichtlich unwohl. Schnell warf er einen Blick auf die Straße, bevor er Martin in einen kleinen Raum neben der Tür zog. »Ich will nicht als Verräter dastehen, wisst Ihr? Aber dieser Hurensohn ist ein rechtes Ärgernis. Neuerdings gehen die Menschen lieber in die Schänken, als ein Bad zu nehmen. Wir Bader erleiden deswegen erhebliche Einbußen. Hoffentlich nimmt der Vogt diesen unverschämten Hetzer bald fest!«

»Das wäre dem Frieden in der Stadt jedenfalls zuträglich. Und Ihr wisst nicht zufällig, wer er ist? Woher er stammt? Wo sich sein Unterschlupf befindet?«

Vertraulich beugte sich der schmierige Bader vor. »Man munkelt, er stamme nicht aus Greifswald, sei mit einem Schiff aus Schonen hergekommen, versteckt in einem Heringsfass.

Angeblich musste er dort wegen seiner aufrührerischen Reden verschwinden.«

»Den Eindruck vermittelte er nicht. Eher schien er von hier zu sein.«

Schnippisch erwiderte der Bader: »Ihr wolltet wissen, was man in der Badestube erzählt.«

»Wo versteckt er sich?«

»Glaubt mir, wenn ich das wüsste, hätte ich es dem Vogt längst erzählt.«



»Und eine Vermutung habt Ihr nicht zufällig?«

Auf dem geröteten Gesicht spiegelte sich echtes Bedauern wieder. »Nein, leider nicht.«

»Hier«, Martin warf ihm den Großpfennig zu. »Wenn Ihr etwas von Bedeutung aufschnappt, könnt Ihr Euch einen weiteren verdienen. Ihr findet mich bei Severo, dem Chirurgen.«

Als er den Namen des Italieners erwähnte, zog der Bader ein Gesicht, als wäre ihm eine Laus über die Leber gelaufen. »Wollt Ihr nicht noch ein Bad nehmen?«, erbot er sich geschäftig. Martin schüttelt den Kopf und verließ das Haus.

* * *

Da er sich ohnehin in der Nähe befand, beschloss Martin die *Hafenklause* aufzusuchen. Wie tags zuvor saß der Einbeinige in der dunklen Ecke und steckte mit einer abgerissenen Gestalt die Köpfe zusammen. Schon bei Martins Näherkommen hatte der Fremde eine drohende Miene aufgesetzt, die sich weiter verfinsterte, als Martin sich ungefragt an den Tisch der beiden setzte. Inständig hoffte er, sie mochten sein Herzklopfen nicht bemerken. Hannes gab seinem Gesprächspartner ein Zeichen, er solle gehen. Nachdem sich der Spitzbube murrend entfernt hatte, beschwerte sich der Einbeinige unfreundlich: »Was wollt Ihr schon wieder? Habe ich nicht erst gestern all Eure Fragen beantwortet?«

»Das habt Ihr. Allerdings haben sich neue Fragen ergeben, als ich Euch heute Nacht Markward einen Besuch abstatten sah.«

Hatte Hannes zunächst noch ein für seine Verhältnisse freundliches Gesicht gezogen, änderte sich das schlagartig. Ungehalten knurrte er: »Spioniert Ihr mir etwa nach?«



Martin erinnerte sich an Severos Empfehlung, wie man mit Menschen von Hannes' Schlag umzugehen habe. Für die Art des Chirurgen fehlte ihm nicht nur der Mut, sondern er besaß zu viel Achtung. Gut, vor ihm saß ein Schlitzohr, ein Gauner. Aber, und darin stimmte er mit seinem toten Freund Philipp überein, auch der hatte ein Anrecht, respektvoll behandelt zu werden.

»Sagen wir es so, Ihr seid nicht der Einzige gewesen, der auf das Verschwinden des Vogtes gewartet hat. Zufällig kreuzten sich unsere Wege.«

»Und da hattet Ihr nichts Besseres zu tun, als mir zu folgen?«

»Ich bin Euch keine Rechenschaft schuldig, Hannes«, erwiderte Martin fest.

Erstaunt zog sein Gegenüber die mit einer Narbe geteilte Augenbraue nach oben. Martin nahm es zum Anlass, fortzufahren.

»Was wolltet Ihr bei Markward?«

»Ihm meine Glückwünsche zum neuen Amt überbringen.«

»Mitten in der Nacht?«

»Nun, tagsüber arbeitet er ja im Hafen. Dort kann ich mich wohl kaum blicken lassen.«

Die lammfromme Antwort ärgerte Martin. »Und mit Euren Glückwünschen habt Ihr ihm gleich ein Geschenk überbracht? Befand sich in dem kleinen Säckchen der Lohn, weil Markward seinen Meister in eine Falle lockte, die Ihr ihm gestellt habt?«

Unverhohlen drohte ihm der Einbeinige: »Seid vorsichtig mit der Wahl Eurer Worte!«



Martins Herz klopfte bis zum Hals. Hoffentlich klangen die folgenden Worte so ernst, wie sie gemeint waren. »Was wollt Ihr sonst tun? Mich töten, wie den Hafenmeister? Nur zu, ich habe keine Angst davor!«

Die Furcht, die Martin gerade noch hatte, war plötzlich verschwunden. Und Angst vor dem Tod hatte er wirklich nicht.

Nach einer Weile empfahl Hannes: »Wenn Ihr Severos Lehrling helfen wollt, sucht nach dem Mörder, statt mir eine Tat zu unterstellen, die ich nicht begangen habe. Und auch unter meinen Leute werdet Ihr den Mörder nicht finden.«

»Einen Hinweis, wo ich ihn finde, wollt Ihr mir nicht geben?«

»Nein! Und jetzt geht, ehe mich die Geduld verlässt.«

Langsam erhob sich Martin und verließ das Wirtshaus. Draußen musste er sich erst wieder an das gleißende Sonnenlicht gewöhnen. Das Gefühl der Zufriedenheit, das sich bei seinem Verlassen der Schänke eingestellt hatte, dauerte nicht lange an. Zu unangenehm war der Gedanke an das, was er dem Chirurgen gleich würde beichten müssen.

# Kapitel 5

13. Juli 1491 – nachmittags

Bedrückt kehrte Martin zum Haus des Chirurgen zurück. Beim Eintreten fand er den Hausherrn im Behandlungszimmer, wo er emsig Salben und Verbandsmaterial für ihren Besuch im Armenviertel zusammensuchte. Auf seinen Gruß hin hob Severo kurz den Kopf.



»Da seid Ihr ja! Ihr seht müde aus. Hat Euch die Suche so angestrengt?«

Bemüht, sein schlechtes Gewissen wegen seines Versagens bei Marie zu verbergen, log Martin: »Die Suche nicht, aber die Hitze. Mir scheint, sie wird von Tag zu Tag unerträglicher.«

»Wem sagt Ihr das! Geht in die Küche. Auf dem Tisch steht etwas zu trinken und Brot. Die Stärkung könnt Ihr brauchen. Es dürfte ein langer Abend werden.«

Erschöpft folgte Martin dem Rat. Aus dem irdenen Krug schenkte er sich von dem dünnen Wein ein und trank den Becher in einem Zug leer. Es folgte ein zweiter. Das kühle Getränk tat ihm gut. Diese Fragerei! Er war es nicht gewohnt, mit Menschen zu reden. Er war ein Mann der Bücher. Sie stellten keine Fragen, sie gaben nur Antworten.

Nachdem er seinen Durst gelöscht hatte, schnitt er mit einem scharfen Messer Brot und Käse ab. Kauend schlich er in das Behandlungszimmer zurück.

»Und, wart Ihr wenigstens erfolgreich?«, wollte Severo wissen.

Er würde noch früh genug von dem Fehlschlag berichten und – noch schlimmer – um Hilfe bitten müssen. Um das hinauszuzögern, fasste er zunächst die Befragung der Bader zusammen. »Es kursieren bloß Gerüchte, nichts Genaues. Der Hetzer soll sein Unwesen zunächst in Schonen getrieben haben und von dort nach Greifswald geflohen sein, als ihn die Obrigkeit verfolgte. Seinen Unterschlupf kennt angeblich niemand. Was habt Ihr herausgefunden?«



»Erinnert Ihr Euch an Grothenberg?«

Bei der Erwähnung des Barbiers aus der Büchstraße tastete Martins Zunge unwillkürlich nach einer Zahnlücke, die er in gewisser Weise dem groben Zahnbrecher verdankte. Missmutig nickte er.

»Grothenberg hat dieselbe Geschichte erzählt. Glaubt Ihr daran?«

Stirnrunzelnd verneinte Martin. Die Erzählungen der Bader hatten ihn nicht überzeugt. »Nein, der Aufwiegler ist kein Fremder. Möglicherweise hat er ein paar Jahre in Schonen verbracht. Stellt sich die Frage, weshalb er ausgerechnet jetzt nach Greifswald zurückgekehrt ist?«

»Eben das habe ich mich auch gefragt und mich deswegen an einen der Greifswalder Schonenfahrer gewandt. Merkwürdigerweise wusste der nichts von einem Aufrührer, obwohl sich so etwas sicher herumgesprochen hätte. Außerdem kam mir etwas an dem Redenschwinger vertraut vor. Fragt nicht, was es ist, ich grüble schon den ganzen Tag darüber, bisher ohne Erfolg. Da Ihr das Thema zunächst auf den Hetzer gelenkt habt, seid Ihr bei Marie also nicht erfolgreich gewesen?«

Verlegen schaute Martin zu Boden.

»Was ist?« Enttäuschung breitete sich auf dem Gesicht des Chirurgen aus. »Ihr habt kein Wort aus dem Weib herausbekommen!«

Beschämt gestand Martin leise: »Um ehrlich zu sein, habe ich etwas unbeherrscht reagiert, worauf sie wie eine Furie auf mich losgegangen ist. Ich konnte mich gerade noch aus ihrem Zimmer retten, bevor sie mir die Augen ausgekratzt hätte.«

»Also wissen wir genauso wenig wie gestern! Und was noch schlimmer wiegt, mein Lehrling bleibt weiterhin in seinem Gefängnis.« Verständnislos schüttelte Severo den Kopf. »Nun, den Grund dafür werdet Ihr ihm beim nächsten Mal selbst erläutern.«



Bei diesen Worten schluckte Martin. Der Italiener hatte Recht. Abgesehen von der sich stetig verringernden Zeit, die ihm für die Überführung des Mörders blieb, durfte Gernot allein wegen seiner Unbeherrschtheit die Zelle in der Artistischen Fakultät noch immer nicht verlassen. Das wog umso schwerer, als der Bursche mittlerweile erheblich unter der Enge litt. Trotzdem war Martin ein wenig erleichtert, er hatte eine heftigere Reaktion des Chirurgen erwartet.

»Trotzdem war ich nicht völlig erfolglos. Immerhin hat mir eines der Mädchen von einem Besuch von Maries Stammgast erzählt.«

»Was ist daran erwähnenswert? So einige Männer dieser Stadt nehmen regelmäßig die Dienste der Huren in Anspruch – in den Schänken, im Frauenhaus, wo und so oft es den Herren beliebt.«

»Der Besuch am Freitag erweckte jedoch weniger den Eindruck eines Stelldicheins als vielmehr eines Geschäftes.«

»Aha! Ist es sonst kein Geschäft, was die Frauen betreiben?«

Martin hasste diesen Zug an Severo. »Der Gast erschien außerhalb seiner üblichen Besuchszeit. Auf Sophias Beschreibung von ihm können wir zwar nichts geben, denn außer auf Markward, Hannes und dessen Wachhunde passt sie auf viele. Doch da er Marie stets dienstags und donnerstags besucht, brauchen wir den Mann morgen lediglich abzupassen.«

Mit einem Naserümpfen meinte der Chirurg nur: »Nein. Zum einen dauert mir das zu lange. Zum anderen wissen wir gar nicht, ob er morgen wirklich erscheint. Ich zeige Euch nachher, wie man mit solchen Weibern umgeht. Sollte mich wundern, wenn Marie mir den Namen nicht nennt. Zuerst statten wir aber den armen Teufeln, die man aus dem Kerker entlassen hat, einen Besuch ab. Einem soll es nicht besonders gut gehen.«



Während sie sich auf den Weg begaben, fasste Martin sein Gespräch mit Hannes zusammen, der Chirurg im Gegenzug das seine mit der Witwe. Barbara hatte von der wiederholten Verärgerung ihres Gatten über Markwards Unfähigkeit berichtet, Schmuggelgut zu finden. Gelegentlich sollte es deswegen zu Streit zwischen den beiden gekommen sein. Genügte dies als Motiv?

* * *

Unmittelbar vor der nördlichen Stadtmauer verlief eine schmale Gasse, wo sich einfache Bretterverschläge aneinanderreihten. Hier war der Geruch nach menschlichen Ausscheidungen noch intensiver als in den übrigen Straßen. Wahrscheinlich weil hier mehr Menschen dicht an dicht lebten und alle ihre Notdurft auf der Straße entsorgten und nicht in Abfallgruben im Garten. Ungeachtet des Gestanks waren ihnen auf dem Weg einige tobende Kinder begegnet.

Zwischen Büch- und Fischstraße hatten sie in einem besonders verfallenen Verschlag die beiden Männer gefunden, die am Vormittag auf Geheiß der Bürgermeister aus dem Kerker entlassen worden waren. Martin konnte sich beim besten Willen nicht vorstellen, warum Severo so sehr daran lag, sie zu behandeln. Hatte er keine Angst, der Vogt würde ihm vorwerfen, mit den Aufrührern zu paktieren? Oder hoffte er, die Menschen auf diese Weise zu besänftigen? Überhaupt – der Vogt! Bisher hatte Martins herzliche Abneigung gegen ihn auf dessen Unfähigkeit beruht. Am Vormittag war ihm darüber hinaus dessen Überheblichkeit sauer aufgestoßen. Wenn der Dummkopf schon nicht selbst auf die Idee mit dem Spitzel gekommen war, warum hatte er nicht einfach Martins Vorschlag aufgegriffen? Bemühte sich der Vogt am Ende gar nicht ernsthaft, des Aufrührers habhaft zu werden? Was hatte er davon, wenn der Hetzer weiter sein Unwesen trieb? Wollte er offene Unruhen ausbrechen lassen, die er mit Gewalt niederschlagen konnte? Auf dem Markt hatte Martin den Eindruck gewonnen, der Mann fände Gefallen daran, unschuldige Menschen zu quälen. Wie auch immer, der Vogt war ihm ein Buch mit sieben Siegeln, die zu durchdringen wohl niemand von ihm erwartete.

Die Bretterbude, in der sie jetzt standen, war typisch für die Behausungen des Armenviertels. Einmal mehr war Martin von den Zuständen unangenehm berührt. Der Raum, in dem nach seiner Vorstellung drei oder vier Menschen leben konnten, bot einer Familie mit sechs Kindern ein Dach über dem Kopf. Im Moment lagen die beiden Verletzten auf einer schmalen Bettstatt, fünf ihrer Kameraden drängten sich in zerschlissenen Sachen um sie und stritten eifrig darüber, ob und wie sie ihre Freunde rächen sollten. Am Feuer machte sich eine Frau zu schaffen, die auf Severos Anweisung Wasser in einem Kessel zum Kochen brachte. In dieser Enge hatten Martin und der Chirurg kaum Platz, sich zu drehen, geschweige denn sich vernünftig um die Patienten zu kümmern.

Es dauerte daher nicht lange, bis sich Severo laut beschwerte. »Meine Herren, Ihr steht ihm Weg. Ist es zu viel verlangt, wenn Ihr vor der Tür wartet?«

Statt dem Wunsch zu folgen, zogen sich die Angesprochenen murrend ans Feuer zurück. Vorsichtig hob der Italie-

ner das blutbesudelte Hemd eines der bäuchlings liegenden Verletzten hoch. »Sieht nach der Dornenrolle aus«, raunte er Martin zu, ehe er sich zu dem Patienten beugte. »Könnt Ihr Euch erheben, Bernd?«

Unter lautem Stöhnen richtete sich der Angesprochene auf. Der Chirurg setzte eine drohende Miene auf, die, wie Martin sogleich erfuhr, auf seine Äußerung vom Vormittag anspielte.

»Meine Untersuchung wird erhebliche Schmerzen bereiten. Trotzdem kann ich sie Euch nicht ersparen. Hebt langsam Euren rechten Arm, anschließend den linken. Danach hebt Ihr das rechte Bein und dann das linke.«

»Muss das wirklich sein, Chirurg?«, schaltete sich einer der Freunde erbost ein. »Bernd ist bereits genug gequält worden. Wollt Ihr das Werk der Bürgermeister fortsetzen?«

»Ich tue nur, was getan werden muss! Es bereitet mir keinen Spaß, Euren Kameraden zu schikanieren. Er hat Bekanntschaft mit der Streckbank gemacht. Bei der Tortur springen gelegentlich die Gelenke aus ihrer Pfanne. Ich muss prüfen, ob das geschehen ist.«

Der Mann tat, wie ihm geheißen. Trotz der Schmerzenslaute machte der Chirurg einen zufriedenen Eindruck. »Gut, in

Ordnung. Die Gelenke werden noch ein paar Tage schmerzen. Nun versorge ich Eure Wunden auf dem Rücken, die von der stachligen Rolle herrühren.«

Um Zeit zu sparen wies er Martin an, mit dem abgekochten Wasser Bernds Wunden zu reinigen. In der Zwischenzeit untersuchte Severo den zweiten Verletzten. Kleine Schweißperlen auf dessen Stirn, die bleiche Gesichtsfarbe und die durch Fieber hervorgerufene Schwäche missfielen dem Chirurgen. Zwar hatte der Patient ebenfalls keine Verrenkungen davongetragen, dafür sah dessen Fuß arg mitgenommen aus. Martin, der mit der Säuberung von Bernds Rücken fertig war, trug eine Salbe auf und hörte mit halbem Ohr hin.



»Was ist mit Eurem Fuß geschehen, Jost? Das sieht nicht nach der Folter aus.«

Severo kniete sich vor den Fiebernden und löste die Schnüre, die einen Lappen um dessen Fuß hielten. Als der Chirurg diesen vorsichtig in die Hände nahm, schrie der Verletzte sogleich auf. Neugierig lugte Martin hinüber. Die Haut über dem Spann bis etwa zwei Finger breit über dem Knöchel war tiefblau, ja fast schwarz. Ihm schien zudem, als habe die aufgeblähte Haut, deren Struktur ihn an Pergament erinnerte, bei der Berührung geraschelt.

Einer der Kameraden beugte sich zu ihnen herüber. »Letzten Freitag ist ihm im Hafen ein Weinfass auf den Fuß gefallen. Sah ziemlich schlimm aus. Seitdem konnte er kaum laufen.«

»Für den Aufstand gegen den Rat hat es gleichwohl noch gereicht!« Obwohl es nicht zu dem Chirurgen passte, hätte Martin schwören können, der Sarkasmus solle Enttäuschung verbergen, welcher Art diese auch immer sein mochte.

Interessiert beteiligte er sich an dem Gespräch: »Ihr arbeitet im Hafen?«

Die Männer in den zerlumpten Sachen nickten. Trotz des bedauernswerten Zustandes des Patienten musste er weiterfragen. Wer, wenn nicht die Tagelöhner, wussten am besten über das Verhältnis des Toten zu seinem Helfer Bescheid?

»Haben sich Conrad und Markward eigentlich gut verstanden?«

Bernd schnaubte ärgerlich. »Nein. Die stritten ständig, zuletzt am Freitag, kurz vor dem Unfall. Wir dachten schon, die gehen sich gleich an die Kehle.«



War es das gewesen, was der Hüne bei seiner Befragung zu verbergen versucht hatte? »Worum es ging, wisst Ihr nicht zufällig?«

Statt Bernd antwortete einer mit einer langen, gezackten Narbe auf dem rechten Unterarm. »Conrad hat ihm vorgeworfen, absichtlich Schmuggelgut übersehen zu haben. Wie sich wenig später jedoch herausstellte, hatte alles seine Richtigkeit.«

Rasch wechselte Martin einen vielsagenden Blick mit dem Chirurgen, der die Befragung beendete und sich wieder seinem Patienten widmete. »Jost, wieso ruft Ihr nicht nach mir? Die Schmerzen müssen unerträglich sein. Der Fuß ist komplett zertrümmert und zu allem Übel zerfrisst ihn der Wundbrand.«

»Er hat kein Geld für die Behandlung übrig, Chirurg«, knurrte der mit der Narbe.

»Hatten wir, was das betrifft, nicht eine Vereinbarung?«

Der Wortführer spuckte auf den Boden. »Es gibt keine Abmachungen mit einem, der für den Rat arbeitet!«

Langsam erhob sich Severo, ging bedrohlich auf ihn zu und bohrte ihm seinen Zeigefinger in die Brust, wie er es schon bei Martin getan hatte.

»Wenn Ihr lieber elendiglich verrecken und Eure Glieder verfaulen lassen wollt, nur zu. Ich bin nicht auf Euch angewiesen, Ihr hingegen schon auf meine Hilfe! Wäre Jost gleich am Tag des Unfalls zu mir gekommen, hätte ich den Fuß womöglich retten können. Er hätte ein paar Wochen liegen müssen, im schlimmsten Fall wäre das Gelenk steif geblieben, aber er hätte zwei Füße für die Arbeit im Hafen. So kostet ihn Euer Starrsinn den Fuß. Er muss amputiert werden und zwar sofort, bevor sich der Wundbrand weiter ausbreitet. Zudem fiebert Jost bereits.«

»Das Fieber kommt von der Folter. Dafür werden die Pfeffersäcke büßen«, ließ sich Bernd zornig vernehmen, während ihm Martin gemeinsam mit der Frau umständlich in das Hemd half.



»Seid Ihr jetzt unter die Chirurgen gegangen?« Erbost schaute Severo zu seinem Patienten. »Überlegt es Euch genau, bei wem Ihr Euch rächen wollt. Immerhin verdankt Ihr Eure Freilassung allein den Bürgermeistern. Der Vogt hätte Euch liebend gern im Kerker verrotten lassen.«

»Unsinn, was versteht Ihr schon davon?«, entgegnete Bernd. »Sie haben uns bloß aus Angst freigelassen.«

Severo lächelte bitter. »Angst – wovor? Vor Euren nackten Fäusten, den Knüppeln und den Steinen? Was vermögt Ihr schon gegen die Wachen mit ihren Hellebarden und Schwertern ausrichten?«

»Ihr unterschätzt uns gewaltig, Chirurg. Wir sind ihnen an Zahl überlegen. Das wissen die Patrizier ganz genau und davor haben sie Angst.«

Einen Moment herrschte Stille. Als Martin sich noch fragte, ob Bernd wirklich seinen eigenen Worten glaubte, klatschte Severo provozierend Beifall.

»Das habt Ihr schön auswendig gelernt! Plappert Ihr eigentlich alles nach?«

Erschrocken sog Martin Luft ein. War der Chirurg übergeschnappt? Ihnen war nicht gedient, wenn man sie aus dem Armenviertel warf. Warum hielt der Mistkerl nicht einmal seinen Mund? Seine Angst war allerdings wieder einmal unbegründet. Statt sich auf Severo zu stürzen, beschränkte sich der Angesprochene darauf, eine beleidigte Miene zu ziehen.



»Und was sollen wir nach Eurer Auffassung stattdessen tun?«, wollte der Tagelöhner mit der Narbe wissen.

»Nachdenken, bevor Ihr Euch gegen den Rat auflehnt.«

Bernd ächzte. »Das sagt Ihr nur, weil der Rat Euch Geld für unsere Versorgung gibt.«

»Dieses Privileg genießt allein der Medikus. Für Eure Versorgung bekomme ich vom Rat keinen einzigen Schilling. Das wisst Ihr genauso gut wie ich. Jost, was ist jetzt mit Eurem Fuß? Soll ich ihn behandeln oder zieht Ihr es vor, langsam vor Euch hinzusiechen? Mit etwas Glück rafft Euch das aufsteigende Fieber in ein paar Tagen hin, andernfalls dauert Euer Leiden Wochen. Es muss ein wirklich schönes Gefühl sein, wenn einem die Glieder so langsam abfaulen.«

Bei den entschiedenen Worten erbleichte der Kranke noch stärker, wenn das überhaupt möglich war. Mit schwacher Stimme fragte er: »Muss der Fuß wirklich ab?«

Nachdenklich kratzte sich der Chirurg den Nacken. »So sieht es aus. Der Wundbrand ist schon stark fortgeschritten. Wenn es nicht wirklich erforderlich wäre, würde ich gerade heute gern auf eine Amputation verzichten.«

In diesem Moment flog die Holztür auf und eine Stadtwache trat ein, gefolgt vom Vogt. Als der den Chirurgen erkannte, runzelte er die Stirn.

»Hat Er nichts Besseres zu tun, als Sein Wissen an dieses Gesindel zu verschwenden!«, fauchte er den Italiener an.

»Ich betrachte es als meine Christenpflicht, denjenigen zu helfen, die es bitter nötig haben.«

Der Vogt wandte sich zu Martin. »Sieh an, sieh an! Selbst der herzogliche Ermittler ist sich nicht zu schade, Hand an dieses Dreckspack zu legen.«



Martin gelang es noch, sich rechtzeitig vor einen der Freunde der Verletzten zu stellen, der Anstalten gemacht hatte, etwas aus den an seinem schmächtigen Körper herunterhängenden Lumpen zu ziehen.

Mit eisiger Stimme befahl der Vogt, dem die Bewegung nicht entgangen war: »Wache, ergreife Er ihn! Dieser Nichtsnutz wollte mich attackieren!«

Die Stadtwache trat mit der Hand am Schwert einen Schritt nach vorn und wollte Martin zur Seite schieben.

»Ich weiß nicht, wovon Ihr sprecht, Vogt. Der Mann wollte mir lediglich das Tuch abnehmen, mit dem ich den Rücken seines Freundes gereinigt habe. Alle hier können das bezeugen«, versuchte Martin den Tagelöhner zu schützen.

Verunsichert blickte die Wache zum Vogt, der außer sich nach Worten rang. »Unverschämter Kerl. Achte Er auf Seine Worte und vertraue nicht auf den Schutz des Herzogs. Innerhalb der Stadtmauern hören die Wachen auf meinen Befehl! Und wehe, Er paktiert mit den Aufrührern. Dann wird Er den Kerker schneller kennenlernen, als Ihm lieb ist. Erledige Er lieber seine Arbeit!«

Wütend warf er seinen Umhang nach hinten und verließ von der Stadtwache gefolgt die Hütte. Von außen war lautes Stimmengewirr zu vernehmen. Neugierig steckte Martin den Kopf zur Tür hinaus und sah, wie der Vogt den Stadtwachen Anweisungen erteilte. Er schien auf den Gedanken gekommen zu sein, das Armenviertel nach dem Umstürzler zu durchsuchen. Das ersparte Martin die undankbare Aufgabe, die er bei einem Fehlschlagen des Planes mit dem Spitzel selbst hätte übernehmen müssen. Sollte sich der Zorn der Menschen lieber gegen den Vogt richten. Gleichwohl bekümmerte ihn die Grobheit, mit der die Bewohner aus ihren Hütten getrieben wurden. Die Frauen standen mit Säuglingen auf den Armen und ihren Kindern auf der einen Seite und sahen hilflos zu ihren Männern herüber, die ihnen gegenüber von Stadtwachen mit ihren Hellebarden zurückgedrängt wurden. Abrupt drehte sich der Vogt mit einem triumphierenden Blitzen in den Augen zu Martin um.



»Ich werde den Aufrührer dingfest machen, hört Er? Ich und sonst keiner!«

Anschließend schrie er den Wachen weitere Befehle zu und folgte ihnen in die nächste Hütte, während sich Martin wieder in den Verschlag zurückzog.

»Sie durchsuchen die Unterkünfte«, berichtete er den Anwesenden, die auf eine Erklärung warteten.

»Den Aufrührer werden sie hier nicht finden«, warf Jost ein.

»Ach?«, meinte der Chirurg. »Gewährt Ihr ihm etwa keinen Unterschlupf? Ist das nicht ein wenig undankbar, wo sich er so für Euch einsetzt?«

»Der will sich hier gar nicht verstecken.«

»Halt's Maul«, zischte Bernd, der mit größerer Klugheit als sein Freund ausgestattet war und Severos Spiel durchschaute.

»Das ist mir egal«, lenkte der Chirurg ein. »Wenn ich den Fuß behandeln soll, müsst Ihr mit mir kommen. Hier ist weder ausreichend Licht noch Platz. Außerdem brauche ich für die Operation meine Instrumente. Also los, je eher wir beginnen, desto besser. Das gilt in gleichem Maße für Euch, Herr herzoglicher Ermittler«, rief er Martin zu.

Allein bei dem Gedanken an die bevorstehende Operation verlor Martin jegliche Gesichtsfarbe. Warum hatte er sich vorhin hinreißen lassen, seinen Hunger zu stillen? Er schickte ein Stoßgebet zum Himmel, der Chirurg möge den Fuß retten können, damit ihm die Amputation erspart bliebe.



* * *

Sein Stoßgebet blieb unerhört. Mit schalem Geschmack im Mund beobachtete Martin, mit welch akribischer Sorgfalt der Chirurg den Eingriff vorbereitete. Mittlerweile lagen auf dem Tisch ein krummes sowie ein zweischneidiges Messer, Kompressen und zwei Leinenschnüre. An einer der Schnüre war eine Schlaufe samt kleinem Holzstöckchen befestigt. Gerade legte Severo noch ein paar Leinentücher und … eine Säge daneben. Jost lag auf der Pritsche, die Martin in der vergangenen Nacht noch als Bett gedient hatte. Die fünf Kameraden helfen dem Patienten von dem Branntwein ein, den Severo ihnen gereicht hatte. Zu gern hätte Martin ebenfalls einen Schluck genommen, denn ihm wurde schon beim bloßen Anblick der Instrumente speiübel. Krampfhaft versuchte er die Vorstellung an ihre Verwendung zu verdrängen. Am liebsten hätte er das Haus unter dem Vorwand der Suche nach Conrads Mörder verlassen. Dafür hätte er sogar einen weiteren Besuch bei der Hure auf sich genommen. Zum Verschwinden war es jetzt leider zu spät. Und auf ein Stirnrunzeln des Italieners hin hatte er sich schnell von dem Gedanken an einen stärkenden Schluck verabschiedet.

Endlich schien alles griffbereit. Während sich Severo die Hemdsärmel hochkrempelte, betrachtete er Jost eingehend. Dem armen Kerl stand trotz des vielen Branntweins das Entsetzen ins bleiche Gesicht geschrieben. Mit geübten Handgriffen zog der Chirurg die Riemen um Josts Arme und Brustkorb fest, anschließend um Oberschenkel und Fußgelenke. Nun begriffen Josts Freunde den Ernst der Lage. Erschrocken wichen sie von der Pritsche zurück.



»Hiergeblieben! Ihr werdet Eurem Kameraden helfen«, befahl Severo.

Jost schrie aus Leibeskräften: »Bindet mich los, Severo! Bindet mich sofort los!«

Der Rest ging in unverständlichem Gestammel unter. Heftig warf er sich hin und her – erfolglos. Die Riemen hielten. Mitleid überkam Martin. Als er nach einer Schnalle fasste, hielt ihn Severos Hand zurück.

»Damit helft Ihr Jost nicht! Lassen wir den Fuß dran, stirbt er elendiglich. Glaubt mir, ich amputiere einem Tagelöhner nicht aus Bosheit ein Bein, das er zum Arbeiten dringend benötigt. Vertraut meinem Urteil, alles andere gereicht dem armen Tropf zum Schaden.«

Zögernd löste Martin die Finger. Josts Begleiter schauten argwöhnisch zu ihnen herüber. Gerade wollte sich Severo zu den Instrumenten wenden, da fasste Martin ihn an der Schulter. So ganz widerspruchslos wollte er dem Leiden nicht zusehen.

»Ihr habt Heidens Aufzeichnungen gelesen und Eure Wundbehandlung daraufhin geändert. Habt Ihr den Schlaftrunk ebenfalls ausprobiert, von dem Professor Heiden in seinen Aufzeichnungen sprach?«

»Nein, das habe ich nicht. Der Branntwein genügt!«

»Was Ihr vorhabt, ist grausam.«

Ungehalten schüttelte Severo den Kopf. »Ihr hört mir nicht zu! Es ist viel grausamer, den Fuß nicht zu amputieren und Jost dahinsiechen zu lassen. Er wird ohnehin die Besinnung verlieren – so wie alle. Und er wird die Operation überleben – wenn er meine Ratschläge zur Wundnachsorge beachtet. Also, was ist? Wollt Ihr mir nun zur Hand gehen? Zur Not operiere ich ohne Euch! Überlegt aber bitte nicht lange. Wenn wir hier noch weiterstreiten, schaffen wir es nämlich nicht mehr rechtzeitig zu dieser Marie.«



Ohne Martins Antwort abzuwarten, teilte der Italiener den Anwesenden ihre Aufgaben zu. Einer musste Josts Schultern festhalten, der Tagelöhner mit der gezackten Narbe auf dem Unterarm den verletzten Fuß. Martin sollte dem Chirurgen die Instrumente reichen. Dem Patienten schoben sie ein Beißholz zwischen die Zähne. Nachdem die Vorbereitungen abgeschlossen waren, schnürte Severo mit einem der Leinenstricke das Bein ab, wozu er das Hölzchen durch die Schlaufe führte und es mehrfach drehte. Endlich schien er zufrieden.

Als Severo nach dem krummen Messer langte und knapp unter dem Knie ansetzte, unterbrach ihn der Mann am Kopfende.

»Was macht Ihr da? Der Fuß ist doch kaputt! Wollt Ihr ihm etwa das ganze Bein abnehmen?«

Gereizt entgegnete der Chirurg: »Ich muss das Bein fünf Finger unterhalb der Kniescheibe abnehmen, so kann er ein

Holzbein tragen. Er kann ja schlecht auf einem Stumpf laufen, oder? Im Übrigen ist der Fuß völlig hinüber, seht selbst.«

Ungerührt von den Schmerzenslauten seines Patienten schnitt er in das schwarze Fleisch. Wieder hörte Martin das Rascheln der Haut. Das Fleisch darunter sah nicht nur faulig aus, es roch auch so. Einer der an der Wand Lehnenden würgte laut und flüchtete nach draußen. Martin schluckte mehrfach und bemühte sich, durch den Mund zu atmen.

»Hat sonst noch jemand der Anwesenden irgendwelche Einwände oder kluge Ratschläge?«



Alle sahen sich betreten an. Nachdem keiner etwas entgegensetzte, begann der Chirurg mit einem Schnitt unterhalb der Kniescheibe. Martin zwang sich angestrengt zum Fenster hinauszusehen. Die verzweifelten Schreie schnitten ihm ins Herz. Fühlte Severo überhaupt kein Mitleid? Kannte er kein Erbarmen? Bemüht, jeden Blick auf das Bein und Josts Gesicht zu vermeiden, reichte er dem Italiener kurz darauf das zweischneidige Messer. Mit einem Male war es still, der Patient hatte das Bewusstsein verloren. Während Severo den am Kopf Stehenden ermahnte, strengstens auf Jost zu achten, schaute Martin zu den Verbliebenen. Wie er bemühten sich die Freunde des Patienten, nicht auf das Bein zu sehen. Als der Chirurg die Säge verlangte, war es ganz um Martin geschehen. Verzweifelt kämpfte er gegen die Übelkeit, die das Geräusch der Säge auf dem Knochen in ihm auslöste. Angestrengt lenkte er seine Gedanken ab. Einzig hilfreich schien die Erinnerung an Sarah zu sein. Allein der Schmerz um ihren Verlust half ihm, die Gegenwart zu vergessen. Wie von Ferne sah er wenig später den Begleiter mit der Narbe auf dem Arm nach draußen flüchten.

Nach einer endlosen Weile ließ sich der Chirurg Kompressen und Stoffstreifen reichen. Erst als er alles zur Seite gelegt hatte, wagte Martin das bleiche Gesicht des Patienten zu betrachten und die Augen von dort bis zu dessen Knie wandern zu lassen. Erleichtert atmete er auf, als er den Verband um den Stumpf erkannte.

»Euer Freund braucht Ruhe. Sobald er erwacht, gebt Ihr ihm etwas von diesem Trank.« Severo nahm eine kleine Flasche aus dem Schrank. »Außerdem muss er kräftige Suppe zu sich nehmen. Morgen sehe ich mir die Wunde an. Treten Schwierigkeiten auf oder beginnt der Stumpf wieder zu bluten, ruft Ihr sofort nach mir. Sein Rücken ist jetzt zwar sein geringstes Problem, aber wenn Ihr Jost auf die Seite legt, säubere ich schnell die Wunden und trage Salbe zur besseren Heilung auf.«



Nachdem die Riemen gelöst waren, bedeutete er Martin, sich ihm gegenüber zu stellen. Gleiches befahl er dem Tagelöhner, der am Kopf des Patienten gestanden hatte. »Ihr zieht, ich hebe.« Gemeinsam gelang es ihnen, den Bewusstlosen auf die Seite zu drehen. Mit flinken Fingern versorgte der Chirurg die Wunden. Nachdem er das beendet hatte, ließen sie den Patienten wieder auf den Rücken sinken. Zwei Männer legten sich Josts Arme um die Schultern. Mit wackligen Beinen öffnete Martin ihnen die Tür und nutzte die Gelegenheit, vor dem Haus tief durchzuatmen. Eine Weile sah er ihnen hinterher, in der Hoffnung, Severo werde in der Zwischenzeit das amputierte Bein beseitigen.

Bei seiner Rückkehr in den Behandlungsraum stellte Severo fest: »Ihr seht blass aus.«

Stumm zuckte Martin mit den Schultern.

»Geht in den Garten und schnappt frische Luft, während ich alles wegräume.«

»Wo ist der …?«, Martin wagte nicht, weiterzusprechen.

Severo lächelte. »Keine Angst, den Unterschenkel habe ich schon weggebracht.«

Gerade wollte Martin den Raum verlassen, als der Chirurg nochmals ansetzte: »Für einen Mann der Bücher habt Ihr Euch wacker geschlagen. Ein Chirurg wird aus Euch jedoch nicht mehr. Sucht lieber weiter nach Mördern.«



Müde erwiderte Martin: »Weder verspüre ich das Bedürfnis, Euer grausames Handwerk zu erlernen, noch will ich die Mördersuche zur Gewohnheit werden lassen. Ich ziehe es vor, Bücher zu übertragen!«

Eindringlich musterte Severo ihn. »Manchmal ist uns etwas anderes bestimmt, als wir uns selbst wünschen. Klüger als der Vogt seid Ihr alle Male.«

»Obwohl das nicht sonderlich schwierig sein sollte, fasse ich es aus Eurem Mund als Kompliment auf.«

»Betrachtet es eher als Ausdruck meines Respekts. Im Übrigen ist mein Handwerk nicht grausam, es erscheint Euch bloß so. Natürlich ist es quälender, die Quelle des Übels zu beseitigen, statt lediglich Schmerzen zu lindern. Allerdings ist es meine Aufgabe, die beste Behandlung für meine Patienten zu finden und dazu muss ich faules Fleisch heraustrennen, bevor es den Rest des Körpers in Mitleidenschaft zieht.«

Ohne etwas darauf zu erwidern, begab sich Martin in den Garten und genoss die letzten Strahlen der untergehenden Sonne. Aus der Küche hatte er einen Becher Wein mitgenommen, aus dem er gelegentlich einen Schluck nahm.

Während er Severos Hund sanft hinterm Ohr kraulte, fasste er die bisherigen Ergebnisse zusammen. Am Freitag hatten Conrad und Markward miteinander gestritten. Am selben Abend besuchte ein bisher Unbekannter ausgerechnet die Hure, die einen Tag später Markward und Dietrich davon abhielt, den Hof der *Hafenklause* zu betreten, als Conrad Schwerdt dort grausam zu Tode kam. Die Beschreibung des Unbekannten passte weder auf Markward noch auf den Einbeinigen. War es trotz Hannes' anderslautender Beteuerungen einer von dessen Halunken gewesen? Hatte Markward das Säckchen gestern erhalten, weil er seinen Meister und Nebenbuhler in einen Hinterhalt gelockt hatte? Conrad hatte zunächst nicht mit ihm in die Schänke gehen wollen, seine Meinung aber später geändert. Nachdem Markward ihn überredet hatte?

Eine Hand auf seiner Schulter riss ihn aus den Gedanken. Zu Severos Leidwesen war es schon recht spät, der Besuch bei Marie musste warten. Zunächst galt es, die Falle in der *Hafenklause* zuschnappen zu lassen.

* * *

Wie bei ihrem ersten Besuch bevorzugte der Chirurg den Weg im Schutz der Dunkelheit, so vermieden sie eine Begegnung mit dem Nachtwächter, den sie aus der Ferne hörten. Martin legte es ebenfalls nicht darauf an, von den Wachen am Knopftor aufgegriffen zu werden. Dann hätte sich sein nächtlicher Spaziergang sicherlich in Windeseile bis zum Vogt herumgesprochen und dessen Argwohn geweckt. Wie sich herausstellte, war Martins Sorge unberechtigt, denn die Männer der Stadtwache waren wieder einmal ins Würfelspiel vertieft.

Bei so wenig Wachsamkeit seiner Leute würde der Vogt den Aufrührer nie ergreifen. Als sie das Nachbarhaus der *Hafenklause* erreichten, sahen sie sich aufmerksam um. Außer ihnen befand sich niemand in der Gasse. Martin klopfte das vereinbarte Zeichen. Vorsichtig öffnete sich die Tür einen Spalt.

»Ist alles vorbereitet?«, vergewisserte er sich flüsternd.

»Ja. Michael horcht am Zaun, drüben scheint es noch ruhig zu sein.«



»Gut.«

Leise erklang Severos Warnung: »Es kommt jemand.«

Jetzt hörte auch Martin Schritte hallen. Schnell schloss die Wache die Tür und sie setzten ihren Weg zur Schänke fort. Von der Büchstraße bog ein dicker Bursche in die Gasse ein, dessen Ziel ebenfalls die *Hafenklause* war.

Bei ihrem Eintreten sah sich Martin verstohlen um. Irgendwo verbarg sich der Spitzel. Er war sich nicht sicher, ob die Verkleidung den gewünschten Erfolg brachte. Zerrissene Sachen ließen sich leicht überstreifen, eingefallene Wangen und kranke Glieder konnte man hingegen schlecht vorspielen und den meisten Anwesenden im Schankraum sah man die Entbehrungen deutlich an. Dennoch – gab es eine bessere Möglichkeit, den Aufrührer zu enttarnen?

Während Martin nachdenklich an seinem Bier nippte, folgte er den Streitgesprächen. Hier und da verriet die Kleidung einen Handwerkergesellen oder Lehrling. Unterstützten die Zünfte den Hetzer? Würden bei einem offenen Aufruhr Meister gegen Gesellen kämpfen? Ließ sich eine Auseinandersetzung überhaupt noch verhindern?

»Es gibt da eine Sache, die ich nicht verstehe.«

Als Martin sich beim Sprechen zu Severo wandte, bemerkte er, wie dieser eine bissige Antwort schluckte und stattdessen fragte: »Und das wäre?«

»Warum wechselt der Aufrührer nicht den Ort? Hat er keine Angst, der Vogt würde ihn hier erwarten? Ist es Dummheit oder ein Spiel mit dem Feuer?«

»Weder noch, wenn Ihr mich fragt. Dumm ist bloß einer, nämlich der Vogt. Ich habe den Eindruck, der Hetzer wartet auf den Augenblick des drohenden Zugriffs, um eine offene Revolte gegen den Rat zu provozieren. Ihr habt Bernd und seine Freunde vorhin selbst gehört und den Aufruhr vor dem Rathaus gesehen. Die Menschen würden ihr Leben für ihn geben.«



»Und genau das verstehe ich nicht. Warum?«

»Die Menschen sind unzufrieden. Die goldene Zeit Greifswalds in der Hanse ist vorüber. Der Einfluss der Stadt schwindet immer mehr. Stralsund hat Greifswald längst überholt. Das bekommen vor allem die Armen zu spüren. Die Spenden der Kaufleute und Handwerker gehen zurück, dazu der vorletzte Sommer und Winter. Und seit Philipps Tod hat die Fürsorge weiter nachgelassen. Der Hunger, die fehlende Bildung, Krankheiten – da schenken die Menschen leicht jedem Gehör, der ihnen die Linderung allen Übels verspricht.«

»Aber sie müssen die Aussichtslosigkeit eines Angriffs mit bloßen Fäusten gegen bewaffnete Wachen doch sehen!«

»Hunger, Krankheit oder Kampf – sterben werden sie ohnehin. Es bleibt die Hoffnung, im Kampf wenigstens etwas zu ändern.«

»Es ist dennoch Wahnsinn …«

»Das versteht Ihr nicht. Wenn überhaupt, gebraucht Ihr Eure Fäuste allein im Notfall. Für diese Menschen ist das ganze Leben ein Kampf. Was haben sie zu verlieren?«

Darauf wusste Martin keine Antwort, weswegen er sich wieder der stillen Beobachtung der Gäste widmete und dem Spiel der Musikanten lauschte, die auch an diesem Abend mit zotigen Liedern zur Erheiterung der Anwesenden beitrugen. Am häufigsten spielte der Vogt darin eine nicht besonders ruhmvolle Rolle. Wüsste der Vertreter des Rates darum, wäre es dem respektlosen Sänger sicherlich nicht gut ergangen.

* * *



Sie warteten etwa drei Stunden, nichts geschah. So kamen sie überein, Marie noch einen Besuch abzustatten. Während Severo die schmale Straße im Auge behielt, entließ Martin die Wachen, die nebenan erfolglos auf ihr Zeichen gewartet hatten. Anschließend schlugen sie zunächst den Weg ein, den sie gekommen waren.

Als sie an der Ecke zur Knopfstraße anlangten, trat ein großer, kräftiger Mann aus dem hölzernen Torhaus. Abrupt blieb Martin stehen und drückte sich dicht an die Hauswand. Hastig machte er ein Zeichen, sein Begleiter solle es ihm gleichtun. Da er nicht wusste, ob Severo ihn bei der Dunkelheit überhaupt wahrnahm, streckte er seinen Arm aus, um ihn notfalls aufzuhalten.

»Was ist?«, flüsterte Severo, der im Mondlicht wohl seine Bewegung bemerkt hatte und sich hinter ihm an die Wand presste.

»Scht! Einer hat das Torhaus verlassen. Im besten Fall muss der lediglich auf den Abtritt.«

»Beeil dich! Die Würfel werden schon kalt«, vernahmen sie eine tiefe Stimme aus der Holzhütte.

»Ich mach ja schon.«

Ein starkes Plätschern bestätigte Martins Vermutung.

»Dauert das noch lange, Markward?«, hörten sie den Wachmann erneut. Ein lautes Rülpsen folgte.

»Der hat keinen einzigen Schilling mehr. Der kommt nicht wieder«, warf eine hellere Stimme ein.

»So ein Quatsch«, widersprach der Hafenmeister. »Wart's nur ab, ich hol mir mein Geld gleich wieder zurück. Deine Glückssträhne ist jetzt vorbei!«

»Wie lange würfeln wir schon zusammen, Markward? Du hast noch nie gewonnen und du wirst heute Abend nicht damit anfangen«, ließ sich die tiefe Stimme wieder vernehmen. Gelächter folgte.



Schwere Schritte schlurften über das Pflaster und verstummten, als Martin den Hünen wieder im Torhaus verschwinden sah. »So, jetzt kann's weitergehen. Nimm deine schmutzigen Finger von den Würfeln! Ich bin an der Reihe.«

Erneut lugte Martin um die Ecke. Die Tür zum Wachhaus stand offen, eine kleine Lampe erhellte den Raum. Gerade schüttelte Markward einen Würfelbecher und knallte ihn auf die Tischplatte. Das war der beste Augenblick. Während die Wachen sich neugierig nach vorne beugten, hastete Martin, gefolgt vom Chirurgen, über die Knopfstraße. Erleichtert atmeten sie auf und setzten den Weg zur nordöstlichen Mauer fort.

Leider war Marie nicht im Hurenhaus. Da das schwarzhaarige, schmalbrüstige Mädchen, das ihnen die Tür geöffnet hatte, auch nicht wusste, wohin sie gegangen war, nahmen sie den kürzesten Weg zu Severos Haus. Müde, wie er war, verabschiedete Martin sich vom Hausherrn und schlurfte ins Behandlungszimmer, wo er eine Weile mit der Kerze in der Hand betreten auf die Pritsche starrte, auf der Jost vor wenigen Stunden seinen Fuß verloren hatte. Unter keinen Umständen würde er noch eine einzige Nacht auf der Liege verbringen. Seufzend langte er nach der Wolldecke und glitt an der Wand zu Boden.

* * *

Wie lange er geschlafen hatte, wusste Martin nicht. Auf ein aufgeregtes Klopfen an der Haustür schreckte er irgendwann hoch. Es dauerte einen Moment, bis er wusste, wo er sich befand. Erschöpft erhob er sich, rieb sich die Augen und schlich in den Flur. Severo hatte bereits die Haustür geöffnet, vor der eine Stadtwache stand.



»Severo! Ihr müsst sofort kommen. Es ist …« Der Kerl im dicken Wams schnappte nach Luft. »Es ist etwas Schreckliches geschehen. In dem Frauenhaus, unweit von hier …«

»Gab es etwa einen weiteren Mord?«, unterbrach ihn Martin mit brüchiger Stimme. Er hatte das Gefühl, ihm würde der Boden unter den Füßen weggezogen. Nein, es durfte nicht Marie sein. Inständig hoffte er, es würde sich um einen Besucher handeln. Das wäre zwar ebenso tragisch, aber immerhin wäre dann die wahrscheinlich einzige Person noch am Leben, die Conrad Schwerdts Mörder kannte. Der tiefen Sorgenfalte auf Severos Gesicht nach zu urteilen, teilte dieser seine Befürchtung.

»Leider ja. Man hat eine Hure aufgefunden. Kommt, bitte«, drängelte die Wache und zerstörte mit diesen wenigen Worten Martins ganze Hoffnung. Der Chirurg neben ihm stöhnte laut auf und fuhr sich mit der Hand durchs Gesicht. Haderte er plötzlich mit seiner Entscheidung, Jost Fuß zu amputieren statt Marie einen Besuch abzustatten?

Mit einem flauen Gefühl im Magen folgte Martin den beiden durch die Nacht. Unter kräftigem Einsatz ihrer Ellenbogen drängten sie sich durch die Menge neugieriger Gaffer, die sich vor dem Haus versammelt hatte. Die Nachricht vom Tod der Dirne schien sich trotz der frühen Stunde in Windeseile in der Stadt verbreitet zu haben.

Bei ihrem Eintreten lehnten fünf Mädchen dicht aneinander gedrängt an einer Wand am Ende des Flurs. Selbst bei dem spärlichen Licht einer Fackel in der Hand einer Wache bemerkte Martin, wie sie trotz der sommerlichen Wärme in ihren dünnen Umhängen zitterten. Der Schreck schien ihnen gehörig in die Knochen gefahren zu sein. Marie war nicht unter ihnen. Die Wache mit der Fackel bedeutete ihnen die Treppen hochzusteigen. Beklommen folgte Martin Severo hinauf zu der Stube, die er schon kannte.



In dem Zimmer herrschte wüstes Durcheinander. Überall auf dem Boden lagen Kleidungsstücke der Hure. Im flackernden Licht der Fackeln zweier weiterer Stadtwachen wirkte das blutverschmierte Gesicht der Frau auf dem Bett besonders entsetzlich. Auf dem schlichten Kleid zeichnete sich im Bereich von Bauch und Brust ein riesiger roter Fleck ab.

Was hatte er getan? Warum hatte er die Frau nicht beschützt? Er trug Schuld an ihrem Tod, so wie er Schuld trug an Philipps, Sarahs und seines Sohnes Tod. Am liebsten hätte er den Raum, das Haus, ja die Stadt verlassen. Er war seiner Aufgabe nicht gewachsen. Erkannte das außer ihm denn niemand? Resigniert raufte er sich die Haare. Mit einem Mal war die Luft so heiß. Fast glaubte er, ersticken zu müssen.

Wie von Ferne hörte er die gefühllosen Worte des Vogtes. »Sieh Er sich das Weib gut an. Das ist der Abschaum Greifswalds, gemeuchelt von noch schlimmerem Abschaum. Nur ein wahrer Halunke vergreift sich an den Huren.«

Der Vertreter des Rates lehnte bequem am Fenster zur Straße. Das Leid, das der Frau widerfahren war, schien ihn nicht im Geringsten zu berühren. Stattdessen vermittelte er den Eindruck, als sei der Mord nicht mehr als eine lästige Angelegenheit, die ihm den Schlaf raube.

Ohne auf die Worte einzugehen, schritt Severo zum Bett und untersuchte Marie. »Der Körper ist warm, sie ist noch nicht lange tot. Wie es aussieht, wurde sie erstochen.«



»Das ist offensichtlich, Chirurg«, ereiferte sich der Vogt. »Ihr solltet lediglich ihren gewaltsamen Tod bestätigen.«

»Der ist ebenso offensichtlich«, knurrte Severo verärgert.

Die blauen Augen des Vogtes blitzten gefährlich auf. »Die Ratsordnung verlangt Seine Untersuchung. Das weiß Er genauso wie ich. Also mache Er einfach, was ich von Ihm verlange.«

Trotz seiner Niedergeschlagenheit blickte Martin seinen Begleiter fragend an und deutete auf seinen Mund. Severo verzog angewidert das Gesicht, gleichwohl steckte er zwei Finger in den Mund der Toten, aus dem er überrascht einen Schilling zog. Mit einem Tuch säuberte der Italiener das Geldstück, betrachtete es im Fackellicht und warf es anschließend Martin zu. »Ähnelt der anderen Münze.«

»Meint Er etwa die aus dem Mund des toten Hafenmeisters?«, hakte der Vogt gelangweilt nach, während er eingehend seine Finger betrachtete.

Mit einem zufriedenen Lächeln auf den Lippen erklärte Severo: »Ja, eben diese meine ich. Und damit dürfte es wohl eindeutig sein: Die Hure fiel derselben Hand zum Opfer wie Conrad Schwerdt. Da Gernot von Eisenfels noch immer in der Artistischen Fakultät gefangen sitzt, kann er es also nicht gewesen sein.«

»Derselbe Mörder«, plusterte sich der Vogt auf. »Was versteht Er schon davon? Schließlich ist Er bloß ein einfacher Handwerker! Die Münze beweist gar nichts. Davon sind mehrere im Umlauf! Frage Er den Münzpräger! Es ist erstaunlich, wie leicht Er sich täuschen lässt. Ich sage Ihm, was wirklich geschehen ist! Der Student hat jemanden gefunden, der die Hure für ihn getötet hat, um den Verdacht von sich zu lenken.«

»Bei allem Respekt«, unterbrach Martin, dessen Wut ob der blödsinnigen Worte die Oberhand über seine Niedergeschlagenheit gewann, den Redefluss des Vogtes. »Zum einen ist Gernot von Eisenfels in einem Zimmer in der Artistischen Fakultät eingesperrt, das niemand betreten darf. Wie sollte er einen gedungenen Mörder finden? Außerdem ist es absurd, mit einem weiteren Mord von sich ablenken zu wollen.«



»Er vergisst sich«, ereiferte sich der Mann. »Wie kann Er es wagen, meine Ausführungen in Zweifel zu ziehen? Seine Aufgabe ist es, Conrad Schwerdts Mörder zu finden. Ich wüsste nicht, was der Tod dieser Hure damit zu tun hätte. Also halte Er sich da gefälligst raus!«

Jetzt schaltete sich der Chirurg wieder ein. »Ich möchte die Tote in aller Ruhe in der Fakultät untersuchen. Danach kann ich mehr dazu sagen. Das wird Euch wohl keine Umstände bereiten, Vogt!«

»Wenn Er es für notwendig erachtet, soll es so sein! Ich erwarte Seinen Bericht morgen Mittag.« Mit diesen Worten verließ der Vertreter des Rates den Raum.

»Was wollt Ihr bei der Untersuchung finden?«, erkundigte sich Martin. Noch immer hatte er das Gefühl, zu ersticken.

Hastig lief er zum Fenster hinüber, an dem der Vogt gelehnt hatte, und riss es auf. Die nächtliche Luft hatte sich etwas abgekühlt, wenn auch nicht in dem Maße, wie Martin es sich wünschte. Mit verzweifelter Miene drehte er sich wieder zu dem immer noch neben dem Bett stehenden Chirurgen um.

Ein Schulterzucken bildete die Antwort. »Ich wollte ihn loswerden und Euch etwas zeigen, was scheinbar Eurer Aufmerksamkeit entgangen ist. Es bestätigt meine These, die der Vogt gerade so vehement bestritten hat.«



Severo hieß eine Wache mit ihrer Fackel neben ihn zu treten und deutete auf die Blutlache in der Mitte des Zimmers.

»Wie es aussieht, hat der Mörder Marie an dieser Stelle das Messer in den Körper gestoßen. Wahrscheinlich hat er sie beim Herausziehen der Klinge auf das Bett geschubst. Beim Nacheilen ist er in das Blut getreten. Zur Tür hin verliert sich die Spur. Habt Ihr diese Abdrücke hinter dem Verschlag gefunden?«

Überrascht nahm Martin der Wache die Fackel aus der Hand. In gebückter Haltung schritt er durch das ganze Zimmer. Die gehässigen Worte des Vogtes, der schreckliche Anblick und das Schuldgefühl hatten ihn abgelenkt, so dass ihm die Fußspuren entgangen waren. Der Chirurg hatte Recht. Die Abdrücke begannen in der Blutlache mitten im Zimmer und führten von dort zum Bett. An einigen Stellen waren sie undeutlich, weil jemand hineingetreten war. Aufmerksam folgte Martin der schwächer werdenden Spur bis zur Treppe im Flur, wo sie sich endgültig verlor. Bei seiner Rückkehr blieb er neben der Wache stehen.

»Ja, es sind dieselben Abdrücke«, meinte er zu Severo und erkundigte sich bei den Wachen, ob sie durch das Zimmer gelaufen wären.

»Ja«, bestätigte einer der beiden. »Als ich hier anlangte, standen drei von den Weibsbildern vor der Tür. Ich schaute kurz zum Bett hinüber, um zu sehen, ob die Frau noch atmet.«

Martin bedeutete ihm, die Füße anzuheben. Die Schuhsohlen wiesen nicht das Muster auf, auch nicht die der zweiten Wache.

»Wer war noch im Zimmer?« fragte Martin, während er zum Bett hinüberging, wo er traurig auf die Tote schaute. Er hoffte, sie hatte nicht sehr leiden müssen.

»Nur der Vogt, mein Herr. Als der erschien, wollte er wissen, ob die Frau noch lebe. Als ich verneinte, begab er sich direkt zum Fenster, wo er bis zu Eurem Eintreffen verharrte.« 

Ungläubig fuhr Martin herum. »Er hat sich die Tote nicht aus der Nähe angesehen?«

»Nein, wieso sollte er?« Die Stadtwache zog ein verständnisloses Gesicht. »Das überlässt er immer Severo.«

Hilfesuchend schaute er zum Chirurgen hinüber, der zustimmend nickte. »Ich habe ihn noch nie einen Toten aus der Nähe betrachten, geschweige denn untersuchen sehen. Vermutlich wird ihm bei dem Anblick schlecht.«

Beim Gedanken an Conrad Schwerdts zerschmetterten Schädel konnte Martin das verstehen. Aber wie wollte der Vogt einen Mörder finden, ohne die Opfer betrachtet zu haben? Sicherheitshalber beleuchtete Martin den Bereich, in dem sich der Vogt aufgehalten hatte. Hier existierten keinerlei Spuren.

»Ich lasse Marie in die Fakultät tragen. Seht Euch ein wenig um und befragt die Mädchen. Eure Freundlichkeit dürfte in dieser Situation angebrachter sein als meine Art.« Severo verließ das Zimmer.

Nachdem er der Wache wieder die Fackel in die Hand gedrückt hatte, betrachtete Martin nochmals eingehend das zu einer Fratze verzogene Gesicht der Blonden. Es tat ihm leid. Das hatte er wirklich nicht gewollt. Allerdings hatte er ihr die Möglichkeit gegeben, ihr Wissen zu offenbaren, um den Mörder zu fassen. Hätte er ahnen können oder sogar müssen, in welcher Gefahr die Frau schwebte?

Als könne der Chirurg seine Gedanken lesen, hörte er ihn hinter sich: »Es ist nicht Eure Schuld. Woher solltet Ihr wissen, was passieren würde? Außerdem war ich es, wegen dem wir Marie gestern nicht mehr befragt haben.«


Langsam drehte sich Martin um. Entgegen seiner Erwartung war Severo noch nicht nach unten gegangen, sondern stand im Türrahmen. Dankbar ob des Trostes nickte er dem Italiener zu, der sich umwandte.

Kurz lauschte Martin den sich entfernenden Schritten auf der Treppe, dann widmete er sich dem Durcheinander vor dem Schrank. Neben zwei schlichten Leinenkleidern lag ein blauglänzendes Kleid mit reichen Verzierungen auf dem Boden. Zwar besaß er keine Vorstellung von dessen Wert. Gleichwohl würde sich eine Dirne solch ein Meisterwerk der Schneiderkunst wohl kaum kaufen, sofern sie überhaupt über entsprechende Mittel verfügte. Wenn er sich recht erinnerte, war es den Huren sogar verboten, sich derart herauszuputzen. War es ein Geschenk eines Gastes? In einem aufgerissenen Schubfach fand er zudem eine Kette mit einem großen blauen Stein, passend zu dem Kleid. Beides sah teuer aus und dennoch hatte der Mörder es achtlos liegen lassen. Wonach hatte er also tatsächlich gesucht? Und was noch wichtiger erschien: Hatte er es gefunden?

In diesem Augenblick kehrte Severo mit einem Brett zurück. Vorsichtig bettete er mithilfe einer Stadtwache die Tote darauf. Ehe er gemeinsam mit den Männern das Zimmer verließ, zeigte Martin ihm Kette und Kleid.

Daraufhin entfuhr Severo ein erstaunter Pfiff. »Sieht aus, als hätte Marie einen äußerst spendablen Kunden gehabt.«

»Vielleicht wissen die Mädchen mehr über den Liebhaber. Ansonsten befrage ich morgen die Goldschmiede und Schneider.«

»Wozu? Meint Ihr wirklich, jemand schenkt dem Weib diese kostbaren Sachen, bringt sie später um und lässt die Geschenke zurück, die uns zu ihm führen würden? Und welche Verbindung sollte zu dem toten Hafenmeister bestehen?«



»Ich weiß es nicht. Aber womöglich geben die Sachen einen Anhaltspunkt«, erwiderte Martin resigniert.

»Wie Ihr meint, Ihr seid der herzogliche Ermittler. Ich gehe jetzt in die Fakultät.«

Martin folgte ihm und den beiden Wachen mit Kleid und Kette in der Hand in den unteren Flur. Während der Chirurg durch die Haustür verschwand, wandte er sich den Huren zu, die noch immer dicht zusammengedrängt im Flur warteten. Auf dem Weg zu ihnen drückte er dem verbliebenen Wachmann die Fackel in die Hand, die er von oben heruntergetragen hatte. Die Angst der jungen Frauen war regelrecht zu spüren. Selbst die neugierigen Blicke auf das Kleid über seinem Arm und die Kette täuschten nicht darüber hinweg. Zugleich bemerkte er ihre Erwartung, er werde sie schützen. Konnte er das wirklich? Vor wem? Die Last der Verantwortung schnürte ihm die Kehle zu. Oder lag es an der Luft, die der in Maries Zimmer glich – heiß und stickig? Ein Schluck Wein wäre jetzt nicht schlecht.

Sophia schien seine Gedanken zu erraten. Sie schlug vor, sich in die Küche zu begeben, vor der sie standen. Gern folgte er dem Vorschlag. Froh, ein wenig Distanz zwischen sich und die Mädchen zu bekommen, ließ sich Martin an der einen Seite des Tisches nieder. Die Huren taten es ihm auf der gegenüberliegenden Seite gleich, lediglich Sophia blieb stehen und schenkte ihm einen Becher Bier ein. Schließlich setzte auch sie sich ihm gegenüber.

Nachdem er einen großen Schluck genommen hatte, begann er. »Wer von Euch hat Marie gefunden?«

Das schwarzhaarige Mädchen mit den verweinten Augen neben Sophia schluchzte laut auf. Es handelte sich um die Schmalbrüstige, die ihm und Severo nach dem Besuch der *Hafenklause* die Tür geöffnet hatte. Tröstend legte Sophia ihren Arm um das junge Ding.



»Wie heißt Ihr?«, wollte Martin wissen.

»Irmgard.«

»Wieso habt Ihr in Maries Zimmer nachgesehen?«

»Mein Gast hatte Bier getrunken. Nachdem er das Haus verlassen hatte, habe ich den Krug in die Küche gebracht. Dort hörte ich, wie jemand die Treppe herunterstürmte. Verärgert lugte ich in den Flur. Der Besucher hatte es sehr eilig. Er riss die Tür auf und rannte davon. Die Haustür ließ er offen stehen. Nachdem ich eine Weile gewartet hatte, ob sich jemand von oben die Treppe herunterbequemt, bin ich zum Eingang, wo ich einen Lichtschein aus Maries Zimmer dringen sah, so als stünde ihre Tür offen. Wütend rief ich hoch, ich sei nicht ihre Magd und sie könne die Tür gefälligst selbst schließen. Weil sie mir nicht antwortete, wurde ich richtig sauer und bin die Treppe hoch. Und da lag sie. Wenn ich gewusst hätte, was passiert ist …?«

Die restlichen Worte gingen in einem Schluchzen unter. Beruhigend strich Sophia dem Mädchen über den Rücken.

»Könnt Ihr den Flüchtenden beschreiben?«

»Nein, es war mehr ein schwarzer Schatten und er war schon zur Tür heraus. Gottlob hat er gar nicht in meine Richtung geschaut.«

»Hat ihn noch jemand gesehen?«

Ein allgemeines Kopfschütteln bildete die Antwort.

»Was geschah danach?«

Nun ergriff Sophia das Wort. »Weil Irmgard so schrie, rannte ich in den Flur. Elli und Imke«, die zwei Mädchen nickten ihm bei der Erwähnung ihrer Namen zu, »kamen ebenfalls aus ihren Zimmern. Gemeinsam sind wir die Treppe hoch und sahen erst Irmgard und dann Marie. Ich bin sofort wieder nach unten, warf mir etwas um und wollte zur Stadtwache am Brüggtor. Kurz davor lief ich Hartmut, dem Nachtwächter, in die Arme. Er holte die Wachen. Ich kehrte zurück und wir warteten auf den Vogt.«



»Hat er Euch schon befragt?«

»Der? Den schert es einen Teufel, wenn man eine von uns so zurichtet«, stellte Sophia fest. Der bittere Ton ihrer Stimme berührte Martin unangenehm.

»Wie ist der Mörder hereingekommen?«

Irmgard schluchzte: »Marie wollte in den *Schwan*. Vielleicht hat sie ihn dort getroffen und hergebracht.«

Martin blickte verwundert auf. »Ich dachte …« Er suchte nach den richtigen Worten.

Sophia half ihm aus seiner Verlegenheit. »Ja, die meisten Kunden wollen es gleich in der Nähe der Schänken, deren Höfen oder in einem Durchgang zu den Innenhöfen treiben. Die Übrigen begleiten uns hierher.«

»Habt Ihr Marie nicht schreien gehört?«

Wieder schüttelten alle die Köpfe.

»Unter Maries Sachen fand ich dieses Kleid und die Goldkette. Wisst Ihr, woher sie stammen?«

Die Augen der Mädchen leuchteten, als er beides auf dem Tisch ablegte. Ehrfürchtig berührten sie den glänzenden Stoff.

»Und – könnt Ihr mir helfen? Hat Marie das gekauft?«

Trocken lachte Sophia auf. »Nein, das ist das Tuch einer reichen Frau. Der Rat hat uns verboten, solche Kleider zu tragen. Dasselbe gilt für den Schmuck. Die Schneider und Goldschmiede dürfen uns so etwas gar nicht verkaufen. Außerdem: So schön Kleid und Schmuck sind, ich glaube jede von uns hätte mit dem Geld Besseres anzufangen gewusst. Immerhin verlangt der Rat einen sehr hohen Zins für die Zimmer.«



»Also hat sie die Sachen von einem Besucher bekommen? Vielleicht von dem, der dienstags und donnerstags erscheint?«

Vehement widersprach eine Braunhaarige: »Schon das Kleid dürfte mindestens einen Rheinischen Gulden gekostet haben. Der Kerl konnte sich so etwas bestimmt nicht leisten.«

»Trotzdem muss ich wissen, wie er aussieht. Versucht Euch zu erinnern!«

»Ich erinnere mich bloß an seine kalten Augen. Sie ähnelten einem Fisch«, meinte Sophia.

»Das ist nicht viel«, stellte Martin enttäuscht fest.

»Ich kann Euch helfen«, schaltete sich Elli ein. »Einmal habe ich Marie überrascht. Ihr Gast war gerade …«

»… die Einzelheiten möchte ich gar nicht wissen«, verkürzte Martin ihren Redefluss und trank einen weiteren Schluck Bier.

»Jedenfalls sah ich ein Muttermal auf seinem Rücken.« Elli erhob sich und deutete zwei Hand breit über ihr Gesäß. »Es war ein etwa vier Finger breiter rötlicher Streifen.«

»Das stimmt«, entfuhr es Imke. Erstaunt richteten sich alle Blicke auf sie. Mit gesenktem Kopf berichtete sie: »Im letzten November fühlte sich Marie schlecht. Sie bat mich deshalb, mich um ihren Stammgast zu kümmern. Dabei fiel mir das Mal auf.«

»Ich versteh sowieso nicht, warum sie den überhaupt noch empfangen hat«, warf Elli ein. »Ich hätte dem schon lange die Tür gewiesen, statt mich grün und blau schlagen zu lassen. Lieber hätte ich gehungert. Wahrscheinlich hat Marie den Hals wieder einmal nicht vollgekriegt.«

»Wieso habt Ihr mir nichts davon bei meinem gestrigen Besuch erzählt«, fuhr Martin Sophia verärgert an.



»Weil Ihr mich nach dem Aussehen befragt habt, nicht danach, wie die Gäste uns behandeln.«

Bei der Erwähnung des Mals war ihm ein Gedanke gekommen. »Ihr sagtet, der Mann käme jeden Dienstag und Donnerstag. Erschien er vorgestern?«

Alle verneinten. Er durfte nachher nicht vergessen, Severo von seinem Verdacht zu erzählen. »Hat noch jemand regelmäßig Marie besucht?«

Die Mädchen sahen sich betreten an. Elli räusperte sich. »Da ist noch Friedhelm.«

Wütend zischten die anderen, sie solle den Mund halten.

Neugierig erkundigte er sich, wer dieser Friedhelm war.

Schnell ergriff Sophia das Wort: »Unsere Gäste verlassen sich auf unser Schweigen. Das gilt umso mehr, wenn sie aus einer angesehenen Familie stammen und einen Ruf zu verlieren haben. Außerdem war Friedhelm nicht Maries Stammgast! Er hat sich mit jeder von uns abgegeben. Je nachdem, wer gerade Zeit hatte.«

»Könnte er ihr die Sachen geschenkt haben?«

Alle Mädchen lachten nervös. Wiederum war es Sophia, die erklärte: »Ganz sicher nicht. Friedhelm meint, wir hätten nichts Besseres zu tun, als den ganzen Tag auf ihn zu warten. Deswegen besucht er uns zu jeder Tages- und Nachtzeit und erwartet, sofort bedient zu werden. Dafür zahlt er nicht mehr, als er muss. Damit Ihr eine Vorstellung von ihm bekommt: Der Bursche klopft um vier Uhr morgens an die Tür, erwartet eine erstklassige Behandlung und verschwindet, nachdem er befriedigt ist. Warum sollte jemand, der kein einziges freundliches Wort an uns richtet, einer von uns ein Kleid oder eine Kette schenken. Bitte versteht mich nicht falsch: Er verlangt von uns dasselbe wie alle Männer, nur wechselt er mit Dirnen wie uns kaum ein Wort.«



»Womöglich hat Marie mehr Worte mit ihm gewechselt? Oder sie hat ihn erpresst?«

»Sie hat genauso wie wir über ihn geschimpft. Außerdem wüsste ich nicht, womit man den erpressen sollte. Er ist wie jeder Gast.«

Da er am Mittag bei Sophia erfolglos geblieben war, versuchte er es erneut und beschrieb den Mädchen den neuen Hafenmeister. Mit demselben Ergebnis – keine kannte Markward.

»Meint Ihr, der Mörder wird zurückkehren?«, ließ sich schließlich Irmgard ängstlich vernehmen.

Woher sollte er das wissen? Er hatte sich noch nicht einmal vorstellen können, in welcher Gefahr die Tote geschwebt hatte. Ob der Mörder bei seiner Durchsuchung erfolgreich gewesen war? Nach den Erzählungen der Mädchen hatte er das Zimmer freiwillig verlassen, war nicht gestört worden. Und da er sich nicht umgedreht hatte, wusste der Täter wohl nichts von Irmgards Beobachtung. Ein Restzweifel blieb, leider.

Trotzdem versuchte Martin, überzeugend zu klingen. »Das glaube ich nicht. Wenn Ihr wollt, kann ich dennoch zu Eurem Schutz eine Stadtwache vor dem Haus postieren.«

Brüsk wies Elli das Angebot zurück und erntete dafür Zustimmung. »Seid Ihr verrückt? So schlimm die Sache mit Marie ist, wir müssen Geld verdienen, um zu überleben. Eine Wache verschreckt unsere Besucher.«

»Es war ein gut gemeintes Angebot. Solltet Ihr es Euch überlegen, gebt mir Bescheid«. Martin stellte den Becher auf den Tisch. »Und habt Dank für das Bier.«



»Ihr braucht Euch nicht zu bedanken«, lächelte Sophia ihn an. »Für Eure freundliche Art zeigen wir uns gern erkenntlich. Ihr seid jederzeit ein willkommener Gast in diesem Haus.«

Zu seinem Glück erhellten wenige Kerzen die Küche. So blieb sein Erröten hoffentlich verborgen. Unbeholfen erhob er sich, griff nach Kleid und Kette und begab sich in den Flur, wo die Wache noch immer wartete. Gerade wollte er dem Mann zur Haustür hinaus folgen, da spürte er eine Hand auf seiner Schulter. Erstaunt drehte er sich um.

»Ich wollte Euch nicht in Verlegenheit bringen«, entschuldigte sich Sophia.

Einen Moment betrachtete Martin sie schweigend.

»Sagt Eurer Frau, sie kann sich sehr glücklich schätzen. Ihr müsst sie sehr lieben.«

»Wie kommt Ihr darauf?«, erwiderte er mit rauer Stimme.

»Jeder andere hätte unser Angebot ohne Zögern angenommen.«

Martin wollte sich wieder zur Tür wenden, doch das Mädchen ließ seine Schulter nicht los.

Bekümmert fragte sie: »Habe ich etwas Verkehrtes gesagt?«

»Nein. Das habt Ihr nicht«, krächzte Martin. Ehe er fortfuhr, schluckte er den Kloß in seinem Hals hinunter. »So gern ich es meiner Frau ausrichten würde, ich kann es leider nicht mehr. Sie starb vor wenigen Wochen bei der Geburt unseres Sohnes.«

Sophia schlug sich mit der Hand vor den Mund. »Es tut mir leid. Ich bin so unsensibel. Dabei hätte ich Eure Traurigkeit erkennen können. Offensichtlich habe ich mir gewünscht, es wäre lediglich Schüchternheit. Was ich Euch sagen wollte ... wir sind Euch dankbar für Eure Anteilnahme an Maries Schicksal.«



»Es ist meine Aufgabe, nichts, wofür Ihr mir danken müsstet.«

»Nein, es ist nicht selbstverständlich. Für die Bürger sind wir Dreck. Gut genug, um den Männern jederzeit zur Verfügung zu stehen und ihnen die Befriedigung zu verschaffen, die sie anderweitig nicht bekommen. Ihr seid anders. Ihr behandelt uns wie Ebenbürtige. Dafür sind wir Euch dankbar. Aber passt auf. Die ehrbaren Menschen dieser Stadt könnten es Euch eines Tages verübeln.«

Sie ließ seine Schulter los. Wortlos begab sich Martin nach draußen. Nachdem er die Tür hinter sich hatte schließen hören, atmete er tief durch.

* * *

Die Neugierigen vor der Tür hatten offensichtlich genug gesehen und waren verschwunden. Da er den Wachmann mit der Fackel nicht mehr benötigte, schickte er ihn gemeinsam mit demjenigen, der vor der Tür ausgeharrt hatte, zum Rathaus. Gegenüber dem Frauenhaus lehnte ein älterer Mann mit einer kleinen Laterne und einem langen Stock an der Hauswand. Es war der Nachtwächter, der auf ihn zu warten schien. Langsam begab sich Martin zu ihm hinüber und lehnte sich wortlos neben ihn an die Wand.

Verständnislos schüttelte der Alte den Kopf. »Ich hab Marie gesehen, als der Chirurg sie in die Fakultät tragen ließ. Wer macht so etwas?«

Martin wusste nicht, ob das Gefühl, etwas wieder gutmachen zu müssen, ihn zu seiner Äußerung veranlasste. »Ich werde es herausfinden. Ihr seid Hartmut?«



Der Nachtwächter nickte.

»Erzählt mir, was heute Nacht geschehen ist!«

»Warum? Kümmert sich der Vogt denn nicht darum?«

Martin deutete auf die leere Straße vor ihnen. »Seht Ihr ihn irgendwo?«

»Den schert der Tod einer Hure ebenso wenig wie der meine. Für den sind alle Abschaum – außer den Patriziern! Ihr seid der herzogliche Ermittler, von dem man in der Stadt erzählt?«

In dieser Stadt blieb wirklich nichts verborgen. Zustimmend brummte Martin.

»Und warum interessiert Euch Maries Tod? Seid Ihr nicht wegen des Hafenmeisters gekommen?«

Einen Moment überlegte er. Der Alte mit den ausgetretenen Stiefeln, der Nacht für Nacht für Ordnung in der Stadt sorgte, erweckte nicht den Eindruck, ein Klatschmaul zu sein,

»Womöglich besteht eine Verbindung zwischen den beiden Morden.«

Erstaunt riss Hartmut die Augen auf. »Tatsächlich?«

»Mir wäre es jedoch recht, wenn Ihr das für Euch behieltet. Erzählt Ihr mir jetzt, was geschehen ist?«

Nachdem er einen Schluck aus einer tönernen Flasche genommen und diese wieder an seinem Gürtel befestigt hatte, begann Hartmut. »Ich habe meinen Dienst pünktlich mit Sonnenuntergang angetreten – wie jeden Abend. Ich lief kreuz und quer durch die Stadt, natürlich auch in der Nähe der *Hafenklause*, denn der Vogt hat mir aufgetragen, meine Augen offen zu halten und ihm zu melden, wenn der Aufrührer wieder erscheint. Mit einem Mal kam mir Sophia entgegen.«

»Woher kennt Ihr die Namen der Mädchen?«



»Ihr seid ein guter Mensch!«

Verwundert fragte Martin: »Wie kommt Ihr darauf?«

»Ihr nennt sie Mädchen, nicht Dirnen oder Huren. Letztlich sind es arme Seelen, die sich ihren Unterhalt auf solche Weise verdienen. Man sollte sie nicht dafür verdammen. Allerdings habe ich gut reden, die Bürger stellen mich mit den Mädchen und dem Henker auf eine Stufe. Dabei bin ich es, dem sie ihren Nachtfrieden verdanken, und der auf ihre Güter achtet, wenn die hohen Herren schlafen.« Bei diesen Worten schaute ihn der Nachtwächter grimmig an. »Woher ich ihre Namen kenne? Nun, ich habe sie so oft des Nachts aufgegriffen und dem Büttel übergeben, irgendwann kennt man sie.«

»Und was ist passiert, nachdem Ihr Sophia begegnet seid?«

»Sie war ganz bleich. Tränen rannen über ihr Gesicht, als sie von Marie erzählte. Ich habe sie zurückgeschickt und eilte zu den Wachen am Brüggtor. Einer der Männer ist hierher, ich lief weiter zum Rathaus und habe die Tat dort gemeldet. Danach bin ich weiter zum Vogt. Ihm bin ich hierher gefolgt.«

»Bevor Ihr Sophia getroffen habt, ist Euch da jemand entgegengekommen?«

»Nein, außer Sophia habe ich die ganze Nacht niemanden aufgegriffen.« Obwohl es ganz und gar nicht seine Schuld war, schien Hartmut das aufrichtig zu bedauern.

»Und in der Nacht von Conrad Schwerdts Tod, ist Euch da jemand in den Straßen begegnet?«

Wieder schüttelte der Alte den Kopf. »Glaubt mir, die Spitzbuben besitzen ein Auge dafür, wo ich mich in der Stadt befinde. Wenn ich jemanden aufgreife, sind es meist Knechte oder Gesellen, die in ihrem Trunke alle Vorsicht vergessen. Gelegentlich erwische ich einen Gast der Mädchen. Diebe und Halunken meiden hingegen meinen Weg.«



»Demzufolge ist Euch auch der Aufrührer noch nicht begegnet?«, schloss Martin aus den Worten.

»Ich kann ja nicht die ganze Nacht vor der *Hafenklause* ausharren. Ich muss durch die Straßen ziehen und schauen, ob alles seine Ordnung hat. Stellt Euch vor, was geschähe, wenn ich vor der *Hafenklause* warte und es bräche irgendwo ein Brand aus, den ich nicht melde. Außerdem hat der Vogt es schon versucht. Solange die Stadtwachen vor der *Hafenklause* stehen, erscheint der Aufrührer nicht.«

In Anbetracht der Worte war es zwar unwahrscheinlich, dennoch stellte Martin die Frage: »Sophia berichtete mir von Maries Stammgast. Er besitzt graues Haar und kalte Augen. Kennt Ihr jemanden, auf den die Beschreibung passt?«

Hartmut wiegte vorsichtig den Kopf hin und her. »Nein, da kann ich Euch leider nicht weiterhelfen. Wenn Ihr nun gestattet, ziehe ich weiter. Die Nacht ist noch nicht vorüber und ich muss meinen Auftrag erledigen.«

# Kapitel 6

14. Juli 1491 – frühe Morgenstunden

Träge folgte Martin dem alten Mann durch die Kuhstraße,

den Schuhhagen und die Kleinschmiedestraße. Nicht eine Menschenseele war zu sehen. Allein ihre Schritte hallten durch die Nacht. Martin zog es vor, schweigend neben dem Nachtwächter herzulaufen und seinen Gedanken nachzuhängen. An der oberen Steinbecker Straße verabschiedete er sich von Hartmut und bog in südliche Richtung zur Domstraße ein. Während sein Geist wegen der schrecklichen Eindrücke noch immer aufgewühlt war, spürte sein Körper die Anstrengungen der vergangenen Tage und Nächte. Zudem hatten ihn Severos gut gemeinte Worte nicht beruhigt. Zwar fühlte er den eisernen Griff um seine Kehle nicht mehr und konnte wieder halbwegs atmen. Dennoch steckte in jeder Faser seines Körpers das Gefühl von Schuld, das einer Last glich, die jeden Schritt unerträglich gestaltete.

Als er den fackelbeleuchteten Keller betrat, lag Maries Leichnam vollständig entkleidet auf dem Seziertisch, der Chirurg beugte sich gerade darüber. Martin trat neben ihn.

»Und, habt Ihr etwas aus den Mädchen herausbekommen?«, fragte der Italiener, ohne die Augen von der Toten zu nehmen. Etwas schien seine Aufmerksamkeit zu fesseln.

»Eine hat gesehen, wie ein Mann die Treppe herunter- und zum Haus hinausstürmte.«

»Mehr nicht? Größe? Alter?«

»Sie beschrieb ihn eher als eine Art Schatten.«

Erstaunt hob Severo den Kopf: »So wie Gernot? Das ist nicht viel.«

»Immerhin könnte ich die Verbindung zwischen Marie und dem Hafenmeister gefunden haben. Wahrscheinlich war er der Gast, von dem Sophia sprach und der die tote Hure dienstags und donnerstags aufsuchte.«



»Das würde jedenfalls die zahlreichen Spuren von Misshandlungen erklären.« Der Chirurg trat einen Schritt zur Seite und deutete auf die Flecken, die Martin bereits in Maries Stube aufgefallen waren. »Wie kommt Ihr zu der Annahme?«

»Abgesehen von den Schlägen und lauten Beschimpfungen beschrieben Imke und Elli, zwei der Mädchen, ein Mal auf dem Rücken des Besuchers: vier Finger breit, rot, etwa zwei Hand über dem Gesäß. Wenn ich mich recht erinnere, hatte die Witwe Euch ihren Gatten anhand eines Mals auf dem Rücken beschrieben. Stimmt es überein?«

Severo nickte.

Erschöpft ließ sich Martin auf der Kellertreppe nieder. Noch wusste er nicht, ob er die Erkenntnis gut oder schlecht finden sollte. Nachdenklich rieb er sich mit den Zeigefingern der ineinander verschränkten Hände über den Nasenrücken.

»Also, halten wir fest: Conrad Schwerdt besuchte diese Marie dienstags und donnerstags. Am vergangenen Freitag war er ebenfalls bei ihr. Am darauffolgenden Tag steht das Weib in der *Hafenklause* vor der Tür zum Hinterhof und lässt niemanden hinaus, nachdem Conrad eine Weile zuvor die Schänke durch eben jene Tür verlassen hat. Natürlich könnte Marie im Auftrag eines Dritten gehandelt haben. Das halte ich jedoch für unwahrscheinlich. Warum sollte sie Verletzungen oder sogar den Tod ihres Stammgastes in Kauf nehmen? Verständlicher wäre es hingegen, wenn sie auf Conrads Geheiß handelte. Das würde zudem erklären, weshalb Markwards Vorschlag zum gemeinsamen Besuch der *Hafenklause* zunächst keinen Anklang bei seinem Meister fand, denn der wollte dort ungestört jemanden treffen. Es stellen sich mithin die Fragen: mit wem, weshalb und ob wirklich derjenige erschien, den er erwartete. Ach, warum habe ich bloß so unbeherrscht reagiert, statt Marie zu einer Antwort zu zwingen? Sicherlich wusste sie, mit wem sich Conrad verabredet hatte. Ich könnte mich ohrfeigen.«



Wütend raufte er sich die Haare.

»Glaubt Ihr wirklich, die Frau hätte Euch das Geheimnis verraten? Statt der verpassten Gelegenheit nachzutrauern, sollten wir aus unserem Wissen das Beste machen. Und entgegen Eurer Ansicht wissen wir schon viel. Da sind vor allem die teuren Sachen, die sich Marie nicht selbst gekauft haben wird.«

»Richtig, die Mädchen meinten einhellig, eine jede hätte mit dem Geld Besseres angefangen. Außerdem ist es ihnen verboten, solche Sachen zu kaufen, geschweige denn zu tragen.«

»Es handelt sich also um ein Geschenk«, brachte es Severo auf den Punkt.

»Ja, nur dürfte der Hafenmeister kaum über ausreichende Mittel verfügt haben, zumal er die Hure zweimal wöchentlich aufsuchte. Und weshalb sollte er Marie überhaupt Geschenke machen?«

»Seid Ihr wirklich so naiv?«

Der Spott in Severos Stimme ärgerte Martin: »Ich verstehe nicht, was Ihr meint?«

»Männer schenken Frauen teure Dinge, damit sie ihnen wohlgesonnen bleiben oder werden.«

»Wieso wohlgesonnen? Conrad hat für Maries Dienste bezahlt!«

Der Chirurg verdrehte die Augen. »Kennt Ihr Euch denn gar nicht mit Frauen aus?«

Martin spürte, wie er wieder einmal errötete. Er räusperte sich kurz. »Was meint Ihr damit?«



»Selbst bei den Huren bekommt Ihr für Geld nicht alles. Wahrscheinlich dienten die Geschenke als Wiedergutmachung, um sich Maries Gunst zu sichern. Ihr seht die Spuren der Misshandlungen selbst.« Mit seinem Messer deutete er auf den Leichnam. »Der Farbe nach zu urteilen, stammen die Male nicht vom Mörder, sondern fallen in die Zeit von Conrads letztem Besuch.«

Martins angewidertes Gesicht veranlasste den Chirurgen einmal mehr zu einem verständnislosen Kopfschütteln. »So ist das Leben. Gefällt es Euch nicht? Dann stellt Euch in Eurer Naivität vor, es habe Conrad einfach gefallen, sie in all den Kostbarkeiten zu sehen.«

»Ich bin nicht naiv«, entgegnete Martin patzig.

»Vom wahren Leben versteht Ihr dennoch nicht viel, was mich nicht wundert, denn in Euren Büchern findet Ihr es nicht.«

Das Gespräch nahm eine Wendung, die Martin nicht zusagte. Deswegen lenkte er die Aufmerksamkeit wieder auf die Tote vor ihnen auf dem Tisch.

»Sehen Eure Augen sonst noch etwas?«

Der Chirurg deutete auf zwei rote Male unterhalb des Rippenbogens. »Es gibt zwei Einstichstellen. Beide Stiche wurden von unten nach oben geführt. Der erste ging etwa drei Finger breit am Herzen vorbei. Der Mörder hat das Messer wieder herausgezogen und nochmals zugestochen, wobei er diesmal das Herz traf. Danach wird er Marie aufs Bett gestoßen haben, wo er ihr die Zunge herausschnitt und die Münze hineinlegte.«

»Wie kommt Ihr darauf?«



Die Müdigkeit ließ Martins Aufmerksamkeit sinken, sonst hätte er Severos Ausführungen nicht in Frage gestellt. Als er seinen Fehler bemerkte, war es zu spät. Zu seinem Glück war der Schwarzhaarige mindestens genauso erschöpft wie er und beschränkte sich, trotz einer säuerlichen Miene, auf eine vernünftige Erklärung.

»Wenn Ihr einen tödlichen Stich ins Herz setzt, würdet Ihr im Anschluss nicht nochmals knapp daneben zustechen. Deswegen sollte der Stich ins Herz als zweiter erfolgt sein. Und wenn Euch jemand die Zunge herausschneiden wollte, würdet Ihr versuchen, ihn abzuwehren und Verletzungen an den Handflächen und Fingern davontragen. Maries Hände weisen keine Abwehrspuren auf. Sie muss zu diesem Zeitpunkt also schon tot gewesen sein.«

Er hob den Arm der Blonden und zeigte Martin, der sich von seinem Platz auf der Treppe erhoben hatte, ihre unversehrten Handflächen.

»Das klingt vernünftig. Warum die Zunge?«

»Ein Symbol vielleicht, so wie bei Conrad? Redlich verdientes Geld bietet wenig Anlass zu einem Mord. Wir müssen also unbedingt herausfinden, ob die Geschenke wirklich von dem Toten stammen. Das erfahrt Ihr im günstigsten Fall von den Goldschmieden und Schneidern. Markward und Barbara werden Euch sagen, ob Conrads Vermögen für die Geschenke ausgereicht hätte, was ich nicht glaube. Es würde mich wundern, wenn wir über die Quelle des Reichtums nicht zum Mörder gelangen.«

Zustimmend nickte Martin. »Dazu habe ich zwei Theorien: Entweder hat Conrad mit den Schmugglern gemeinsame Sache gemacht oder er hat Schmuggelgut nicht beim Rat angezeigt und stattdessen selbst unter die Leute gebracht. In beiden Fällen hatten die Schmuggler einen Grund, ihn zu beseitigen. Der Hafenmeister glaubte wohl, bei so vielen Menschen in der Schänke wäre er sicher und hat sich deswegen auf ein Treffen mit ihnen eingelassen. Ein Trugschluss, wie sich herausstellte.«



»In Eurer Naivität überseht Ihr das Naheliegende. Eine Erpressung würde sowohl den plötzlichen Geldsegen erklären als auch ein gutes Motiv für beide Morde liefern.«

»Ihr meint, die beiden haben von dem erpressten Geld Kleid und Kette gekauft, und nachdem sie alles ausgegeben hatten, wollten sie ihr Wissen erneut versilbern?«

»Genau das. So, und jetzt lasst uns ins mein Haus zurückkehren. Ich bin müde.«

Die Gedanken in Martins Kopf überschlugen sich. Bei Lichte betrachtet, klang Severos Ansatz gar nicht übel. Warum war er nicht selbst darauf gekommen?

Wie dem auch sei, Schlaf war sicherlich keine schlechte Idee und so leistete er dem Vorschlag gern Folge. Gemeinsam machten sich die beiden Männer auf den Weg über Perdekopperstraße, Markt und Schuhhagen zu Severos Haus.

* * *

Die wenigen Stunden verbrachte Martin in unruhigem Schlaf, in dem er sich auf dem harten Fußboden hin und her wälzte. Wieder und wieder hörte er Severos Feststellung in den Ohren klingen, er sei naiv. Nun ja, im Umgang mit Frauen besaß Martin wirklich nicht viel Erfahrung und auch sonst machte er sich herzlich wenig Gedanken über die Menschen. Wozu auch? Bis zu dem Tag, als er den Auftrag für Professor Heiden übernommen hatte, war sein Leben beschaulich verlaufen. Er war einer geregelten Arbeit nachgegangen, die ihm Spaß gemacht und ein gutes Auskommen gesichert hatte. Erst mit diesem verfluchten Auftrag hatte sich alles schlagartig geändert und er musste sich mit solch abscheulichen Taten auseinandersetzen, statt seine Nase wie gewohnt in Bücher zu vergraben. Ja, anders als dem Chirurgen fiel es ihm schwer, seinen Mitmenschen schlechte Dinge zu unterstellen. Nur, war er deswegen naiv? Hatte der andere nicht einfach jeglichen Glauben an das Gute verloren?



Nun saß er in Severos Küche vor dem kargen Frühstück, das er nicht anrühren mochte. Noch war sein Appetit nicht zurückgekehrt. Noch haderte er mit dem Vorwurf, Schuld an Maries Tod zu tragen. Geistesabwesend griff er nach einem Becher, füllte ihn mit Wasser und schaute in Severos Garten hinaus. Er kam nicht umhin, den Mann zu beneiden. Immerhin war ihm das Glück vergönnt gewesen, ein paar Jahre mit Frau und Kind zu verbringen, bevor ihm das Schicksal beide nahm. Warum hatte Gott den Italiener so bitter bestraft? Welche Schuld hatte er auf sich geladen? Und wie gelang es ihm, bei dem Gedanken an das Verlorene nicht zu verzweifeln?

»Nein, unser Schmerz unterscheidet sich nicht. Der Gedanke an die gemeinsame Zeit ist ein schwacher Trost, im Vergleich zu all dem, was ich nicht mit meiner Familie gemeinsam erleben darf. Und dennoch bin ich unendlich dankbar für diese Zeit. Die Erinnerung heilt zwar nicht die Wunde im Herzen, aber sie hilft mir, mein Leben zu bestehen und der Verantwortung gerecht zu werden, die ich für die Menschen dieser Stadt trage«, merkte der Chirurg in seinem Rücken an. »Und auch wenn Euch der Gedanke abschrecken mag: Ihr tragt ebenfalls Verantwortung, für Gernot und die Universität. Ihr solltet Eure Aufgabe endlich annehmen, statt weiter mit ihr zu hadern. Es ist, wie ich gestern bereits sagte: Wir bestimmen unser Schicksal nicht selbst. Wir müssen die Prüfungen bestehen, die uns der Herrgott auferlegt.«



Martin zuckte zusammen. Wieso um alles in der Welt wusste Severo ständig, woran er dachte? Konnte der etwa in seinen Kopf schauen?

Als wolle er das bestätigen, fuhr der Schwarzhaarige fort. »Eure Körperhaltung und Eure Miene verraten Eure Gedanken. Ihr solltet lernen, sie besser zu beherrschen.«

Martin verspürte keine Lust, das Thema fortzuführen. Der Chirurg war der Letzte, mit dem er über seine Gefühle sprechen wollte. Genau genommen wollte er mit niemandem darüber reden und schon gar keine klugen Ratschläge erteilt bekommen.

Mit brüchiger Stimme erwiderte er nur: »Habt Dank für den Rat. Ich werde gelegentlich darüber nachdenken. Und jetzt entschuldigt mich. Wie Ihr es mir heute Nacht empfohlen habt, begebe ich mich auf die Suche nach den Handwerkern, die Maries Sachen gefertigt haben. Danach statte ich Barbara Schwerdt einen weiteren Besuch ab.«

»Die Sache mit Marie ist delikat und wird die Witwe sicherlich stärker verletzen, als es die Wutausbrüche ihres Gatten vermochten. Seid daher bitte behutsam!«, bat der Chirurg.

Verärgert gab Martin zurück: »Ihr braucht mich nicht zu belehren. Seht Euch lieber noch einmal Marie an.«

Die vergangenen Tage hatten das Verhältnis der beiden Männer stärker verändert, als Martin sich hätte vorstellen können. Anstelle einer gepfefferten Antwort, wie er sie am Montag noch erhalten hätte, sah er, wie der Chirurg mit der Hand abwinkte.



* * *

Resigniert lehnte sich Martin an die Wand neben der Tür zum Geschäft. Bisher war seine Suche erfolglos geblieben. Weder der Schneider aus der Collegienstraße noch seine Zunftkollegen aus der Kuhstraße und dem Schuhhagen kannten das Kleid. Von den aufgesuchten Goldschmieden hatte er bisher ebenfalls noch keine Auskunft zu der Kette mit dem blauen Stein erhalten. Bei genauerem Hinsehen war das nicht verwunderlich. Wenn der Hafenmeister Marie wirklich das Kleid geschenkt haben sollte, hätte er es wohl weder bei einem Handwerker in der Nähe zu seinem Wohnhaus noch zum Frauenhaus gekauft. Er hatte mit dem Handwerker in der Collegienstraße bloß begonnen, weil dessen Werkstatt der Universität am nächsten lag, wo er dem Rektor absprachegemäß seine kurze Aufwartung gemacht hatte. Um einen Besuch bei Gernot hatte er sich gedrückt. Er wollte dessen Leid nicht sehen, vor allem nicht an seinen eigenen Beitrag zur Verschlimmerung von dessen Gemütszustand erinnert werden.

Der Schneider aus dem Schuhhagen hatte Martin an seinen Zunftbruder in der Büchstraße verwiesen, vor dessen Werkstatt er nun verschnaufte. Trotz der Nähe zu Severos Wohnhaus war ihm das kleine Geschäft abseits der Hauptstraße nicht aufgefallen. Das sprach für diesen Handwerker. Mit dem Ärmel seines Hemdes wischte Martin sich den Schweiß von der Stirn, gab sich einen Ruck und betrat die Werkstatt.

In einer Ecke saß ein Junge von vielleicht vierzehn Jahren auf einem Tisch. Über seinem Schoß lag ein wollener Mantel, an den er mit flinken Fingern einen goldschimmernden Knopf annähte.



»Gott zum Gruße.«

»Gott zum Gruße! Womit kann ich dem Herrn dienen?« Mit unverhohlener Neugier betrachtete der Knabe den Sack, in dem Martin die Kostbarkeiten der Toten mit sich führte.

»Ich suche deinen Meister ...«

»Meister Wilhelm?«

»Ist er hier?«

»Ja.«

»Richte ihm aus, der herzogliche Ermittler möchte ihn sprechen!«

»Der herzogliche Ermittler ...«, wiederholte das Bürschchen andächtig.

Auf einen gereizten Blick von Martin verstummte er. Vorsichtig legte der Junge seine Arbeit auf dem Tisch ab, steckte die Nadel in ein Kissen neben sich und flitzte zu einem Vorhang, hinter dem er verschwand. Von dort hörte Martin aufgeregtes Geflüster. In der Zwischenzeit musterte er die zahlreichen Ballen grünen, gelben, weißen und schwarzen Stoffs. Vorsichtig strich er darüber, die Güte entsprach Maries Kleid.

Endlich trat ein dünner Mann mittleren Alters hervor. Nervös knöpfte er sich das schwarze Wams zu und richtete mit fahrigen Fingern das schüttere Haar, offensichtlich bemüht, einen guten Eindruck bei Martin zu hinterlassen.

»Mein Lehrling sagte, Ihr wolltet mich sprechen?«

Im Rücken des Schneiders lugte der Junge neugierig hinter dem Vorhang hervor.

»Ja. Es geht um einen Mord.« Martin hatte beschlossen, nicht um den heißen Brei zu reden.



»Oh! Und wie kann ich Euch da behilflich sein?« Der Handwerker war bei dem Wort »Mord« sichtlich zusammengezuckt.

»Kennt Ihr dieses Kleid?«

Vorsichtig schob Martin eine lange Ahle zur Seite, dann zog er das mittlerweile völlig verknitterte Gewand aus dem Sack und legte es auf den Tisch. Beim Anblick des blauen Stoffs erbleichte der Schneider.

Mit einem hörbaren Kloß im Hals erkundigte er sich: »Woher habt Ihr das Kleid?«

»Ihr kennt es?«

»Natürlich.« Ein Ruck ging durch Meister Wilhelm und er richtete sich stolz auf. »Dieses Kleid habe ich vor gar nicht langer Zeit angefertigt. Ihr besitzt keine Vorstellung, welche Mühe mir der Saum und die Verzierungen bereitet haben. Es war eine äußerst schwierige Arbeit und die Kundin nicht leicht zufriedenzustellen.«

»Eine Kundin?«

»Nun, beim ersten Mal erschien sie in Begleitung ihres Gatten. Danach kam sie zwei, dreimal allein zur Anprobe. Immer wieder hatte sie etwas auszusetzen, bis sie endlich zufrieden war. Beim Abholen hat er sie wieder begleitet. «

»Kennt Ihr seinen Namen?«, wagte Martin kaum zu fragen.

»Da müsst Ihr Euch kurz gedulden. Ich sehe im Buch nach, es ist hinten.«

Zustimmend nickte Martin. Während er auf die Rückkehr wartete, schlich der Lehrling zu ihm hinüber. Zögernd fragte der: »Seid Ihr wegen der toten Hure hier?«

»Ja«, antwortete Martin knapp.

Der Schweiß lief ihm schon wieder die Stirn herab. Die Hitze war schier unerträglich und das Herumgestehe machte es nicht besser.



Der Junge riss die Augen auf. »Hat man dem Weib wirklich den Bauch und die Kehle aufgeschlitzt? Und habt Ihr in dem Zimmer tatsächlich Fußspuren gefunden?«

Ein Hieb auf den Hinterkopf beendete die Fragerei.

»Du Nichtsnutz«, schimpfte der Schneider. »Du sollst die Kundschaft nicht belästigen. Mach dich an deine Arbeit!«

»Das ist keine Kundschaft«, erwiderte der Bursche trotzig. »Das ist der herzogliche Ermittler. Der ist wegen der toten Hure hier.«

Ehe der Meister ihm einen weiteren Hieb versetzen konnte, flitzte der Lehrling wieder zu seinem Tisch. Martin blieb das unverhohlene Interesse des Jungen an der weiteren Unterhaltung nicht verborgen. Während die Augen des Schneiders über die Seiten des Buches irrten, versuchte Martin mit gerecktem Hals etwas zu entziffern.

»Ende April hat er es gekauft«, der Handwerker drehte sich. Jetzt konnte Martin den Namen lesen, neben dem der Finger des Schneiders ruhte. Conrad Schwerdt hatte keinen Anlass gesehen, seinen Namen geheim zu halten.

»Könnt Ihr die Frau beschreiben?«

Sein Verdacht bestätigte sich, es handelte sich um Marie.

»Davor oder danach habt Ihr für die Frau oder den Mann keine Aufträge ausgeführt?«

»Nein, ich habe beide weder vorher noch nachher noch einmal gesehen. Ich hätte es mir gemerkt, denn die Frau war ganz hübsch. Er hingegen … nun mit seinen kalten Augen machte er keinen freundlichen Eindruck.«

Martin ließ nicht ab. »War er denn mit Eurer Arbeit nicht zufrieden?«



»Nein, diesen Eindruck hatte ich ganz und gar nicht. Mir schien, als interessiere ihn das Kleid weniger, während sie sich aufführte wie …«

»Wie …?«

»… wie ein Kind, das etwas Verbotenes tut. Immer wieder hat sie sich gedreht und eingehend betrachtet. Dabei lachte sie so eigenartig. Sagt, handelt es sich bei der Frau wirklich um die tote Hure?«

Bedauernd bejahte Martin die Frage.

»Mein Gott, das wusste ich nicht. Nie im Leben hätte ich das Kleid für sie angefertigt. Wisst Ihr, meine Statuten verbieten mir das. Bitte, bitte sagt meinen Zunftkollegen nichts!«

»Es tut mir leid, ich war schon bei Euren Zunftbrüdern. Der Schneider aus dem Schuhhagen verwies mich an Euch. Wahrscheinlich werden sie meine Nachfrage im Amt erwähnen. Wie viel hat das Kleid überhaupt gekostet?«

»Zwei Rheinische Gulden.«

»Das erscheint mir ziemlich teuer.« Kaum hatte er es ausgesprochen, schalt er sich einen Esel. Den feinfühligen Umgang mit den Eitelkeiten der Menschen beherrschte er nicht und er würde ihn wohl nie mehr erlernen.

Der Schneider straffte seinen Rücken. »Nun, wegen des sehr guten Stoffes, den reichen Verzierungen, der Goldfäden sowie der zahlreichen Änderungswünsche der Kundin war der Preis mehr als angemessen.«

»Verzeiht, Ihr habt natürlich Recht und mir mit Euren Auskünften sehr geholfen. In Anbetracht der misslichen Situation muss ich Euch wohl kaum um Euer Stillschweigen bitten.«

»Nein, das versteht sich von selbst«, versicherte der Handwerker beflissen.

»Das gilt in gleichem Maße für Euren Lehrling.«



»Natürlich«, pflichtete der Schneider ihm bei.

Martin lächelte. Es hätte nicht viel gefehlt und Meister Wilhelm hätte sich vor ihm verbeugt.

* * *

Was den Goldschmied betraf, war er schließlich in der Brüggstraße fündig geworden, wo er eine ähnliche Geschichte zu der Kette erfuhr. Offenbar war Conrad dort nicht mehr so großzügig gewesen, denn er hatte sich darauf beschränkt, ein fertiges Schmuckstück zu kaufen. Diesem Handwerker waren die Augen des Hafenmeisters ebenfalls in Erinnerung geblieben, eine Frau hatte ihn diesmal nicht begleitet.

Es stand also fest: Der tote Hafenmeister war Maries regelmäßiger Gast gewesen und hatte sie darüber hinaus mit teuren Geschenken bedacht. Um herauszufinden, woher das Geld dafür stammte, musste Martin nun erneut die schöne Witwe aufsuchen. Der Gang fiel ihm schwer. Die Misshandlungen hatten der Frau arg zugesetzt. Hinzu kam die Sorge um Gernot. Er mochte ihr nicht noch mehr Leid zufügen.

Um Zeit zu gewinnen und den unvermeidlichen Besuch noch etwas hinauszuschieben, brachte er den Sack mit Maries Schätzen zunächst zu Severo und nutzte die kurze Einkehr für eine Erfrischung. Nachdem er auch seinen Hunger gestillt hatte, begab er sich schweren Herzens auf den Weg.

Es dauerte nicht lange, bis sich auf sein Klopfen eine zaghafte Stimme hinter der Tür erkundigte, wer er sei. Nachdem Martin seinen Namen genannt hatte, öffnete Barbara.

»Störe ich Euch?«



Inständig hoffte er, er käme ungelegen und sie würde ihn wieder wegschicken. Womöglich konnte er dann Severo um die Erledigung dieser undankbaren Aufgabe bitten. Zu seinem Bedauern hatte die Witwe Zeit und bat ihn einzutreten.

Auf dem Weg in die Küche berichtete sie, was ihr in der Zwischenzeit eingefallen war. »Eure Rückkehr trifft sich gut. Eurem Wunsch folgend habe ich mir den Abend wieder und wieder ins Gedächtnis gerufen. Mittlerweile bin ich zu der Auffassung gelangt, Conrad habe von einem Ring gesprochen, den er von seinem Vetter erhalten hatte, bevor dieser verschwand. Ich habe überall nachgesehen, finde ihn jedoch nirgendwo.«

Interessiert horchte Martin auf. Das würde erklären, was der Mörder unter Maries Sachen gesucht hatte. »Könnt Ihr ihn beschreiben?«

»Es tut mir leid. Ich habe ihn nur ganz kurz gesehen, als Tobias ihn meinem Mann anvertraute und etwas dazu sagte, was ich nicht verstand. Wenn ich mich recht erinnere, zeigte er ein großes Wappen.«

Wenn der Mörder wirklich nach dem Ring gesucht hatte, dürfte er wohl einen entscheidenden Hinweis auf ihn geben.

Eine Beschreibung des Wappens wäre hilfreich. »Erinnert Ihr Euch an dessen Form?«

»Nein, die beiden hatten sich bemüht, ihn vor mir zu verbergen. Conrad steckte ihn sofort ein und ich sah ihn nie wieder. Weswegen seid Ihr hergekommen?«

Jetzt musste er das delikate Thema anschneiden. Vorsichtig begann er. »Wie viel Lohn erhielt Euer Gatte eigentlich für seine Arbeit im Hafen?«

Barbara Schwerdt setzte sich auf eine Bank und legte die eine Hand in den Schoß, den anderen Arm trug sie in der Schlinge, die Severo ihr angelegt hatte. Mit zitternden Fingern zupfte sie an einem Tuch. Während Martin auf die Antwort wartete, betrachtete er sie eingehend. Noch immer wies ihr Gesicht die hässlichen Spuren der schlimmen Misshandlung auf. Wie hatte der Drecksack ihr das antun können? Hatte Severo Recht, wenn er das grausame Ende des Hafenmeisters als gerechte Strafe bezeichnete? Und was verband dieses zarte Wesen überhaupt mit einem Zyniker von Gernots Schlag? Ihre Stimme riss ihn aus seinen Gedanken.

»So genau weiß ich es nicht. Conrad hat sich um alles gekümmert. Für den Einkauf händigte er mir jedes Mal ein paar Schillinge aus. Alles in allem genügte es, um ein bescheidenes Leben zu führen. Daneben erhielt er wie alle Ratsdiener Eier, Fleisch, Roggen und Weizen von den Höfen des Rates. Im vorletzten Winter reichte das nicht aus und wir brauchten unser Erspartes auf.«

»Das ist jetzt alle?«

»Ja. Der Winter hätte nicht länger dauern dürfen.«

»Um wie viel Geld handelte es sich?«

»Es war meine ganze Mitgift. In den vergangenen Jahren war es uns leider nicht gelungen, etwas zurückzulegen.«

In Anbetracht der regelmäßigen Besuche des Frauenhauses, von denen die arme Witwe nichts wusste, verwunderte Martin das nicht.

»Was ist mit Euren Kleidern? Besitzt Ihr Schmuck?«

»Aus Schmuck mache ich mir nichts. Für besondere Anlässe besitze ich ein schönes Kleid, dazu kommen zwei für den Alltag.«



»Hat Euer Gatte die Sachen gekauft?«

»Nein, die habe ich mit in die Ehe gebracht. Warum wollt Ihr das wissen?«

Da er den Moment, in dem er der zerbrechlich wirkenden Frau die Wahrheit über die abendliche Abwesenheit des Toten mitteilen musste, so lange wie möglich herauszögern wollte, überging er die Frage.

»Hatte Conrad besondere Angewohnheiten?«

»Was meint Ihr damit?« Verunsichert zupfte die Frau am Saum ihres Kleides.

Je näher der Augenblick rückte, desto unwohler fühlte sich Martin. Er räusperte sich. »Ging er abends häufig weg? Ich meine, bevor die Besuche in der *Hafenklause* begannen.«

»Nun, er unterschied sich nicht von anderen Ehemännern, was das betrifft.«

Erstaunt riss Martin die Augen auf. »Was machen andere Ehemänner?«

Unbefangen erwiderte Barbara: »Sie treffen sich regelmäßig mit ihren Freunden oder – wie Conrad – mit Männern, die für den Rat arbeiten: Markward und Tobias.«

»Hat er das gesagt?«

Nur mit Mühe verstand Martin ihre leisen Worte. »Ja, wieso? Stimmt das nicht?«

Innerlich fluchte er. Warum geriet immer er in solch missliche Situationen? Hätte der Chirurg diese Aufgabe nicht übernehmen können? Warum hatte Barbara überhaupt Zuhause sein müssen? Hatte sie keine Einkäufe zu erledigen? Behutsam griff er nach ihrer unverletzten Hand.

»Es tut mir leid. Ich würde es Euch wirklich gern ersparen. Aber es scheint, als habe Euer Gatte häufiger ein Haus aufgesucht, um die Dienste eines käuflichen Weibes in Anspruch zu nehmen. Um genau zu sein: dienstags und donnerstags.«



Als die Frau auflachte, atmete er erleichtert aus. Sie nahm es besser auf, als er befürchtet hatte. Vielleicht hatte sie es schon geahnt, wenn nicht sogar gewusst.

Nach einer kurzen Weile widersprach sie: »Wie kommt Ihr darauf? An diesen Tagen hat er immer mit Markward und ein paar Wachen gewürfelt.«

Traurig schüttelte Martin den Kopf. Das Lächeln auf dem Gesicht der Witwe erstarb. Tränen liefen über ihre Wangen und ein Weinkrampf ergriff ihren Körper. Tröstend legte Martin seinen Arm auf ihre Schulter. Als er schon nicht mehr daran glauben wollte, ließ das Weinen endlich nach.

In diesem Moment klopfte es laut an die Tür.

»Erwartet Ihr Besuch?«

Die Frau verneinte. Martin nahm den Arm von ihrer Schulter und bedeutete ihr, sitzenzubleiben. Neugierig öffnete er die Tür, vor der eine Stadtwache stand.

»Was gibt es?«

Der Bewaffnete machte Meldung. »Wir sollten doch die Augen aufhalten und Euch melden, wenn etwas passiert.«

»Und, was ist passiert?«

»Ein Händler hat einen Jungen aufgegriffen, der mit einer Falschmünze bezahlen wollte. Der Münzpräger befürchtet nun Ausschreitungen. Severo, der gerade den Vogt verließ, sagte mir, wo ich Euch finde.«

Martin schaute in Richtung der Küche, wo Conrads Witwe im Türrahmen stand und sich mit dem Tuch die Tränen abwischte. Obwohl er sich nicht berufen fühlte, Aufruhr zu verhindern, kam ihm der Ruf aus dem Rathaus äußerst gelegen. Er ersparte ihm die Suche nach den richtigen Worten und Gesten. Also verabschiedete er sich von ihr und hoffte, sie werde sein Angebot nicht unbedingt annehmen: »Ich muss leider gehen. Wenn Ihr Hilfe braucht, zögert nicht, nach mir zu rufen.«



* * *

Der schwarzhaarige Wachmann führte Martin in den Keller des Rathauses zu Tilmann. Noch durch die geschlossene Tür hörte Martin jemanden lauthals keifen.

Beim Eintreten stockte er einen kurzen Moment, denn der schmächtige Knabe mit den abstehenden Ohren und den zerrissenen Hosen war ihm bereits im vergangenen Jahr begegnet. Schüchtern stand Friedrich an der Wand, seine Hände nestelten nervös an einem Faden, der sich an seinem schmutzigen Hemd gelöst hatte. Severo lehnte mit vor der Brust verschränkten Armen gelangweilt zwischen der Tür und dem Jungen.

»Was ist geschehen?«, wandte sich Martin an den Münzpräger.

»Was geschehen ist?«, wiederholte der Fremde, dessen Stimme er auf dem Flur vernommen hatte, aufgebracht und wies in Friedrichs Richtung. »Dieser Junge ist ein Falschmünzer und gehört dem Vogt übergeben. Ich bestehe darauf!«

Redlich bemühte sich Tilmann, den Mann mit den roten Haaren von der Unschuld des Knaben zu überzeugen. »Beruhige dich, Jochen. Das Kind stammt aus dem Armenviertel. Wie soll es einen gefälschten Schilling erkennen?«

Der Händler ließ sich von seinem Ansinnen nicht abbringen. Wütend fuchtelte er vor dem Gesicht des Münzprägers. »Sieh ihn dir an, wie verschlagen er dreinblickt. Der wusste ganz genau, was er tat. Übers Ohr hauen wollte der mich. Lass dich nicht von ihm hinters Licht führen. Tilmann, du weißt genau, welche Strafe Falschmünzer und ihre Helfer erwartet.«



Der Weißhaarige seufzte tief. »Ja, ich weiß es ganz genau, Jochen. Aber wie ich bereits sagte: Der Junge konnte die Fälschung nicht bemerken. Dieses arme Bürschchen wird kaum zuvor einen Schilling zu sehen bekommen haben, höchstens einen Halbschilling. Und überhaupt: Was meinst du, was passiert, wenn der Vogt versucht, die Strafe an dem Kind zu vollstrecken? Unberechtigt noch dazu! Ich könnte es den Menschen da draußen nicht verübeln, wenn sie das Rathaus stürmen und den Jungen holen.«

Die Worte überzeugten den streitlustigen Kerl nicht. »Nur weil du Angst vor dem gemeinen Volk hast, dürfen diese Taten nicht ungesühnt bleiben!«

Martin war des lauten Gezeters überdrüssig.

»Zeigt mir die Münze!«, forderte er harsch.

Der Händler griff nach dem Geldstück auf dem Tisch vor Tilmann und warf es Martin zu. Aufmerksam untersuchte er den Schilling und wog ihn sorgfältig in der Hand. Die Münze ähnelte denen, die er bei seinem ersten Gespräch mit Tilmann auf dessen Tisch gesehen hatte. Allerdings konnte man die dritte Feder des Greifs erahnen. Er stimmte dem Münzpräger zu. Ein Knabe aus dem Armenviertel kannte womöglich Witten und Sechslinge. Schon bei einem Halbschilling kamen Martin ernstliche Zweifel, erst recht bei einem Schilling. Zudem war Friedrichs Mutter eine rechtschaffene Frau. Sie hatte sich sehr über den Unterricht gefreut, den Professor Heiden dem Jungen gegeben hatte, und würde es nicht dulden, wenn ihr Sohn einem Falschmünzer zur Hand ging.



»Tilmann hat Recht«, schaltete sich Severo ein. »Den Jungen an den Vogt zu übergeben, ist in Anbetracht von dessen Diensteifrigkeit und der angespannten Stimmung in der Stadt keine gute Idee.«

Auch dieser Überzeugungsversuch scheiterte: »Was schert mich die Stimmung, Chirurg?«

»Sie wird Euch dann etwas scheren, wenn sich der Zorn der einfachen Leute nicht nur gegen den Rat richtet und sie die Marktbuden kurz und klein schlagen«, erwiderte Martin verstimmt. »Im günstigsten Fall fragt man Euch vorher, auf wessen Seite Ihr steht. Im schlimmsten Fall brennt die aufgebrachte Menge einfach alles nieder, Euer Haus und Eure Waren eingeschlossen.« Wütend über den Unverstand des Händlers drückte Martin dem Chirurgen die Münze in die Hand.

»Wer seid Ihr überhaupt?«, begehrte Jochen auf.

Ohne aufzusehen, klärte Severo ihn auf. »Der Herzog hat ihn wegen des Mordes am Hafenmeister geschickt.«

»Was schert Euch dann diese Sache?«

»Das hat Euch nicht zu kümmern«, herrschte Martin ihn an. Seine Laune verschlechterte sich zusehends. Irgendwie mussten sie diesen unsäglichen Menschen loswerden.

»Ich lasse mir jedenfalls von gemeinen Dieben und Aufrührern keine Angst einjagen. Der Junge muss seiner gerechten Strafe zugeführt werden! Und wenn Ihr Euch nicht darum kümmern wollt, bringe ich ihn eben zum Vogt.«

Bedrohlich trat der Rothaarige auf Friedrich zu. Schützend schob sich Severo vor das Kind.

»Wenn Ihr ihn dem Vogt übergeben wollt, müsst Ihr mich vorher überwinden.«



Verunsichert schaute der Händler von Severo zu Tilmann. Schließlich streifte sein Blick die Stadtwache, die Martin herbeigeholt hatte und die betont desinteressiert zur Decke schaute. »Ihr! Nehmt den Jungen und schafft ihn zum Vogt!«

Der Angesprochene blies die Wangen auf. »Ich nehme bloß Befehle des Vogtes und des herzoglichen Ermittlers entgegen.«

Gnadenlos nutzte der Italiener den Moment der Verwirrung. »Mein lieber Jochen«, begann er, während er dem Händler die Hand auf die Schulter legte und sanft, aber entschieden von dem Jungen weg und zur Tür hin schob. »Ein Vorschlag in aller Güte. Wir kennen Friedrich. Über seine Strafe sprechen wir, wenn sich die Situation in der Stadt entspannt hat. Bis dahin behalten wir ihn im Auge.«

Bei diesen Worten langten sie an der Tür an.

»Versteht Ihr mein Anliegen?«, begehrte Jochen nochmals auf.

»Natürlich«, beschwichtigte Severo ihn. Hätte Martin ihn nicht besser gekannt, hätte er dessen vorgegaukelte Besorgnis sogar geglaubt. »Manchmal muss man jedoch abwarten. Wir vergessen die Angelegenheit nicht, Jochen. Das verspreche ich.«

Kaum hatte der Chirurg die Tür hinter dem Rothaarigen geschlossen, knurrte er leise: »So ein Trottel.«

»Würdet Ihr mir bitte Euer Vergrößerungsglas geben?«, bat Martin den Münzpräger.

Offensichtlich erleichtert über das Verschwinden des Händlers reichte der Angesprochene ihm das Gewünschte. Mit dem Glas in der Hand begab sich Martin zu der Fensteröffnung hinüber, die oben in der Wand gegenüber der Tür eingelassen war. Severo und der Münzpräger folgten ihm.



»Gebt mir Friedrichs Münze.« Der Chirurg legte sie auf das Regal unter der Fensteröffnung. Martin platzierte die der Toten daneben. Gespannt beugten sich die drei über die Geldstücke.

Nach einer Weile des Schweigens stellte Tilmann fest: »Alle drei sind Fälschungen. Diese beiden«, er wies auf die Geldstücke der Toten, »wurden gegossen, während Friedrichs eindeutig geprägt wurde.« Er nahm Martin das Vergrößerungsglas aus der Hand und hielt es etwas schräger. »Man sieht es am Rand. Außerdem besitzt die geprägte Münze schärfere Konturen.«

Der Münzpräger holte aus seiner Werkbank ein spitzes Messer, mit dem er vorsichtig auf der Oberfläche von Friedrichs und Maries Münze kratzte und das darunterliegende Material sichtbar machte.

»Oh«, entfuhr es dem Alten, ehe er erneut in eine stille Betrachtung versank.

»Was habt Ihr?«, unterbrach Martin vorsichtig das Schweigen.

»Mir scheint, sie stammen von derselben Person. Erinnert Ihr Euch an Euren ersten Besuch hier im Keller? Wie ich Euch erklärte, besitzt der Flügel des Greifs drei Federn. Bei den Münzen der Toten ist die letzte Feder nicht zu erkennen, während sie bei dieser Münze hier noch sehr schwach vorhanden ist. Wahrscheinlich diente eine mit demselben Eisen geprägte Münze als Vorlage für die tönernen Formen.«

Martin und sein Begleiter sahen den Weißhaarigen erwartungsvoll an. Tilmann deutete auf die Stühle vor seinem Tisch, auf denen sie Platz nahmen. Bevor der Münzpräger zu einer Erklärung ansetzte, schenkte er Wein in vier Becher. Einen davon reichte er der Wache. Dankbar für die Erfrischung nahm Martin einen Schluck.



»Münzen lassen sich auf zweierlei Weise herstellen – über einen Guss oder die Prägung. Originalmünzen werden immer geprägt, das gilt jedenfalls für die mir bekannten Münzen. Man nimmt dazu einen Schrötling aus Gold oder Silber mit dem Gewicht der späteren Münze. Sodann benötigt ihr ein Untereisen, das den Stempel für die Vorderseite der Münze trägt. Dieses spannt Ihr in den Amboss. Auf den Schrötling spannt Ihr ein Obereisen, das der Rückseite entspricht. Es besitzt einen Stiel und wird von jemandem gehalten. Durch einen Schlag mit einem Hammer auf das Obereisen erhält die Münze ihre Gestalt. Ein erfahrener Münzpräger weiß, wie viel Kraft es für eine einwandfreie Herstellung braucht. Ist der Schlag hingegen zu weich, muss er wiederholt werden. Deswegen weisen solche Münzen meist doppelte Konturen auf.«

»Auf diese Art wurde Friedrichs Geldstück hergestellt?«, hakte Martin nach.

»Richtig, nur war das Eisen wohl schon fehlerhaft. Zudem besteht der Kern dieser Münze aus Kupfer. Sie wurde nach der Prägung in Silber getaucht. Die Münzen der Toten wurden hingegen gegossen. Hierfür nehmt Ihr eine Originalmünze und drückt sie in weichen Ton, unmittelbar daneben ein Röhrchen, das die spätere Einfüllöffnung bildet. Außerdem müsst Ihr noch eine Öffnung vorsehen, aus der die Luft entweichen kann, wenn Ihr das flüssige Material einfüllt. Das bedeckt Ihr mit Ton. Schließlich teilt Ihr diesen vorsichtig und nehmt Münze und Röhrchen wieder heraus. Beide Hälften brennt Ihr im Ofen.«

»Das ersetzt Ober- und Untereisen der Prägung«, stellte diesmal Severo fest.

»Ich sehe, Ihr versteht.« Zufrieden nickte Tilmann. »Das eigentliche Verfahren ist dann nicht mehr schwierig. Ihr bindet die beiden Hälften fest aneinander, füllt in die Öffnung das flüssige Material. Wenn es abgekühlt ist, nehmt Ihr die Formen auseinander und bearbeitet den Rohling, vor allem müsst Ihr den Grat an den Rändern und den Gusszapfen abtragen. Den Glanz erhaltet Ihr auf dieselbe Weise wie bei der Prägung.«

»Also ist das Prägeverfahren die genauere Methode«, schloss der Chirurg.

»Was die Ähnlichkeit der Münzen betrifft, sicherlich. Es entsteht keine Gusshaut, die die Oberfläche rau, ja porös erscheinen lässt. Außerdem schrumpfen die gegossenen Münzen beim Erkalten und sind dadurch kleiner und leichter. Trotzdem ziehen die Falschmünzer das Gussverfahren vor. Zum einen muss das Obereisen regelmäßig ersetzt werden, denn jeder Hammerschlag setzt ihm zu. Es reicht höchstens für hundert Prägungen. Das Untereisen verschleißt ebenfalls mit der Zeit. Bei einem sorgfältigen Umgang halten die Tonmatrizen hingegen länger und sie lassen sich vor allem weniger aufwändig ersetzen. Und ganz wichtig: Bei der Prägung hört man den Hammerschlag, was wiederum die Aufmerksamkeit neugieriger Nachbarn, des Nachwächters oder der Stadtwachen erregt.«

Nachdenklich warf Martin ein: »Spricht die unterschiedliche Herstellungsart nicht für verschiedene Fälscher?«

»Das möchte man meinen. Doch vertraut meinem geübten Auge. So einiges verrät die Herstellung aus einer Hand. Was ich Euch vorhin zu dem Flügel erzählt habe, gilt in gleichem Maße für die Klauen des Greifs.« 

Nun sprach Severo einen Punkt an, der Martin ebenfalls aufgefallen war. »Sollte ein Falschmünzer nicht bemüht sein, sein Werk so echt wie möglich zu gestalten? Warum verwendet er die Münzen, wenn das Fehlen der Feder leicht zu erkennen ist?«

Trotz des traurigen Anlasses genoss der Alte das Interesse an seiner Arbeit. Sein Redefluss war kaum zu stoppen. »Dahinter steckt eine kluge Abwägung. Wie gesagt, das Werkzeug zur Herstellung ist für das Gussverfahren wesentlich leichter zu bekommen. Die Gefahr einer Entdeckung besteht vor allem, wenn Ihr Euch so ungeschickt wie der Junge anstellt. Seht ihn Euch an. Käme er an Eure Marktbude, würdet Ihr Euch ebenfalls fragen, wie ausgerechnet er in den Besitz eines ganzen Schillings gelangt ist. Unwillkürlich würdet Ihr das Geldstück aufmerksamer betrachten. Wäret Ihr an seiner Stelle hingegangen und hätten ein paar Frauen hinter Euch gestanden, hätte Jochen keinen Blick darauf verschwendet.

Falschmünzer wissen das. Deswegen fällt den Händlern der Betrug meist erst am Abend auf. Am nächsten Morgen beschweren sie sich bei mir. Genau deswegen wird der Junge nicht mit einem Falschmünzer paktiert haben.«

Der Münzpräger machte eine Pause, während der er einen großen Zug aus seinem Becher nahm. Schließlich beugte er sich nach vorn und flüsterte leise: »Da ist noch etwas, was Ihr wissen solltet. Es scheint, als würde jemand absichtlich schlechte Falschmünzen außerhalb Greifswalds in Umlauf bringen. In einigen Hansestädten häufen sich in letzter Zeit die Funde.«



Der Chirurg runzelte die Stirn. »Warum sollte jemand so etwas tun?«

Martin hingegen hatte verstanden, worauf der Mann hinaus wollte. »Ihr meint, jemand will der Stadt gezielt Schaden zufügen?«

Mit besorgter Miene nickte der Alte. »So sieht es aus.«

»Was berechtigt Euch zu der Annahme?«

Bevor Tilmann die Frage des Chirurgen beantwortete, füllte er ihre Becher erneut.

»Man hat uns nahegelegt, das Problem schnellstens zu lösen. Finden wir die Quelle nicht bis St. Martin, droht uns die Verhansung. Habt Ihr eine Vorstellung, welch schlimme Folgen das haben würde? Nach der Verhängung darf niemand mit der Stadt und ihren Kaufleuten Geschäfte machen. Braunschweig hat das vor über hundert Jahren schon einmal erlebt. Den Menschen erging es schlecht und es trifft jeden: Ratsherren, Kaufleute, Bürger, Tagelöhner. Kein Handel, keine Aufträge für die Handwerker; keine Schiffe, keine Arbeit für die Tagelöhner; keine Steuereinnahmen, keine Armenfürsorge! Hunger und Not brechen aus. Ihr seht, wegen der katastrophalen Folgen ist die Verhansung keine Sanktion, die man einfach so androht. Daran könnt Ihr ableiten, von welchen Mengen Falschmünzen wir sprechen.«

»Warum erzählt Ihr uns das erst jetzt?«, raunzte der Chirurg Tilmann empört an.

Aufgebracht verteidigte sich der Alte: »Ich hielt es nicht für wichtig. Ich dachte, Conrads Mörder hätte die Fälschung erkannt und ihm die Münze wegen ihrer Wertlosigkeit gegeben.«



Martin hatte schon weitergedacht. »Müssen sich die Hansestädte bei Unruhen eigentlich beistehen?«

»Das kommt darauf an, ob die Ratsherren ihre Freunde von einem Beistand überzeugen können. Häufig sind die Geschlechter miteinander verwandt. Die Tochter eines Greifswalder Patriziers heiratet den Sohn eines Lübeckers. Auf diese Weise sichern sich die Männer auch außerhalb der Stadtmauer Einfluss. Es ist immer gut, mächtige Freunde in der Fremde zu haben. Genau diese werden aus Angst vor einem Flächenbrand auf einen Bettelbrief ihrer lieben Greifswalder Amtsbrüder in ihren Räten für Unterstützung werben. Glaubt mir: Unruhen verbreiten sich schnell. So erhoben sich die Lübecker Knochenhauer, kurz nachdem Braunschweig wieder in den Hansebund aufgenommen worden war.«

Der Chirurg brachte Martins Gedanken zu Ende. »Aber bei einer Verhansung wegen Falschmünzerei würde die Hilfe womöglich ausbleiben!«

Stumm nickte der Münzpräger, dessen Gesicht immer fahler wurde, je mehr ihm anscheinend die Tragweite der Worte bewusst wurde.

Auf Martins lautes Aufstöhnen blickten die beiden Männer abrupt zu ihm hinüber.

»Geht es Euch nicht gut?«, erkundigte sich Tilmann besorgt.

Martin winkte ab. »Unterstellen wir einmal die Richtigkeit der Theorie und verbinden sie mit der unsrigen von heute Nacht, so ist wahrscheinlich der Aufrührer oder einer seiner Helfer Conrads und Maries Mörder. Sie kannten seinen Namen und erpressten ihn. Oder Conrad stellte die Münzen her. In jedem Fall erklärt das den Geldsegen des Hafenmeisters.«



Aufgebracht widersprach Tilmann: »Nie im Leben hätte Conrad so etwas getan.«

»Euer Hafenmeister war in der Lage, zweimal wöchentlich das Frauenhaus an der östlichen Stadtmauer aufzusuchen und der Dirne, die man vergangene Nacht umgebracht hat, ein kostbares Kleid und Schmuck zu schenken.«

Einmal mehr hatte Martin Bedenken, Severos Art könne einen ihrer Gesprächspartner brüskieren. Ungläubig riss der Münzpräger die Augen auf, als Martin die Summe nannte, die der Tote für die Geschenke aufgebracht hatte.

»Eurem Gesicht nach zu urteilen, übersteigt das Geld wohl deutlich den Verdienst eines Hafenmeisters«, stellte Martin fest.

»Das kann man wohl sagen. Die Hafenmeister erhalten in etwa meinen Lohn. Ein Teil davon wird in barer Münze gezahlt, der Rest aus den Abgaben der städtischen Pächter geleistet. Gleichwohl dürfte Conrad selbst bei einem genügsamen Lebenswandel kaum zu solchen Geschenken in der Lage gewesen sein.«

»Da er nicht geerbt hat, muss er auf unredliche Weise an das Geld gelangt sein. Zunächst waren uns die Schmuggler eingefallen, später die Erpressung«, klärte Martin den Münzpräger auf.

»Nun, Conrad könnte sich sein Wissen genauso gut von jedem anderen Menschen in der Stadt versilbern lassen haben«, gab Severo zu bedenken.

Nachdenklich massierte sich Martin die Schläfen. »Das größte Interesse, einen Schwätzer zum Schweigen zu bringen, dürfte im Moment aber der Aufrührer haben, oder? Wie viele Männer braucht es für die Herstellung der Falschmünzen?«

»Eigentlich würde eine Person ausreichen. Wegen der Verbreitung des Geldes außerhalb Greifswalds dürfte der Falschmünzer aber wenigstens einen Helfer haben.« 

»Könnte das nicht doch Conrad gewesen sein? Er hat bei Euch sicherlich gesehen, wie man Münzen herstellt«, führte der Italiener Martins Ansatz fort.

Offensichtlich von den sich eröffnenden Möglichkeiten abgestoßen, seufzte der Alte: »Aus den Alternativen traue ich ihm eher eine Erpressung zu.«

»Einen Falschmünzer zu erpressen, anstatt ihn bei der Obrigkeit anzuzeigen, verbessert die Sache nicht«, knurrte Severo. »Es gilt jetzt umso mehr den Aufrührer zu finden oder einen seiner Helfer, der redet.«

Wie auf ein Zeichen hin schauten alle drei zu dem Knaben, der stumm seine nackten Füße betrachtete. Plötzlich flog die Tür auf und ein wütender Vogt trat ein. Hinter ihm zeichnete sich Jochens hämisch lachendes Gesicht ab. Mit Eintritt des Vogtes wurde es eiseskalt im Raum.

»Was musste ich hören? Dieser Junge hat versucht, einen Händler zu betrügen und Er weigert sich, ihn an mich zu übergeben?«

Ängstlich zog Tilmann den Kopf ein. Martin hingegen blieb von dem Geschrei unbeeindruckt. Mittlerweile hatte er sich an die Art des Vogtes gewöhnt. Langsam erhob er sich, zog den herzoglichen Brief mit der Vollmacht aus seiner Tasche und deutete auf Bogislaws Siegel.

»Wie Ihr Euch bestimmt erinnert, hat der Herzog mich ermächtigt, alle notwendigen Anordnungen zu treffen. Die Bürgermeister haben das ausdrücklich bestätigt. Ich habe angewiesen, den Jungen nicht an Euch zu übergeben, da es sich um ein Missverständnis handelt. Sein Vater erhielt die Falschmünze als Lohn.« Martin hielt den gefälschten Schilling in die Luft. »Wie er uns vor Eurer Ankunft gerade erzählte, sollte der Junge die Münze auf Geheiß seiner Mutter herbringen und den Weg mit ein paar Besorgungen verknüpfen. Bedauerlicherweise griff er nicht nach dem Schilling, den ihm seine Mutter dafür gegeben hatte, sondern reichte dem Händler die Falschmünze.«



»Will Er mir etwa erzählen, die Familie dieses Jungen sei im Besitz eines Schillings gewesen? Wofür hält Er mich?«

»Weshalb sollten sie nicht? Es sind ehrbare Menschen«, schaltete sich Severo ein, der während Martins Ausführungen aufgestanden war und sich dicht neben den Knaben gestellt hatte.

Triumphierend blitzten die Augen des Vogtes auf. »So, sind es ehrbare Menschen? Dann wird mir der Junge sogleich den echten Schilling zeigen!«

Martins Herz stockte, als er den Chirurgen sagen hörte: »Natürlich kann er das, nicht wahr, Friedrich? Zeig dem Vogt das Geld deiner Mutter.«

Zögerlich streckte Friedrich den Arm aus und öffnete die Hand, in der ein Schilling lag.

Wütend kniff der Vogt die ohnehin schmalen Lippen zusammen. »Beeile Er sich, endlich den Mörder des Hafenmeisters zu finden und diese Stadt zu verlassen, bevor ich mich vergesse!«

»Ich suche nicht nur Conrads Mörder, Marie starb durch dieselbe Hand. Und seid unbesorgt, Vogt. Ich werde die Stadt so schnell wie möglich verlassen.« Spöttisch verbeugte sich Martin.

Beim Aufrichten sah er, wie der Vogt die Tür mit einem lauten Knall hinter sich zuwarf. Jochen war schon vor ihm hinausgeflüchtet. Hinter ihm atmete Tilmann erleichtert aus. Martin nickte Severo, der sich vehement weigerte, das Geldstück von Friedrich zurückzunehmen, dankbar zu.



Beim Hinübergehen fragte Martin: »Woher hast du die Falschmünze?«

»Gefunden.«

Er hockte sich vor den Knaben und legte ihm eine Hand auf die Schulter. Inständig hoffte er, Friedrich werde verstehen, wie wichtig seine Antwort war.

»Du hast sicherlich gehört, was am Samstag auf dem Hof der *Hafenklause* geschehen ist. Heute Nacht wurde eine Frau getötet. Der Münzfälscher könnte ihr Mörder sein oder ihn kennen. Um den Tod weiterer Menschen zu verhindern, müssen wir ihn so schnell wie möglich finden. Also überleg gut, wo du den Schilling gefunden hast?«

Mit großen Augen berichtete ihm der Junge von der Bude an der nördlichen Stadtmauer.

»Lagen dort noch mehr?«

Stumm schüttelte Friedrich den Kopf.

»Gut, ich halte es für besser, wenn wir dich zu deiner Familie begleiten.«

Beim Hinausgehen verharrte Martin kurz im Türrahmen. »Nachdem wir Friedrich nach Hause gebracht haben, würde ich Euch gern noch ein paar Fragen stellen. Wartet bitte auf mich.«

* * *

Als die beiden Männer mit dem Knaben die Treppe hinaufstiegen, sahen sie zwei Stadtwachen, die hektisch vor der verriegelten Eingangstür hantierten. Ungläubig fragte einer der beiden Männer, ob sie das Haus wirklich durch das Portal verlassen wollten.



»Wie viele stehen davor?«, hörte Martin den Chirurgen mit angespanntem Ton hinter sich.

»Fünfzig vielleicht. Jedenfalls genug, um Euch gewaltigen Ärger zu bereiten.«

Martin spürte, wie sich Friedrichs Hand stärker um die seine schloss. Währenddessen lugte Severo besorgt durch das reparierte Fenster. »Der Hintereingang wäre wohl die bessere Alternative.«

»Meint Ihr wirklich, da stünde niemand?«, verwarf Martin den Gedanken sofort.

Er erinnerte sich an die entwaffnende Ehrlichkeit, mit der Severo ihren Gesprächspartnern in den vergangenen Tagen begegnet war. In dieser Situation schien sie ihm das probate Mittel zu sein.

»Nein, die Menschen wollen bloß sehen, ob es dem Jungen gut geht. Das sollten wir ihnen zeigen.«

Die Sorgenfalte auf der Stirn des Italieners vertiefte sich. »Euer Wort in Gottes Ohr.«

Erneut kniete sich Martin vor Friedrich. »Hör mir gut zu. Du könntest dich in großer Gefahr befinden. Deshalb musst du mir zwei Dinge versprechen: Wer immer dich fragt, du darfst weder von der Münze erzählen, noch worüber wir im Keller mit Tilmann gesprochen haben. Außerdem musst du in den nächsten Tagen stets in der Nähe deiner Eltern bleiben. Jedenfalls solange, bis wir den Mörder gefunden haben. Versprich mir das!«

Ängstlich schaute der Knabe von Martin zu Severo, der ihm ernst zunickte. Leise willigte er ein.



»Gut, wir gehen jetzt hinaus. Du bleibst zunächst an meiner Hand.«

Noch einmal atmete Martin tief ein. Aus dem Augenwinkel sah er, wie Severo ein Kreuz vor der Brust schlug. Schließlich bedeutete Martin den Wachen, den schweren Holzbalken, mit dem sie die Tür verbarrikadiert hatten, zur Seite zu nehmen. Langsam öffneten sie einen Türflügel.

Die aufgebrachten Rufe, die er eben noch vernommen hatte, verstummten, als er mit Friedrich hinaustrat. Das Herz schlug ihm bis zum Hals und einen Moment überlegte Martin, ob er die richtige Entscheidung getroffen hatte. Ein Zurück gab es nicht mehr. Neben ihm postierte sich Severo, die Hand unter seinem Umhang. Schweigend musterte Martin die Menge, in deren erster Reihe er das besorgte Gesicht von Friedrichs Mutter erkannte.

»Gebt das Kind heraus! Was habt Ihr ihm angetan?«, forderten zwei aufgebrachte Stimmen aus der Mitte. Sofort vielen weitere ein.

Beschwichtigend hob Martin die freie Hand. Die Stimmen wurden leiser.

»Dem Kind ist nichts geschehen. Es war eine Verwechslung. Er ist unversehrt, wie Ihr sehen könnt!«

Er zog Friedrich vor sich und drehte ihn um seine Achse, damit sich die Menschen von seiner Gesundheit überzeugten. Anschließend winkte er Friedrichs Mutter heran.

»Warum haltet Ihr ihn dann weiter fest? Lasst ihn gehen!«, ertönte es von der linken Seite.

Martin versuchte den Schreihals ausfindig zu machen. War es der Kerl, der ihm bei seinem ersten Besuch im Rathaus den finsteren Blick zugeworfen hatte? Oder die ausgemergelte Gestalt neben ihm?



»Niemand hält ihn fest. Wie Ihr seht, übergebe ich ihn seiner Mutter. Und jetzt empfehle ich Euch, den Platz zu verlassen, sonst gelangen die Bürgermeister oder der Vogt noch zu der Ansicht, Ihr wolltet gegen den Rat aufbegehren.«

Neugierig reckten einige aus der Menge die Hälse, als Friedrichs Mutter ihren Sohn in den Arm nahm.

Martin beugte sich zu ihr. »Wartet bitte noch einen kurzen Moment.«

Misstrauisch nickte sie.

»Wie Ihr seht«, ergriff Severo das Wort, »ist der Knabe wieder mit seiner Familie vereint. Es gibt also nichts mehr zu schauen. Kehrt zu Eurem Tagwerk zurück.«

Murrend begann sich die aufgeregte Menge zu zerstreuen. Sosehr sich Martin anstrengte, einen Gesellen oder Knecht erblickte er unter den traurigen Gestalten nicht. Wie wenige Tage zuvor hatten sich ausschließlich Menschen aus dem Armenviertel versammelt, um die Freilassung eines der ihren zu fordern.

Friedrichs Vater trat neben seine Frau. Schützend legte er den Arm um sie.

Feindselig blickte er von Martin zu Severo. »Was ist, weshalb dürfen wir nicht gehen?«.

Betont freundlich erwiderte Martin: »Weil ich Euch um etwas bitten möchte.«

»Wenn ich Euch sagen soll, wo Ihr den Aufrührer findet – seid Ihr bei mir falsch! Und Ihr, Severo, schämt Ihr Euch nicht, mit Männern zu paktieren, die Unschuldige foltern?«

Angewidert spuckte der Dürre auf den Boden.

Der Chirurg schien in seiner Ehre angegriffen. Martin sah ihn innerlich kochen und sich mit großer Mühe zurückhalten. 

»Ich paktiere mit niemandem! Vielleicht segnet der Herr dich irgendwann mit der Erkenntnis, welch unnötiges Blutvergießen wir gerade verhindert haben.«

»Unser Blut wird nie unnötig vergossen!«

»Sieh es, wie du willst. Nur tu mir den Gefallen und lass deinen Sohn nicht dabei zusehen, wie du in den Tod rennst. Es ist mir unbegreiflich, weshalb ausgerechnet dein Sohn einen so klugen Kopf hat. Vermutlich kommt er mehr nach seiner Mutter.«

Es gelang Martin und Friedrichs Mutter mit Mühe, eine handgreifliche Auseinandersetzung zwischen den Männern zu verhindern. Als sich die beiden wieder beruhigt hatten, teilte Martin der Frau seine Bitte mit.

»Euer Sohn befindet sich in Gefahr. Lasst ihn in den nächsten Tagen nicht aus den Augen. Er sollte sich immer in Eurer Nähe oder bei Menschen, denen Ihr vollauf vertraut, aufhalten.«

Die Worte verfehlten ihre Wirkung nicht. Ängstlich zog sie ihren Sohn dicht an sich.

»Geht jetzt und passt gut auf ihn auf!«

Als sie außer Hörweite waren, fragte Severo: »Meint Ihr wirklich, Bodo könnte seinen Sohn verteidigen? Der Mann ist Haut und Knochen – wie so viele, die hier standen.«

Martin traute seinen Ohren nicht. »Sagtet Ihr gestern nicht, wir hätten genug zu tun? Wollt Ihr da noch auf einen Knaben aufpassen? Soll er Euch etwa bei der Sektion der Leichen zur Hand gehen?«

»Er hätte Euch ja begleiten können.«

»Nein!«



»Warum? Er hält ohne Weiteres mit Euch Schritt!«

»Ihr ...« brauste Martin auf. Severos Verhalten der vergangenen beiden Tage hatte ihn vergessen lassen, zu welch verletzenden Äußerungen der Kerl gelegentlich neigte. Kühl erwiderte er: »Tilmann muss mir noch ein paar Fragen beantworten. Zum Beispiel, woher das Material stammen könnte und wer als Falschmünzer in Betracht kommt. Da kann ich nicht auf ein Kind aufpassen.«

»Mir fallen da zunächst die Goldschmiede ein. Zwar habe ich schon von Fällen gehört, in denen die städtischen Münzpräger selbst Fälschungen herstellten. Dem guten Tilmann traue ich das allerdings nicht zu. Und das Material stammt wohl von den Schmugglern, weshalb wir dem Einbeinigen Hannes nachher einen weiteren Besuch abstatten.«

»Der wird uns wohl kaum freiwillig etwas sagen.«

»Das muss er gar nicht. Mit ein wenig Glück finden wir den Falschmünzer ohne ihn. Klärt Ihr Eure Fragen mit Tilmann, ich bereite derweil alles vor. Ich finde Euch schon.«

# Kapitel 7

14. Juli 1491 – Nachmittag

Bei seiner Rückkehr fand Martin den Münzpräger mit dem Vergrößerungsglas in der Hand grübelnd über das gefälschte Geld gebeugt. 

»Ihr wart schnell«, stellte der Mann überrascht fest.

»Friedrichs Verhaftung scheint sich rasch in der Stadt herumgesprochen zu haben. Vor dem Portal erwartete uns bereits eine aufgebrachte Menge, die lautstark die Herausgabe des Kindes forderte. Es fehlte nicht viel und sie hätten das Rathaus gestürmt. Seine Eltern befanden sich darunter und nahmen den Jungen gleich in ihre Obhut. Das hat die Gemüter etwas besänftigt.«

»Habt Ihr die armen Teufel gesehen, die man gestern aus dem Kerker entließ? Der Vogt hat ihnen arg zugesetzt und vor dem Kind hätte er gewiss nicht Halt gemacht. Ich kann die Leute verstehen …« Erschrocken hielt Tilmann inne. Für einen Diener des Rates kamen die Worte einem Verrat gleich. Misstrauisch wartete er auf Martins Reaktion. Glaubte er wirklich, Martin würde diese Auffassung nicht teilen?

»Nein, der Vogt hätte auf den Jungen keine Rücksicht genommen, so viel steht fest. Es ist ein Teufelskreis. Die Proteste rufen den Vogt auf den Plan, dessen hartes Vorgehen wiederum den Unmut der Menschen schürt. Ein Ende ist nicht abzusehen. Schlimmer noch: Es ist eine Frage der Zeit, bis gewaltsame Unruhen ausbrechen. Ich frage mich, wie es so weit kommen konnte. Was ist in dieser Stadt geschehen? Woher stammt all das Misstrauen, all die Wut? Der Grund liegt doch nicht allein in der Steuererhöhung, wie mir die Bürgermeister gestern erklären wollten.« Eindringlich beschwor er den Münzpräger: »Wollt Ihr mir denn nicht sagen, weshalb der Aufrührer so viele Zuhörer findet?«



Der tiefe Seufzer bestätigte Martins Verdacht und verriet ihm zugleich das Dilemma des Ratsdieners. Einerseits fühlte er sich dem Rat gegenüber zur Verschwiegenheit verpflichtet, andererseits sah er die Notwendigkeit, Martin zu helfen. Endlich gab er sich einen Ruck.

»Ich kann mir vorstellen, was die Bürgermeister nicht sagen wollen, weil sie Angst davor haben, es auszusprechen. 1427 waren in Wismar vergleichbare Unruhen ausgebrochen. Die Handwerker und einfachen Kaufleute hatten es satt, sich von den reichen Fernhandelskaufleuten bevormunden zu lassen und verlangten ein Mitspracherecht im Rat. Vor allem die Handwerker hatten im Laufe der Jahre einiges Vermögen und reichlich Selbstbewusstsein erworben. Sie warfen den Patriziern vor, kriegerische Auseinandersetzungen aus reinem Eigennutz geführt zu haben. Außerdem stieß ihre Politik der Begünstigung sauer auf. Der Aufruhr gipfelte 1427 in der Enthauptung der Bürgermeister Bantzkow und van Haren. Die Aufständischen gaben erst klein bei, nachdem König Sigismund die Reichsacht gegen die Stadt verhängt hatte. Nichtsdestotrotz forderten bald darauf die Rostocker und Stralsunder Handwerker eine Beteiligung im Rat. Auch diesen Aufständen blieb der Erfolg versagt, wie so häufig in der Vergangenheit. Nur einmal, aber das war schon viele, viele Jahre zuvor, gelang es den Stralsundern, die Einrichtung des Collegiums der Zwölfmänner durchzusetzen. Mit dem Tod von Bürgermeister Sarnow wenige Jahre später fand es jedoch schon wieder sein Ende.

In Greifswald herrscht heute eine ähnliche Situation. Auf der einen Seite stehen die Handwerker, die mit ihren Waren in vielerlei Weise einen erheblichen Anteil zum Handel beitragen. Gemessen daran gewährt ihnen die Ratsverfassung keine ernstzunehmenden Rechte. Zwar werden die Olderleute der Schuster, Schmiede, Schneider und Bäcker gelegentlich zu wichtigen Beratungen des Rates hinzugezogen und man versieht am Ende die darüber ausgestellten Urkunden mit den Innungssiegeln. Aber selbst zusammen mit dem Recht aller Ämter zur Ausübung der niederen Gerichtsbarkeit über ihre Mitglieder ist das nicht mehr als ein Tropfen auf dem heißen Stein. Die Bürgermeister halten es ja noch nicht einmal für erforderlich, die Bürgerschaft in wichtigen Angelegenheiten zusammenzurufen, so wie es die Ratsverfassung fordert. Stattdessen treffen sie die Entscheidungen unter dem Deckmantel der Eiligkeit entweder allein oder mit weiteren Ratsmitgliedern im engen Rat.

Wie ich vom Nachtwächter und vom Ratsnotar weiß, wurden neben den Männern aus dem Armenviertel bisher lediglich Gesellen und Knechte aufgegriffen. Eher über kurz als lang werden sich auch Handwerkermeister und Kaufleute beteiligen und ihre Rechte fordern. Vor ihrem Aufbegehren fürchten sich die Bürgermeister mehr als vor einem Aufstand der Tagelöhner.

Obwohl ich die Forderungen für berechtigt halte, müsst Ihr den Hetzer unbedingt aufhalten: Gelingt es ihm, die Patrizier aus dem Rat zu verdrängen, geht Greifswald unter. Allein ihre Führung sichert den Handel und damit den Wohlstand der Stadt. Wie sollen denn einfache Handwerker oder gar Tagelöhner am Tisch der Hanse für Greifswald verhandeln? Nie und nimmer würden die Hansestädte sie als gleichwertige Partner betrachten. Hoffentlich erkennen die Handwerker diese Gefahr und schlagen sich auf die Seite des Rates. Von den armen Teufeln dürfen wir hingegen keine Einsicht erwarten. Der Aufrührer hat ihre Köpfe schon zu sehr vergiftet!«



Betreten lauschte Martin den Worten. Seine Aufgabe gewann immer mehr an Bedeutung, was ihm ganz und gar nicht behagte. Umso wichtiger war es, alles herauszufinden, was einen Hinweis auf den Aufrührer gab.

»Wenn ich Euch vorhin richtig verstanden habe, braucht der Fälscher Metall, aus dem er die Münzen herstellt?«

Tilmann nickte zustimmend. »Üblicherweise verwenden sie Kupfer oder Blei, gelegentlich Zinn.«

»Könnten die Schmuggler um den Einbeinigen Hannes das Material besorgt haben? Immerhin gehören sie zu denjenigen, zu deren Sprecher sich der Hetzer erkoren hat.«

»Ja und nein. Zwar hat Conrad im vergangenen Herbst eine Menge Kupfer und Blei gut versteckt auf einer Schnigge gefunden. Dennoch dürften die hiesigen Schmuggler nicht an dem Geschäft beteiligt gewesen sein. Zu sehr fürchten sie die Strafe, die einem Falschmünzer und dessen Helfern droht. Dabei sind wir in Greifswald noch recht gnädig und binden sie aufs Rad. Woanders schmilzt man die Münzen ein und gießt ihnen die heiße Flüssigkeit in die Kehlen. Das Metall könnte genauso gut von einem Goldschmied oder Kupferstecher stammen, nur habe ich von einem Diebstahl nichts vernommen. Deswegen glaube ich, der Fälscher wird sich das Material außerhalb Greifswalds besorgt und es selbst durch die Tore in die Stadt geschmuggelt haben. Jeder Mitwisser ist eine Gefahr.«

»Wie groß waren die auf der Schnigge gefundenen Klumpen?«

Mit den Händen zeigte Tilmann ihren Umfang. »Je nachdem, wie hoch der Kupferanteil sein sollte, genügt das Material für eine nicht gerade kleine Menge.«

»Dürfte ich es mir ansehen?«



»Selbstverständlich, die Klumpen liegen hier unten im Keller. In einem Verlies sammeln wir alles Schmugglergut, bis es irgendwann vernichtet wird.«

Tilmann öffnete ein Schubfach seiner Werkbank und tastete suchend darin herum. Schließlich zog er einen großen Schlüsselbund hervor und ging zur Tür. Martin folgte ihm in den mit Fackeln beleuchteten Kellergang. Nah bei der Kammer des Münzprägers befand sich ein großer Raum, in den Martin neugierig lugte. Auf den Tischen standen schmutzige Teller, tönerne Krüge und Becher. Ein Wachmann hatte den Kopf auf den Tisch gebettet und schnarchte laut. Zwei Männer lümmelten auf den Stühlen und dösten vor sich hin. Über einigen der restlichen kreuz und quer stehenden Stühle hingen lederne Wamse, Hemden, Hosen. An den Wänden befanden sich Halterungen für Hellebarden und Schwerter.

Sie gingen vorbei. Nachdem sie drei kleinere Verliese passiert hatten, blieb der Alte vor einem schmiedeeisernen Tor stehen, nahm eine Fackel aus der Wandhalterung und drückte sie Martin in die Hand. Vorsichtig schloss der Münzpräger das Tor auf. Beim Eintreten hielt Martin die Fackel hoch. Staunend drehte er sich um die eigene Achse. Das übertraf seine Vorstellungen. An den Wänden standen mehrere Eichenfässer, auf dem Boden irdenes und silbernes Geschirr, Stoffballen, kleine Fläschchen, auf einer Truhe lagen vier Pelze.

»Das alles ist Schmugglerware?«, entfuhr es ihm verwundert.

»Nein, nicht nur. Werden am Tor oder auf dem Markt Waren beschlagnahmt, weil sie nicht den Zunftstatuten entsprechen und in der Stadt nicht verkauft werden dürfen, schaffen die Wachen sie hierher. Beim Henker gibt es noch so einen Keller.«



»Und das Blei und Kupfer?«

Mit dem Zeigefinger wies Tilmann auf die schlichte Holztruhe neben Martin, die ihm etwa bis zur Hüfte reichte. »Darin lagert alles.«

Sie traten heran. Martin griff nach den Pelzen und legte sie behutsam zur Seite. Währenddessen öffnete sein Begleiter mit einem kleinen Schlüssel das Vorhängeschloss und lüftete den Deckel.

»Oh«, hörte Martin den Weißhaarigen hinter sich.

»Was …?« Martin verstummte ob der Leere in der Truhe. »Sollte sich außer den Klumpen noch etwas darin befinden?«

»Hier verwahren wir eigentlich die gefundenen Falschmünzen. Und jetzt ist alles weg … Verzeiht, ich muss mich setzen.«

Der Münzpräger ließ sich auf dem Rand der Truhe nieder und fuhr sich mit dem Hemdsärmel über die schweißbeperlte Stirn. Selbst bei dem matten Licht der Fackel erkannte Martin, wie schlecht es dem Kreidebleichen ging.

»Wie viel fehlt denn, wenn die Frage gestattet ist?«

»Bei meinem letzten Besuch war sie etwa zur Hälfte gefüllt, die Klumpen waren ebenfalls noch da.«

Martin schluckte. In Anbetracht der Größe der Truhe war das eine bittere Nachricht.

»Wann war das?«

»Erst im Januar habe ich für den Ratsnotar ein Verzeichnis angefertigt und alles aufgenommen, was hier seit Jahren lagerte. Im Februar habe ich die Truhe noch einmal geöffnet, seitdem nicht mehr.«

»Was ist mit den Fälschungen, die in letzter Zeit aufgetaucht sind? Habt Ihr diese nicht hergebracht?«



»Nein, so lange gibt es die Beschwerden noch nicht. Die ersten Schreiben erreichten uns erst Ende Mai. Ungefähr seit dieser Zeit tauchten auch in Greifswald gehäuft Falschmünzen auf. Zur besseren Vergleichbarkeit habe ich diese in meiner Werkstatt aufbewahrt.«

»Wer besitzt den Schlüssel zu diesem Verlies?«

Laut stöhnte Tilmann auf. »Müsst Ihr diese Frage wirklich stellen?«

Mit einem bedauernden Gesicht beharrte Martin: »Ich wünschte, ich könnte sie Euch ersparen.«

»Es gibt drei Schlüssel: Sie befinden sich in meinem und dem Besitz des Kämmerers und des Ratsnotars. Aber ich habe nichts weggenommen!« Verzweifelt schlug der Münzpräger die Hände vors Gesicht und schluchzte. »Wer wird mir denn glauben?«

Betroffen sah Martin auf den Unglücklichen. Obwohl die Tatsachen gegen ihn sprachen, glaubte er Tilmann. Ein so vernünftiger Mensch stahl nichts aus dem Rathauskeller oder prägte Falschmünzen.

»Ich glaube Euch! Ihr seid ein rechtschaffener Mann. Warum solltet Ihr den Rat betrügen? Ihr verwahrt Euren Schlüssel in der Werkstatt in der Schublade, nicht wahr?«

Erneut wischte sich der Alte die Stirn ab. »Ja. Wie sich jetzt herausstellt, ist es wohl nicht das beste Versteck!«

»Könnte sich Euer Lehrling seiner bemächtigt haben?«

»Ihr sprecht über den Sohn meiner Nichte«, erwiderte Tilmann empört, jedoch fehlte es den Worten an Kraft.

»Wenn Ihr meint? Wer weiß sonst noch, wo Ihr den Schlüssel aufbewahrt?«



»Der Henker, die Ratsschreiber, ein paar Wachen. Es ist so: Wenn die Hafenmeister oder die Wachen etwas beschlagnahmen, melden sie es den Ratsschreibern, die es zum Rathaus transportieren lassen. Eigentlich gehe ich mit ihnen hierher und schließe alles auf und am Ende wieder zu. Wenn ich allerdings gerade präge, gebe ich ihnen die Schlüssel und bekomme sie später zurück.«

»Im Februar war die Truhe noch gefüllt, sagtet Ihr. Wer hat seitdem die Schlüssel von Euch bekommen?«

»Alle Ratsschreiber, Conrad, ein paar Wachen.«

»War auch Tobias darunter?«

»Natürlich, ich habe ihm vertraut.«

»Wann habt Ihr ihm zuletzt den Schlüssel gegeben?«

»Das muss etwa eine Woche vor seinem Verschwinden gewesen sein …«

Das Stocken blieb Martin nicht verborgen. »Was habt Ihr?«

Als falle es ihm plötzlich wie Schuppen von den Augen, berichtete der Münzpräger: »Bevor Tobias den Schlüssel zurückbrachte, fragte er mich ganz aufgeregt, ob ich wisse, was in dem Verlies alles lagere. Ich überließ ihm das Verzeichnis, das der Ratsnotar nicht mehr gebraucht und mir zurückgegeben hatte. Als Tobias mir am Abend Schlüssel und Verzeichnis zurückgab, wollte ich wissen, ob alles in Ordnung sei.«

Ungeduldig drängte Martin: »Und?«

»Obgleich er nickte, schien er mir nicht ganz bei der Sache. Die Tage darauf war er noch stiller und in sich gekehrter als sonst.«

»Habt Ihr nicht nachgesehen, was ihn so verstört haben könnte?«

»Um ehrlich zu sein, nein. Zu dieser Zeit erkrankte meine Frau schwer. Darüber habe ich Tobias ganz vergessen.«



Die Erklärung leuchtete Martin ein. Ihm wäre es nicht anders ergangen. »Und als er mit einem beträchtlichen Anteil aus der städtischen Kasse verschwunden sein soll, habt Ihr dieses Verlies nicht überprüft?«

»Wozu? Von allen Schreibern war Tobias der Zuverlässigste. Nie habe ich den Anschuldigungen, die man gegen ihn erhob, Glauben geschenkt. Und was sollte er mit den Falschmünzen und dem Schmuggelgut anstellen, wenn er sich wirklich aus der Kasse bedient hätte?«

Das stimmte. Nach der Schilderung war Tobias das Fehlen von Gegenständen aus dem Verlies aufgefallen. Seine Reaktion sprach gegen eine Unterstützung des Aufrührers. »Haben er oder Conrad etwas von einem Ring mit einem großen Wappen erzählt oder ihn Euch womöglich gezeigt?

»Nein, einen Ring erwähnte keiner der beiden.«

Angestrengt grübelte Martin, wobei ihn das flackernde Licht der Fackel immer wieder aus seinen Gedanken riss. Hatte Markward etwa von Hannes Geld erhalten, weil er dem Aufrührer das Blei und Kupfer aus dem Keller verschafft hatte? »Hatte Markward eigentlich Zugang zu dem Verlies?«

»In den ganzen Jahren erhielt er den Schlüssel nur zwei-, dreimal. Conrad misstraute ihm. Warum fragt Ihr?«

Das hätte wohl kaum genügt, um die Münzen unauffällig beiseitezuschaffen. »Vor ein paar Tagen stattete der Einbeinige Hannes ihm einen nächtlichen Besuch ab. Seither überlege ich, was das Geld in dem Säckchen bedeutete, das der Schmuggler dem neuen Hafenmeister zusteckte. Markward behauptet, darin hätte sich sein Lohn befunden.«



Martin hatte die Worte noch gar nicht richtig ausgesprochen, als sich das Gesicht des Alten verfinsterte. »Hat er das Würfelspiel immer noch nicht aufgegeben und nimmt wirklich Bestechungsgeld an? Somit war Conrads Misstrauen also doch begründet. Er hat immer behauptet, Markward würde absichtlich Schmuggelgut übersehen. Nachweisen konnte er es jedoch nicht.«

»Das passt zu der Schilderung der Tagelöhner. Einer erzählte mir, es habe einen Tag vor dem Mord heftigen Streit zwischen den beiden Männern gegeben.« Nach einer kurzen Pause fuhr Martin fort: »Die Stadtkasse steht wo?«

Mit einer schwachen Handbewegung wies der Weißhaarige ihm die Richtung. Nach ein paar Schritten blieb Martin vor einem Tor stehen. Inmitten des Verlieses standen acht Holztruhen von der Größe wie die in dem Raum, in dem Tilmann noch immer schwer atmete. An den Truhen hingen massive Schlösser. Im Schein der Fackeln betrachtete er das Türschloss. Es sah nicht so aus, als hätte man sich gewaltsam Zutritt verschafft. Er drückte die Klinke herunter, natürlich war das Verlies verschlossen.

»Als der Diebstahl bemerkt wurde …«

»… waren die Schlösser an Tor und Truhen unversehrt. Das wolltet Ihr wissen, nicht wahr? Wer immer sich in den Besitz des Geldes gebracht hat, er hat sich mit einem Schlüssel Zutritt verschafft.«

»Den Schlüssel hat ebenfalls der Kämmerer?«

»Das ist richtig. Für den Fall seines Abhandenkommens gibt es noch zwei weitere.«

»Und wo befinden sich diese?«, wagte Martin kaum zu fragen, während er zu Tilmann zurückkehrte. Er fürchtete, die Antwort bereits zu kennen und behielt Recht. 

Der Münzpräger schluckte erneut. Mit leiser Stimme antwortete er: »Einer liegt in meiner Werkstatt. Außer dem Ratsnotar und mir kennt niemand das Versteck.«

Ein Seufzen entrann Martin. »Seid Ihr Euch dessen sicher?«

Sein Gegenüber nickte.

Martin wollte ihm gern glauben. »Und der dritte Schlüssel?«

»Da müsst Ihr den Kämmerer selbst fragen.«

Aufmerksam schaute Martin sich im Verlies mit der Schmugglerware um.

»Die Münzen verschwanden gewiss nicht an einem Tag. Wieso fiel das erst so spät auf? Wurden keine Löhne und Rechnungen bezahlt?«

»Der Fehlbetrag stammt aus der Reserve. Aus dieser Truhe wird eigentlich nichts entnommen, und gefüllt wird sie nur, wenn die Steuereinnahmen entsprechend hoch ausfallen. Das war im vergangenen Jahr nicht der Fall.«

»Lagert Ihr hier noch etwas, das für einen Gauner von Interesse sein könnte?« Neugierig klopfte Martin gegen eines der Eichenfässer. Es erklang ein hohler Ton.

Schwerfällig erhob sich der Münzpräger und wies erstaunt auf das Fass. »Das ist merkwürdig. Bei meiner Bestandsaufnahme im Januar waren alle Fässer voll.«

»Was befindet sich darin?«

»Wein und Bier, die beschlagnahmt wurden.« Für Tilmann schien es das Natürlichste auf der Welt zu sein. »Gelegentlich weisen die Fässer einen doppelten Boden auf. Diese hier wurden allerdings beschlagnahmt, weil dieser Wein und dieses Bier in Greifswald nicht verkauft werden dürfen.«



Entrüstet riss Martin die Augen auf. »Sollen sie deswegen etwa vernichtet werden?«

»Sie werden wie jedes andere Schmuggelgut behandelt.«

Verständnislos schüttelte Martin den Kopf. »Zeigt Ihr mir noch das Verzeichnis, das Ihr Tobias gegeben habt?«

»Ich gehe es holen«. Der Alte wandte sich zum Tor.

»Seid so freundlich und schickt mir eine Stadtwache, die mir zur Hand gehen kann«, rief Martin ihm hinterher, dem zu dem Bier eine Idee gekommen war. »Wenn Ihr mir und Euch einen Gefallen tun wollt, behaltet das Verschwinden der Münzen und Klumpen für Euch. Der Vogt muss vorerst nichts davon wissen. Sonst erfährt es womöglich gleich die ganze Stadt und der Aufrührer ist gewarnt.«

* * *

Lange blieb Martin nicht allein im Verlies. Der Wachmann mit den kurzen schwarzen Haaren, der ihn bei Barbara abgeholt und vorhin auf einem der Stühle vor sich hin gedöst hatte, streckte ihm unsicher Tilmanns Verzeichnis entgegen.

Martins Frage, ob er lesen könne, verneinte er beschämt.

»Gut, dann lese ich vor und Ihr seht gründlich nach, ob sich die Gegenstände in der genannten Zahl hier befinden.«

Mit einem zögerlichen Nicken bestätigte der Kerl den Vorschlag. Augenscheinlich fühlte er sich nicht wohl in seiner Haut. Ungeachtet der Qualen des Schwarzhaarigen begann Martin vorzulesen. Schließlich erreichte er das Ende der Liste. »Nun wären noch acht Fässer Bier und fünf Fässer Wein zu prüfen.«

Als er den Kopf hob, entging ihm das Zaudern der Wache nicht. Betont langsam schlenderte Martin zu den Eichenfässern hinüber. Während er auf die Unterstützung gewartet hatte, hatte er sie bereits untersucht. Je ein Bier- und ein Weinfass wiesen frische Spuren von Entnahmen auf. Sie waren höchstens noch zu einem Drittel voll, ebenso wie zwei weitere Bierfässer.



Nun klopfte Martin provozierend nacheinander gegen alle Fässer, wobei er den immer unruhiger werdenden Wachmann nicht aus den Augen ließ.

Ein hohler Ton erklang. »Na so etwas! Ich glaube, die beiden Fässer sind fast leer. Diese scheinen mir ebenfalls nicht mehr ganz gefüllt.«

Beschämt senkte sein Gegenüber den Blick.

In strengem Ton wollte Martin wissen, wie er hieße.

Mit einer für seine Körperstatur ungewöhnlich leisen Stimme erwiderte der Ertappte: »Michael.«

»Wollt Ihr mir etwas dazu sagen?«

Verlegen scharrte der Schwarzhaarige mit der Stiefelspitze über den Boden.

»Der Dienst ist manchmal so trist, vor allem nachts. Zu später Stunde kommt irgendwann der Durst. Und hier warten das gute Bier und der Wein darauf, vernichtet zu werden. Das ist doch ein Frevel!«

»Und weil Ihr ihn nicht hinnehmen wolltet, habt Ihr einfach beschlossen, es auf Eure Weise zu vernichten?«

»Ja, wir dachten, es fiele niemandem auf.«

»Wer ist wir?«

»Ein paar von den Wachen.«

»Wann habt Ihr damit begonnen?«

Kleinlaut gestand Michael: »Mitte Januar.«



»Wie seid Ihr in das Verlies gelangt?«

»Achim hat sich gemerkt, wo Tilmann seinen Schlüssel aufbewahrt.«

»Und wie seid Ihr in Tilmanns Zelle gekommen? Schließt er denn nicht ab?«

Ein verlegenes Hüsteln folgte. »Das Schloss ist keine Schwierigkeit, es zu öffnen ein Kinderspiel.«

Verärgert runzelte Martin die Stirn. Damit war geklärt, wie sich der Dieb Zugang zu dem Verlies verschafft hatte. »Wissen die übrigen Wachen von dem Schlüssel?«

»Das weiß ich nicht.«

»Was habt Ihr entwendet?«

»Nur Bier und Wein. Ansonsten haben wir nichts angerührt. Wirklich!«

Allmählich näherte sich Martin den Fragen, die ihn interessierten. »Der verschwundene Schreiber hat Euren … Diebstahl bemerkt, nicht wahr? Wie?«

Offensichtlich bemüht, den Ärger wegen des gestohlenen Biers so gering wie möglich zu halten, berichtete Michael freimütig. »Tobias wollte die Pelze in den Keller bringen. Achim hat sie getragen. Beim Hineingehen stieß Tobias zufällig gegen ein Fass, das schon ziemlich leer war. Aufgebracht lief er sofort zu Tilmann. Mit den Pergamentbögen in der Hand kehrte er zurück und schickte meinen Freund fort. Heimlich hat Achim beobachtet, wie der Schreiber alles kontrollierte, zum Schluss die Truhe. Als er den Deckel öffnete, soll er erschrocken zurückgewichen sein und erst nach einer ganzen Weile den Deckel wieder geschlossen haben.«

»Die Truhe ist leer.«

Die Wache nickte. »Wir haben nachgesehen.«

»Wann war das?« Unwillkürlich hielt Martin die Luft an. 

»Noch in derselben Nacht.«

»Und Ihr habt nichts aus der Truhe herausgenommen?«

Fest blickte ihm der Schwarzhaarige in die Augen. »Nein, das schwöre ich. Wie gesagt, wir wollten bloß das Bier und den Wein.«

Die Beteuerung klang ehrlich.

»Wisst Ihr, was in der Truhe lag?«, bohrte Martin weiter.

»Ja, Conrad hatte auf einem Schiff Blei- und Kupferklumpen gefunden, die Hagen hergetragen hat. Hagen ist derjenige, der sich im Armenviertel versteckt. Außerdem bewahrte Tilmann in der Truhe gefundene Falschmünzen auf.«

»Was hat Tobias nach der Entdeckung bis zu seinem Verschwinden getan?«

»Das müsst Ihr Tilmann oder den Ratsnotar fragen. Kurz nach der Sache im Keller verschwand er, wie ich hörte, mit dem Greifswalder Notgroschen.«

»Wer hat den Vorwurf erhoben?«

»Das weiß ich nicht. Wir erhielten von unserem Hauptmann die Anweisung, es niemandem zu erzählen und Tobias zu ergreifen, sollte er einem von uns über den Weg laufen.«

»Hat der Schreiber Euch wegen des Biers eigentlich nicht zur Rede gestellt?«

»Nein, das hat uns noch gewundert. Wir hatten uns schon eine Ausrede zurechtgelegt. Dennoch waren wir ziemlich erleichtert, als er plötzlich verschwand.«

»Gut. Ihr könnt jetzt gehen. Das Gespräch bleibt unter uns, ebenso die Sache mit den verschwundenen Münzen. Wenn Ihr Euch daran haltet, braucht Ihr keinen Ärger wegen des Biers zu fürchten. Obwohl ich Eure Vorliebe dafür verstehe, empfehle ich Euch dringend, weitere Diebstähle zu unterlassen. Außerdem solltet Ihr die Fässer sicherheitshalber mit Wasser auffüllen, damit keiner etwas merkt.«



Dankbar lächelte Michael ihn an und verschwand schnurstracks. Martin hielt es für angebracht, sich nach oben zu Severo zu begeben, der ihn bestimmt schon ungeduldig erwartete.

* * *

Vor dem Rathausportal stieß er mit ihm zusammen. Der Chirurg hatte mit der Vorbereitung seines Planes ebenfalls länger gebraucht. Gemeinsam überquerten sie den Markt und eilten die Knopfstraße in Richtung des Tores, während es von St. Nikolai fünf Uhr schlug. Vor der Stadtmauer hielten sie sich östlich. Auf dem Weg berichtete Martin, was er bei Tilmann und vor allem im Keller herausgefunden hatte. Bevor Severo etwas von seiner Vorbereitung erzählen konnte, langten sie an der Budenzeile an.

An mehreren Türen hingen robuste Schlösser. Soviel Martin wusste, dienten manche Buden als Lager, deswegen verwunderte ihn die Vorkehrung nicht. Friedrich hatte die vierte Bude in der Zeile beschrieben. Während Severo sich vorsichtig um das Schloss kümmerte, schaute sich Martin wachsam um. Die Gasse lag verlassen und trotz der Nähe zum Hafen herrschte Stille. Es schien Martin ein geeigneter Ort für einen Münzfälscher. Gelegentliches Kommen und Gehen fiel ebenso wenig auf wie das Hämmern beim Prägen. Er sollte im Rathaus in Erfahrung bringen, ob der Rat die Buden vermietete oder ob irgendwo verzeichnet war, in wessen Eigentum sie standen.



Endlich hörte er den Italiener neben sich erleichtert aufatmen. Neugierig schob Martin den Chirurgen zur Seite und betrat die Bude, um sogleich enttäuscht zu verharren. Die Werkstatt eines Falschmünzers hatte er sich anders vorgestellt. Im Schein des hereinfallenden Sonnenlichts erkannte Martin über einem längst erloschenen Feuer einen dickwandigen Topf, nahe einer Seitenwand einen Holztisch. Er spürte einen leichten Stoß gegen die Schulter. Severo deutete auf ein Regal, in dem sich kleine Töpfchen und einige irdene Schüsseln stapelten. Davor und um den Tisch war der Boden mit Stroh bedeckt, in der Nähe der Feuerstelle hingegen nicht. Lustlos schlich Martin zu dem Regal hinüber und griff wahllos nach den Töpfchen. Einige schimmerten silbrig, andere matt. Er zeigte sie dem Chirurgen, der sich gerade nahe der Feuerstelle bückte und wieder aufrichtete.

»Was sagt Ihr dazu?« Severo hielt Martin einen goldenen Krümel hin.

Unzufrieden stellte Martin fest: »Außer den Töpfchen sehe ich hier nichts von all dem, was Tilmann für die Herstellung von Münzen als unerlässlich bezeichnet hat. Keine Schrötlinge, keine Eisen, keine irdenen Tonformen, keine Falschmünzen.«

Der Chirurg bemühte sich, ihn aufzumuntern. »Den Resten nach zu urteilen, hat hier jemand etwas hergestellt. Ob es Münzen waren, wer weiß? Genauso gut könnte es ein Kupferstecher gewesen sein. Immerhin scheint die Hütte noch nicht verlassen zu sein. Wir finden schon heraus, wem sie gehört. Dafür habe ich Vorsorge getroffen. Und jetzt kommt, es gibt einiges zu tun.«



Verwundert folgte Martin Severo nach draußen. Während dieser das Schloss wieder anbrachte, hörte er ein Geräusch, wie es die Glöckchen an den Arm- und Fußbändern der Leprakranken verursachten. Kurz darauf bog ein Aussätziger mit einem langen Holzstab in der Hand um die Ecke. In gebückter Haltung blieb er stehen und streckte ihnen die klauenförmige Hand entgegen.

Unwillkürlich wich Martin einen Schritt zurück.

»Ein Almosen, bitte. Ein kleines Stückchen Brot, die Herren«, bettelte der Lepröse mit kratziger Stimme.

Einen Moment kramte Severo in seiner Tasche. Endlich schien er gefunden zu haben, wonach er suchte, und warf dem Aussätzigen ein Sechspfennigstück zu.

»Der Herr vergelt's Euch.« Der Mann verbeugte sich und schlurfte von dannen.

Kaum war er ein paar Schritte entfernt, bemerkte Martin ein selbstzufriedenes Lächeln auf dem Gesicht des Chirurgen. »Nun, was sagt Ihr? Walter schuldet mir noch einen Gefallen. Er wird die Hütte im Auge behalten. Jetzt lasst uns nach dem Einbeinigen sehen.«

* * *

Bei ihrem Eintreten war von dem Wirt, der sonst so geschäftig am Tresen stand, nichts zu sehen. Eine kräftige rothaarige Frau mit einer schmutzigen Schürze über dem grauen Kleid trat durch eine kleine Tür. In den Händen hielt sie eine irdene Schüssel mit einem trockenen Brotkanten, die sie zu dem Gauner mit den zahlreichen Narben trug, der in der üblichen Ecke saß. Dankend nickte Hannes der Frau zu und begann etwas Wässriges aus der Schüssel zu löffeln. Hin und wieder tunkte er das Brot in die Flüssigkeit.

Martin folgte dem Chirurgen zu dem Tisch hinüber. Bei ihrem Herantreten sah der Schmuggler kurz auf. Ungefragt setzte sich Severo ihm gegenüber, Martin hingegen zog es vor, sich mit verschränkten Armen neben den Halunken zu stellen. Dieser ließ sich von ihnen nicht im Geringsten stören, sondern löffelte die Flüssigkeit in aller Ruhe aus. Als er fertig war, fuhr er sich mit der Hand über den Mund.



»Allmählich bin ich Euch überdrüssig«, setzte Hannes unvermittelt an.

Martin zog Friedrichs Schilling aus seiner Tasche. Laut knallte er ihn vor dem Einbeinigen auf den Tisch. »Ihr könnt uns nicht zufällig sagen, wer ihn angefertigt hat?«

Ohne die Münze zu untersuchen, meinte Hannes mit einem treuherzigen Lächeln: »Das wird wohl der Münzpräger gewesen sein.«

Severo erwiderte das Lächeln. »Warum sollte der denn Falschmünzen herstellen?«

»Eine Falschmünze?« Hannes' schmutzige Finger griffen nach dem Geldstück. Aufmerksam wog er es in seiner Hand und hielt es dicht an die Kerze vor sich auf dem Tisch. »Ihr habt Recht, die ist tatsächlich falsch!«

Dem Italiener platzte der Kragen. Mit der flachen Hand schlug er auf den Tisch. »Hannes, übertreibe es nicht! Du weißt genau, von wem die Münze stammt. Also halte uns nicht zum Narren!«

Mit ruhiger Hand strich sich der Spitzbube die strähnigen Haare aus dem Gesicht. Ohne den Blick vom Chirurgen abzuwenden, richtete er das Wort an Martin. »Ihr nötigt mir den allergrößten Respekt ab, Herr Haffer. Bei unserem ersten Treffen am Dienstagabend habt Ihr nach dem Mörder des Hafenmeisters gesucht, heute kümmert Ihr Euch schon um einen Falschmünzer. Ernennt man Euch morgen zum Vogt? Eine schlechte Wahl wäre es beileibe nicht.«



»Spart Euch die Schmeichelei. Beantwortet lieber unsere Frage«, herrschte Severo ihn erneut an.

Abwehrend hob Hannes die Hände. »Damit habe ich nichts zu tun! Auf Falschmünzerei steht der Tod und es erscheint mir recht unangenehm, aufs Rad gebunden zu werden. Unabhängig davon hänge ich an meinem Leben. Es ist zwar recht beschissen, jedoch habe ich mich ganz gut darin eingerichtet. Ja, ich schmuggle und gelegentlich stehle ich etwas von den reichen Pfeffersäcken, die alles im Überfluss besitzen. Die kratzt ein Schilling mehr oder weniger in ihren Taschen nicht. Nur, wenn es etwas gibt, von dem ich ganz gewiss die Finger lasse, dann ist es Falschmünzerei. Und um gar nicht erst damit in Verbindung gebracht zu werden, habe ich sie auch all meinen Männern strengstens verboten. Es tut mir leid, ich kann Euch in dieser Sache wirklich nicht weiterhelfen. Wenn Ihr mich foltern wollt, tut Euch keinen Zwang an. Ich wäre nicht der Erste, der unschuldig auf der Streckbank landet.«

»Unschuldig!« Severo lachte laut auf. »Ihr seid alles andere als unschuldig. In dieser Stadt geht kein schmutziges Geschäft ohne Euer Wissen vor sich. Und Ihr wollt mir allen Ernstes erklären, Ihr wüsstet den Namen des Falschmünzers nicht?«

»Glaubt es oder glaubt es nicht: Ich kenne ihn nicht.« Der Einbeinige hatte jedes Wort einzeln betont. »Im Übrigen gibt es sehr wohl schmutzige Geschäfte, an denen ich nicht beteiligt bin, denn ins Rathaus lässt man mich nicht. Aber wer weiß, womöglich ändert sich das bald.«

»Ihr seid ein Schmuggler«, hielt Martin ihm entgegen. »Der Fälscher braucht Blei, Kupfer und Silber. Was liegt näher als zu vermuten, Ihr hättet es ihm verschafft?« 

Der Angesprochene zuckte mit den Schultern. »Von mir hat keiner etwas bekommen. Wie oft soll ich Euch das noch sagen?«

»Na gut, Hannes«, schloss Martins Begleiter das Gespräch. »Wir wollen deine kostbare Zeit nicht über Gebühr in Anspruch nehmen. Sicherlich hast du genug mit deinen wichtigen Geschäften zu tun. Ob der Vogt deinen Beteuerungen Glauben schenkt, vermögen wir nicht zu sagen. Das wirst du ohne uns klären müssen.«

Langsam erhob sich der Chirurg und schlenderte zum Ausgang. Martin betrachtete den Spitzbuben vor sich.

»Und Ihr behauptet weiterhin, Conrad Schwerdt habe nicht für Euch gearbeitet?«

»So habe ich es gesagt und so war es auch. Natürlich habe ich gelegentlich versucht, ihn umzustimmen. Leider habe ich mir die Zähne an ihm ausgebissen.«

»Bei Markward hingegen nicht, wie mir scheint.« Auf dem missmutigen Gesicht zeichnete sich keine Regung ab. Daher fuhr Martin fort: »Wenn Ihr Euch angeblich die Zähne bei Conrad ausgebissen habt, frage ich mich, weshalb der Hafenmeister trotzdem über mehr Geld verfügte, als seinem Lohn entsprach.«

Mit listigen Augen betrachtete ihn der Schmuggler. »Womöglich hat er es geerbt? Ist es nicht Eure Aufgabe, das herauszufinden, Herr Haffer?«

Ohne etwas darauf zu erwidern, drehte sich Martin um und verließ die Schänke.



Vor der Tür wartete Severo pfeifend auf ihn.

»Warum habt Ihr so schnell aufgeben? Mit ein wenig Druck hätten wir mehr aus ihm herausbekommen«, beschwerte sich Martin, der die gute Laune seines Begleiters nicht verstand. Ihnen verblieben nicht einmal mehr zwei Tage, die Zeit lief davon.

»Nein, das hätten wir nicht. Er sagt die Wahrheit, was das Material für die Münzen betrifft. Doch entweder kennt er den Fälscher oder er hat zumindest eine Vermutung. Und mir fällt bloß ein Grund ein, weshalb er es uns nicht sagen will – weil es sich um den Aufrührer handelt! Wahrscheinlich hat Tobias das herausgefunden und auch seinem Vetter erzählt.«

»Nun, ich begebe mich jetzt zu Markward. Vielleicht kann der mir noch etwas dazu sagen. Da wir jetzt von seiner Liebe zum Würfelspiel und Hannes' Besuch wissen, gelingt es mir vielleicht, ihn unter Druck zu setzen. Unter Umständen kann er uns etwas zu dem ominösen Ring erzählen. Ansonsten müssen wir auf unseren Spitzel vertrauen.«

»Macht das! Währenddessen höre mich in den Schänken um, ob jemand gestern Abend Marie gesehen hat.«

* * *

Wieder einmal schlug er den Weg durch das Büchtor zum Hafen ein. Bei seiner Ankunft wunderte sich Martin einmal mehr, wie die ausgemergelten Gestalten die schweren Säcke auf ihre Schultern luden und ohne zu straucheln den Weg vom Pferdewagen über die Planke in den Schiffsbauch schafften. Vor der Schnigge, deren Ladung die Tagelöhner vorgestern gelöscht hatten, entdeckte er Markward, der den Helfern zurief, wo sie die Waren unterbringen sollten. So schnell es sein Bein zuließ, eilte Martin zu ihm hinüber. Der säuerlichen Miene nach zu urteilen, war Markward nicht gerade erfreut, ihn wiederzusehen. Wahrscheinlich erinnerte er sich an Martins unbequeme nächtliche Fragen. Entsprechend missmutig fiel seine Begrüßung aus. 

»Ah, Ihr! Was treibt Euch schon wieder her?«

»Ich suche noch immer nach Conrads Mörder und Antworten auf meine Fragen.«

»Ich habe nicht viel Zeit. Wedego Lotzes Schiff soll morgen los. Wir müssen uns mit der Ladung beeilen.«

»Wenn Ihr mir bereitwilliger antwortet als bei meinem Besuch in Eurem Haus, störe ich gewiss nicht lange.«

Bei der Erwähnung der nächtlichen Befragung begann der Ratsdiener nervös mit seinen Fingern zu spielen. Um seinen Worten mehr Nachdruck zu verleihen, drohte Martin dem anderen unverhohlen.

»Wie ich herausfand, pflegte Conrad entgegen Eurer Beteuerung kein besonders gutes Verhältnis zu Euch. Mir wurde von Streit berichtet, der letzte soll am Tag vor Conrads Tod stattgefunden haben. Meine Quelle berichtete außerdem von Misstrauen und dem Vorwurf, Ihr würdet absichtlich Schmuggelgut übersehen. Wenn Ihr mich fragt, sprechen

Hannes' nächtlicher Besuch und das Geldsäckchen auf Eurem Tisch hierzu eine eindeutige Sprache. Das wird die Bürgermeister interessieren. Wie lange arbeitet Ihr dann wohl noch für den Rat?«

Er ließ dem Hünen, auf dessen Schläfen sich Schweißperlen gebildet hatten, eine Weile Zeit, über seine Worte nachzudenken. Mit Erfolg, denn der Ratsdiener erkundigte sich in einem freundlicheren Ton, wie er behilflich sein könne.

»Im vergangenen Herbst wurden Kupfer- und Bleiklumpen gefunden. War das Schmuggelgut von Hannes?«



»Nein, das war es nicht«, widersprach Markward leise. »Hannes schmuggelt Tuch, Bier, Wein, Pelze und Geschirr. Fertige Waren lassen sich leichter an den Mann bringen. Was soll er mit Metall?«

»Es einem Falschmünzer verkaufen?«, schlug Martin vor.

»Hannes hat mir gesagt, wenn er etwas in die Stadt schmuggeln wollte. Dann habe ich versucht, Conrad abzulenken, was mir häufig gelang. Von Blei oder Kupfer war keine Rede. Deswegen hat mich der Fund sehr verwundert. Der Einbeinige hat sich darüber auch gar nicht beschwert, wie er es sonst tat, wenn mir die Ablenkung misslang.«

Das bestätigte Hannes' Worte. Hatte der wirklich nichts mit dem Falschmünzer zu tun oder hatte er den Weg durch die Tore gewählt, nachdem der erste Versuch über den Hafen fehlgeschlagen war? Sinnvoller wäre es bei einem Schmuggel von solchem Wert jedoch gewesen, Markward einzubeziehen. Das Metall war viel zu teuer, um nicht alle erdenklichen Vorsichtsmaßnahmen zu ergreifen. Und der Handel zwischen Hannes und Markward schien zu dieser Zeit bereits stattgefunden zu haben.

»Hatte Conrad zuvor schon einmal Metall gefunden? Oder Falschmünzen?«

Markward verneinte.

»Wie ich weiter herausfand, pflegte Conrad regelmäßigen Umgang mit der Hure, die Euch in der *Hafenklause* vom Betreten des Hofes abhielt. Wusstet Ihr das?«

Das entsetzte Gesicht verriet ehrliche Überraschung. »Nein, andernfalls hätte ich ihm gehörig die Meinung gesagt.«

»Ihr mögt Barbara sehr, nicht wahr?«, hakte Martin nach, obwohl der Kerl sich bei ihrem nächtlichen Besuch bereits verraten hatte.



»Das ist nicht verboten, oder? Verdächtigt Ihr mich immer noch des Mordes?«

»Nein, Ihr seid im Schankraum gewesen, als Conrad Schwerdt starb. Dafür gibt es Zeugen. Ihr müsstet also einen Mörder bezahlt haben.«

»Das habe ich aber nicht«, reagierte Markward ungehalten.

»Nein, Ihr gebt Euer Geld lieber fürs Würfelspiel aus.« Markwards betretene Miene bestätigte den von Tilmann geäußerten Verdacht. »Nun, das ist Eure Sache! Von Tilmann weiß ich, wie viel Conrad vom Rat zum Lohn für seine Arbeit im Hafen erhielt. Gleichwohl hat er im April für diese Marie Geschenke gekauft, die er sich nicht hätte leisten können. Habt Ihr eine Idee, woher das Geld stammen könnte? Hat er etwas geerbt?«

»Soviel ich weiß, sind seine Eltern längst tot.«

»Ist Euch in letzter Zeit etwas an Conrad aufgefallen? Hatte er sich verändert?«

»Ich habe jedenfalls nichts bemerkt. Nach der Sache mit Tobias ist er noch eigenbrötlerischer geworden. Umso mehr hat es mich gewundert, als er vorschlug, uns diesen Aufrührer einmal anzusehen.«

»Hat man Conrad nach Tobias' Verschwinden eigentlich nicht befragt? Immerhin war er der Vetter desjenigen, der mit einem beträchtlichen Betrag aus dem Rathaus verschwunden sein soll. Verdächtigte man ihn denn nicht, mit ihm paktiert zu haben?«

»Keine Ahnung. Im Rat hielten sie viel von Conrad. Wahrscheinlich hat man nicht weiter nachgefragt.«



»War Tobias vor seinem Verschwinden oft hier im Hafen?«

»Nicht öfter als die übrigen Schreiber.«

»Könnte Euer Meister das Geld für die Hure von Tobias erhalten haben?«

»Das glaube ich nicht. Der lebte mit seiner alten, kranken Mutter zwei Buden weiter von mir. Wenn ich es richtig mitbekommen habe, hat ihm der Medikus ein Vermögen abgenommen. Letztes Jahr hörte ich Tobias sogar einmal fragen, ob Conrad ihm ein paar Schillinge leihen könne.«

»Und hat er seinem Vetter etwas gegeben?«

»So geizig, wie Conrad war, wohl eher nicht.«

Martin erinnerte sich an Severos Worte über Barbaras Situation nach dem Tod ihres Gatten. »Wohnt die alte Frau noch dort?«

»Nein, sie starb zwei, drei Wochen nach Tobias' Verschwinden.«

Es war zu dumm. Nirgendwo fand sich eine greifbare Spur zu dem Schreiber, mit dem alles begonnen zu haben schien.

»Erwähnten Tobias oder Conrad einen Ring? Oder habt Ihr einmal einen bei ihnen gesehen?«

Nachdem Markward erneut verneint hatte, verabschiedete sich Martin vom Hafenmeister, dessen Hemd mittlerweile völlig durchgeschwitzt war.

* * *

Nachdenklich nagte Martin an einem Stück Brot. Tobias hatte zufällig das Verschwinden der falschen Münzen und der Klumpen bemerkt. Was war danach geschehen? Hatte er den Dieb gefunden? Es musste jemand sein, der wusste, wo die Schlüssel zu den Verliesen aufbewahrt wurden, jemand, der im Rathaus ein- und ausging und der mit dem Aufrührer sympathisierte.



Tilmann schloss er aus, ebenso die Bürgermeister und den Kämmerer. Welches Interesse sollten sie besitzen, der Stadt und dem Handel, aus dem sie Gewinn schlugen, zu schaden? Gleiches musste für die übrigen Ratsherren gelten, allesamt angesehene Bürger der Stadt und Angehörige alteingesessener Geschlechter. Bei aller Abneigung, die Martin gegen den Dummkopf verspürte, schloss er auch den Vogt aus. Dessen Stellung hing von der Gunst der Bürgermeister und Ratsherren ab. Intuitiv wollte er zudem Ratsnotar und Henker ausschließen. Alle drei bekleideten wichtige Ämter, die ihnen verboten, den Aufrührer zu unterstützen. Und Markward hatte zu selten Zugang zu dem Verlies erhalten. Verblieben all die anderen Ratsdiener, Helfer und Stadtwachen, alles in allem etwa sechzig Männer. Von Tilmanns Schlüssel zu dem Verlies mit den beschlagnahmten Waren wussten ganz sicher Michael und Achim. Beide waren einfache Menschen aus dem Volk. Wieso sollten ausgerechnet sie dem Aufrührer keinen

Glauben schenken und ihn nicht heimlich unterstützen? Andererseits hatten Michaels Worte ehrlich geklungen.

Wie Martin es auch drehte und wendete, seine Gedanken kehrten immer wieder zu dem Ring zurück, den der Tote von seinem Vetter erhalten hatte. Er musste unbedingt herausfinden, was Tobias nach dem Fund des Rings und unmittelbar vor seinem Verschwinden getan hatte. Da Maries Zimmer durchsucht worden war, hatte der Mörder den Ring wohl nicht bei Conrad an sich genommen. War er bei der Hure fündig geworden?



»Der Ring«, murmelte er laut.

»Was für ein Ring?«, erkundigte sich Severo, der gerade eintrat. Er schien hungrig zu sein, denn er nahm sofort ein gezacktes Messer zur Hand und schnitt eine Scheibe Brot ab.

»Wegen der ganzen Aufregung um die Falschmünzen habe ich vorhin versäumt, Euch von meinem Besuch bei der Witwe zu erzählen. Barbara meinte sich zu erinnern, wonach ihr Gatte gesucht haben könnte: einen Ring mit einem großen Wappen, den er von Tobias erhalten hat. Offensichtlich war er für den Schreiber von besonderer Bedeutung. Sonst hätte er den Ring wohl verkauft, um Geld für die Behandlung seiner kranken Mutter zu erhalten. Stattdessen vertraute er ihn seinem Vetter an. Warum? Tobias hatte nicht nur das Fehlen des Biers, sondern darüber hinaus der Falschmünzen und des Metalls entdeckt. Von Tilmann wusste er, wie man Münzen herstellt. Er hat eins und eins zusammengezählt und sich auf die Suche nach dem Dieb, dem Fälscher, wenn nicht sogar dem Aufrührer gemacht. Dabei muss er den Ring gefunden haben. Der Schreiber wird ihn also zu seiner Sicherheit bei Conrad hinterlassen haben. Mit großer Wahrscheinlichkeit hat der Mörder auch den Ratsschreiber auf dem Gewissen, denn wäre dieser noch am Leben, hätte er das Schmuckstück von Conrad sicherlich zurückverlangt. Außerdem überlässt jemand, der einen Verwandten um Geld für seine kranke Mutter bittet, diese nicht einfach ihrem Schicksal.«

»Vielleicht hat Tobias den Ring an Conrad verkauft?«, warf der Chirurg ein.

»Barbara sagte, sie hätten im vorletzten Winter nahezu all ihre Ersparnisse aufgebraucht. Viel könnte Conrad ihm also nicht gegeben haben. Außerdem muss er für den Hafenmeister genauso wichtig gewesen sein. Meint Ihr nicht, der hätte den Ring dem käuflichen Weib geschenkt, wenn er ihn nicht sogar zu Geld gemacht hätte? Offensichtlich ließ sich aus dem Ring auf andere Weise mehr Geld schlagen. Unglücklicherweise wissen wir nicht, wo sich das gute Stück jetzt befindet. Ich fürchte, der Mörder hat es bei Marie gefunden. Wahrscheinlich hat Conrad ihr den Ring anvertraut, bevor er sich mit Markward traf.«



Nach kurzem Überlegen stimmte der Italiener zu. »Womöglich brauchen wir den Ring auch gar nicht, um Conrad Schwerdts Mörder zu finden. Früher oder später wird jemand zu der Hütte zurückkehren, um den Rest abzuholen. Walter überwacht die Bude und wird dem Falschmünzer folgen. Falls heute Nacht nichts geschieht, könnt Ihr morgen den Ratsnotar befragen, wem die Bude gehört. Vielleicht erfahren wir auf diesem Weg, wen Conrad erpresst hat. Bis dahin kümmern wir uns um die *Hafenklause* und vertrauen auf unseren Spitzel. Mit etwas Glück machen wir den Aufrührer schon heute Abend dingfest und brauchen den Falschmünzer gar nicht dazu. Dann kann ich Gernot endlich aus seinem Gefängnis befreien. Ihr macht Euch keine Vorstellung, wie sehr der Junge leidet. Seine Unterarme sind offene Wunden. Sobald ich ihn verlasse, reißt er sich die Verbände herunter, die ich ihm wieder und wieder anlege.« Traurig schüttelte Severo den Kopf. »Ich schäme mich fast, es zuzugeben: Ich habe ihm etwas Beruhigendes in den Wein getan. Hoffentlich trinkt er davon und schläft ein wenig.«



»Also lasst uns keine Zeit verlieren«, drängte Martin, dem das Leid des Studenten zu Herzen ging. Hätte er bei Marie nicht so unbeherrscht reagiert, würden sie schon wissen, wer Conrad Schwerdt getötet hatte, dessen war er sich nach wie vor sicher!

* * *

Mit verdrießlicher Miene lehnte der Chirurg neben ihm am Schanktisch, wie Martin mit einem verstohlenen Seitenblick feststellte. Bestimmt erschien der Aufrührer wieder nicht. Es war wie verhext. Warum wollte es einfach nicht gelingen, den Störenfried zu ergreifen? Wusste der Mistkerl etwa um den Spitzel? Hatte es ihm sein Zuträger aus dem Rathaus verraten? Bedauerlicherweise waren auch Severos Erkundigungen in den Wirtshäusern erfolglos geblieben, wie er Martin auf dem Weg in die *Hafenklause* berichtet hatte. Niemand hatte Marie am Vorabend gesehen.

Das saure Bier tat ein Übriges zu Martins schlechter Laune. Die Gäste schienen sich nicht daran zu stören. Gerade beobachtete er, wie der dicke Wirt Krug um Krug füllte.

»Und? Habt Ihr Maries Mörder schon gefunden?«, hörte Martin jemanden in sein Ohr flüstern. Es hätte nicht der Hand auf seiner Hüfte bedurft, um Sophia zu erkennen, die sich zu allem Überfluss dicht an seinen Rücken drängte. Durch sein Hemd spürte er die Wärme ihres Körpers. Ihre Nähe bereitete ihm Unbehagen. Langsam drehte er sich um, wobei er leicht zur Seite auswich. Die junge Frau trat zwischen ihm und seinem Begleiter an den Schanktisch und nahm einen Schluck aus Martins Bierkrug.

»Nein«, erwiderte er, angestrengt bemüht, Severos spöttischem Blick auszuweichen. »Was macht Ihr hier? Setzt Ihr etwa auch Eure Hoffnungen in den Aufrührer?«



Mit der Hand wischte sich die junge Frau über den Mund. »Wieso sollte ich? Wir Huren gehören nicht zur Gesellschaft und daran wird dieser Umstürzler nichts ändern. Das Paradies wird uns immer verwehrt sein, egal wer es gerade verspricht. Haltet Ihr das nicht für ungerecht, wo wir es sind, die den Männern paradiesische Freuden bereiten?« Mit einem verführerischen Augenaufschlag rückte sie dicht an Martin heran, der nicht mehr rückwärts ausweichen konnte. »Ihr seht erschöpft aus. Die Nachforschungen scheinen Euch anzustrengen. Wenn Ihr wollt, helfe ich Euch zu entspannen und den Schmerz um den Tod Eurer Frau für ein paar Momente zu vergessen.«

Sanft legte sie ihre rechte Hand auf seine Brust. Verlegen schob Martin sie sofort beiseite. »Das ist ein ungünstiger Augenblick, glaubt mir.«

Sophia schien von den Worten nicht im Mindesten überrascht. »Nun, falls Ihr es Euch noch überlegt, wisst Ihr ja, wo Ihr mich findet. Passt heute Abend besonders auf Euch auf. Wie ich hörte, will der Vogt einen neuerlichen Versuch unternehmen, den Aufrührer zu fangen.«

Sie wandte sich um und verschwand mit wiegenden Hüften in der Menge. Einen kurzen Moment schaute Martin ihr noch hinterher, bis er nach seinem Krug griff und einen Schluck Bier nahm.

»Ist das die Hure, die Euch die wertvollen Hinweise zu Maries Kunden gegeben hat? Ihr scheint einen bleibenden Eindruck hinterlassen zu haben«, stichelte Severo.

Gerade wollte Martin etwas Bissiges erwidern, als Unruhe im Schankraum aufkam. Die Musik erstarb. Alle, selbst die  Besucher, die bisher an den Tischen gesessen hatten, erhoben sich. Ehe Martin es sich versah, war der Aufrührer unweit von ihm auf den Schanktisch geklettert. Beifall heischend schritt er auf und ab. Nach einer Weile blieb er breitbeinig in der Mitte stehen, stützte die Hände in die Hüften und schaute auf die Zuhörer herab. Es dauerte einen Augenblick, bis die Zurufe verstummten und er das Wort ergriff. Kostbare Zeit, wie Martin fand. Offensichtlich wiegte sich der Aufrührer in Sicherheit.

»Freunde«, begann er endlich und riss dabei die Arme zur Seite, als wolle er die Menge umarmen.

Die Menschen jubelten ihm erneut zu. Beschwichtigend hob er die Hände.

»Freunde! So seid leise, sonst hören uns die Stadtwachen! Ihr wisst doch, die Ratsherrn, allen voran die Bürgermeister, zittern vor dem, der sich nicht scheut, die Wahrheit zu sagen. Sie zittern vor dem, der Euren Gedanken Gehör verschafft. Sie zittern vor Euren Händen. Die nackte Angst hat sie gepackt. Ihr habt den Pfeffersäcken gezeigt, welche Macht Eure Stimme hat, welche Kraft in Euren Fäusten steckt. Die Zeit der Unterdrückung und der Almosen ist vorbei, das habt Ihr in den vergangenen Tagen wieder und wieder deutlich bewiesen. Sie glauben, Eure Wut würde sich legen, wenn sie mich fingen. Sie glauben, sie brächten damit Volkes Stimme zum Schweigen. Aber das wird ihnen nicht gelingen! Der Vogt wird mich nicht schnappen, das verspreche ich Euch!«

»Der soll bloß kommen«, rief ein Kahlkopf aus der Menge. »Dem werden wir schon zeigen, wer hier zu Hause ist.« Andere stimmten ihm zu.

»Freunde, Euer Kampfgeist freut mich. Wir brauchen ihn für die Auseinandersetzung mit den Pfeffersäcken! Also spart Eure Kräfte. Der Tag der Vergeltung ist nicht mehr fern.«



»Unsere Kräfte reichen schon noch, um den fetten Kaufleuten ihre Waren ins Maul zu stopfen«, rief ein schmächtiges Bürschchen, bei dessen Anblick sich Martin fragte, woher er die Kraft dafür nehmen wollte.

Wieder jubelten die Anwesenden. Das Leuchten in den Augen des Redners verriet Martin, wie sehr er die Aufmerksamkeit genoss. ›Armseliger Wicht, du tust das hier gar nicht für die Leute. Du bist allein auf deinen Vorteil bedacht und unterscheidest dich in keiner Weise von denen, gegen die du hetzt‹, dachte er gerade, als der Mann an ihm und Severo vorbei zum Ende des Schanktisches schritt. ›Fragt sich nur, welcher Vorteil es ist, den du anstrebst.‹

Jetzt geriet der Hetzer richtig in Fahrt. »Ja, die fetten Pfeffersäcke werden bekommen, was sie verdient haben. Und Euch, meine Freunde, Euch wird Gerechtigkeit widerfahren. Sie haben kein Recht, Euch zu knechten. Ihr seid ihnen an Zahl weit überlegen. Wie können sie es da wagen, über Eure Köpfe hinweg Entscheidungen über das Wohl und Wehe Eurer Stadt zu treffen! Dagegen lasst uns gemeinsam kämpfen!« Er verharrte am Ende des Schanktisches.

»Aus Angst werfen sie Euch in den Kerker, foltern Euch. Aus Angst verhaften sie Eure Kinder. Wenn Ihr die Herausgabe des Jungen nicht gefordert hättet, hätten sie ihn auf die Streckbank gelegt und gequält, so wie Eure Kameraden. Und ich sage es Euch wieder und wieder: Dazu haben sie kein Recht!«

Lauthals stimmten die Menschen zu. Der Schwarzgekleide-

te drehte sich auf dem Hacken um und kehrte in die Mitte des Tresens zurück. Martin sah, wie Severo sich langsam vom Schanktisch lösen und zur Hintertür begeben wollte, als er abrupt verharrte.

»Da ist Euer Beweis.«

Martins Augen folgten Severos Finger. Der Aufrührer war bei seinem Rückweg in verschüttetes Bier getreten. Dort, wo das Holz auf dem Tresen trocken geblieben war, zeichneten sich jetzt Fußspuren ab. Sie entsprachen den Abdrücken im Hinterhof und in Maries Kammer. Unglücklicherweise bemerkte der Hetzer ihr Interesse. Ehe sie reagieren konnten, wies der Kerl mit dem Finger auf sie.

»Diese beiden Männer sind Spitzel des Rates und wollen mich verhaften! Lasst es nicht zu!«

Martin nahm gerade noch wahr, wie der Aufrührer vom Schanktisch sprang, da spürte er schon einen Schlag gegen den Brustkorb und in den Bauch. Unsanft wurde Severo gegen ihn geschubst. Kaum gelang es Martin, die Arme schützend hochzureißen, geschweige denn, die Schläge abzuwehren. Von allen Seiten drängten sich aufgebrachte Männer heran und schlugen auf sie ein. Eine Faust traf Martin kurz über dem Auge, einem Tritt gegen sein rechtes Schienbein folgten unzählige Hiebe auf seinen Kopf, seine Arme und gegen die Rippen. Der Hagel dauerte eine Weile, bis sich die Schläger mit einem Male abwandten, als zöge etwas ihre Aufmerksamkeit an.

Erleichtert atmete Martin auf und sank mit dem Rücken am Schanktisch zu Boden. Ein dunkler Schleier hatte sich über sein linkes Auge gelegt. Mit dem Hemdsärmel fuhr er darüber. Er blutete über dem Auge. Fest drückte er den Handrücken gegen die Wunde und schaute sich um. Die Menge hatte sich in Richtung Tür zurückgezogen. Severo, der neben ihm schwer atmete, sah ebenfalls ziemlich mitgenommen aus. Ein roter Fleck schimmerte um sein rechtes Auge, die Unterlippe blutete. Immerhin stand er aufrecht, was Martin wegen des Schlages in die Magengrube, der ihm noch immer die Luft nahm, schlecht gelang. Fürsorglich reichte ihm der Italiener ein Tuch, das kaum eine saubere Stelle besaß. Dennoch drückte Martin es auf die Wunde.



»Geht es?«, erkundigte sich Severo.

»Hm, ich habe mich schon schlimmer gefühlt«, erwiderte Martin. »Warum haben sie plötzlich von uns abgelassen?«

»Statt dem Aufrührer zu folgen, hat unser Spitzel die Wachen nebenan verständigt. Das ist zwar im Hinblick auf Gernots weitere Gefangenschaft äußerst misslich, gleichwohl hätte der Junge nichts davon, wenn sie uns die Schädel eingeschlagen hätten. Wir sollten also trotzdem dankbar sein.«

»Wie geht es Euch?«, wollte der Wirt wissen und beugte sich vorsichtig über den Tresen zu Martin. »Wieso hielt der Aufrührer Euch für Spitzel? Ich dachte, Ihr sucht nach einem Mörder.«

»Woher soll ich das wissen!«, knurrte der Chirurg, während er sich mit erschöpftem Gesicht neben Martin hockte.

»Also hat der Aufrührer tatsächlich Conrad und Marie getötet«, stellte Martin keuchend fest. Die Schmerzen in seiner Brust waren schier unerträglich. Er kam nicht umhin, ein zufriedenes Lächeln auf dem Gesicht des Italieners zu bemerken.

»Wir hatten Recht. Conrad hat den Aufrührer erpresst.«

»Das mag sein. Gleichwohl sollten wir besser verschwinden, Chirurg«, warnte Martin, der bemerkt hatte, wie sich der Kampf vom Eingang wieder in Richtung Tresen verlagerte. Er stand noch nicht richtig auf den Füßen, als ein Schrei ertönte.



»Feuer! Feuer! Beim Knopftor brennt es!«

Ein schrecklicher Verdacht keimte in Martin auf, den der Chirurg anscheinend teilte. Gemeinsam drängten sie sich durch die Menge zur Tür hinüber. Hier und da setzten sie die Ellenbogen ein. Schon beim Verlassen der Schänke nahm Martin den Brandgeruch wahr. Zwar war er nach wie vor nicht gut bei Fuß, dem Humpeln des Chirurgen nach zu urteilen, hatte der bei der Auseinandersetzung ebenfalls kräftig eingesteckt und war nicht besser dran. Wenigstens ließen Martins Schmerzen beim Atmen allmählich nach. Die übrigen Gäste hatten sie schon nach wenigen Schritten überholt. Wegen der Enge der Gasse erhielt Martin gelegentlich einen Stoß gegen Schulter oder Hüfte.

Schon von weitem sahen sie einige Holzbuden in Flammen stehen, darunter diejenige, die sie noch vor wenigen Stunden gemeinsam durchsucht hatten. Die Feuerglocke rief aus allen Richtungen Helfer herbei. Ob arm oder reich, ein Brand einte alle Städter in der Angst, ihr Dach über dem Kopf zu verlieren.

Wütend blieb Martin stehen. »Kaum haben wir die Hütte entdeckt, geht sie in Flammen auf. Das ist kein Zufall! Da steckt doch dieser Mistkerl dahinter. Er hat genau gesehen, wie Ihr mich auf den Stiefelabdruck aufmerksam gemacht hat.«

»Die Frage ist nur«, warf Severo nach Luft schnappend ein, »woher er weiß, welche Schlüsse wir aus den Spuren ziehen? Wem habt Ihr von den Abdrücken erzählt?«

»Ihr seid selbst dabei gewesen, als wir uns mit dem Vogt vor den Bürgermeistern stritten. Der Schreiber und der Hauptmann der Stadtwache standen daneben. Außerdem wissen Tilmann und sein Bruder Albert davon, bei Marie waren ebenfalls Stadtwachen dabei. Und in der *Hafenklause* habe ich mir von Dietrich und dem Wirt deren Schuhsohlen zeigen lassen. Weiß ich, mit wem die gesprochen haben. Immerhin wusste der Lehrling des Schneiders schon darüber Bescheid.«



Unzufrieden grummelte der Chirurg: »Die Stadtwachen sind so geschwätzig wie Waschweiber. Da könnt Ihr Euch gleich auf den Markt stellen und es laut herausposaunen.«

In diesem Moment hörten sie eine bekannte Stimme. Der Vogt erschien, wie immer zu spät. »Wie ich hörte, ist der Aufrührer wieder aufgetaucht. Wachen berichteten von Handgreiflichkeiten in der *Hafenklause*.« Ein hämisches Grinsen machte sich auf seinem Gesicht breit. »Anscheinend waren sie auch da und haben ordentlich einstecken müssen. Das geschieht Ihnen ganz recht. Was stecken Sie die Nasen in Dinge, die Sie nichts angehen!«

»Verzeiht, Vogt, es gibt gerade Wichtigeres zu tun, als über den Hetzer zu reden. Es brennt und da wird jede Hand benötigt.«

Grob schob Severo den Vogt zur Seite und reihte sich humpelnd in die Kette der Helfer ein, die Eimer um Eimer zu den Männern reichten, die an vorderster Front den Brand löschten. Trotz seiner Schmerzen tat Martin es ihm gleich. Die Wachen hatten das nahegelegene Brüggtor geöffnet, um Wasser aus dem Ryck zu holen.

Nach etwa zwei Stunden war der Brand gelöscht und die Gefahr gebannt. Auch wenn alle Buden zwischen Knopf- und Brüggstraße vollständig zerstört waren, war es immerhin gelungen, ein Überspringen des Feuers auf die Steinhäuser zu verhindern. In den Resten der Bude, die Friedrich ihnen beschrieben hatte, hatte Martin schon während des Löschens die sterblichen Überreste eines Menschen entdeckt. Zu gern wollte er nachsehen, um wen es sich handelte. Aber es war noch nicht möglich, die Brandstelle zu betreten.



Erschöpft lehnte sich Martin an eine Wand gegenüber. Mit müdem Arm winkte er einen Bewaffneten heran.

»Ihr bleibt mit der Brandwache hier. Niemand darf die Reste dieser Bude betreten, bevor Severo und ich uns darin umgesehen haben. Das gilt für alle ohne Ansehen der Person.«

Der Mann nickte müde.

Der Chirurg erschien neben ihm und deutete mit besorgter Miene auf die Leiche. »Hoffentlich handelt es sich nicht um Walter. Habt Ihr heute Nacht einen Aussätzigen gesehen, Wache?«

Zu ihrer Erleichterung nickte der Angesprochene. »Der hat den Brand gemeldet.«

»Wo ist er jetzt?«

»Er wollte zum Rathaus.«

Die Worte weckten Hoffnung in Martin. Immerhin gab es einen Zeugen. »Kommt Severo, schauen wir nach ihm! Für den armen Teufel dort drüben können wir ohnehin nichts mehr tun. Wir sehen ihn uns in der Frühe an.«

* * *

Das Bild, das sich ihnen bei der Ankunft bot, rührte Martin zu Herzen. Offensichtlich hatten die Stadtwachen den Leprakranken aus Angst nicht ins Rathaus gelassen. Wie ein Häufchen Elend saß er in sich zusammengesunken auf der Treppe vor dem Portal, den Kopf in beide Hände gestützt.



»Es tut mir leid«, entschuldigte sich Walter, als er ihrer gewahr wurde.

Martin winkte ab. »Hauptsache, es geht Euch gut.« Er biss sich auf die Zunge. In Anbetracht der Krankheit glich die Bezeichnung ›gut‹ blankem Hohn. Zum Glück bemerkte Walter seine Unhöflichkeit nicht.

»Was ist geschehen?«, sprang ihm der Chirurg zur Seite.

Betrübt gestand der Aussätzige: »Ich habe Euren Befehl befolgt und mich versteckt. Irgendwann in der Nacht tauchte ein blonder Bursche auf. Ein Geselle, würde ich sagen. Erst geschah nichts, alles blieb ruhig. Geräusche aus der Hütte weckten schließlich meine Neugier und ich schlich näher heran, weil ich hineinschauen wollte. Ich war noch gar nicht richtig dort, da erhielt ich schon eins über den Schädel und als ich wieder aufwachte, brannte die Hütte lichterloh. Da bin ich sofort zum Knopftor gelaufen und hab den Brand gemeldet.«

Obwohl Martin eine lebhafte Vorstellung hatte, wer es gewesen war, fragte er: »Habt Ihr gesehen, wer Euch niederschlug?«

»Nein, hinter mir war plötzlich ein Geräusch. Beim Umdrehen erhielt ich schon den Schlag. Es tut so mir leid.«

Die untröstliche Miene des Kranken berührte Martin. Wahrscheinlich hatte Severos Auftrag dem Ausgestoßenen das Gefühl vermittelt, gebraucht zu werden. Umso schmerzlicher musste sich der vermeintliche Fehlschlag anfühlen.

Es war Severo, der die richtigen Worte fand. »Das muss Euch nicht leid tun, Walter. Durch das schnelle Herbeirufen der Wachen habt Ihr ein Ausbreiten des Brandes verhindert und die Stadt gerettet.«



Nach Martins Geschmack hätte Severo es besser bei den Worten belassen, statt den Kranken auch noch aufzufordern, ihm seinen Kopf zu zeigen.

Bereitwillig hielt Walter ihm das Haupt hin.

»Sieht aus, als sei der Knochen heil geblieben. Glück im Unglück. Sucht Euch eine ruhige Ecke und schlaft Euch aus. Ach, wartet.« Severo kramte in seiner Tasche und zog einen Schilling heraus. »Falls der Schädel zu sehr schmerzt, betäubt ihn mit Wein. Gehabt Euch wohl und habt Dank für Eure Hilfe.«

Der Aussätzige erhob sich schwerfällig und schlich bedrückt von dannen. Leise verhallten seine Glöckchen in der Morgendämmerung. Bevor sie sich auf den Weg zu Severos Haus machten, schlüpfte Martin in den Keller des Rathauses und schickte Michael zu den Resten der Buden. Er sollte der an der Brandstelle verbliebenen Wache Gesellschaft leisten, sonst schlief diese am Ende noch ein.

# Kapitel 8

15. Juli 1491 – morgens

Am nächsten Morgen schmerzten seine Knochen noch immer von den zahlreichen Schlägen, die er bei dem gemeinen Angriff hatte einstecken müssen. Das Heben unzähliger Wassereimer hatte sein Übriges dazu beigetragen. Und auch die weitere Nacht auf dem harten Fußboden hatte seine Laune nicht gerade verbessert. Wie sehr sehnte sich Martin trotz der Leere, die seit Sarahs Tod in seinem Heim herrschte, nach seinem eigenen Bett in Wolgast. Es war an der Zeit, den Mörder zu finden und dorthin zurückzukehren. 

Vorsichtig befühlte Martin die Beule über seinem Auge. Selbst eine leichte Berührung war unangenehm. Gleiches galt für seinen mit blauen Flecken überzogenen Oberkörper. Den schlurfenden Schritten im Flur nach zu urteilen, litt sein Gastgeber ebenfalls unter den davongetragenen Blessuren. Mit einem Stöhnen erhob sich Martin.

Bei seinem Eintreten in die Küche saß der Chirurg am Tisch und hielt sich ein nasses Tuch an den Mund. Als er es für einen Gruß kurz beiseite nahm, erkannte Martin den Grund. Die blauverfärbte Unterlippe war über Nacht angeschwollen. Das rechte Auge sah nicht besser aus.

Auch wenn Martin es nie offen zugegeben hätte, musste er sich eingestehen, wie sehr er sich in dem Chirurgen getäuscht hatte. In den vergangenen drei Tagen hatte er einen anderen Menschen als den kennengelernt, der ihm vor einem Jahr begegnet war. Entsprach Severo dem am ersten Tag noch mit seiner regelrecht abweisenden und verletzenden Art, hatte sich das schon am Dienstagnachmittag in Unterstützung gewandelt. Allerdings schien ihn nicht allein die Sorge um seinen Lehrling anzutreiben. Vielmehr meinte Martin, der Italiener fände – im Gegensatz zu ihm – Gefallen an der Suche nach dem Mörder.



Wortlos schnitt er sich etwas Graubrot ab. Zu seiner Verwunderung erhob sich der Chirurg und humpelte in die Vorratskammer, aus der er mit einer Keule Schinken zurückkehrte. Mit einem scharfen Messer schnitt er eine Scheibe ab, die er Martin reichte. Der Form und Schärfe nach war die blanke Klinge gut geeignet, um bei der Behandlung von Patienten Verwendung zu finden. Stumm saßen die beiden einander gegenüber. Es war der Hausherr, der mit müder Stimme das Schweigen brach.

»Was habt Ihr jetzt vor, wo der Falschmünzer tot ist? Die sterblichen Überreste gehören ihm oder zweifelt Ihr etwa daran?«

Verschlafen rieb sich Martin die Augen. Allmählich erwachte sein Hirn, was er für den Rest seiner Körpers nicht behaupten konnte. Entsprechend mürrisch fiel die Antwort aus.

»Um den Aufrührer wird es sich wohl eher nicht handeln. Nun, wie ich gestern bereits sagte, scheint der Ring einen entscheidenden Hinweis auf den Mörder zu geben. Da der ihn vermutlich bei Marie an sich gerissen hat, bleibt mir nur herauszufinden, wann und wie das Stück in Tobias' Besitz gelangt ist und wie das darauf befindliche Wappen aussieht. Dazu muss ich in Erfahrung bringen, was der Schreiber in den Tagen vor seinem Verschwinden tat. Zunächst sehe ich mir jedoch die abgebrannte Bude an. Wer weiß, vielleicht findet sich dort noch ein Anhaltspunkt.«

»Mir kam heute Nacht noch eine weitere Idee«, ließ sich der Italiener nuschelnd vernehmen. »Die Geschenke für die Hure haben Conrad eine hübsche Stange Geld gekostet, das er offensichtlich aus der Erpressung des Aufrührers erlangte. Der Hafenmeister hätte es sicherlich bemerkt, wenn ihm jemand Falschmünzen angeboten hätte. Spätestens seit er sich des städtischen Notgroschens bemächtigt hat, verfügte der Aufrührer über ausreichend finanzielle Mittel. Der Vogt hat ihn nicht im Armenviertel gefunden, was nicht verwundert, denn hier lassen sich weder Münzen noch Falschmünzen sicher verbergen. Abgesehen davon lag es viel zu nahe, den Aufwiegler dort zu vermuten. Er braucht ein besseres Versteck. Und das waren weder die abgebrannte Bude noch das Nachbarhaus der *Hafenklause*.«



»Ihr meint, er versteckt sich in einem der Häuser, die der Obhut des Rates unterstehen?«

»Ganz recht, und zwar nicht in unmittelbarer Nähe zur *Hafenklause*, sondern etwas entfernt und dennoch dicht genug, um rechtzeitig vor den Stadtwachen zu verschwinden. Bringt also in Erfahrung, welche Häuser in Betracht kommen, und wir statten ihnen einen Besuch ab. Bei Euren Erkundigungen solltet Ihr äußerste Vorsicht walten lassen. Wenn Ihr Euch erinnert, verschwanden aus dem Rathauskeller einige Dinge, vom Geld aus der Schatztruhe ganz zu schweigen. Nach allem, was Ihr mir gestern erzählt habt, paktiert jemand aus dem Rathaus mit dem Aufrührer. Durch diesen weiß der Hetzer sicherlich, wo er unterkommen kann, und es erklärt, weshalb er dem Vogt bisher stets entwischte. Am ehesten handelt es sich um einen Ratsschreiber, die haben Zutritt zum Verlies und wissen, welche Häuser der Aufsicht des Rates unterstehen.«

Warum war Martin nicht selbst auf den Gedanken gekommen? In Anbetracht des dicken Folianten beim Ratsnotar musste er sich sputen. Die Zeit drängte. Morgen Mittag würde der Vogt die Auslieferung Gernots fordern und der Rektor hatte angekündigt, sich nicht mehr dagegen zu wehren.



* * *

Gemeinsam liefen sie zu der Brandstelle, wo sich ein paar Schaulustige neugierig vor den Überresten versammelt hatten. Einige Schritte entfernt lehnte der Einbeinige Hannes an der Wand des Eckhauses zur Knopfstraße, die Augen starr auf die Wachen gerichtet.

Von der Holzbude war nicht viel übrig. Das Dach war vollständig herabgestürzt, inmitten des verkohlten Holzes lagen Töpfe und Pfannen verstreut. Die irdenen Schüsseln und tönernen Formen, die sie gestern noch untersucht hatten, waren in hunderte Stücke zersprungen, weil das Regal, in dem sie gestanden hatten, umgekippt war. Noch immer hing in der Luft der beißende Brandgeruch.

Lustlos schob Martin mit der Fußspitze die verkohlten Reste eines Balkens zur Seite. Wie er befürchtet hatte, war hier nichts mehr zu finden. Nach Fußspuren brauchte er nicht zu suchen. Verdammt, warum hatte er die Bude nicht selbst beobachtet, statt auf Severo zu hören und dies dem Aussätzigen zu überlassen.

Enttäuscht schaute er zu seinem Begleiter hinüber, der sich dort, wo gestern noch ein weiteres Regal an der Wand gestanden hatte, über den Leichnam beugte. Der arme Kerl bot wahrlich keinen schönen Anblick. Das Feuer hatte seine Kleidung aufgefressen und die Haut schwarz verbrannt.

Mutlos ging Martin zu den Stadtwachen hinüber und fragte, ob in der Nacht etwas vorgefallen sei. Die Müdigkeit stand den beiden Männern ins Gesicht geschrieben, als sie verneinten.

»Seit wann wartet der Einbeinige dort drüben?«

»Seit die Sonne aufgegangen ist, vielleicht länger.«



Nachdenklich runzelte Martin die Stirn. »Hat er versucht, die Reste der Hütte zu betreten?«

»Nein.«

Das ergab keinen Sinn. Ohne den Schmuggler aus den Augen zu lassen, schlenderte er zu Severo hinüber. »Und?«

»Was und?«, knurrte der. Obwohl der Verbrannte schrecklich aussah, zeigte der Chirurg keinerlei Anzeichen von Ekel. Wie schaffte er das nur?

»Hat er eine Münze bei sich?«

»Nein, ich habe schon nachgesehen.« Der Italiener deutete auf die sterblichen Überreste. »Womöglich hatte der Aufrührer keine Zeit mehr dafür. Ihr habt die Hütte gestern selbst gesehen, auf dem Boden lag überall Stroh. Fällt eine Kerze um, steht binnen weniger Augenblicke alles in Flammen. Ein Glückspilz, wer sich daraus noch retten kann. Hier auf dem Boden, das sieht mir wie die Reste einer Lampe aus.« Mit dem Finger wies er auf Scherben.

»Ihr meint, der Brand war nicht beabsichtigt?«

Gleichgültig zuckte der Chirurg mit den Schultern. »Genauso gut könnte der Aufrührer die Lampe auf den Boden geworfen haben, um jegliche Spuren zu verwischen und in dem allgemeinen Durcheinander zu verschwinden.«

»Sonst ist Euch nichts aufgefallen?«

Genervt grummelte der Schwarzhaarige: »Was meint Ihr?«

»Hier ist nichts mehr, alles ist verbrannt. Trotzdem lässt uns der Gauner dort drüben nicht aus den Augen. Wenn er etwas aus den Überresten möchte, warum hat er nicht versucht, die Stadtwachen abzulenken?«

Severo schüttelte verständnislos den Kopf. »Wenn es Euch so brennend interessiert, warum fragt Ihr ihn nicht einfach? Ich für meinen Teil ziehe es vor, mir den Toten in aller Ruhe in der Fakultät anzusehen.« Stöhnend richtete sich Severo auf. »Bleibt hier, ich hole mir schnell ein Brett oder dergleichen.«



Natürlich wollte Martin den Einbeinigen nicht nach dem Grund seiner Anwesenheit fragen. Er würde ihn schon herausfinden. Stattdessen nutzte Martin die Zeit, sich umzuschauen. Nachbarn gab es hier nicht. Die abgebrannten Verschläge hatten lediglich als Lager gedient. Erst weiter in Richtung Fangenturm und in der Knopfstraße lebten Menschen. Hatten sie etwas von dem Falschmünzer bemerkt?

Schneller als erwartet kehrte der Chirurg mit einem Brett in der Hand zurück, das er links von dem Toten auf dem Boden ablegte.

»Kommt, Herr Haffer, geht mir zur Hand. Ihr, Wache«, er winkte Michael heran. »Helft uns.«

Martin schluckte. Ihm war nicht wohl bei dem Gedanken, den Toten anzufassen. Die Stadtwache zögerte ebenfalls. Severo grinste spöttisch.

»Wenn ich mir den Leichnam genauer ansehen soll, muss er in die Medizinische Fakultät. Ihr habt die Amputation überstanden, das hier ist nicht schlimmer. Tut mir bitte den Gefallen und seid vorsichtig. Lediglich ein bisschen anheben und auf dem Brett absetzen.«

Severo hatte Unrecht. Das hier war wesentlich schlimmer als die Amputation. Bei der Operation hatte Martin sich nämlich darauf beschränkt, die Instrumente zu reichen, und war mit dem Patienten nicht in Berührung gekommen. Das war etwas völlig anderes, als verbranntes Fleisch in seine Hand zu nehmen. Aber sollte er nicht mit gutem Beispiel vorangehen, statt die zweite Wache herbeizurufen, wie er einen Moment lang in Erwägung gezogen hatte?



Um Severos Bitte Folge zu leisten, musste Martin zunächst einen verkohlten Balken, der wohl das Dach gestützt hatte, und die darunter befindlichen Reste des Regals, die unmittelbar rechts neben der Leiche lagen, zur Seite schieben. Dabei bemerkte er im Augenwinkel eine Bewegung. Er hob den Kopf und sah, wie sich Hannes von der Hauswand gelöst hatte und den Hals in seine Richtung reckte. In diesem Augenblick hörte er Michael erstaunt pfeifen. Sofort widmete Martin seine Aufmerksamkeit wieder dem Geschehen. Das verkohlte Holz hatte einen Eisenring und einen Teil einer Luke verdeckt, der Leichnam den übrigen Teil. Mit Widerwillen umfasste Martin die Fußgelenke und hob den Toten vorsichtig mit Severo, der die Hüften umgriffen hatte, und Michael, der die Schultern hielt, auf das Brett. Nun lag der ganze Einstieg frei. Erneut sah Martin zu dem Einbeinigen hinüber, doch der war urplötzlich verschwunden.

Gemeinsam mit der Wache öffnete der Chirurg die Luke, deren Oberfläche etwas verkohlt war. Severo ließ sich auf die Knie und beugte den Oberkörper, soweit es ging, in das Loch.

Ungeduldig drängelte Martin, der sich neben ihn gehockt hatte: »Was seht Ihr?«

»Schaut selbst.« Severo wich zurück.

Martin tat, wie ihm geheißen. Das Loch war nicht sonderlich tief, es würde ihm wohl bis zur Brust reichen. Der Raum war größer als der Einstieg. An den Rändern erkannte Martin drei Holztruhen. Mit einem Kopfnicken bedeutete er dem Chirurgen, sich hinabzulassen. Unten kniete sich der Italiener hin und verwand links vom Einstieg.



»Oh, das müsst Ihr Euch selbst ansehen«, hörte Martin ihn kurz darauf. Der Schwarzhaarige erschien wieder im Einstieg und zog sich heraus. Trotz der Schmerzen in seinen Armen ließ sich Martin nun selbst hinab. Tapfer biss er dabei die Zähne zusammen, denn er wollte sich keine Blöße geben. Hier unten roch es ein wenig nach verbranntem Fleisch. Beim Anblick des Inhaltes der Truhe, die Severo geöffnet hatte, stockte ihm der Atem. Sie war voller glänzender Münzen. Rasch griff er einen Halbschilling und hielt ihn ins Tageslicht. Dem Greifen fehlte die letzte Feder, an der Seite war der Grat unsauber abgeschliffen worden. Sicherlich würde der Fund Tilmann freuen, denn die Falschmünzen gelangten in seine Obhut und würden keinen Schaden mehr anrichten. Bedauerlicherweise waren die beiden weiteren Truhen leer. Wer wusste, wie viel der Fälscher insgesamt hergestellt und schon in Umlauf gebracht hatte? Martin schaute sich aufmerksam um, bevor er sich wieder in der Öffnung aufrichtete.

»Hier, seht Euch das an!« Er reichte dem Chirurgen den Halbschilling. »Gegenüber liegen die Eisen und irdenen Gussformen, von denen Tilmann sprach.«

»Ich weiß, ich habe sie gesehen. Also war dies ohne Zweifel die Werkstatt des Falschmünzers.«

»So ist es. Nur leider kann er uns nicht mehr sagen, in wessen Auftrag er tätig war.«

»Ganz sicher hätte er uns den Namen des Aufrührers noch nicht einmal auf der Streckbank verraten. Und vermutlich wäre uns dabei sogar das Versteck verborgen geblieben. Oder ist Euch die Luke gestern aufgefallen?«

»Sollen wir seinem Mörder etwa dankbar sein?« Martin konnte sich den Satz nicht verkneifen.



»So habe ich das nicht gemeint«, erwiderte der Chirurg beleidigt und wies Michael an, Verstärkung sowie dicke Seile aus dem Rathaus zu holen.

Während sie auf Michaels Rückkehr warteten, sank Martin erneut auf die Knie und holte weitere Münzen aus der Truhe, die er im Tageslicht prüfte. Sie entpuppten sich sämtlich als Fälschungen. Darüber hinaus schienen alle derselben Gussform zu entstammen.

»Spart Euch die Mühe, Tilmann wird sich die Münzen nachher genau ansehen. Schiebt lieber die gefüllte Holztruhe unter die Öffnung, umso schneller geht es nachher.«

Obwohl Martin keine Lust verspürte, Anweisungen entgegenzunehmen, hatte sein Begleiter Recht. Es gab noch viel zu erledigen. Auf den Knien zog Martin die Truhe unter Aufbringung all seiner Kräfte hervor. Als er kurz durchatmete, fiel im der goldene Ring auf, der zwischen der Wand und einer leeren Truhe lag. War das der Ring, von dem Barbara gesprochen hatte? Wie zum Teufel war der Falschmünzer in dessen Besitz gelangt? Seinetwegen waren mindestens zwei, wenn nicht sogar drei Menschen gestorben. Der Aufrührer würde ihn wohl kaum hier versteckt haben, wo noch eine Person ein- und ausging. Aufmerksam betrachtete Martin das unbekannte Wappen, als von oben Seile herabfielen. Schnell steckte er das Schmuckstück ein.

Vorsichtig ließ sich Severo neben ihm in das Versteck hinab. Trotz der Enge gelang es ihnen, die Seile um die Truhe zu schlingen, damit die sechs kräftigen Stadtwachen sie ächzend nach oben ziehen konnten. Anschließend reichten sie den Männern die tönernen Formen sowie die Prägeeisen. Da die beiden weiteren Truhen leer waren, sah Martin keinen Grund, sie ebenfalls ins Rathaus tragen zu lassen. Daher folgte er dem Chirurgen aus dem Versteck nach oben.



Vier Wachen ergriffen die Truhe und brachten sie zum Rathaus. Als sich Severo mit den übrigen und dem Toten auf den Weg machten wollte, hielt Martin ihn zurück.

»Wartet einen Moment! Das habe ich zwischen zwei Truhen gefunden. Es könnte sich um den Ring handeln, von dem Barbara erzählt hat. Sagt Euch das Wappen etwas?« Den Rücken zu den Wachen gewandt, präsentierte er ihm das Goldstück auf dem flachen Handteller. Aufmerksam betrachtete es der Italiener.

»Nein, das Wappen ist mir noch nie begegnet. Um sicherzugehen, ob es sich wirklich um den Ring handelt, solltet Ihr die Witwe befragen. Ich werde jetzt den Toten untersuchen. Wenn ich etwas herausfinde, lasse ich nach Euch schicken.«

* * *

Auf dem Weg zu Barbara Schwerdt entschied Martin, sein Glück in der *Hafenklause* zu versuchen. Er kam ja ohnehin an der Schänke vorbei. Der Mann, zu dem er wollte, saß in der üblichen Ecke, einen irdenen Becher vor sich. Anerkennend nickte er Martin zu.

»Gott zum Gruße, Herr Haffer. Habt Ihr Euch mit dem Chirurgen zerstritten oder warum besucht Ihr mich allein?«

Höflich bedeutete ihm der Einbeinige, Platz zu nehmen.

»Gott zum Gruße, Hannes. Ihr habt vorhin selbst gesehen, womit er sich beschäftigen muss. Darum beneide ich ihn wahrlich nicht.«

»Er hat sich dieses Handwerk selbst ausgesucht und ist unschöne Anblicke gewöhnt. Glaubt mir, ein von Wundbrand zerfressenen Glied würde Euch in gleichem Maße abstoßen. Und ich weiß, wovon ich rede.« Mit dem Zeigefinger klopfte er gegen sein Holzbein.



Unwillkürlich erschien das Bild von Josts Fuß in Martins Kopf und er meinte, den widerlichen Geruch, den das schwarze Fleisch verströmt hatte, wahrzunehmen.

»Ihr wisst, was wir in den Resten der Bude gefunden haben?«

»Ich vermute einen Haufen gefälschter Münzen.« Offenbar sah er keinen Grund, um den heißen Brei herumzureden. »Einer meiner Leute hat mir vor geraumer Zeit von jemandem erzählt, der sich für Blei und Kupfer interessierte. Das hat meinen Argwohn geweckt.«

»Und Ihr habt es ihm geliefert?«

»Herr Haffer!« Entrüstet schüttelte der Halunke den Kopf. »Ich hatte gehofft, Ihr hättet mir gestern zugehört. Ich schließe keine Geschäfte mit Falschmünzern und habe es meinen Leuten untersagt. Solche Geschäfte bezahlt man mit dem Leben – ein zu hoher Preis, wenn Ihr mich fragt. Und trotzdem erliegt manch einer der Verlockung und nimmt den Verlust meines Schutzes in Kauf. Bedauerlicherweise kenne ich dessen Namen noch nicht.«

Einen langen Moment betrachtete Martin das verhärmte Gesicht des Spitzbuben, der mit mehr Verstand gesegnet war, als er bislang vermutet hatte.

»Wir sollten das Versteck finden, nicht wahr? Warum?«

»Der Herzog hat die rechte Wahl getroffen, als er Euch sandte. Ihr seid ein kluger Kopf.« Hannes nahm einen Schluck aus dem Becher. »Wie Ihr wisst, gründet der Reichtum dieser Stadt auf den Geschäften der alteingesessenen Familien. Dabei sind sie von den Handwerkern und Tagelöhnern abhängig, auch wenn sie die Augen davor verschließen. Und wir einfachen Leute brauchen die Patrizier in gleichem Maße. Versteht Ihr? Alles erfordert ein Miteinander. Es liegt mir fern, der Stadt irgendeinen Schaden zuzufügen. Die Falschmünzer hingegen schädigen den guten Ruf Greifswalds in der Hanse. Im schlimmsten Fall droht der Stadt der Ausschluss aus dem Bund und davon haben weder die Patrizier etwas noch die einfachen Menschen. Genau deswegen unterstütze ich keinen Falschmünzer!«

»Der Aufrührer bedroht Greifswalds Ruf nicht minder«, entfuhr es Martin. »Und dennoch schenkt Ihr ihm bereitwillig Gehör.«

»Da habt Ihr Recht. Im Unterschied zu ihm will ich aber nicht die Patrizier verjagen, sondern lediglich ein Mitspracherecht für uns arme Kerle erreichen. Soviel ich weiß, sehen es die Handwerker für ihren Teil ebenso.«

»Und weshalb gebietet Ihr dem Aufrührer dann keinen Einhalt?«

»Nach allem, was ich Euch bisher gesagt habe«, lächelte ihn der Halunke listig an, »wisst Ihr es doch schon selbst.«

Die Gedanken überschlugen sich in Martins Kopf. »Er soll Euch den Weg für Verhandlungen mit den Ratsherren bereiten. Ohne seine Aufwiegelungen und die Ausschreitungen spüren sie keinen Druck zu Gesprächen, geschweige denn für Zugeständnisse. Im Gegenzug übergebt Ihr ihnen den Hetzer.« Martin schluckte. Hannes spielte mit einem Menschenleben. Zwar war der Aufrührer ein mindestens dreifacher, wenn nicht sogar vierfacher Mörder. War es dennoch recht, was der Einbeinige vorhatte? »Dann kennt Ihr also seinen Namen?« 

Der Spitzbube verneinte. »Was ist schon ein Name? Zur rechten Zeit werden meine Männer seine Flucht aus der *Hafenklause* verhindern. Ihr braucht also Euren Spitzel nicht mehr hierher zu schicken. Er wird Euch nicht zu dem Aufrührer führen. Ihr werdet es jetzt, wo Ihr meinen Plan kennt, sicherlich verstehen.«

»Habt Ihr kein schlechtes Gewissen?«

Verächtlich lachte Hannes auf. »Sollte ich das? Hat er denn eines wegen unserer vier Kameraden, die am Dienstag auf dem Markt starben? Jedenfalls haben wir von ihm nichts erhalten, was ihren Familien helfen würde, den nächsten Winter zu überstehen. Nein, er verfolgt sein eigenes Ziel, das ist Euch wohl kaum verborgen geblieben. Und deswegen kann ich ihn genauso gut für das meine einspannen.«

»Nun, da ich den Mörder des Hafenmeisters und der Dirne suche, werde ich Eure Pläne wohl kaum durchkreuzen«, unternahm Martin einen Versuch, den Schmuggler in Sicherheit zu wiegen.

»So, werdet Ihr das nicht? Hat Euch der Rat nicht aufgetragen, den Aufrührer dingfest zu machen, weil der Vogt versagt hat? Welchen Grund hättet Ihr sonst, jeden Abend hier aufzutauchen?«

Martin musste auf der Hut sein, um sich nicht zu verraten. Deswegen lenkte er das Thema auf den Münzfälscher zurück. »Könnt Ihr mir sagen, wer der Tote aus der Bude ist?«

Er schenkte dem Gauner keinen Glauben, als der verneinte. Immerhin hatte er von dem Versteck in der Bude gewusst.



* * *

Das Gespräch mit Conrad Schwerdts Witwe hatte nicht lange gedauert. Zwar glaubte Barbara, es würde sich um den Ring handeln, den ihr Mann von Tobias erhalten hatte. Ganz sicher war sie sich gleichwohl nicht.

Als er Tilmann im Rathauskeller aufsuchte, war der Alte damit beschäftigt, die Münzen aus der Truhe eingehend zu betrachten. Neben ihm lag bereits ein größerer Haufen.

»Da habt Ihr mir etwas eingebrockt«, beschwerte sich der Weißhaarige bei Martins Eintreten.

»Immerhin befindet sich das Falschgeld jetzt in Eurem Gewahrsam. Leider«, Martin deutete auf die Truhe, »haben wir in dem Versteck noch zwei leere Kisten gefunden. Was sich darin befand, kann ich Euch nicht sagen.«

Tilmann seufzte und legte das Vergrößerungsglas zur Seite. »Eure Worte haben mir vergangene Nacht den Schlaf geraubt, jedenfalls bis der Brand ausbrach. Immer wieder und wieder habe ich über Eure Vermutung nachgedacht, jemand wolle die Verhansung Greifswalds provozieren. Dafür müssten die

Falschmünzen in mehreren Hansestädten auftauchen und zwar in einer Menge, die über die in dieser Truhe hinausgeht. Den Beschwerden nach zu urteilen, hat eine nicht unerhebliche Zahl Greifswald bereits verlassen. Im günstigsten Fall findet Ihr noch ein paar. Aber wenigstens habt Ihr den elenden Halunken aufgehalten.«

»Ich habe ihn nicht aufgehalten«, erwiderte Martin gereizt. Er suchte einen Mörder, das Geld war ihm herzlich egal. Wieso sollte er sich darum kümmern? »Der Falschmünzer verlor sein Leben bei dem Brand. Während der ausbrach, versuchten Severo und ich gerade, uns einer aufgebrachten Menge zu erwehren, die dieser Aufrührer auf uns gehetzt hatte. Ich habe den Falschmünzer ganz sicher nicht aufgehalten. Außerdem hätte er uns lebend mehr genützt. Wahrscheinlich war er der einzige, der seinen Auftraggeber, den Aufrührer, kannte.«



Die harschen Worte verfehlen ihre Wirkung nicht. Mit mitleidiger Miene wies der Alte auf Martins Verletzung über der Augenbraue. »In Anbetracht der aufgeheizten Stimmung scheint Ihr mir noch glimpflich davongekommen sein.«

»Es hätte wohl viel schlimmer ausgehen können, da habt Ihr Recht. Ich will mich nicht beschweren. Die Münzen sind jedoch nicht der Anlass meines Besuches. Ihr kennt Euch doch mit den Patriziern aus! In dem Versteck fand ich diesen Ring. Es scheint der zu sein, nach dem ich Euch gestern fragte. Sagt Euch das Wappen etwas?«

Martin reichte dem Münzpräger das Schmuckstück, der es eingehend untersuchte. Bedauernd schüttelte Tilmann den Kopf.

»Es tut mir leid, ich kenne es nicht. Allerdings arbeitet mein Bruder Albert im Kontor des Vaters unseres Bürgermeisters.

Da die Geschäftspost zu seinen Aufgaben gehört, könnte ihm das Wappen irgendwann untergekommen sein. Ich treffe ihn später. Wenn es Euch recht ist, frage ich ihn danach.«

Albert zählte ebenso wenig zu den Verdächtigen wie sein Bruder. »Das wäre sehr freundlich von Euch. Darüber hinaus muss ich dringend in Erfahrung bringen, was Tobias in den Tagen vor seinem Verschwinden tat. Könnte der Ratsnotar mir das verraten?«

»Ja, er steht den Schreibern vor, verteilt die Arbeitsaufträge. Mir ist heute Nacht leider nichts weiter eingefallen.«



Nachdem er Tilmann eingeschärft hatte, außer seinem Bruder niemandem von dem Ring zu erzählen, stieg Martin die Treppe zur Ratskanzlei empor.

»Gott zum Gruße, Herr Haffer«, empfing ihn der Notar. »Was ist mit Euch geschehen? Hat man Euch etwa angegriffen?« Er wies auf Martins Auge.

»Gott zum Gruße. Ich geriet gestern Abend in der *Hafenklause* in eine kleine Auseinandersetzung. Die Verletzung ist nicht der Rede wert.«

Missbilligung zeichnete sich auf dem Gesicht des anderen ab. »Die Schänke erscheint mir kein geeigneter Platz für Euch!«

Trotz des unverhohlenen Tadels, der dem anderen nicht zustand, hielt Martin sich zurück. Er durfte den Ratsnotar nicht verstimmen. »Ich wollte mir lediglich einen Eindruck von dem Ort des Mordes verschaffen.«

»Ein gefährlicher Ort. Versteht Ihr jetzt, weshalb es den Ratsdienern untersagt ist, sich in den Schänken aufzuhalten? Deswegen seid Ihr jedoch bestimmt nicht zu mir gekommen. Womit kann ich Euch diesmal behilflich sein?«

Martin konnte sich des Eindrucks nicht erwehren, der Mann sei etwas zurückhaltender als bei seinem letzten Besuch. Hatte ihn der nächtliche Wutausbruch des Vogtes vor der *Hafenklause* eingeschüchtert? Oder schenkte er der dabei geäußerten absurden These etwa Glauben?

»Tilmann sagte mir, Ihr wäret für die Schreiber verantwortlich und teilt ihnen ihre Aufgaben zu.«

Der Notar straffte seine Schultern. Stolz bejahte er: »So ist es. Ich sorge in der Ratskanzlei für Ordnung.«

»Und wie ich hörte, leistet Ihr dabei ganz hervorragende Arbeit«, schmeichelte Martin. »Erinnert Ihr Euch noch an die Tage vor dem Verschwinden des Schreibers Tobias?« 

Der linke Mundwinkel des Notars zuckte leicht. »Ihr wisst, was dieser gemeine Mensch getan hat, in welche Situation er Greifswald gebracht hat?«

»Wenn Ihr auf den Diebstahl des Notgroschens anspielt, darüber haben mich die Bürgermeister bereits unterrichtet.«

»Und was hat dieser unsägliche Mensch mit dem Tod des Hafenmeisters zu tun?« In den Worten meinte Martin, Angst vor einer neuen Predigt des Vogtes zu hören.

»Immerhin war Tobias der Vetter des Toten und pflegte als einziger Umgang mit ihm. Und unter Umständen ist er ebenso wenig ein Dieb, wie Conrad Schwerdt rechtschaffen.«

»Was wollt Ihr damit sagen?« Die Entrüstung war nicht zu überhören.

»Nun, manchmal liegen die Dinge nicht so einfach, wie sie scheinen oder man sie gern hätte. Gelegentlich lohnt sich ein genaueres Hinsehen.«

Obwohl Martin es nicht beabsichtigt hatte, hatten seine Worte einen belehrenden Ton angenommen. Mit starrer Miene bedachte ihn der Ratsnotar mit einem finsteren Blick. Da es für ein Einlenken zu spät war, beharrte Martin auf seine Frage.

»Ich möchte wissen, womit sich der Schreiber in den Tagen vor seinem Verschwinden beschäftigt hat und ob Euch etwas an ihm aufgefallen ist.«

Nachdenklich rieb sich der Schwarzgekleidete die Stirn. »Wenn ich mich recht erinnere, wollte er einige Besitzungen überprüfen, die der Obhut des Rates unterstehen.«



»Habt Ihr ihn nicht nach dem Grund gefragt?«

»Weshalb? Die Schreiber müssen sich von Zeit zu Zeit die Liegenschaften ansehen. Oft genug vergessen sie es.«

»Erinnert Ihr Euch, um welche Häuser es sich handelte?«

»Es fällt mir sicher wieder ein, wenn ich in dem Verzeichnis nachlese.«

Schwerfällig erhob sich der Notar. Die nächtliche Brandbekämpfung hatte auch bei ihm Spuren hinterlassen, denn mit einem Stöhnen nahm er jenen Folianten aus dem Regal, in dem er bereits bei Martins erstem Besuch nachgesehen hatte. Nachdem er ihn eine Weile studiert hatte, suchte er in seinem Schreibtisch nach fünf Schlüsseln, die er Martin reichte. Anschließend beschrieb er ihm die Häuser.

»Hat sich in letzter Zeit sonst noch jemand dafür interessiert?«

»Nein, niemand.«

»Was hat Tobias außerdem getan?«

»Er wollte sich alte Schriftstücke ansehen.«

»Welche?«

»Die aus Rubenows Zeiten.«

»Hat er Euch gesagt, weshalb?«

»Nein, das hat er nicht.«

Die Durchsicht der Schriftstücke würde wahrscheinlich längere Zeit in Anspruch nehmen. Trotzdem hielt ihn etwas ab, den Ratsnotar nach dem Ring zu fragen. »Heute Nacht brannten an der nördlichen Stadtmauer mehrere Buden ab. Könnt Ihr herausfinden, in wessen Eigentum sie standen?«

»Es wird ein wenig dauern. Ich lasse Euch die Antwort zukommen.«

Martin war schon an der Tür angelangt, als ihm der Notar hinterherrief: »Passt gut auf die Schlüssel auf, hört Ihr? Ich trage Sorge dafür. Nicht auszudenken, wenn sie in die Hände von Unbefugten gerieten.«



»Keine Angst«, beschwichtigte Martin, »Ihr bekommt sie spätestens heute Abend zurück.«

* * *

Trotz intensiver Suche entdeckte Martin in den ersten vier Häusern nichts Hilfreiches. Sie lagen allesamt in der Neustadt, wie einige Greifswalder das Stadtgebiet westlich der Weißgerberstraße noch immer nannten, weil sich die Bürger hier erst später als um die Marienkirche und St. Nikolai angesiedelt hatten. In einem Haus in der Stremelower Straße hatte er eine fette Ratte aufgescheucht, die ihn wegen der Störung giftig angefaucht hatte. Ansonsten hatte er außer Fußspuren, die schon wieder mit einer feinen Staubschicht überzogen waren und wohl von Tobias stammten, keine Anzeichen eines Betretens in den vergangenen Monaten festgestellt.

Nun verharrte Martin vor dem letzten Haus, das sich am Ende der Kuterstraße und damit als einziges in der Altstadt befand. Vor der Tür roch es äußerst unangenehm. Wahrscheinlich hatte ein Nachbar erst vor kurzer Zeit seinen Eimer für die Notdurft auf der Straße ausgeleert. Gerade wollte Martin den Schlüssel in das Schloss stecken, als er seinen Namen hinter sich hörte. Verwundert drehte er sich um. Aufgeregt rannte der Ratsnotar auf ihn zu.

»Endlich finde ich Euch. Mir ist da etwas aufgefallen«, keuchte er. Trotz der Hitze trug er einen schwarzen Umhang. Schweißtropfen liefen ihm die Wangen hinab. Hastig wischte er sie mit dem Handrücken weg.



»Als Ihr zur Tür hinaus wart, habe ich mir das Verzeichnis ein weiteres Mal angesehen und die Schlüssel überprüft. Tobias hatte mir die seinen zurückgegeben. Dessen bin ich mir sicher. Danach wurde keiner mehr benötigt, sie lagen allesamt in meiner Schublade. Gleichwohl fehlt ein Schlüssel zu einem Haus vor der östlichen Stadtmauer nahe des Mühlentores.«

»Vielleicht seid Ihr so freundlich und wartet einen Augenblick? Ich sehe mich schnell in diesem Haus um und gebe Euch dann gleich Eure Schlüssel zurück. Danach gehe ich der Sache auf den Grund. Habt Ihr schon etwas über die Bude herausgefunden?«

»Nein, nachdem ich das Fehlen des Schlüssels bemerkt habe, begab ich mich auf die Suche nach Euch. Würdet Ihr Euch bitte beeilen? Ich muss eine wichtige Beurkundung vornehmen.«

Beim vorsichtigen Öffnen der Tür surrte Martin ein Schwarm Fliegen entgegen. Er hatte sich geirrt. Der Gestank kam nicht aus der Gosse, sondern aus dem Haus. Mit einem Mal besaß er eine lebhafte Vorstellung von dessen Quelle. Angewidert folgte er dem Geruch bis in die Küche.

Hinter sich hörte er den Ratsnotar schimpfen: »Was riecht hier so abscheulich?«

Verständnislos verdrehte Martin die Augen. Es hatte schon an der Tür so gestunken, wieso war der Kerl ihm gefolgt? Um Beherrschung bemüht, riet er ihm: »Wollt Ihr nicht lieber draußen bleiben? Wenn sich meine Befürchtung bestätigt, erwartet uns kein schöner Anblick.«

Offensichtlich begriff der Mann, in welche Lage ihn seine Neugier gebracht hatte. Dankbar nutzte er die Gelegenheit, sich aus der Situation zu retten. »Ja, frische Luft täte mir wahrlich gut.« 

Während der Notar verschwand, sah sich Martin in der Küche um. In der Wand gegenüber der Feuerstelle befand sich eine Tür, die einen schmalen Spalt offen stand. Überall schwirrten Fliegen herum. Schon von hier sah er etwas auf dem Fußboden der Kammer liegen, was einem Bündel Kleider glich. Beim Hinübergehen verstärkte sich der Gestank, wenn das überhaupt noch möglich war.

In Anbetracht der Zeit, die der Tote hier gelegen haben musste, verwunderte sein schrecklicher Zustand nicht. Die Verwesung war fortgeschritten, Ratten hatten ihren Teil dazu beigetragen. Obwohl Martin tapfer dagegen ankämpfte, gelang es ihm nicht, die Übelkeit zu unterdrücken. Gerade noch schaffte er es, die Tür zum Hinterhof zu öffnen. Es dauerte eine Weile, bis sich sein Magen geleert und der Würgreiz nachgelassen hatte. Erst dann schlich er Vordertür, bemüht, keinen weiteren Blick in die Vorratskammer zu werfen, geschweige denn zu atmen.

»Tut mir einen Gefallen und holt Severo aus der Medizinischen Fakultät. Ihr findet ihn im Keller. Danach schickt zwei Wachen aus dem Rathaus her.«

»Ihr seid so bleich. Was habt Ihr gefunden?« Der Ratsnotar platzte schier vor Neugier.

»In der Vorratskammer liegen die sterblichen Überreste eines Menschen. Sagt, wo genau befindet sich das Haus, zu dem der Schlüssel fehlt?«

Während seiner Worte war jegliche Farbe aus dem Gesicht des Notars gewichen. Stockend beschrieb er ihm den Weg.

»Ich muss mich zunächst um diesen Toten kümmern. Wenn ich nachher Zeit habe, sehe ich in dem Haus nach dem Rechten. Bitte behaltet das Verschwinden des Schlüssels vorerst für Euch.«



Martin reichte ihm die Schlüssel zu den vier überprüften Häusern. Mit hastigen Schritten entfernte sich der andere, als wolle er so schnell wie möglich dem schrecklichen Geruch entkommen. Zu gern hätte Martin es ihm gleichgetan.

Was immer Tobias hier gesucht und womöglich gefunden hatte, der Mörder hatte ausreichend Zeit besessen, alle Spuren zu verwischen. Er würde ohnehin nichts mehr finden. Deswegen machte Martin es sich vor der Tür bequem, auch wenn er damit dem Gestank nicht entkam. Immerhin ließ sich die Hitze hier im Schatten einigermaßen ertragen. Gegen einen Schluck Wasser hätte er trotzdem nichts einzuwenden gehabt.

Während er sich ausruhte, nahm er am Fenster des gegenüberliegenden Hauses eine Bewegung wahr. Erschöpft erhob sich Martin wieder und begab sich hinüber. Er hatte noch gar nicht an die Tür geklopft, da wurde sie schon aufgerissen.

»Gott zum Gruße!«

Mit in die Hüften gestützten Händen erwiderte die dicke Frau seinen Gruß. »Gott zum Gruße. Kümmert sich endlich mal jemand um den Gestank?«

Überrascht erkundigte sich Martin, was sie meine.

»Ich weiß nicht, wie oft ich mich beim Vogt schon beschwert habe. Beim letzten Mal sagte er nur, ich solle mich nicht so haben. Die Gosse stinke nun einmal im Sommer. Er habe Wichtigeres zu tun, als sich um meine Befindlichkeiten zu kümmern und ich solle beim Entleeren meines Eimers einfach Wasser hinterherschütten. Dabei leere ich meinen Eimer wie alle meine Nachbarn in die Grube auf dem Hof und nicht auf die Straße!«

»Seit wann riecht es so?«

»Ich wüsste zwar nicht, weshalb das wichtig wäre, aber sei's drum: Seit es warm geworden ist. Was ist denn jetzt der Grund dafür?« Die Dicke versuchte, an ihm vorbei ins Haus zu lugen.



Martin ignorierte ihre Frage. Sollte das neugierige Weib ruhig noch eine Weile warten! Sie würde den Grund spätestens dann erfahren, wenn die Wachen den Toten in die Medizinische Fakultät trugen.

»Wie lange steht das Haus schon leer?«

»Das solltet Ihr eigentlich selbst wissen! Nachdem die alte Gertrud, Gott hab sie selig, vor drei Jahren gestorben ist, fand sich kein Erbe und der Rat unterstellte es seiner Obhut.«

»Habt Ihr gesehen, ob jemand das Haus betreten hat?«

»Nein, da war niemand. Deswegen konnte ich mir den widerlichen Gestank ja nicht erklären. Na, immerhin hat der Vogt jetzt endlich Euch geschickt!« Sie schien zufrieden.

In diesem Moment bog Severo um die Ecke.

»Warum schickt Ihr mir den Ratsnotar? Der arme Teufel ist fast umgefallen, als er den verbrannten Fälscher auf meinem Tisch gesehen hat. Weiß wie eine Wand war er und wollte mir nicht sagen, worum es geht. Ich sollte bloß schnell zu Euch kommen. Was ist geschehen und warum stinkt es hier so?«

»Da habt Ihr es. Es fällt sogar dem Chirurgen sofort auf. Und der ist weiß Gott Schlimmeres gewohnt«, keifte die Dicke. »Richtet Eurem Dienstherrn aus, er soll beim nächsten Mal auf mich hören.«

Rasch verabschiedete sich Martin und zog Severo am Arm zu dem Haus hinüber. Leise, so dass die Frau, die sie aus dem Türrahmen beobachtete, nichts hören konnte, klärte er den verdutzten Chirurgen über die Ursache des beißenden Gestanks auf, während sie die Kuterstraße überquerten.



»In der Vorratskammer liegt ein Toter. Ich denke, es ist der Schreiber. Der Geruch sollte Euch eine Warnung sein.«

»Wollt Ihr nicht mit hineinkommen?«

»Nein«, lehnte Martin hastig ab. »Ein Blick auf ihn hat mir vollends genügt. Wenn Ihr den Leichnam seht, werdet Ihr mich verstehen.«

Gleichgültig zuckte der Chirurg mit den Schultern und betrat das Haus. Martin setzte sich wieder in den Schatten. Kurz darauf hörte er von drinnen einen lauten Fluch, den er nicht verstand. Es dauerte nicht lange und der Italiener erschien neben ihm. Es beruhigte ihn etwas, seinen Begleiter mehrfach tief einatmen zu sehen. Außerdem hatte er merklich an Gesichtsfarbe verloren. Anscheinend war selbst er einen solchen Anblick nicht gewohnt.

»Und?«

»Die Ratten, die Hitze – alle haben ihr Werk getan. Warum meint Ihr, es sei Conrads Vetter?«

»Der Tote trägt einen wollenen Mantel. Als Tobias verschwand, trug man noch warme Kleidung.«

»Mein Kommen hat sich jedenfalls gelohnt, ich habe schon etwas gefunden.« Der Chirurg streckte ihm den Arm entgegen. Auf dem Handteller lag ein Schilling, wie bei Conrad und Marie. »Ist er Euch nicht aufgefallen?«

Bei dem Gedanken daran, wo Severo nach der Münze gesucht haben könnte, würgte Martin erneut. Mit Mühe gelang es ihm, sich nicht noch einmal zu übergeben. »Vermutlich hat mich der Zustand der Leiche etwas abgelenkt«, erwiderte er mit bitterem Ton.

»Sie lag neben dem Kopf. Wahrscheinlich ist sie heruntergefallen, als die Ratten …«

»Lasst gut sein, Chirurg«, herrschte Martin ihn an, als er spürte, wie sein Magen erneut rebellierte. »Untersucht ihn lieber.«



Jetzt war es an Severo, ein säuerliches Gesicht zu ziehen. »Glaubt Ihr wirklich, ich würde noch irgendetwas Hilfreiches entdecken?«

»Versucht es wenigstens! Habt Ihr bei dem Falschmünzer schon etwas gefunden?«

Der Italiener setzte sich neben ihn. »Ich habe ihn mir so genau wie möglich angesehen. Kein Zweifel, er ist erstochen worden. Vermutlich war er sofort tot und hat im Fallen die Lampe umgerissen, die die Hütte in Brand setzte. Das würde erklären, warum er nicht vor den Flammen floh und auch, warum der Aufrührer die Falschmünzen nicht an sich nahm.«

»Untersucht Ihr Tobias jetzt?« Es war weniger eine Frage als eine Bitte.

Severo nickte. »Und was macht Ihr in der Zwischenzeit?«

»Der Ratsnotar behauptet, es fehle ein Schlüssel zu einem Haus nahe des Mühlentors. Ich werde es mir ansehen. Hier ist ja nichts.«

»Das wundert mich nicht oder würdet Ihr ein Haus mit einer verwesenden Leiche als Versteck benutzen? Früher oder später musste der Geruch auffallen.«

»Das ist er schon seit einiger Zeit«, bestätigte Martin und wies mit dem Kopf in Richtung Nachbarhaus, wo die dicke Frau sie noch immer nicht aus den Augen ließ. »Das Weib hat sich mehrmals über den Gestank beschwert, den sie sich nicht erklären konnte, weil das Haus seit dem Tod der letzten Bewohnerin vor drei Jahren leer steht.«



»Lasst mich raten: Der Vogt hatte keine Lust, der Sache auf den Grund zu gehen?«

»Nein, er hatte Wichtigeres zu tun!«

Severo gab vor, angestrengt zu überlegen. »Ich nehme an, er meinte die Suche nach dem Aufrührer?«

»Wahrscheinlich.«

Sie lachten beide. Obwohl Martin das Gefühl hatte, es würde sich in Anbetracht des Toten im Haus nicht gehören, tat es ihm gut und verdrängte die Übelkeit.

Gefolgt von ein paar Stadtwachen kehrte der Ratsnotar zurück. Sie erhoben sich und klopften den Staub von den Hosen.

»Auf ein Wort, Herr Notar«, nahm der Chirurg ihn beiseite, ehe er neugierige Fragen stellen konnte. »Wärt Ihr so freundlich, mir den verschwundenen Tobias näher zu beschreiben?«

Während der Mann der Bitte nachkam, kehrte Martin noch einmal ins Haus zurück und schaute sich in den restlichen Räumen um, in denen überall der widerliche Geruch hing. Sie waren allesamt leer. Lediglich an einer Stelle zeichneten sich auf dem Boden Umrisse von Säcken ab, über denen schon wieder eine dünne Staubschicht lag.

* * *

Es hatte Severo sehr viel gutes Zureden gekostet, bis die Männer der Stadtwache bereit gewesen waren, Tobias in die Medizinische Fakultät zu tragen. Martin verstand sie gut. Im Vergleich zu dem Verwesten war die Brandleiche geradezu angenehm gewesen. Nun waren die Männer auf dem Weg zurück zum Rathaus. Der Ratsnotar hatte es vorgezogen, wieder in seine Amtsstube zurückzukehren. Wahrscheinlich hatte er Angst vor weiteren schrecklich zugerichteten Leichen. Bei Lichte betrachtet, teilte Martin diese Befürchtung nicht. Da sie den Vermissten nun gefunden hatten, dürfte sie eigentlich nichts Schlimmes in dem Haus an der östlichen Stadtmauer erwarten.



›Wer weiß‹, dachte er bei sich, als er vor der Medizinischen Fakultät auf Severo wartete und sich angestrengt bemühte, nicht auf den gegenüberliegenden Kirchhof zu schauen. ›Am Ende findet sich dort überhaupt nichts und der Ratsschreiber hat den Schlüssel einfach verlegt.‹

Zu allem Übel war Mittag bereits vorbei und so blieb ihm nicht einmal mehr ein ganzer Tag, um den Mörder zu überführen. Inständig hoffte er, Albert wüsste etwas über die Herkunft des Ringes zu sagen. Andernfalls musste er Tobias' Weg wählen und die Korrespondenz aus Rubenows Zeiten sichten. Würde die Zeit dafür noch reichen?

Nach einer schier endlosen Weile trat Severo aus dem Haus und sie machten sich schweigend durch die Perdekopper-, die Rakower und die Fuhrstraße auf den Weg. Die Wachen am inneren Mühlentor schenkten ihnen keinerlei Beachtung. Lautstark stritten diese mit einem aufgebrachten Bauern, dessen Fuhrwerk mit dicken Eichenfässern beladen war und mitten im Weg stand.

Schließlich blieben sie vor dem Haus stehen, das der Ratsnotar beschrieben hatte. Aufmerksam sahen sie sich um. Trotz der Tageszeit war die Straße verlassen. Alle, die es sich leisten konnten, hatten sich in die Häuser verkrochen. Vorsichtig drückte Martin die Klinke nach unten. Natürlich war die Tür verschlossen.

Der Chirurg tippte ihm auf die Schulter. »Lasst es uns über den Hof versuchen.«

»Meint Ihr wirklich, die Hintertür wäre unverschlossen?«



»Nein, aber wir könnten sie aufbrechen.«

»Das merkt der Aufrührer doch«, entgegnete Martin.

»Wie soll er es denn bemerken?«, reagierte der Chirurg gereizt. »Wenn die Hintertür nicht zufällig offen steht, kann er das Haus genauso wenig wie wir durch sie betreten. Und falls er im Besitz des Schlüssels ist, wird er die Haustür nutzen.«

Gemeinsam schlichen sie auf den leeren Hinterhof. Kein Laut war zu vernehmen, nur das Zirpen von Grillen. Selbst die Hühner und Hunde hatten sich in den Schatten zurückgezogen.

Kräftig ruckte Severo an der Tür. Sie öffnete sich nicht. Während Martin den Hinterhof im Auge behielt, zog der Italiener ein Messer hervor und machte sich an der Tür zu schaffen.

»Wer sagt's denn!«, hörte Martin seinen Begleiter kurze Zeit später.

Martin steckte den Kopf ins Haus und schnupperte. Hier roch es normal. Beruhigt trat er ein. Der Schwarzhaarige folgte ihm und schloss die Tür hinter sich. Zielgerichtet lief Martin zur Eingangstür.

»Seht«, er zeigte auf den Boden, wo eine feine Fußspur durch den Flur führte. Sie folgten den Abdrücken, die denen auf dem Tresen vom Vorabend entsprachen, zu einem fensterlosen Raum. Wenn dort nachts ein Licht brannte, würde man auf der Straße nichts bemerken. Inmitten des Zimmers lagerten drei prallgefüllte Säcke. Auf ihnen lagen eine schwarze Hose, Hemd und Umhang. Das schwarze Tuch, mit dem der Aufrührer während seiner Reden das Gesicht bedeckte, befand sich obenauf. Daneben stand ein Paar Stiefel. Eine Untersuchung der Sohlen bestätigte den Verdacht. Es handelte sich um die Sachen des Hetzers.

Martin drückte dem Chirurgen die Kleidungsstücke in die Hand und löste vorsichtig das Seil, das den groben Leinensack geschlossen hielt. Er war mit Münzen gefüllt. Sie glichen denen, die sie am Vormittag gefunden hatten. Er hielt sie Severo hin, der nickte. Martin ließ sie wieder hineinfallen und verschloss den Sack.



»Wir könnten warten«, schlug der Italiener vor.

Martin überlegte. Der Münzfund vom Vormittag musste sich bereits im Rathaus herumgesprochen haben. Wer immer der Spitzel war, hatte dem Aufrührer wohl schon davon berichtet. Im günstigsten Fall erfuhr der dabei außerdem von Martins Überprüfung der Häuser und befürchtete eine Entdeckung seines Verstecks. So oder so, ganz sicher würde der Umstürzler es nicht wagen, vor Einbruch der Dunkelheit hierher zurückzukehren, um das Falschgeld zu bergen. Diese Zeit sollten sie nutzen, um herauszufinden, wem der Ring gehörte. Vielleicht fanden sie den Mörder auf diese Weise schneller, ansonsten würden sie erst erfahren, um wen es sich handelte, wenn die Falle zuschnappte.

Er erläuterte Severo seinen Plan.

# Kapitel 9

15. Juli 1491 – früher Nachmittag



Nach dem Verlassen des Verstecks hatte Martin dem Chirurgen von Tilmanns Absicht erzählt, seinen Bruder Albert zu dem Wappen zu befragen. Daraufhin hatte sich Severo entschlossen, ihn ins Rathaus zu begleiten. Trotz einer eingehenden Erklärung drängte sich Martin der Eindruck auf, die Neugier des Chirurgen sei bloß vorgeschoben und in Wahrheit wolle er sich lediglich um die Untersuchung von Tobias' sterblichen Überresten drücken.

Auf dem Markt sahen sie an einem Brunnen ein paar schwatzende Frauen stehen. Aus den vollen Körben in ihren Händen ragten frische Einkäufe. Ansonsten war der Platz recht leer. Von den zerlumpten Gestalten, die an den vorangegangenen Tagen hier herumgelungert hatten, war nichts zu sehen, ebenso wenig von den Bettlern. Allein Walter harrte im Schatten vor dem Portal aus. Fürsorglich erkundigte sich Severo nach dem Befinden des Leprakranken und warf ihm ein Geldstück zu, anschließend folgte er Martin ins Rathaus.

Im Eingangsbereich redete ein Weißhaariger mit einer langen, ledernen Schürze auf einen überfordert wirkenden Ratsschreiber ein. Von den lauten Worten angelockt, stolzierte der Vogt gerade die Treppe hinab.

»Was gibt es? Warum schreit Er hier so herum?«, herrschte er den Aufgeregten an. »Wer ist Er überhaupt?«

»Mein Name ist Meister Klemens. Ich bin Goldschmied und suche meinen Gesellen, der heute nicht zur Arbeit erschien!«

Brüsk wies der Vogt den Handwerker zurecht: »Was kümmert es mich? Der Bursche wird irgendwo seinen Rausch ausschlafen, falls er in diesem Moment nicht glückselig in den Armen einer Hure liegt. Vielleicht hat er auch«, bei diesen Worten warf er Martin und Severo einen provozierenden Blick zu, »bei der Schlägerei gestern Abend in der *Hafenklause* etwas auf die Nase bekommen. Mache Er sich keine Sorgen, Sein Geselle wird schon wieder auftauchen.« Mit diesen Worten verließ der Vogt das Rathaus.



»Weder war Gisbert je betrunken, noch besucht er Huren!«, rief ihm Meister Klemens erfolglos hinterher. »Außerdem erzählt man sich in der Stadt, es habe bei dem gestrigen Brand einen Toten gegeben.«

Überrascht schaute Martin zu Severo hinüber. Es war nicht zu fassen, wie schnell sich Neuigkeiten in der Stadt verbreiteten. Rasch traten sie auf den Goldschmied zu, den ihr Interesse an seiner Sorge etwas besänftigte.

»Seit wann ist Euer Geselle verschwunden?«, wollte Martin wissen.

»Das ist es ja. Gestern Abend verließ er meine Werkstatt und kehrte nicht mehr zurück. Ihm muss etwas zugestoßen sein. Weder war er je krank, noch drückte er sich vor Arbeit.«

»Und ein Mädchen, bei dem er sich aufhalten könnte, besitzt er nicht?«, schaltete sich Severo ein.

Meister Klemens schien wirklich besorgt. »Nein, davon hat er nie etwas erzählt. Ich dachte immer, er hätte Angst vor

Frauen. Jedenfalls brachte er gegenüber den Kundinnen nie ein Wort heraus.«

Höflich bat der Chirurg den Alten, ihm vor das Portal zu folgen. Gespannt schloss sich Martin den beiden an. Draußen bettelte Walter noch immer um Almosen. Severo bat Meister Klemens, dem Leprakranken seinen Gesellen zu beschreiben. Bei den Worten nickte Walter eifrig. Derjenige habe die Hütte betreten. Die Erleuchtung traf Martin wie ein Schlag. Es handelte sich um den Blonden mit den Pockennarben, der ihm in der *Hafenklause* aufgefallen war, als er sich so verhement einer Hure erwehrt hatte. Schon damals war es ihm vorgekommen, als habe sich der Bursche bemüht, etwas von ihrem Gespräch mit dem Einbeinigen aufzuschnappen. Und Markward hatte erzählt, ein junger Kerl mit Pockennarben habe den toten Conrad angestoßen. Hatte Gisbert bei dieser Gelegenheit den Ring an sich genommen?



Wem die Hütte gehörte, in der sie den Gesellen gefunden hatten, wusste Meister Klemens ebenso wenig wie etwas über die Menschen, mit denen der junge Mann in den letzten Monaten Umgang gepflegt hatte. Immerhin berichtete er ihnen von einigen Reisen nach Wolgast und Anklam, die Gisbert im vergangenen Jahr unternommen hatte, angeblich um Verwandte zu besuchen. Hatte er bei dieser Gelegenheit das Blei und Kupfer besorgt?

Wenigstens erkundigte sich Meister Klemens nicht nach der Truhe, die sie in dem Versteck gefunden hatten, obwohl sich das bestimmt ebenfalls schon herumgesprochen hatte. Stattdessen bat der Weißhaarige inständig, seinen Gesellen noch einmal sehen zu dürfen, und ließ sich auch nicht von den Warnungen des Chirurgen vor dessen schrecklichem Anblick abhalten. Nach einer Weile gab der Italiener nach und gestattete dem Goldschmied, am nächsten Morgen in der Medizinischen Fakultät zu erscheinen. Martin und Severo sahen dem Alten nach, wie er mit hängendem Kopf über den Markt in Richtung seiner Werkstatt trottete. Die sichere Erkenntnis vom Tod seines Gesellen hatte ihm arg zugesetzt. Schließlich drehte sich Severo um und kehrte ins Rathaus zurück. Stumm folgte ihm Martin.

Im Rathauskeller trafen sie auf den Münzpräger und dessen Bruder Albert. Erschöpft nahmen Martin und Severo Platz, während Tilmann zwei Becher mit Wein für sie füllte und sich bekümmert nach dem Toten erkundigte, den Martin in dem verlassenen Haus gefunden hatte. Auch die Kunde von diesem grausigen Fund hatte sich ebenso schnell verbreitet wie alle Ereignisse der vergangenen Tage.



Der Chirurg kam ihm mit einer Antwort zuvor. »Es scheint sich um den verschwundenen Schreiber zu handeln. Der Ratsnotar war so freundlich, ihn mir näher zu beschreiben. Nachher werde ich den Toten eingehend untersuchen. Wahrscheinlich ist er ebenfalls eines gewaltsamen Todes gestorben.«

Die Worte erinnerten Martin erneut an das unschöne Bild von dem Leichnam. Hastig trank er einen Schluck Wein, um die Übelkeit zu bekämpfen. Anschließend lenkte er das Thema auf die abgebrannte Bude.

»Jedenfalls haben wir gerade erfahren, wer der tote Falschmünzer ist.« Erwartungsvoll beugten sich Tilmann und Albert nach vorn. »Ein Goldschmied wollte den Vogt bewegen, nach seinem Gesellen zu suchen, der heute nicht zur Arbeit erschien.«

»Welcher Goldschmied?«

»Meister Klemens«, erwiderte Severo.

»Herrje«, entfuhr es dem Münzpräger. »Der Arme. In seiner Haut möchte ich nicht stecken.«

Verständnislos fragte Martin, was er damit meine.

»Nun ja, so eine Sache fällt immer auf den Meister zurück, sie sind für die sittliche Bildung ihrer Lehrlinge und Gesellen verantwortlich. Sicherlich muss der arme Klemens jetzt eine empfindliche Strafe zahlen.«

Wie Martin an der Miene seines Begleiters abzulesen meinte, dachte der wohl gerade an seine eigene Verantwortung für Gernot. Angespannt wandte Severo sich an Albert. »Hat Euch Euer Bruder schon von dem Ring und dessen Wappen erzählt?«

»Das hat er in der Tat und ich hege einen Verdacht. Bevor ich ihn äußere, möchte ich bitte das Schmuckstück sehen.«

Martin zog den Ring aus der Tasche und reichte ihn Lotzes Kontormeister. Ihm blieb nicht verborgen, wie dem Alten sofort Tränen in die Augen stiegen, als er ihn mit zitternden Fingern entgegennahm.

Behutsam stellte Martin fest: »Ihr kennt ihn.«

»Ja, gleichwohl hatte ich nicht erwartet, den Ring in Greifswald je wiederzusehen.«

Das bestätigte Martins Vermutung. Der Ring war von besonderer Bedeutung. »Weshalb? Wem gehört er?«

»Nikolaus von der Osten.«

Bei der Erwähnung des Namens sog Tilmann scharf die Luft ein. Martin, der die alten Erzählungen kannte, zuckte leicht zusammen. Das erklärte, weshalb Tobias die Schriftstücke aus Rubenows Zeiten durchgesehen hatte. Auf ihnen hatte er das Wappen gefunden. Ärgerlich schüttelte Martin den Kopf. Von

Beginn an hatte er bei der Suche nach dem Aufrührer stets befürchtet, in politische Spielchen hineingezogen zu werden. Und nun steckte er mittendrin.

Die Reaktionen der beiden Männer schienen den Italiener zu überraschen.

»Wer ist das?«

»Von der Osten war der Ratsherr, der den Mord an Bürgermeister Rubenow in Auftrag gegeben haben soll«, erklärte Martin anstelle des Kontormeisters. »Ich war damals noch ein kleines Kind und habe erst später von den Ereignissen gehört. Ohne Euch zu nahe treten zu wollen, müsstet Ihr beide Heinrich Rubenow noch persönlich erlebt haben. Könnt Ihr uns erzählen, was damals geschah, und was genau es mit dem Ring auf sich hat?«

Die Erinnerung schien Albert zu missfallen. Erst nachdem sein Bruder ihm aufmunternd zugenickt hatte, kam er der Bitte nach.

»Es ist schon so lange her und es leben nicht mehr viele, die Heinrich Rubenow kannten, einen Menschen von unbeschreiblicher Größe und wachem Verstand. Er entstammte einem alteingesessenen Patriziergeschlecht. Seine Familie hatte im Laufe der Zeit ein unermesslich großes Vermögen angehäuft, das er durch seine Hochzeit mit Katharina Hilgemann, Tochter eines ebenfalls sehr reichen Patriziers, erheblich vergrößerte. Mehr als alle anderen legte seine Familie – und ganz besonders er selbst – viel Wert auf eine gute Bildung. Ehe Rubenow schon in jungen Jahren zum Bürgermeister gewählt wurde, hatte er Recht studiert und für den Rat als Syndikus gearbeitet. Außerdem pflegte Rubenow ein enges Verhältnis zu Herzog Wartislaw IX., dem Großvater Eures Dienstherrn. Doch wo Macht ist, sind Neider nicht weit.

Als Rubenow in Rostock studierte, musste die Universität für eine Zeit die Stadt verlassen. Einige Professoren folgten seiner Einladung und übersiedelten nach Greifswald. Nachdem sich die Aufregung wieder gelegt hatte, verließen die meisten uns wieder. Es blieb die Idee, die während ihres Aufenthaltes in Rubenow gereift war, eine eigene Universität in Greifswald zu gründen.

In Herzog Wartislaw IX. und dem Bischof von Cammin fand er Unterstützer. Noch am Tag der feierlichen Eröffnung

im Oktober 1456 wählten die Professoren Heinrich Rubenow zum Rektor. Zu dieser Zeit hielten sich die Neider noch im Verborgenen.

Im April 1457 starb Herzog Wartislaw IX. Seinen Söhnen, Wartislaw X. und Erich II., fehlte die Weisheit ihres Vaters. Es dauerte nicht lange, bis sie sich mit Rubenow entzweiten. Vor allem Erich II. gab immer wieder Anlass zu Ärger. Damals überwarf sich Rubenow zudem mit einigen Professoren, denen er zu viel Macht in einer Person vereinte. Ein paar Ratsherren teilten diese Ansicht und versuchten ihn im Spätsommer 1457 aus der Stadt zu verjagen. Dafür bot ihnen Erich II. eine günstige Gelegenheit.

Schon Wartislaw IX. hatte die Vogtei Horst an Greifswald verpfändet, das Pfandrecht aber immer wieder gebrochen. Es dauerte nicht lange und die Stadt erhielt das geliehene Geld zurück, bis auf eine Summe, für die sich Rubenow verbürgte. Horst blieb an ihn und ein paar Stralsunder Bürger verpfändet. Erich II. störte sich nicht daran, veranstaltete dort eine Jagd und ließ die Bewohner allerlei Dienste für sich und sein Gefolge verrichten. Das brachte bei Rubenow das Fass zum Überlaufen. Auf sein Geheiß setzten ein paar Stralsunder und

Greifswalder Bürger die Jagdgesellschaft kurzerhand fest. Der Herzog entkam und verbündete sich bald mit seinem Bruder und dem Herzog von Mecklenburg. Gemeinsam zogen sie gegen Greifswald und Stralsund. Seine Gegner warfen Rubenow übertriebenes Handeln vor, woraufhin er die Mehrheit im Rat verlor und im September 1457 nach Stralsund floh.

Das Blatt wendete sich wieder zu Rubenows Gunsten, als die Herzöge einige Stralsunder Kaufleute, die von einem Markt zurückkehrten, überfielen und sich daraufhin Stralsund, Greifswald, Anklam und Demmin gegen die Herren verbanden. Bald darauf söhnten sich die Herzöge und Städte wieder aus. Im Dezember 1457 kehrte Rubenow zurück und machte seinen Gegnern, allen voran dem Ratsherrn Dietrich van Dorpen, den Prozess.«



Der Kontormeister nahm einen Schluck Wein.

»Die zunächst eingekehrte Ruhe täuschte, das Feuer war längst nicht verloschen. Nach wie vor war Rubenow einigen ein Dorn im Auge, darunter seinem Amtsbruder Dietrich Lange und dem Ratsherrn Nikolaus von der Osten. Am letzten Tag des Jahres 1462 wurde Heinrich Rubenow von dem Leinenweber Klaus Hüreman erschlagen – angeblich aus Wut, weil Rubenow die vor dem Steinbeckertor gelegenen Wiesen der Weberinnung an die Universität verschenkt habe. Rubenows Freunde hingegen behaupteten, dessen Feinde hätten Hüremann und seinen Begleiter, Johann Damerow, gekauft. Den gedungenen Mördern gelang die Flucht aus der Stadt.

Wie Ihr Euch sicher vorstellen könnt, gärte es danach kräftig. Zunächst wurde Nikolaus von der Osten zu Rubenows Nachfolger als Bürgermeister neben Dietrich Lange gewählt. Unter ihrer Führung suchten die alten Gegner die Unterstützung Wartislaws X., um Rubenows Freunde zu verbannen. Statt für eine Seite Partei zu ergreifen, befahl der Herzog allen, Frieden zu halten. Im August 1463 wollten die Bürgermeister dann Rubenows Mörder straffrei zurückkehren lassen. Nachdem der Rat das Ansinnen zurückgewiesen hatte, sollen sie den Plan gefasst haben, Rubenows Verwandte und Anhänger gefangen zu nehmen und zu töten. Das Vorhaben blieb nicht geheim. Rubenows Schwager führte die aufgebrachten Anhänger des ermordeten Bürgermeisters an und erschlug sowohl Nikolaus von der Osten als auch Dietrich Lange. Nachträglich machte man ihnen den Prozess und band sie aufs Rad. Ihre Familien wurden aus der Stadt verbannt, ihre Güter eingezogen.«



Nach einem Moment bedächtigen Schweigens ergriff der Chirurg als Erster das Wort. »Was hat es nun mit dem Ring auf sich?«

»Nikolaus von der Osten ahnte, in welcher Gefahr er sich befand. Ich war damals unsterblich in ein Dienstmädchen seines Hauses verliebt. Er kannte und schätzte mich, mehrfach hat er mir angeboten, für ihn zu arbeiten. Eines Abends, nicht lange nach dem Mord an Rubenow, wollte ich meine Braut besuchen. Zuvor nahm er mich beiseite und bat mich, jemanden zu finden, der seine Verwandten aus der Stadt und in Sicherheit bringen würde, wenn ihm etwas zustieße. Außerdem sollte ich seinem Neffen Arno, den er als seinen Nachfolger auserkoren hatte, den Ring mit dem Wappen der Familie von der Osten geben. Fragt mich nicht, wie es schaffte, nach dem Tod des Ratsherrn an den Ring zu gelangen. Aber ich habe mein Versprechen gehalten, Arno erhielt ihn aus meinen Händen.«

Severo empörte sich: »Ihr habt einem Verräter geholfen? Warum?«

Albert lief rot an. Die Anschuldigung traf ihn hart. »Was wisst Ihr schon von den Vorwürfen und dem ganzen Drunter und Drüber, das damals herrschte? Im Übrigen habe ich nicht einem Verräter geholfen, sondern einem Mann, der sich um seine Familie sorgte. Und einem Todgeweihten darf man keinen Wunsch abschlagen!«

Es trat eine weitere Pause ein, die Martin bald unterbrach. »Was ist aus der Familie geworden?«



»Geschäftspartner haben sich ihrer angenommen. Wohin sie gegangen sind, weiß ich nicht. Es hieß, von der Ostens Frau sei bald darauf vor Gram gestorben.«

Ein entsetzlicher Gedanke formte sich in Martins Kopf. »Wie alt war der Neffe, als die Familie die Stadt verließ?«

»Arno war wohl um die zehn Jahre. So genau weiß ich es nicht.«

Severo hatte am schnellsten nachgerechnet. »Das heißt, er müsste heute achtundreißig Jahre sein. Das schränkt die Zahl der Verdächtigen erheblich ein.«

»Ist er der Aufrührer?«, flüsterte Tilmann, als habe er Angst, sie könnten belauscht werden.

»Die Sache ist fast dreißig Jahre her«, widersprach Albert. »Warum sollte jemand nach so langer Zeit hier auftauchen? Es lebt kaum noch einer der Beteiligten.«

»Wie soll der Ring sonst nach Greifswald gelangt sein?«, entgegnete Martin. »Und es würde gut passen. Mit den Falschmünzen will der Aufrührer um jeden Preis die Verhansung erreichen. Niemand soll den Patriziern zur Seite stehen, wenn er sie aus der Stadt vertreibt. All das träfe den Handel und damit die Quelle von Greifswalds Wohlstand ins Mark. Er will nichts anderes, als die Stadt zugrunde richten.«

Wie sich zeigte, dachte der Chirurg praktisch: »Würdet Ihr Arno von der Osten wiedererkennen?«

Lotzes Kontormeister schüttelte den Kopf: »Ich wüsste niemanden, der in Betracht käme.«

So schnell gab Severo nicht auf. »Hatte Arno körperliche Merkmale – Narben, abstehende Ohren, ein Muttermal? Oder Angewohnheiten?«



Angestrengt grübelte Albert. »Etwa zwei Jahre vor dem Mord an Rubenow passierte ein Unfall. Arno war ein wissbegieriger und aufgeweckter Knabe und tobte gern im Kontor. Eines Tages brach ein Feuer aus. Der Junge trug schwere Verbrennungen auf dem Rücken, der linken Schulter und dem Arm bis zum Ellenbogen davon. Die Wunde heilte schlecht. Zwei Wochen lag Arno im Fieber. Als schon keiner mehr an seine Genesung glaubte, verbesserte sich sein Zustand langsam. Zurück blieben hässliche Narben.«

»Brandnarben auf dem Rücken, der linken Schulter und dem Arm bis zum Ellenbogen?«, wiederholte der Chirurg heiser.

»Ja.«

Alle Augen richteten sich auf den Italiener, der laut aufstöhnte.

»Seid Ihr der Einzige, der von den Narben weiß?«

»Von Arnos Verletzung wissen alle, die damals für die Familie gearbeitet haben oder mit den von der Ostens befreundet waren. Viele weilen allerdings nicht mehr unter uns, einige sind mit der Familie aus Greifswald weggegangen, viele schon verstorben. Seine Amme Cordula treffe ich gelegentlich auf dem Markt beim Einkauf. Sie lebt bei ihrer Tochter im Vilterhagen nahe der Ecke zur Steinbecker Straße.«

»Wie ich Euren Worte entnehme, hat Euch der verschwundene Schreiber Tobias nicht zu Arno von der Osten befragt?«

»Nein, wieso sollte er das?«, erwiderte Albert verwundert.

Ohne auf die Worte einzugehen, erhob sich der Chirurg abrupt. »Meine Herren, leider müssen wir Euch jetzt verlassen. Da Ihr wisst, was für die Stadt auf dem Spiel steht, und der Aufrührer über einen Spitzel im Rathaus verfügt, dürft Ihr zu niemandem ein Wort verlieren. Schon gar nicht zum Vogt, hört Ihr?« Sein Gesicht verfinsterte sich. »Der Dummkopf ist im Stande und pfuscht uns ins Handwerk. Wir müssen eine Warnung oder gar die Flucht des Aufrührers unbedingt verhindern. Und Ihr, Herr Haffer, beeilt Euch. Wir statten der Amme einen Besuch ab.«



Die beiden Brüder tauschten mit Martin einen verständnislosen Blick.

* * *

Im Eingangsbereich des Rathauses stieß Severo, der vorangegangen war, fast mit dem aufgeregten Ratsnotar zusammen. Die Bürgermeister würden den herzoglichen Ermittler ungeduldig erwarten. Man habe schon vor einiger Zeit nach ihm geschickt. Martin schluckte, wenn die hohen Herren schon ihren Ratsnotar bemühten, war die Lage ernst.

Wie ernst, das entnahm er der Schimpftirade, zu der Bürgermeister Lotze bei ihrem Eintreten angesetzt hatte. Zwar wusste Martin nicht ganz, was die Männer mehr erzürnte, das Fehlschlagen der Verhaftung oder sein unterlassener Bericht über den Fund der zahlreichen Falschmünzen. Jedenfalls brachten die Bürgermeister ihre Unzufriedenheit deutlich zum Ausdruck.

Währenddessen lehnte der Vogt an der Fensterbank und betrachtete zufrieden das Geschehen. Offensichtlich gefiel ihm, Martins Gunst bei den Stadtherren sinken zu sehen.

»Habt Ihr mittlerweile Conrad Schwerdts Mörder gefunden?«, erkundigte sich Bürgermeister Johann Erich II. grimmig, der bisher ungeduldig mit den Fingern auf den Tisch getrommelt hatte.



»Ach, wisst Ihr es noch nicht? Anscheinend ist es nicht bei dem einen Mord geblieben«, merkte der Vogt genüsslich an. Der giftige Blick, den Martin ihm zuwarf, stachelte ihn regelrecht an, fortzufahren. »Wenigstens hat der herzogliche Ermittler dies mir gegenüber behauptet. Es handelt sich um die Hure, die vorgestern abgestochen wurde.«

Fragend sah Bürgermeister Lotze Martin an.

»Es stimmt, die Frau fiel derselben Hand zum Opfer.«

»Und woraus schließt Ihr das?«

»Auf dem Boden in ihrer Kammer bemerkten wir dieselben Fußspuren wie auf dem Hof der *Hafenklause*, von denen ich bereits am Mittwoch berichtete. Zudem fand der Chirurg bei ihr einen falschen Schilling, so wie bei Conrad.«

Wenn Martin gedacht hatte, der Vogt würde sich diesmal von ihrer Ansicht überzeugen lassen, hatte er sich gründlich getäuscht.

»Die Fußspuren beweisen gar nichts. Auf dem Hof der Schänke befindet sich der Abtritt. Natürlich findet Er da jede Menge Fußabdrücke. Dieselben Kreaturen, die dieses Drecksloch aufsuchen, nehmen die Dienste der Huren in Anspruch.«

Zu Martins Ärger stimmte Wedego Lotze dem aufgeblasenen Dummkopf zu.

»Und wie erklärt Ihr Euch dann die Münzen?«, begehrte Martin auf. Die herablassende Art des Vogtes reizte ihn zunehmend.

Bürgermeister Bertkow, der bisher ruhig ausgeharrt hatte, räusperte sich und gab dem Vogt keine Gelegenheit zu einer Antwort. »Und was hat es mit dem Toten aus der Kuterstraße auf sich?«

»Dessen Mantel und die fortgeschrittene Verwesung«, übernahm Severo, »legen den Schluss nahe, es handle sich um den verschwundenen Schreiber.«



Die Bürgermeister tauschten einen überraschten Blick. Bertkow fasste sich als Erster. »Hat er in dem Haus Zuflucht gesucht?«

»Nein, wie es scheint, wurde er dorthin gelockt und getötet.«

Aufgebracht trat der Vogt näher heran. Sein Gesicht war vor Zorn ganz rot angelaufen. »Habt Ihr etwa schon wieder ein Haus betreten, das der Obhut des Rates untersteht? Wer gibt Euch das Recht dazu?«

»Anscheinend seid Ihr bisher noch nicht auf die Idee gekommen, Euch die verlassenen Häuser anzusehen. Sie bieten dem Aufrührer ein ideales Versteck. Daher hat der herzogliche Ermittler damit begonnen, nachdem eine Nachbarin ihn auf den unerträglichen Gestank aus dem Haus aufmerksam gemacht hat. Wir hatten Euer Einverständnis vorausgesetzt, meine Herren Bürgermeister«, wandte sich Severo, der den Vogt bei diesen Worten nicht aus den Augen gelassen hatte, an die Ratsherren. Nach der Schimpftirade des Bürgermeisters sah der Italiener wohl keinen Grund mehr, ihren zusätzlichen Auftrag geheim zu halten.

Die folgende Drohung war deutlich. »Passe Er auf sich auf, Chirurg. Er genießt nicht den Schutz des Herzogs und Er wird mir ganz sicher nicht vorschreiben, wie ich meine Arbeit zu verrichten habe.«

»Und wann gedenkt Ihr endlich den Mörder zu fassen?«, ging Lotze dazwischen.



Severos vorherige Warnung im Ohr behielt Martin die Erzählung des Kontormeisters für sich. »Sehr bald, hoffe ich.«

Der Vogt setzte ein hämisches Grinsen auf. »Er ist der Aufgabe nicht gewachsen, gestehe Er es sich endlich ein.«

Mit zusammengepressten Zähnen knirrschte Martin: »Ihr habt mir bis morgen Mittag eine Frist gewährt. Läuft sie ab, ohne dass ich den Mörder dem Rat übergebe, dürft Ihr gern über meine Fähigkeiten urteilen.«

Die Augen des Vogtes leuchteten erfreut auf. »Viel ist von der Frist nicht mehr übrig.«

Martins Nerven waren zum Zerreißen gespannt. »Genug, um den Mörder zu überführen.«

»Was ist mit dem Jungen, wegen dem es gestern schon wieder Unruhen vor dem Rathaus gab?«, begehrte Lotze zu wissen. »Er soll mit dem Falschmünzer paktiert haben. Stimmt das?«

»Nein, das ist nicht richtig. Der Junge hat mit dem Fälscher nichts zu tun. Er fand zufällig eine Münze und wollte sie Tilmann bringen. Seine Auskünfte führten uns zu der Bude, die vergangene Nacht ausbrannte und in deren Resten wir heute Morgen die gefälschten Geldstücke sicherstellten. Ohne den Knaben wäre uns das kaum gelungen. Bedauerlicherweise starb der Falschmünzer bei dem Brand, weshalb er uns leider nicht mehr mitteilen kann, wohin das Geld aus den beiden leeren Holztruhen verschwunden ist.«

Schlecht gelaunt beendete Lotze das Gespräch. »Nun, darum kümmern wir uns. Ihr hingegen übergebt uns Conrads Mörder bis morgen Mittag, andernfalls könnt Ihr unverrichteter Dinge zum herzoglichen Hof zurückkehren.«

In Anbetracht ihres Wissens entschied sich Martin, es bei einem Nicken zu belassen und sich mit Severo zurückzuziehen. Beim Verlassen des Raumes drehte sich Martin noch einmal um und sah, wie sich der Vogt zufrieden zurücklehnte.



* * *

Gemeinsam verließen sie das Rathaus und schlugen den Weg zum Vilterhagen ein, wo sie Cordula aufsuchen wollten. Der Italiener hatte es eilig, kaum gelang es Martin, mit seinem schmerzenden Bein Schritt zu halten. Als sie in der Fischstraße und damit weit genug vom Rathaus entfernt waren, drängelte Martin: »Wer ist Arno von der Osten?«

Überlegen lächelte Severo. »Chirurg zu sein, hat einen entscheidenden Vorteil. Außer uns gibt es nur zwei Gruppen, die die körperlichen Eigenheiten der Menschen ähnlich gut kennen, jedenfalls, was die männlichen Bewohner betrifft: die Bader und die Huren. Aus diesem Grund wusste Conrad wahrscheinlich, wem der Ring gehört. Sein Vetter wird die Narben erwähnt haben, als er ihm den Ring übergab. Marie hingegen dürfte sie gesehen haben, denn viele Huren haben zuvor als Bademägde gearbeitet. Früher oder später gehen alle Männer ins Bad, so auch Arno von der Osten. Und mir fielen die Brandnarben bei der Versorgung einer Wunde auf. Der Aufrührer hat keinen Helfer im Rathaus, er geht dort ein und aus!«

»Wer ist es?«

»Ihr kommt nicht drauf.«

Offensichtlich gefiel sich der Chirurg in der Position des Wissenden. Abrupt blieb Martin stehen. Schließlich drehte sich der Schwarzhaarige um. Erst als Severo sich an seinem beleidigten Gesicht sattgesehen hatte, nannte er den Namen. Obwohl er die Worte zweimal klar und deutlich wiederholte, starrte Martin ihn ungläubig an.



* * *

Sie suchten nicht lange nach dem Haus im Vilterhagen, den Nachbarn war Cordula ein Begriff. Auf ihr Klopfen öffnete eine kleine, hagere Frau. Um sie scharrten sich sechs Jungen und Mädchen, das jüngste Kind lernte gerade laufen, das älteste war ein etwa neunjähriges Mädchen.

»Gott zum Gruße!«

»Gott zum Gruße«, begann Severo. »Seid Ihr Cordula? Wir kommen im Auftrag des Rates und würden Euch gern etwas fragen. Dürfen wir hereinkommen?«

»Aber selbstverständlich!«

Die Frau mit den grauen Haaren scheuchte die neugierigen Kinder ins Haus und trat zur Seite. Nachdem sie die Tür hinter den beiden Männern geschlossen hatte, folgte sie ihnen mit langsamen Schritten durch das Haus in den Garten, wo die Kinder ungeachtet der Wärme zwischen aufgeregt gackernden Hühnern tobten.

Erschöpft setzte sie sich auf eine Stufe. Von dort musterte sie die beiden Besucher eingehend, bis sie unvermittelt ansetzte: »Wollt Ihr etwa auch etwas über den Ring der Familie von der Osten wissen?«

Langsam zog Martin das Schmuckstück aus der Tasche. »Ist es dieser?«

Sanft fuhr sie mit ihren knochigen Fingern über das Wappen. »Ja, das ist Nikolaus' Ring. Seit Generationen gab ihn das Familienoberhaupt auf dem Sterbebett an denjenigen weiter, der das Geschäft übernehmen sollte. Bis mich der Schmächtige besuchte und ihn mir zeigte, glaubte ich immer, der Ratsherr sei damit begraben worden.«



Mit dem Schmächtigen meinte sie wohl Tobias. »Wann hat er sich danach erkundigt?«

»Das war um den 11. März. Meine jüngste Enkeltochter war gerade vier Tage alt.«

»Hat Euch danach noch jemand besucht? Ein Mann mit kalten Augen?«

»Nein, außer dem Schmächtigen war niemand hier.«

Ein kleines Mädchen versteckte sich kurz hinter Martins Rücken, bevor es vor einem Jungen davonlief. In Gedanken versunken folgten seine Augen den Kindern. Der Anblick seines spielenden Sohnes war ihm auf immer verwehrt. Wie von Ferne hörte er den Chirurgen.

»Der Ratsherr hatte einen Neffen – Arno. Was ist damals mit ihm geschehen?«

»Er verließ die Stadt mit der Familie.« Cordula wischte sich eine Träne aus den Augen. »Nach dem schrecklichen Unfall blieb ich Tag und Nacht an seiner Seite, bis er vollständig genesen war. Nach dem Tod Nikolaus von der Ostens und der

Verbannung der Familie wollte mich seine Mutter mitnehmen. Obwohl ich den Jungen wirklich sehr mochte, blieb ich mit meiner Familie in Greifswald.«

Die Frau erweckte den Eindruck, als gräme sie sich noch immer über die Entscheidung.

»Habt Ihr ihn jemals wiedergesehen oder von ihm gehört?«, riss Martin sich von der Betrachtung der spielenden Kinder los.

»Nein, nie.«

»Würdet Ihr Arno wiedererkennen, wenn er vor Euch stünde?«



Auf dem faltigen Gesicht zeichnete sich Bedauern ab. »Die Sache ist fast dreißig Jahre her und ich bin eine alte Frau. Meine Augen sind nicht mehr die besten, ich gehe nur noch selten auf die Straße.«

Der Italiener prüfte Alberts Erzählung. »Arno soll bei dem Brand Narben davongetragen haben, stimmt das?«

»Ja, trotz aller Salben des Chirurgen blieben Male auf Rücken, Schulter und Arm zurück.«

»Habt Ihr dem Besucher im März davon erzählt?«

»Es ist ja kein Geheimnis. Doch bitte, warum interessiert Ihr Euch für den Jungen?«

»Weil er zurückgekehrt ist und vier Menschen getötet hat.« Erschrocken schlug die Grauhaarige eine Hand vor den Mund. Severo nahm es zum Anlass für eine eindringliche Warnung. »Bei aller Liebe, die Ihr möglicherweise noch für Arno empfindet, solltet Ihr uns dennoch verständigen, wenn er Eure Nähe sucht.«

Die beiden verabschiedeten sich von Cordula. Vor dem Haus trennten sich ihre Wege. Jeder wollte etwas vorbereiten.

* * *

Dunkelheit brach langsam herein, als Martin mit Michael und Achim beim vereinbarten Treffpunkt erschien. Er hatte sich für diese beiden Stadtwachen entschieden, weil sie wegen ihres Bierdiebstahls etwas gutzumachen hatten. Auf ihrem Weg hatten sie dem Nachtwächter ausweichen müssen. Zwar hatte Martin bei der letzten Begegnung den Eindruck gewonnen, man könne Hartmut vertrauen. Gleichwohl wollte er keine Aufmerksamkeit erregen.

»Habt Ihr alles auf den Weg gebracht?«, brummte Severo, der bereits vor ihnen angekommen war. Gemeinsam schlichen sie über den Hinterhof in das Haus. Achim versteckten sie in der Vorratskammer, Michael in einem Zimmer gegenüber dem fensterlosen Raum, in dem sie sich auf den unbequemen Säcken niederließen. 

»Ich habe den Ratsnotar gebeten, uns morgen bei der Besichtigung zu begleiten, um nicht wieder den Unmut des Vogtes auf uns zu ziehen. Außerdem soll er seinen Schlüsselbund mitbringen, damit wir uns alle Häuser ansehen können. Er hat geflucht wie ein Gerber. Als ich ihn verließ, sah ich, wie der Mörder ihn besuchte. Natürlich habe ich die Gelegenheit nicht verstreichen lassen und gelauscht. Lang und breit hat ihm der Notar sein Leid geklagt und selbstverständlich von dem fehlenden Schlüssel berichtet. Danach habe ich die Stadtwachen zum Nachbarhaus der *Hafenklause* geschickt und gesagt, ich würde Achim und Michael woanders verstecken. Und Ihr?«

»Ich war in der Zwischenzeit ebenfalls nicht ganz untätig und habe mir die Bader vorgeknöpft. Marie hat tatsächlich bis vor drei Jahren in der Badestube gearbeitet, die ab und an von unserem Mörder aufgesucht wird – bloß zur Körperreinigung, wie ich in Erfahrung brachte.«

Damit war zunächst alles gesagt. Eine ganze Weile saßen sie stumm nebeneinander, Martin betrachtete die angelehnte Tür. Von der Straße hörte er den Nachtwächter die Mitternachtsstunde verkünden. Langsam zweifelte er, ob Arno von der Osten überhaupt noch erscheinen würde. Hatte der einbeinige Gauner Martin überwacht und den Aufrührer gewarnt? Würde der sich jetzt erst einmal verstecken oder sogar unbemerkt die Stadt verlassen? Was würde dann aus Gernot? Wie sollten sie die Bürgermeister von dessen Unschuld überzeugen, ohne dem Rat den wahren Mörder zu übergeben? Falls sein Begleiter ähnliche Gedanken hegte, ließ er es sich jedenfalls nicht anmerken.

»Ich nehme an, Ihr freut Euch in gewisser Weise auf Eure Rückkehr?«

Obgleich Martin nicht den Eindruck hatte, Severo wolle ihn mit der Frage ärgern, brachten ihm die Worte das in Erinnerung, was ihn die Geschehnisse der vergangenen Tage hatten vergessen lassen. Freute er sich auf seine Rückkehr? Auf ihn warteten lediglich die Bücher in der herzoglichen Bibliothek und ein Zimmer, dessen Leere ihn immer wieder an seinen schmerzlichen Verlust erinnern würde. Würde er es ertragen, in dem Bett zu schlafen, in dem seine Frau und sein Sohn gestorben waren?

»Ich wüsste nicht, was Euch das angeht.« Die Anspannung hatte ihn grober als beabsichtigt erwidern lassen.

Anders als erwartet, beschwichtigte ihn der Chirurg. »Regt Euch nicht gleich auf.«

Erneut schwiegen sie eine Weile und wieder war es Severo, der als Erster begann. »Gernot ist ein besserer Mensch, als Ihr glaubt.«

»Der Gernot, den ich kenne, ist ein Zyniker, ein Menschenhasser, der Gefallen daran findet, Menschen zu verletzen.«

»Der Gernot, den ich kenne, ist eine verletzte Seele«, widersprach Severo. »Ein Mensch, der sich nach Liebe und Geborgenheit sehnt.«

»Wenn er aufhört, andere respektlos zu behandeln, sie gar zu beleidigen, findet er sicherlich, wonach er sucht. Nach wie vor verstehe ich nicht, weshalb Ihr Euch mit ihm abgebt.«

»Weil aus ihm ein begnadeter Chirurg wird. Er hat eine ruhige Hand und ein gutes Auge. Ich werde ihn alles lehren, was ich weiß. Wie ich bereits sagte, möchte noch einmal nach Italien reisen und meine Heimat sehen. Es wäre schön gewesen, wenn meine Frau mich bei der Reise begleitet hätte. Nun muss ich sie leider allein antreten.«



Martin wusste nicht, was er darauf erwidern sollte. Zwar spürte er so etwas wie Mitleid für seinen Begleiter. Andererseits erinnerte ihn dessen Situation ständig an seinen eigenen Verlust und Schmerz. Ein Geräusch an der Haustür erlöste ihn aus der unangenehmen Stille. Er hielt den Atem an. Schritte näherten sich der Tür. Als sie aufgestoßen wurde, verharrte eine Gestalt im Türrahmen, die Kapuze tief ins Gesicht gezogen und eine kleine Lampe in der Hand.

»Tretet ruhig ein«, sagte der Chirurg mit unverhohlen zufriedenem Unterton.

Hastig griff Arno von der Osten an seine Seite und wollte sein Schwert ziehen. »Er …« Abrupt hielt er inne. Martin sah, wie Michael, der sich herangeschlichen hatte, dem Mann sein Schwert in den Rücken drückte. Achim hatte sich eine Armbreite daneben aufgestellt, ebenfalls mit gezücktem Schwert.

Zufrieden über das Gelingen seines Planes empfahl Martin: »Das würde ich an Eurer Stelle lassen, Vogt.«

»Wie ist Er dahintergekommen?«, zischte der wütend und riss die Kapuze herunter. Die Arroganz, die Martin in den vergangenen Tagen so häufig abgestoßen hatte, war grenzenlosem Hass gewichen. Ohne Zweifel hätte sich der Mann sofort auf ihn und Severo gestürzt, wären die Wachen nicht gewesen.

Unbeeindruckt von der Feindseligkeit ergriff der Chirurg das Wort. »Ihr hättet Conrad den Ring schon bei seiner ersten



Erpressung abnehmen sollen. So gelangte er über den Münzfälscher zu uns. Es gibt in der Stadt einige, die sich noch an das Wappen erinnern und von dem Brand im Kontor und Euren Narben wissen. Nachdem ich davon erfahren habe, wusste ich sofort, wer hinter dem Aufrührer steckt. Erinnert Ihr Euch? Vor vier Jahren hatte man Euch angegriffen und bei der Versorgung der Wunde sind mir die Brandnarben aufgefallen. Ich konnte sie damals bloß nicht zuordnen, weil ich nicht um die Geschichte Eurer Familie wusste. Ihr seid der Mörder von Tobias, Conrad, Marie und Gisbert.«

Kalt erwiderte der Vogt: »Und warum hätte ich all diese Menschen töten sollen?«

Trotz der Fassung, um die von der Osten sich bemühte, bemerkte Martin, wie dessen Beherrschtheit allmählich schwand. Mit einem Kopfnicken bedeutete er Severo, ihm die Antwort zu überlassen.

»Das erkläre ich Euch gern. Wenn ich mich irre, korrigiert Ihr mich einfach am Ende«, schlug Martin vor. »Es begann mit dem gewaltsamen Tod Eures Oheims und der Verbannung der Familie aus der Stadt. Man nahm Euch alle Güter, allen Reichtum. Ihr musstet Eure Heimat, Eure Freunde, alles was Euch lieb war, verlassen. Mit den Jahren wuchs der Hass auf diejenigen, die Euch die Gelegenheit genommen hatten, später einmal als Ratsherr oder sogar Bürgermeister die Geschicke Greifswalds zu lenken, so wie Euer Oheim es einst tat. Deswegen schwort Ihr Rache und zwar nicht nur Rubenows Freunden, die die Verbannung durchgesetzt hatten, sondern der ganzen Stadt.

Zu der Zeit, als Ihr Euer Studium der Rechte abgeschlossen hattet, war der Rat es überdrüssig, eines seiner Mitglieder mit der einfachen Gerichtsbarkeit zu behelligen. Sie suchten einen Juristen und unglücklicherweise fiel ihre Wahl auf Euch. Da Ihr mittlerweile einen anderen Namen angenommen hattet, bemerkte niemand, wer da nach Greifswald zurückkehrte. Überdies waren bereits viele Jahre vergangen und wenige erinnerten sich noch an die alte Geschichte um den Mord an Bürgermeister Rubenow, geschweige denn rechnete noch irgendjemand mit einem Racheakt. Ihr habt Euch wahrhaft meisterlich verstellt. Nach außen hin habt Ihr den Einfältigen gegeben, im Verborgen habt Ihr bald begonnen, Euren teuflischen Plan in die Tat umzusetzen.

Die Bedeutung des Hansebundes für Greifswald war Euch bekannt. Der Ausschluss wäre einem Todesurteil für die Stadt gleichgekommen. All die Privilegien, die man im Bund genießt, wären von einem Tag zum andern vernichtet, schutzlos wäre man der herzoglichen Politik ausgeliefert gewesen und der Handel, der für Wohlstand sorgt, wäre vollständig zum Erliegen gekommen. Falschmünzerei erschien Euch als der sicherste Weg dazu. Der Bund nimmt es nicht hin, wenn schlechtes Geld im Umlauf ist. Aus diesem Grund sollten die Münzen leicht erkannt werden. Gisbert erfüllte diesen Wunsch.

Die Verhansung sollte noch etwas Weiteres bewirken: Niemand sollte den verhassten Ratsherren zu Hilfe eilen, wenn die wütende Menge sie für Euch vertreiben würde. Spätestens dann wäre der Handel vollständig zum Erliegen gekommen und die Stadt ruiniert worden.

Ausgerechnet als Euer Plan schon weit fortgeschritten war, passierte etwas wirklich Dummes, was Ihr nicht vorhersehen konntet. Im Hafen hatte man Schmuggelgut gefunden. Tobias wollte es in den Rathauskeller bringen. Dabei stieß er gegen ein Bierfass, dessen Inhalt auf wundersame Weise verschwunden war. Der rechtschaffene Schreiber wollte der Sache auf den Grund gehen. Bei seinen Nachforschungen bemerkte er das Fehlen der Falschmünzen und der beschlagnahmten Klumpen Blei und Kupfer. Wie Tobias auf die Idee kam, in den verlassenen Häusern nachzusehen, ist sein Geheimnis, ebenso, wie er in den Besitz Eures Familienrings gelangte. Ich vermute, er hat ihn in dem Haus in der Kuterstraße gefunden, nebst einiger Säcke mit Falschmünzen. Als Schreiber hatte er Zugang zu alten Schriftstücken. Dort fand er das Wappen Eures Oheims. Daraus schloss er, es müsse sich ein Nachfahre in der Stadt befinden – trotz der Verbannung. Tobias forschte nach und fand Eure Amme, aus deren Mund er von den Narben erfuhr, die er zuvor schon einmal bei Euch gesehen hatte.«

»Und zwar bei der Versorgung Eurer Wunde«, warf Severo ein.

Martin ließ sich nicht aus dem Erzählfluss bringen. »Statt Euch beim Rat anzuzeigen, wollte er Euch zur Rede stellen. Weil er Angst vor dem hatte, was ihm später tatsächlich zustieß, hinterlegte er den Ring zur Sicherheit bei seinem Vetter, dem Hafenmeister, und deutete an, wer verantwortlich sei, sollte ihm etwas geschehen. Conrad war hingegen nicht so rechtschaffen wie Tobias und wollte aus der Sache Gewinn ziehen, den er zur Aufmunterung der Hure brauchte, die er seit Monaten regelmäßig besuchte und die zuvor einige Zeit in der Badestube gearbeitet hatte, die Ihr gelegentlich aufsuchtet. Sie erinnerte sich an die Narben und nannte Conrad Euren Namen. Das Geld aus der ersten Erpressung war schnell verbraucht. Also vereinbarte Conrad ein zweites Treffen mit Euch – auf dem Hof der *Hafenklause*, wo er sich sicher wähnte. Marie sollte für Eure Ungestörtheit sorgen. Sicherlich zu Eurer Überraschung erschien Gernot und bereitete das Feld für Euch. Aus dem Versteck habt Ihr beobachtet, wie der Student Conrad zu Boden schlug. Es war ein Leichtes für Euch, den Holzkanten auf den Bewusstlosen fallen zu lassen. Zwei-, vielleicht dreimal – es dauerte nicht lange. Da Ihr den Ring nicht bei der Leiche fandet, musste Marie sterben.



Bleibt noch der Falschmünzer. Ihr wusstet von Friedrichs Fund. Die Ergreifung Eures Helfers war eine Frage der Zeit. Aus unserem Streit am Mittwoch wusstet Ihr zudem, welchen Schluss wir aus den Fußspuren auf dem Tresen ziehen würden. Ihr habt Eure Zuhörer benutzt, um Euch Vorsprung zu verschaffen.« Bei dem Kampf fiel die Kerze um und die Werkstatt ging in Flammen auf, bevor Ihr die restlichen Falschmünzen aus der Truhe in Sicherheit schaffen konntet. Hinter den Truhen fanden wir übrigens den Ring, den Euer Helfer auf dem Hof der *Hafenklause* bei Conrad gefunden und an sich genommen hatte.

Nun herrschte gespenstische Stille, bis der Vogt anerkennend Beifall klatschte.

»Ich habe Euch unterschätzt, das gebe ich zu. Ich dachte, ein kleiner Schreiberling wie Ihr könnte mir nie das Wasser reichen. Ein wenig muss ich Euch jedoch korrigieren. Zum einen war dieser Tobias weniger redlich, als Ihr glaubt. Dieser Weichling hat mir von seiner kranken Mutter vorgejammert. Er bräuchte dringend Geld für den Medikus. Er hat mich erpresst, genauso wie sein dämlicher Vetter, der nicht um die Bedeutung des Wappens wusste. Tobias hatte ihm bloß etwas von meinen Narben erzählt. Conrad wollte aus dem Verschwinden seines Vetters Profit schlagen. Er hatte nämlich eine lebhafte Vorstellung davon, was ich mit dem Jammerlappen angestellt hatte. Beim ersten Mal hatte ich noch die Hoffnung gehegt, er würde sein verdammtes Maul halten und aus Greifswald verschwinden, so wie ich es ihm nahegelegt hatte. Stattdessen warf er mein Geld der Hure in den Rachen und besaß die Frechheit, sich sein Schweigen erneut versilbern lassen zu wollen. Ich musste ihn einfach aus dem Weg schaffen. Und nach seinem Ableben hatte dieses unverschämte Miststück nichts Besseres zu tun, als mich mit dem Tod des Hafenmeisters zu erpressen. Hätte sie das nicht getan, wäre ihr gar nichts passiert. Ich wusste nämlich nichts von ihr. Ihr braucht Euch um dieses Dreckstück also nicht zu grämen.«

Dem Chirurgen blieb das nervöse Fingern am Schwert nicht verborgen. »Wollt Ihr allen Ernstes Widerstand leisten?«

Kurz zögerte Arno von der Osten, dann löste er den Gürtel und warf ihnen das Schwert vor die Füße. Martin gab Michael ein Zeichen, den widerlichen Kerl zu fesseln und abzuführen. Severo und er schlossen sich ihnen an.

Auf dem Weg zum Rathaus meinte Severo: »Zieht nicht so ein sauertöpfisches Gesicht. Ihr habt den Mörder gefangen.«

»Es bleibt ein schaler Beigeschmack. Hätten wir Maries Tod nicht verhindern können? Oder den des Falschmünzers?«

Der Chirurg seufzte schwer. Offensichtlich haderte er mit Martins ständiger Grübelei. »Marie hat ihr Schicksal selbst herausgefordert. Wie Ihr hörtet, wusste Arno von der Osten gar nichts von ihr. Sie fiel ihrer Gier zum Opfer. Und der Tod des Fälschers war ebenfalls beschlossene Sache. Der Vogt hätte ihn zu Tode gefoltert, hätten wir ihn lebend gefasst und in den Kerker geworfen.«

Die Worte brachten nicht den erhofften Trost. Stattdessen warfen sie weitere Fragen auf. »Wie abgrundtief muss man hassen, um vier Menschen zu töten und eine ganze Stadt ruinieren zu wollen?«



»Tief, wahrlich sehr tief. Besitzt Ihr eine Vorstellung, wie die Patrizier ihre Söhne von klein an auf ihre spätere Stellung im Rat vorbereiten? Dem Jungen war seine Zukunft vorherbestimmt: Er sollte das Handelskontor von seinem Oheim erben, Ratsherr, vielleicht sogar Bürgermeister werden. All das änderte sich schlagartig. Mit einem Male war jeglicher Reichtum weg. Aus Wut über die verlorene Zukunft wurde irgendwann Hass.« Von Ferne hörten sie den Nachwächter rufen. »Da von Seiten des Vogtes keine Gefahr mehr droht, könnte ich Gernot aus seinem schrecklichen Gefängnis befreien.« Die Erleichterung des Chirurgen war deutlich zu spüren.

»Meint Ihr wirklich, jemand würde Euch um diese Zeit die Tür öffnen?«

Stolz lächelte sein Gegenüber. »Ich bin einer der wenigen Menschen dieser Stadt, denen man zu jeder Tages- und Nachtzeit die Tür öffnet. Unterrichtet Ihr die Bürgermeister von der Ergreifung des Mörders?«

Trotz der Müdigkeit, die sich mit dem allmählichen Abfallen der Anspannung seiner bemächtigte, wollte Martin noch etwas erledigen. »Das hat Zeit bis morgen. Ich begleite Euch ein Stück des Weges, denn ich möchte noch jemandem einen Besuch abstatten.«

* * *



In der Bibliothek herrschte die angenehme Kühle, die Martin in Greifswald so vermisst hatte. Auf seinem Tisch vor dem Fenster lagen ein Stapel Pergament und das Buch, mit dessen Übertragung er vor seiner Abreise begonnen hatte. Schon seit geraumer Zeit schaute er zum Fenster hinaus und dachte an die Ereignisse der vergangenen Tage zurück.

Während der Italiener seinen Lehrling aus dessen unbequemen Gefängnis befreit hatte, hatte er Philipp Lazars Grab auf dem Kirchhof von St. Nikolai aufgesucht. Trotz der Dunkelheit hatte er es recht schnell gefunden und bis zum Anbruch der Morgendämmerung stumm auf die Erde gestarrt. Inständig hatte er den Freund um Verzeihung für alles gebeten. Bei seiner Rückkehr in das Haus des Chirurgen hatte er sich dann besser gefühlt, als habe er endlich Frieden geschlossen. Severo, der ihn beim Rückweg aus der Artistischen Fakultät eigentlich am Grab hatte verharren sehen müssen, hatte den Besuch des Kirchhofs zu Martins Überraschung nicht kommentiert. Wie er von ihm erfuhr, hatte lediglich eine große Menge Wein Gernot von Eisenfels davon abgehalten, die Witwe des Hafenmeisters zu dieser unschicklichen Stunde aufzusuchen.

Am darauffolgenden Tag hatten die Bürgermeister ganz schnell ihren Zorn vergessen, als die Wachen ihnen den vierfachen Mörder vorgeführt und sie von Martin erfahren hatten, wer da vor ihnen stand. Arno von der Osten hatte die Taten nicht abgestritten. Die Patrizier hatten es sich nicht nehmen lassen, Martin der hochbetagten Witwe des Universitätsgründers vorzustellen. Das Gespräch mit Katharina Rubenow würde er nie vergessen, vor allem nicht die Tränen der Rührung, als sie sich bei ihm für den Dienst bedankt hatte, den er der Stadt mit der Überführung des Umstürzlers erwiesen hatte. Danach hatte er es vorgezogen, Greifswald zu verlassen und der Hinrichtung nicht beizuwohnen. Aufrührern drohte der Tod auf dem Rad, genauso wie Falschmünzern. Martin legte keinen Wert darauf, diesem barbarischen Schauspiel beizuwohnen. 

Gerade hatte er sich niedergelassen, seinen Federkiel angespitzt und mit dem nächsten Blatt begonnen, da öffnete sich hinter ihm die Tür. Erschrocken fuhr er herum. Herzog Bogislaw betrat den Raum, gefolgt von Marko, dem Hauptmann der herzoglichen Wache. In der Hand hielt Bogislaw einen Brief. Es handelte sich um das Schreiben, das ihm die Bürgermeister bei seiner Abreise mit der Bitte gegeben hatten, es dem Herzog zu überreichen. Rasch erhob sich Martin von seinem Platz und verbeugte sich demütig.

Bogislaw lächelte stolz. »Die Bürgermeister schilderten, welches Glanzstück Er vollbracht hat. Unser braver Bibliothekar hat nicht nur den Mörder des Hafenmeisters gefunden, darüber hinaus hat Er einen Aufwiegler und Falschmünzer zur Strecke gebracht.«

Verlegen betrachtete Martin seine Fußspitzen.

»Die Bürgermeister gestanden außerdem, Unserem herzoglichen Bibliothekar das Amt des städtischen Vogtes angeboten zu haben. Und sie berichteten, Er hätte das Angebot abgelehnt. Weshalb?«

Überrascht hob Martin den Kopf. Meinte der Herzog die Frage ernst? Er fühlte sich hier in der Bibliothek wohl. Bücher waren sein Beruf. Nur einmal zuvor hatte er einen Mörder gesucht und es am Ende bitter bereut. Zwar war er diesmal mit dem Ergebnis recht zufrieden, gleichwohl reizte ihn das Amt eines Vogtes in keiner Weise. Zu sehr sah man dabei die schlechten Seiten der Menschen und auch die Politik, vor der es in diesem Amt kein Entrinnen gab, schreckte ihn ab. Außerdem lagen seine Frau und sein Kind auf dem Wolgaster Friedhof begraben. Einen Moment suchte er nach den richtigen Worten, um es dem Herzog zu erklären.



»Euer Durchlaucht haben mir in dieser Sache vertraut und ich schätze mich überaus glücklich, Eure Erwartung nicht enttäuscht zu haben. Allerdings habe ich mein ganzes Leben lang Bücher kopiert. Ich bin kein studierter Mann, sondern ein einfacher Handwerker, und könnte das Amt eines Vogtes nicht angemessen ausfüllen.«

Amüsiert erwiderte der Herzog: »Trotz Seines Erfolges scheint Unser Bibliothekar noch immer an Seinen Fähigkeiten zu zweifeln. Glaubt Er etwa, die braven Ratsherren hätten Ihm das Amt angetragen, wären sie nicht von Seiner Eignung überzeugt? Unser Bibliothekar sollte mehr Vertrauen in sich haben. Denke Er über das Angebot nach. Wir würden es zwar bedauern, Unseren großartigen Künstler zu verlieren, aber manchmal lenkt der Herr unser Leben in andere Bahnen als die, für die wir vorbestimmt zu sein glauben.«

Bogislaw reichte ihm den Brief der Greifswalder Bürgermeister und verließ, von Marko gefolgt, den Raum. Stumm schaute Martin eine Weile von dem Brief in seiner Hand zum Schreibtisch mit dem Buch.